ବିଚିତ୍ର ମନ

ବିଚିତ୍ର ମନ

(କ୍ଷୁଦ୍ରଗଳ୍ପ ସଙ୍କଳନ)

ଡକ୍ଟର ବିଜ୍ଞାନୀ ଦାସ

ବ୍ଲାକ୍ ଈଗଲ୍ ବୁକ୍ସ
ଭୁବନେଶ୍ୱର, ଓଡ଼ିଶା

BLACK EAGLE BOOKS
Dublin, USA

ବିଚିତ୍ର ମନ / ଡକ୍ଟର ବିଜ୍ଞାନୀ ଦାସ

ବ୍ଲାକ୍ ଇଗଲ୍ ବୁକ୍ସ : ଭୁବନେଶ୍ୱର, ଓଡ଼ିଶା • ଡବଲିନ୍, ଯୁକ୍ତରାଷ୍ଟ୍ର ଆମେରିକା

BLACK EAGLE BOOKS

USA address:
7464 Wisdom Lane
Dublin, OH 43016

India address:
E/312, Trident Galaxy, Kalinga Nagar,
Bhubaneswar-751003, Odisha, India

E-mail: info@blackeaglebooks.org
Website: www.blackeaglebooks.org

First International Edition Published by
BLACK EAGLE BOOKS, 2022

BICHITRA MANA (Colorful Mind)
by **Dr Bigyani Das**

Cover & Interior Design: Ezy's Publication

ISBN- 978-1-64560-324-5 (Paperback)

Printed in the United States of America

ମୋର ଘନିଷ୍ଠତମ ବନ୍ଧୁ, ଜୀବନସାଥୀ
ନରେଶ ଦାସଙ୍କ କରକମଳରେ

ମନର ଏମିତି ଅନେକ କାହାଣୀ

ଏ ମନ ବଡ ବିଚିତ୍ର। କେତେବେଳେ ଶକ୍ତ ତ କେତେବେଳେ ଶିଥିଳ; କେତେବେଳେ କଠୋର ତ କେତେବେଳେ କରୁଣାମୟ; କେତେବେଳେ ଚଞ୍ଚଳ ତ କେତେବେଳେ ସ୍ଥିର। ସେ ମନକୁ ଆୟତ କରିଦେଲେ ସବୁକିଛି ଜୀବନରେ ସମ୍ଭବ ହୋଇଯାଏ। ଆୟତ ନ କରିପାରିଲେ, ମଣିଷ ନିଜ ମନର ଭାବନା ପାଇଁ ଅନେକ ଦୁଃଖ ପାଏ। ଆଲୋକର ଗତିଠାରୁ ମଧ୍ୟ ମନର ଗତି ଅଧିକ ବେଗରେ ଲକ୍ଷ୍ୟ ସ୍ଥଳରେ ପହଞ୍ଚିପାରେ। ଓଡିଆରେ ସେଇ କଥା ବୁଝାଯାଇଛି "ଏଇମନ ବୃନ୍ଦାବନ, ଏଇ ମନ କାଶୀ; ଏଇ ମନ ବଦ୍ରିନାଥ, ପୁରୀ, ବାରାଣସୀ।"

ଏଇ ମନରେ ନବରସର ଭାବ କ୍ଷରଣ ହୁଏ; ସ୍ନେହ, କରୁଣା, ଖୁସି, ଦୁଃଖ, କ୍ରୋଧ, ସାହସ, ଭୟ, ବିଭତ୍ସତା, ବିସ୍ମୟ, ଓ ଶାନ୍ତି। ମନର ସ୍ଥିତି ମୁହଁରେ ଫୁଟିଯାଏ ବୋଲି ଅନେକଙ୍କର ବିଶ୍ୱାସ। ହେଲେ ବି ଅଧୁନା ଅନେକ ବ୍ୟକ୍ତି ଅଭିନୟ କଳାରେ ଧୁରନ୍ଧର। ଉପରେ ହସ ଫୁଟାଇ ଜଣେ ମନ ଭିତରେ ଦୁଃଖିତ ଥାଇପାରେ ଓ ମୁହଁ ଉପରେ ଶୋକ ଦେଖାଇ, ଆଖିରୁ ଲୁହ ଝରାଇ ମନ ଭିତରେ କିଏ ବି ଖୁସି ହୋଇପାରେ। ସେସବୁ ବୁଝିବା କଷ୍ଟ ହୋଇଯାଏ। ମନ ଭିତରେ ରାଗ ରଖି ଅନେକ ମୁହଁ ଉପରେ ବଡ ହସ ଫୁଟାଇ ସ୍ନେହର ଅଭିନୟ କରିପାରନ୍ତି। ସେମିତି ଭିତରେ ଈର୍ଷା ରଖି ଉପରେ ତେଲ ମାଲସ କରି ଅନ୍ୟର ପେଟରୁ କଥା ବାହାର କରିବାରେ ବି ଅନେକଙ୍କର ଦକ୍ଷତା ରହିଛି।

ଆଜିକାଲି ଯୁଗରେ ବିଭିନ୍ନ ରକମର ମାନସିକ ରୋଗ ବାହାରିଲାଣି। ହୁଏତ ପୁରୁଣା ଯୁଗରେ ଥିଲା, ଆମେ ଜାଣିନଥିଲୁ। ତେବେ ଆଜିକାଲି ସେସବୁ ଯେତେବେଳେ ବୁଝୁଛୁ, ଟିକେ ବିବ୍ରତ ଲାଗୁଛି। 'ଅବସାଦ' ବା 'ଦୁଃଖ'କୁ ରୋଗ ବୋଲି କହିବା ଓ ସେଥିପାଇଁ ଔଷଧ ଖାଇବା ଏ ସମୟର ଅଭିଲା କଥା। ଜୀବନରେ ବେଳେବେଳେ

ଖରାପ ସମୟ ଆସେ। ସେ ସମୟରେ ମନ ଉପରେ ପ୍ରଭାବ ପଡେ। ତେବେ ସେ ସମୟ ପୁଣି ଚାଲିଯାଏ। ଇଏତ ନିତିଦିନିଆ କଥା। ହେଲେ ବୈଜ୍ଞାନିକ ମାନେ କହୁଛନ୍ତି, "ଏ ଅବସାଦ ସମସ୍ତଙ୍କୁ ଏକା ଭଳି ନିୟନ୍ତ୍ରଣ କରେନି। ଯାହାର ମସ୍ତିଷ୍କରେ ରାସାୟନିକ ଅସନ୍ତୁଳନ ରହିଥାଏ ସେହିମାନେ ଅବସାଦ ରୋଗର ଶୀକାର ହୁଅନ୍ତି। ଏ ରୋଗକୁ ଔଷଧ ଦେଇ ନିୟନ୍ତ୍ରଣକୁ ଅଣାଯାଇପାରିବ।" ସେଇ ଭଳି ଏବେ ଦୁଷ୍ଟ ପିଲାଙ୍କୁ 'ଅଟିଜିମ୍' ରୋଗରେ ଆକ୍ରାନ୍ତ କହି ଔଷଧ ଦିଆଯାଏ। ମୁଁ ଗାଁରେ ବଢୁଥିବା ସମୟରେ ଅନେକ ପିଲା ପ୍ରଚଣ୍ଡ ଉତୁପାତିଆ ଥିଲେ। ତେବେ ପ୍ରାପ୍ତବୟସ୍କ ଭାବେ ସେମାନେ ସମସ୍ତେ ଅତ୍ୟନ୍ତ ଭଲ ମଣିଷ ହୋଇ ବାହାରିଛନ୍ତି। କିନ୍ତୁ ପ୍ରାପ୍ତବୟସ୍କ ହେବା ପର୍ଯ୍ୟନ୍ତ ଅପେକ୍ଷା ରଖିବାକୁ ଏ ଯୁଗରେ କାହାର ଧୈର୍ଯ୍ୟ ନାହିଁ।

ସେମିତି ବୟସ୍କ ମସ୍ତିସ୍କ ଉପରେ ମଧ୍ୟ ଆଜିକାଲି ଅନେକ ତଥ୍ୟ ବାହାରୁଛି। ଡିମେନ୍‌ସିଆ ଓ ଆଝାମରସ୍ ଭଳି ରୋଗ ବୟସ୍କ ମଣିଷକୁ ବାସ୍ତବତାଠାରୁ ଦୂରକୁ ନେଇଯାଇ ଅନେକ ସମସ୍ୟା ସୃଷ୍ଟି କରୁଛି। ଆଜିକାଲି ଯନ୍ତ୍ରଯୁଗରେ ସବୁରକମର ପ୍ରଚାର ଚାଲିଛି। ଏଇ ପ୍ରଚାରର ପ୍ରଭାବରେ ମଣିଷର ମନ ବି ପ୍ରଭାବିତ ହେଉଛି।

ମନର ଏମିତି ଅନେକ କାହାଣୀ। ସେସବୁ କାହାଣୀ ମୋ ଚାରିପଟେ ସବୁ ସମୟରେ ଘଟୁଥାଏ। କେତେବେଳେ ମୋ ଜୀବନରେ ତ କେତେବେଳେ ମୋ ପାଖ ପଡୋଶୀ, ସାଙ୍ଗସାଥୀଙ୍କ ଜୀବନରେ। ସେସବୁ ଜୀବନର ଉଦାହରଣ ଯଦି ଆଉ କାହା ଜୀବନର ଶିକ୍ଷା ହୋଇଯାଏ ତ, ସେଇଟା ଅନେକ ଉତ୍ତମ ହେବ। ସେଇ ପ୍ରୟାସରେ ମୋର ଏ ଗଳ୍ପ ପୁସ୍ତକ "ବିଚିତ୍ର ମନ" ର ସୃଷ୍ଟି। ଆଶା କରୁଛି, ଏ ସମସ୍ତ କାହାଣୀ ପାଠକ ପାଠିକାଙ୍କ ମନକୁ ଛୁଇଁବାକୁ ସକ୍ଷମ ହେବ।

ବିଜ୍ଞାନୀ ଦାସ

ଡେଟନ୍, ମେରୀଲାଣ୍ଡ୍

ସୂଚୀ

ଅଭିମାନ

ଅନୁପମା ବସି ଭାବୁଛି । ସେଇ ସୋଫା ଉପରେ ବସିଛି ତ ବସିଛି । ସକାଳ ଏଗାରଟା ହେଲାଣି ବୋଲି ଖିଆଲ ପଶିନି । ଖିଆଲ ବା କେମିତି ପଶିବ ? ଘରେ କିଏ ଅଛି ଯେ ତାକୁ ଦରକାର କରିବ । ଆଦିତ୍ୟ ଥିଲେ ଏତେବେଳକୁ କେତେଥର ଡାକି ସାରନ୍ତେଣି - "ଟିକେ ଆଳୁ, ବାଇଗଣ, ବଡି ସହିତ ସଜନା ଛୁଇଁ ପକେଇ ତରକାରି କରିବ ତ । ଓଡିଆ ଖାଇବା ମନେ ପଡୁଛି ।" ନହେଲେ କହିଥାନ୍ତେ - "ତମେ ଏମିତି ଅଳସୁଆ କାହିଁକି ହେଉଛ ? ଦେଖୁଛ ତ ନିଜକୁ ? କଣ ଦେଖା ହେଉଥିଲ ଆଉ ଏବେ କଣ ଦିଶୁଛ ? ଗୋଟିଏ ବୋଇତାଳୁ ।"

ଆଦିତ୍ୟଙ୍କ କଥାରେ ଟିକେ ଚିଡିଥାନ୍ତା ଅନୁପମା । ରାଗିକରି କହିଥାନ୍ତା, "ଯାଉନ ତା' ପାଖକୁ ଯିଏ ସରୁ କାକୁଡି ଭଳି ଦିଶୁଛି । ମୁଁ କଣ ମନା କରୁଛି ।"

ସେମିତି ପୁଅ, ଝିଅ ଘରେ ଥିଲେ ସେମାନେ ବି ଅନୁପମାକୁ ଲୋଡିଥାନ୍ତେ । ନ ଲୋଡିଲେ ବି ଅନୁପମା ଯାଇ କୁକୁର ଲାଞ୍ଜ ହଲେଇବା ଭଳି ପିଲାମାନଙ୍କୁ ପଚାରୁଥାନ୍ତା, "ଆରେ କେତେ ସେ ଫୋନ୍‌ଟାକୁ ଦେଖୁଛୁ ମ ? କାକରା ପିଠା କରିଥିଲି ତୋ ପାଇଁ । ଗୋଟିଏ ବି ଖାଇଲୁନି ।"

ପୁଅ ରାଗିଥାନ୍ତା । "ତମେ ନା ମା, ମତେ ପୋଟଳ ନକରି ଛାଡିବନି । ଦେଖୁଛ ତ ମୋ ପେଟ କେମିତି ବାହାରି ଆସିଲାଣି । ମୁଁ ଏବେ ତେଲ, ମିଠା ଖାଇବା ନିୟନ୍ତ୍ରଣ କରୁଛି । ନହେଲେ ତମଭଳି ଡାଇବେଟିସ୍ ହୋଇଯିବ ।"

ଝିଅ ବି ସେମିତି କହିଥାନ୍ତା । "ହଁ ମା, ତମେ ଏବେ ସେ ଓଡିଆ ରନ୍ଧା ଭୁଲିଯାଅ । ବାବାରେ କେତେ ତେଲ, ମସଲା ପକାଉଛ ? ୟୁଟିୟୁବ୍‌ରେ ଏବେ କେତେ ନୂଆ ରାନ୍ଧଣା ସବୁ ବାହାରୁଛି । ବିନା ତେଲ, ମସଲାରେ କେମିତି ସ୍ୱାଦିଷ୍ଟ ଖାଦ୍ୟ ତିଆରି କରିହେବ । ତମେ ସେମିତି ଶିଖ । ନହେଲେ ତମ ପାଇଁ ଆମର ବି ଚିନ୍ତା ହେଉଛି ।"

ହେଲେ ଏବେ କେହି ପାଖରେ ନାହାନ୍ତି । ଏ ଘରର ଏକମାତ୍ର ଅଧୀଶ୍ୱରୀ ଅନୁପମା । ସିଏ ଶତକଡା ୧୦୦ ପ୍ରତିଶତ ସ୍ୱାଧୀନ । ଆଦିତ୍ୟ ମାସକ ପରେ ଫେରିବେ । ସିଏ ଓଡିଶାରେ ଘର ତିଆରି କରୁଛନ୍ତି । ସେଠି କଣ ଗୋଟିଏ ଆଦର୍ଶ ବିଦ୍ୟାଳୟ ଖୋଲିବେ ବୋଲି ତାଙ୍କର ଇଚ୍ଛା । ଆଉ ଏ ପୁଅ, ଝିଅ ଦୁଇଟିଙ୍କୁ ଏମିତି ବ୍ୟବହାର ଦେଖାଉଛନ୍ତି, ଯେମିତି ସେମାନେ ସାବତ ପିଲା । ଝିଅ ତ ଥରେ ମୁହେଁମୁହେଁ କହିଦେଲା, "ତମେ ସତରେ ମୋର ନିଜ ବାପା ବୋଲି ମୁଁ ବିଶ୍ୱାସ କରିପାରୁନି ।"

ଉତ୍ତରରେ ଆଦିତ୍ୟ ଏମିତି ନିଷ୍ଠୁର ବାଣୀ ଶୁଣେଇଲେ ଯେ ଅନୁପମା ବି ଚମକି ପଡିଲା । "କିଏ ଜାଣେ ତୋ ମା ତତେ କେମିତି ଜନ୍ମ କରିଛି ? ନହେଲେ ମୋ ପିଲା ହୋଇ ତୁ ଏମିତି ନିର୍ଣ୍ଣୟ ନେଉଛୁ ବୋଲି ମୁଁ ତ ବିଶ୍ୱାସ କରିପାରୁନି ।"

ଏଇତ ସାତଦିନ ତଳେ ଝିଅ ଏଲିର ବାହାଘର ସରିଲା । ହେଲେ ଝିଅ ଗୋଟିଏ ଆମେରିକାନ୍ ପୁଅକୁ ବାହାହେଲା ବୋଲି ଅଭିମାନ କରି ଆଦିତ୍ୟ ଓଡିଶା ଚାଲିଗଲେ । ଝିଅର ବାହାଘରରେ ରହିବେନି କି ସେ ଝିଅର ମୁହଁ ଚାହିଁବେନି ବୋଲି କହି ସବୁ ଦାୟିତ୍ୱ ଅନୁପମା ଉପରେ ଲଦିଦେଇ ଗଲେ । ଝିଅର ବି ଅଭିମାନ ବଢିଥିଲା । "ଏମିତି ବାପା କାହାକୁ ନ ମିଳୁ । ଏ ଦେଶରେ ଆସି ରହିବ, ଅର୍ଥ ରୋଜଗାର କରିବ, ସମ୍ମାନ ପାଇବ । ହେଲେ ଏ ଦେଶ ଲୋକଙ୍କୁ ଗ୍ରହଣ କରିବନି । ଏ ଦେଶର ଆଚାର, ବ୍ୟବହାର, ସଂସ୍କାରକୁ ବି ଗ୍ରହଣ କରିବନି । ଏତେ ସ୍ୱାର୍ଥପର । ସେଥିରେ କହିବେ କଣ ନା - ଆମେ ଧାର୍ମିକ ଲୋକ । ଆମେ ସବୁ ଲୋକଙ୍କୁ ସମାନ ଆଖିରେ ଦେଖୁଁ । ପୂରା ଛଳନା । ସେମିତି ଲୋକ ମୋ ବାହାଘରରେ ନ ରହିବା ହିଁ ଭଲ ।"

ଅନୁପମା କଣ କରିବ ? ନା, ସ୍ୱାମୀକୁ ବୁଝେଇ ପାରିବ, ନା ଝିଅକୁ । ମଝିରେ ସିଏ ଯେ କେତେ ହଟାହଟା ହେଉଥିଲା, ସେକଥା ନା ସ୍ୱାମୀ ବୁଝିଲେ, ନା ଝିଅ । ତଥାପି ମନକଥା ମନରେ ରଖି ସିଏ ଝିଅ ବାହାଘରର ସମସ୍ତ ଦାୟିତ୍ୱ ବୁଝିଥିଲା । କମ୍ ସାଙ୍ଗସାଥୀଙ୍କୁ ନିମନ୍ତ୍ରଣ କରିଥିଲା । ବରଘର ପକ୍ଷରୁ ୩୦ ଜଣ ଆସିଥିଲେ ଓ ସେମାନଙ୍କ ପକ୍ଷରୁ ଝିଅର ସାଙ୍ଗସାଥୀଙ୍କୁ ମିଶେଇ ଚାଳିଶି ଜଣ । ସେତିକିରେ ବାହାଘର ସରିଲା । ବରଘର ପକ୍ଷରୁ ପଚାରିଥିଲେ, "ଝିଅର ବାପା କଣ ନାହାନ୍ତି ?"

ଅନୁପମା ଟଳେଇ କହିଥିଲା, "ପରିବାରରେ କିଛି ଜରୁରୀ ପରିସ୍ଥିତି ଆସିଥିବାରୁ ତାଙ୍କୁ ଓଡିଶା ଯିବାକୁ ପଡିଲା ।"

ବାହାଘର ସରିଗଲା । ଝିଅ ଏଲି ଓ ତା' ସ୍ୱାମୀ ହନିମୁନ୍‌ରେ ଚାଲିଗଲେ ସୁଇଜରଲାଣ୍ଡ । ପୁଅ ରାଜା ଫେରିଗଲା କାଲିଫର୍ଣ୍ଣିଆ, ତା ଚାକିରି ସ୍ଥାନକୁ । କେହି ତ ସେମିତି ସାଙ୍ଗସାଥୀ ଘରକୁ ଆସିନଥିଲେ । ତେଣୁ ଏକା, କେବଳ ଏକା ଘରକୁ ଫେରି

ଆସିଥିଲା ଅନୁପମା। ଶୂନ୍ୟ ଆଳୟ, ଶୂନ୍ୟ ହୃଦୟ, ଶୂନ୍ୟ ଭାବନାକୁ ନେଇ କବାଟ ଖୋଲି ଘରେ ପଶିଥିଲା ସେ। ଏ ସମୟ କେମିତି କଟିବ ?

ଅନୁପମା କେବେ ବାହାରେ କାମ କରିନି। ସେଇଟା ଥିଲା ଆଦିତ୍ୟଙ୍କର ଅଭିଳାଷ। ତାଙ୍କ ବାହାଘର ସମୟରେ ଅଲେଖା ଚୁକ୍ତି। ଆଦିତ୍ୟ ଯେବେ ଝିଅ ଦେଖି ଯାଇଥିଲେ, ତାଙ୍କୁ ଅନୁପମାର ବାପା, ମା ପଚାରିଥିଲେ ତାଙ୍କର ଇଚ୍ଛା, ଅନିଚ୍ଛା ବିଷୟରେ। ଉତ୍ତରରେ ଆଦିତ୍ୟ କହିଥିଲେ, "ମୋର ଦରକାର ଜଣେ ଜୀବନସାଥୀ ଯିଏ କି କେବେ ଚାକିରି କରିବାକୁ ଭାବିବନି। ବରଂ ମୁଁ କାମରୁ ଘରକୁ ଫେରିବାବେଳକୁ ମୋତେ ସ୍ୱାଗତ କରିବାକୁ ସୁସ୍ଥ ମନରେ, ସତେଜ ହୋଇ ମୋତେ ସ୍ୱାଗତ କରିବାକୁ ଘରେ ଚାହିଁ ରହିଥିବ।"

ସେତେବେଳେ ଅନୁପମାର ବି ସେମିତି କିଛି ଅଭିଳାଷ ନଥିଲା। ଯଦିଓ ସିଏ ମନସ୍ତତ୍ତ୍ୱ ବିଜ୍ଞାନରେ ସ୍ନାତକୋତ୍ତର ପାସ୍ କରିଥିଲା, ତେବେ ତାର ଅଭିଳାଷ କେବଳ ଜଣେ ଉଚ୍ଚଶିକ୍ଷିତ ଓ ସୁନ୍ଦର ସ୍ୱାମୀ ପାଇବାରେ ହିଁ ସୀମିତ ଥିଲା। ଆମେରିକାରେ କିଛିବର୍ଷ ରହିବାପରେ ତାର ବି ଇଚ୍ଛା ଥିଲା କିଛି କାମ କରନ୍ତା, ହେଲେ ଆଦିତ୍ୟ ଚାହିଁନଥିଲେ। "କଣ ସେ ମଞ୍ଜୁଳା ଭାଉଜଙ୍କ ଭଳି ଜୀବନ ବଞ୍ଚିବ ? ପିଲା ଜନ୍ମ କରି ଛାଡିଦେଲେ ଓଡିଶାରେ। ସିଏ କେମିତି କା ମା'। କଣନା ୮ ଘଣ୍ଟା ଚାକିରି କରି ଠିକ୍ ଭାବେ ପିଲା ସମ୍ଭାଳି ହେବନି। ମୁଁ ଏମିତି ହେବାକୁ କେବେବି ଦେଇପାରିବିନି।" ଅନୁପମା ବି ସେମିତି ଅଡିବସିନଥିଲା। ସତରେ ଖାଲି ମଞ୍ଜୁଳା ଅପା କଣ, ଯେ କୌଣସି ଚାକିରିଆ ମା' ମାନଙ୍କର ଅବସ୍ଥା ଦେଖିଲେ ସିଏ ଭାବେ ହୁଏତ ଆଦିତ୍ୟଙ୍କ ନିର୍ଣ୍ଣୟ ଠିକ୍ ଥିଲା। ପିଲାମାନଙ୍କ ଦାୟିତ୍ୱ ଓ ସ୍ୱାମୀଙ୍କ ସେବାଯତ୍ନରେ ସିଏ ନିଜକୁ ଉତ୍ସର୍ଗ କରିଦେଇଥିଲା। ହେଲେ କଣ ହେଲା ଫଳ ? ଝିଅଟାକୁ ଏତେ ଗୀତା, ଭାଗବତ ବୁଝେଇ, ଶେଷକୁ ସିଏ ଏତେ ଅଲଟ୍ରାମଡର୍ଣ୍ଣ ହୋଇ ବାହାରିଲା ଯେ, ଅନୁପମାକୁ ମଧ୍ୟ ବେଳେବେଳେ ଝିଅ ଉପରେ ରାଗ, ଅଭିମାନ ହୋଇଥିଲା। ଶେଷକୁ ବାଛିଲା ଆମେରିକାନ୍ ସ୍ୱାମୀ।

ଝିଅର ଏସବୁ ଚାଲିଚଳଣରେ ଆକ୍ଷେପ କରି ଆଦିତ୍ୟ ସବୁ ଦୋଷ ଅନୁପମା ଉପରେ ଲଦିଦେଇଥିଲେ। "ଏତିକି କାମ ବି ତମେ କରିପାରିଲନି ? କେବଳ ଛୁଆ ଦୁଇଟିଙ୍କର ଦାୟିତ୍ୱ, ତାଙ୍କୁ ଭଲ ମଣିଷ କରି ଗଢିବା, ସେତିକି ବି କରିପାରିଲନି। ହେଲେ ଦେଖ ମଞ୍ଜୁଳା ଭାଉଜଙ୍କୁ, ଚାକିରି କରି, ଘର ସମ୍ଭାଳି ତାଙ୍କ ପିଲାମାନଙ୍କୁ ରତ୍ନ ଭଳି କରି ଗଢିଛନ୍ତି। ଦୁଇଜଣ ଯାକ ଭାରତୀୟ ହିନ୍ଦୁ ପରିବାରରେ ହିଁ ବାହାହେଲେ। ଆଉ ତମେ, ଏମିତି ମୁହଁ ଏ ପିଲାମାନଙ୍କୁ ଦେଇଦେଇଛ ଯେ, ଛାଡ।"

ଅନୁପମାର ଇଚ୍ଛା ହେଉଥିଲା କହନ୍ତା, "ଆଗେ ତ ତମେ ମଞ୍ଜୁଳା ଭାଉଜଙ୍କୁ ଏତେ ସମାଲୋଚନା କରୁଥିଲ, ଆଉ ଏବେ ସେ ସବୁ ମନ୍ତବ୍ୟ ବଦଳେଇଦେଲ ? ମୁଁ ବି ତ ସେମିତି କରିପାରିଥାନ୍ତି। ହେଲେ ତମ ଭଳି ସ୍ୱାମୀ ଯାହାର, ତା ସ୍ତ୍ରୀର ଭାଗ୍ୟରେ ଆଉ ଅଧିକ କଣ ଘଟିପାରିଥାନ୍ତା ?" ହେଲେ ସିଏ ଚୁପ୍ ରହିଲା ଓ ଆଦିତ୍ୟଙ୍କର ସମସ୍ତ ତାସଲ୍ୟକୁ ସହିଗଲା।

ଯେଉଁଦିନ ଝିଅ ତାର ପୁରୁଷବନ୍ଧୁ ବ୍ରାୟାନ୍ ହାନ୍‌ସେନ୍‌କୁ ଧରି ଦେଢବର୍ଷ ତଳେ ପ୍ରଥମେ ଘରକୁ ଆସିଥିଲା, ସେଦିନ ଯେମିତି ଦୁନିଆ ଫାଟିପଡିଲା। ଆଦିତ୍ୟ ଫେଡେରାଲ୍ ଗଭର୍ଣ୍ଣମେଣ୍ଟ୍ ଚାକିରି କରୁଥିଲେ, ତେଣୁ ରକ୍ଷା ଯେ ସିଏ ସେ ବ୍ରାୟାନ୍ ସାମନାରେ କିଛି କହିଲେନି। ହେଲେ ସେ ବ୍ରାୟାନ୍ ଯେତେବେଳେ ବିଦାୟନେଲା, ସେତେବେଳେ ତାଙ୍କର ସମସ୍ତ କ୍ରୋଧ ଯେମିତି ମା', ଝିଅଙ୍କ ଉପରେ ବିସ୍ଫୋରିତ ହେଲା। "ତତେ ଏଇ ଶିକ୍ଷା, ଏଇ ସଂସ୍କାର ଦେଇଥିଲି ମୁଁ। ଶେଷରେ ତତେ କେହି ମିଳିଲେନି ଯେ, ତୁ ଏମିତି ଏକ ବାପା, ମା'ର ଠିକଣା ନଥିବା ପିଲା ସହିତ ବାନ୍ଧି ହୋଇପଡିଲୁ ?" - ଝିଅ ଉପରେ ବହେ ଗର୍ଜି ସାରି ଅନୁପମା ଉପରେ ରାଗ ସୁଝେଇଲେ। "ଝିଅଟାକୁ ଏଇମିତି ବଢେଇଥିଲ ? ଶେଷରେ ଆମ ଓଡିଆ ସମାଜ ଭିତରେ ନାକ କଟେଇବ।"

କଥାହେଲା କଣକି, ବ୍ରାୟାନ୍ ଜଣେ ଜାରଜ ସନ୍ତାନ। ତାର ବାପା, ମା' କିଏ ସିଏ ଜାଣେନି। ଅନାଥାଶ୍ରମରେ ବଡ ହୋଇଛି। ତାପରେ ତାକୁ ଜଣେ ଆମେରିକାନ୍ ଦମ୍ପତି ପୋଷ୍ୟପୁତ୍ର ରୂପେ ଗ୍ରହଣ କରିଥିଲେ। ଏକଥାଟା ଗ୍ରହଣୀୟ ହୋଇପାରୁନଥଲା ଆଦିତ୍ୟଙ୍କର। କୋଉଠି ସେ ପୁରୁଷପୁରୁଷର ମିଶ୍ର ପରିବାର ଆଉ କୋଉଠି ଏ ଜାରଜ ବ୍ରାୟାନ୍। ଝିଅକୁ ବହୁତ ଚାପ ପକେଇବାକୁ ପ୍ରଚେଷ୍ଟା ଜାରିରଖିଲେ ଆଦିତ୍ୟ। "ଦେଖେ, ତାକୁ ଘରକୁ ନେଇ ଆସିଲୁ, ଆସିଲୁ, କିନ୍ତୁ ସମ୍ପର୍କ ସେ ସାଙ୍ଗ ଭିତରେ ହିଁ ସୀମିତ ରହୁ। ମନେରଖିଥା, ଏମିତି ପିତାମାତା ପରିଚୟ ବିହୀନ ମଣିଷ ସହିତ ମୁଁ ତୋର କେବେ ବି ବାହାଘର କରେଇଦେବିନି।"

ଝିଅର ବି ସେମିତି କୋପ ଚଢିଗଲା। "ତମେ କଣ କହୁଛ, ନିଜେ ବୁଝୁଛ ତ ବାପା ? ତମେ ସରକାରୀ ଚାକିରି କରି ଏମିତି କହିପାରୁଛ ? ତମ ସରକାର ଏକଥା ଶୁଣିଲେ ସିଧା କାମରୁ ବହିଷ୍କାର କରିଦେବ। ଜାଣିଛ ତ ମୁଁ ଜଣେ ପ୍ରାପ୍ତବୟସ୍କ ଝିଅ। ମୁଁ ଯାହାକୁ ଚାହିଁବି, ତାକୁ ବାହାହେବି। ତମେ ଯାହାକୁ ଚାହିଁବ, ତାକୁ ନୁହେଁ।"

ଝିଅ ଏମିତି କହିଲା, ଯେମିତି ଆଦିତ୍ୟ ତାର ପୁଅ, ସିଏ ତାଙ୍କ ଝିଅ ନୁହେଁ। ଆଦିତ୍ୟଙ୍କର ମୁଣ୍ଡ ଉପରକୁ ପିତ୍ତ ଚଢିଗଲା। ଅନୁପମାକୁ ଦେଖେଇ କହିଲେ, "କୁହ,

ତମ ଝିଅକୁ ମୁହଁ ସମ୍ଭାଳି କଥା କହୁ। ଆଉ ଏକଥା ମନେ ରଖୁ ଯେ, ସେ ବ୍ରାୟାନ୍ ସହିତ କେବେ ବି ମୁଁ ତାର ବାହାଘର କରେଇଦେବିନି।”

“କଣ ତମେ କରିବ, କୁହ ତ କଣ ତମେ କରିବ ? କଣ ସେ ହିନ୍ଦି ସିନେମାର ବାପାମାନଙ୍କ ଭଳି ଗୁଣ୍ଡା ଲଗେଇବ ତା’ ପଛରେ ନା ଗୁଳି କରି ମାରିବ ?” - ଏଲିର ବି ସ୍ୱର ଚଢ଼ା ରହିଲା।

“ହଁ, ହଁ, ଗୁଣ୍ଡା ଲଗେଇବି, ଗୁଳି କରି ମାରିବି। ହେଲେ ମୁଁ ଏ ବାହାଘର କେବେ ବି କରେଇଦେବିନି। ତତେ ତା’ ସାଙ୍ଗ ଛାଡ଼ିବାକୁ ପଡ଼ିବ।”

ଏଲି ଏତେ ରାଗିଲା ଯେ, ସାଙ୍ଗେସାଙ୍ଗେ ତା’ ରୁମ୍‌କୁ ଗଲା। ବାକ୍ସରେ ତା’ କପଡ଼ା କିଛି ପ୍ୟାକ୍ କରି, ବାକ୍ସ ସଜାଡ଼ି ଘରୁ ବାହାରିଗଲା। ଅନୁପମାକୁ କହିଲା, “ମା, ତମେ ଏଭଳି ମଣିଷ ସହିତ ଏତେଦିନ କେମିତି କାଟିପାରିଲ ? ମୁଁ ତାଙ୍କୁ ଘୃଣା କରେ।”

ତାପରେ ଏଲି ଆଉ ବ୍ରାୟାନ୍‌କୁ ଧରି ଘରକୁ ଆସିଲାନି। ଛ ମାସ ପରେ ଅନୁପମାକୁ ଫୋନ୍ କରି ଜଣେଇଲା ଯେ ବ୍ରାୟାନ୍ ତାକୁ ପ୍ରପୋଜ୍ କଲା ଓ ଏବେ ସେ ବାକ୍‌ଦତ୍ତା ହୋଇଗଲା।

ଏକଥାଟିକୁ ଏଲି ଆଦିତ୍ୟଙ୍କୁ ଇମେଲ୍‌ରେ ଲେଖି ଜଣେଇଲା। ସେଦିନ ଅନୁପମା ଦେଖେ ତ ଆଦିତ୍ୟ ବସି କାନ୍ଦୁଛନ୍ତି। “ସାତ ପୁରୁଷ ଆଉ ପାଣି ପାଇବେନି ଆମ ଘରୁ। କେମିତି ବାପା, ମା’ ଓ ଘରେ ସମସ୍ତଙ୍କୁ ଜଣେଇବି ଏକଥା। ଖାନଦାନୀ ପୁରୁଷୋତ୍ତମ ମିଶ୍ରଙ୍କ ବଂଶର ଝିଅ ବାହାହେବ ଗୋଟିଏ ଜାରଜ ମଣିଷକୁ ? ଛି ! ନାକ କାଟିଦେଲା ଏ ଝିଅଟା।”

ପୁଣି ହଠାତ୍ ରାଗିଗଲେ ଆଦିତ୍ୟ। ଅନୁପମାକୁ ଜଣେଇଦେଲେ, “ଦେଖ, ଏଲି ଯଦି ସେ ଜାରଜ ଟୋକାକୁ ବାହା ହୁଏ, ତେବେ ମୁଁ ସେ ବାହାଘରରେ ରହିବିନି। ତମ ଇଚ୍ଛା ହେଲେ ତମେ ଯିବ। କିନ୍ତୁ ମୁଁ ସେ କଳଙ୍କ କଥା ଦେଖି ପାରିବିନି କି ଦେଖି କରି ସହି ପାରିବିନି।”

ସେଇଦିନରୁ ତାଙ୍କର ଡିପ୍ରେସନ୍ ବାହାରିଲା। ସେ ଡିପ୍ରେସନ୍‌ରୁ ମୁକ୍ତି ପାଇବା ପାଇଁ ଛୁଟି ନେଇ ବାରମ୍ବାର ଓଡ଼ିଶା ଗଲେ। ସେଠି ତାଙ୍କ ସ୍ୱପ୍ନର ବିଦ୍ୟାଳୟ ଗଢ଼ିବେ ବୋଲି କାମରେ ଲାଗିପଡ଼ିଲେ। ପ୍ରତିଜ୍ଞା କଲେ, ଏଲିର ବାହାଘରରେ ଗୋଟିଏ ପଇସା ବି ସିଏ ଖର୍ଚ୍ଚ କରିବେନି। ତା’ ବାହାଘର ଧୂମ୍‌ଧାମ୍‌ରେ କରିବାକୁ ଯେଉଁ ସ୍ୱପ୍ନ ସେ ଦେଖିଆସିଥିଲେ, ସେଥିପାଇଁ ଅର୍ଥ ସଞ୍ଚୟ କରି ଆସିଥିଲେ, ସେସବୁ ସିଏ ତାଙ୍କ ସ୍ୱପ୍ନର ବିଦ୍ୟାଳୟରେ ହିଁ ଖର୍ଚ୍ଚ କରିବେ।

ଅନୁପମାର ଅନେକ ଅଭିମାନ ହେଉଥିଲା। ବାପ, ଝିଅଙ୍କର ଏ ସଂଘର୍ଷରେ ସିଏ ଦଳିଚକଟି ହୋଇଯାଉଥିଲା। ତାର ଆତ୍ମା କ୍ଷତବିକ୍ଷତ ହୋଇଯାଉଥିଲା। ମନ ଦୁର୍ବଳ ହୋଇଯାଉଥିଲା। ହେଲେ ଆଦିତ୍ୟଙ୍କର କଣ ଅନୁପମା ପ୍ରତି ଟିକେ ବି ଭାବନା ନଥିଲା ? ସିଏ ଅନୁପମାକୁ ବୁଝିଲେନି କାହିଁକି ? ଝିଅଟା କଣ ଖାଲି ଅନୁପମାର ? ଦୁଃଖସୁଖର ସାଥୀ ହେବାପାଇଁ ତ ବେଦୀ ଉପରେ ହାତ ଧରିଥିଲେ। ଏବେ ଏମିତି ସଙ୍କଟ ସମୟରେ ହାତ ଛାଡିଦେଇ ପଳାୟନ ପନ୍ଥୀ ହେଲେ କେମିତି ଚଳିବ ?

ଅଭିମାନ ବି ହେଉଥିଲା ଝିଅଟା ଉପରେ। ଟିକେ ବି ନିଜର ବଂଶମର୍ଯ୍ୟାଦା ବିଷୟରେ ଭାବିଲାନି। ଛୋଟବେଳେ ସେମାନେ ପ୍ରତିବର୍ଷ ତାକୁ ଓଡିଶା ନେଇ ଯାଉଥିଲେ ଏଥିପାଇଁ କି ପିଲା ନିଜ ବଂଶ, ପରିବାର ବିଷୟରେ ସଚେତନ ରହୁ। ଆମେରିକାରେ ଯେମିତି ଅସ୍ଥାୟୀ ସମ୍ପର୍କରେ ହଜିଯାଇ ଏ ଯୁଗର ପିଲାମାନେ ଭୁଲ୍ କରି ବସୁଛନ୍ତି ସେମିତି ନକରୁ। ସାଙ୍ଗସାଥୀ, ଜୀବନସାଥୀ ନିରୂପଣ କରିବା ସମୟରେ ନିଜ ପରିବାରର ମାନମର୍ଯ୍ୟାଦାକୁ ମନରେ ରଖୁ। ହେଲେ ପିଲାଟା ହେଲା ପୂରା ଓଲଟା। କଲେଜ ଗଲାପରେ ସବୁ ଭୁଲିଗଲା। ନିଜ ମା'କୁ ବି ଭୁଲିଗଲା। ମନେ ରଖିଥିଲେ ସିଏ କଣ ବ୍ରାୟାନ୍ ଭଳି ଜୀବନସାଥୀଟିଏ ବାଛିଥାନ୍ତା ?

ଚିନ୍ତା ବି ହେଉଥିଲା ପୁଅ ରାଜା ବିଷୟରେ। ମହତେ ଯାହା ଆଚରିବେ, ଇତରେ ତାହାହିଁ କରିବେ। ଏବେ ପୁଅଟା ହୁଏତ ସେମିତି କରିବ। କୋଉ ଅଜାତିର ଝିଅକୁ ଆଣି ଘରେ ପୂରେଇବ। ସେତେବେଳେ କିଛି ତ କହି ପାରିବନି ଅନୁପମା।

ଏଲି ତା ବାହାଘରର ଦିନ, ଘଡି, ନକ୍ଷତ୍ର ନିଜେନିଜେ ଠିକ୍ କରିଦେଲା। ବାହାଘର ଭର୍ଜିନିଆ ବିଚ୍ ସହରରେ ଚର୍ଚ୍ଚରେ ୨ଟା ବେଳେ ଅନୁଷ୍ଠିତ ହେବ। କକ୍‌ଟେଲ୍ ଓ ରିସେପ୍‌ସନ୍ ନର୍‌ଫୋକ୍ ସହରରେ ହେବ, ସ୍ଲୋଭର୍ ଲାଇବ୍ରେରୀରେ। ଅପରାହ୍ନ ୫ଟାରେ ତୃତୀୟ ମହଲାରେ କକ୍‌ଟେଲ୍ ହେବ ଓ ଅଭ୍ୟର୍ଥନା ଉତ୍ସବ ତଳ ମହଲାର ଅଳିନ୍ଦରେ ୬ଟାରେ ଆରମ୍ଭ ହେବ।

ଅନୁପମା କିଛି ବୁଝିପାରୁନଥିଲା। "ଲାଇବ୍ରେରୀରେ ବାହାଘର" – ଏ କଥାଟା ତାକୁ ଅଜବ ଲାଗୁଥିଲା। ସିଏ ଏପର୍ଯ୍ୟନ୍ତ ଯେତେ ସବୁ ବାହାଘରରେ ଯୋଗ ଦେଇଛି, ସବୁ ବଡବଡ ହୋଟେଲ୍‌ରେ ହୁଏ। ଏବେ ଏଲିର ବାହାଘର ହେବ ଲାଇବ୍ରେରୀରେ। ହେଲେ ସିଏ ବା କଣ କରିପାରିବ ? ସିଏ ତ କେବଳ ଅନ୍ୟର ଇଶାରାରେ ନାଚିବାକୁ ଜନ୍ମ ହୋଇଛି। ତିରିଶି ବର୍ଷ ଧରି ନାଚି ଆସୁଥିଲା ଆଦିତ୍ୟଙ୍କର ଇଶାରାରେ, ଏବେ ନଚେଇବେ ପିଲାମାନେ। ଯିଏ ସବୁ ଆୟୋଜନ କରିଥାନ୍ତେ, ସିଏ ତ ଦୂରେଇଗଲେ। ଏବେ ଅନୁପମା ଅତିଥିଙ୍କ ଭଳି ଯିବ, ଖାଇବ, ପିଇବ, ହସିବ,

କଥା କହିବ ଓ ଫେରିଆସିବ। ଏ ସନ୍ଧିକ୍ଷଣରେ ପୁଅ ରାଜା ହିଁ ତାକୁ ସାହାଯ୍ୟ କଲା। ବାହାଘରର ଦୁଇଦିନ ପୂର୍ବରୁ ସିଏ ଓ ରାଜା ଯାଇ ସେ ଲାଇବ୍ରେରୀ ପାଖରେ ଥିବା ହିଲ୍‌ଟନ୍ ହୋଟେଲ୍‌ରେ ରହିଲେ। ତା' ପାଖରେ ଯାହା ସବୁ ସଞ୍ଚୟ ଥିଲା, ସେଥିରୁ ପନ୍ଦର ହଜାର ଡଲାର୍ ସିଏ ବାହାଘର ପାଇଁ ଦେଇଥିଲା। ଅନ୍ୟ ସବୁ ଖର୍ଚ୍ଚ ଏଲି ଓ ବ୍ରାୟାନ୍ ବଣ୍ଟାବଣ୍ଟି କରି କଲେ। ବାହାଘରର ଫଟୋଗ୍ରାଫର୍ ଯେବେ ସେମାନଙ୍କ ପରିବାରର ଫଟୋନେବାକୁ ଡାକିଥିଲା, ସେତେବେଳେ ଆଦିତ୍ୟଙ୍କୁ ମନେପକାଇ ଅନେକ ଦୁଃଖିତ ହୋଇଥିଲା ଅନୁପମା। ବରଂ ପୋଷ୍ୟପୁତ୍ର ହୋଇଥାଉ, ବ୍ରାୟାନ୍‌ର ପିତାମାତା ଓ ସେମାନଙ୍କ ହିସାବର ସମସ୍ତ ସଂପର୍କୀୟ କିନ୍ତୁ ବାହାଘରରେ ମହଜୁଦ ଥିଲେ।

ଏବେ କଣ ହେବ? ଆଦିତ୍ୟ ଓଡିଶାରୁ ଫେରି ଆସି କେମିତି ପ୍ରତିକ୍ରିୟା ଦେଖେଇବେ, ସେଇ ଚିନ୍ତା ଅନୁପମାକୁ ବେଶି ବିବ୍ରତ କରୁଥିଲା। ଭଲହେଇଛି ଯେ ଆଦିତ୍ୟ ତାଙ୍କ ସ୍ୱପ୍ନର ସ୍କୁଲ୍ ଉପରେ ମନୋନିବେଶ କରିଦେଇଛନ୍ତି। ମନସ୍ତତ୍ତ୍ୱ ବିଜ୍ଞାନ ଶିକ୍ଷାରୁ ସିଏ ଏତିକି ହିଁ ବୁଝିଛି ଯେ, ଯେଉଁ କଥା ମନ ଉପରେ ଚାପ ପକାଏ, ସେଥିରୁ ନିସ୍ତାର ପାଇବାର ସବୁଠାରୁ ଭଲ ଉପାୟ ହେଲା, କୌଣସି ଗୋଟିଏ ମନପସନ୍ଦର ସୁଖଦାୟକ କାର୍ଯ୍ୟରେ ମନୋନିବେଶ କରିଦେବା।

ଅନୁପମା ସ୍ଥିରକଲା ଯେ ତାର ବି ଓଡିଶା ଯିବା ଉଚିତ। ଏବେ ତ ଏଲିର ବାହାଘର ସରିଗଲା। ଆଦିତ୍ୟ ସେଠି ଅଛନ୍ତି। ଏଠି ଏକା ରହି ସିଏ କଣ କରିବ? ସିଏ ଏବେ ଗଲେ ପୁଣି ଆଦିତ୍ୟଙ୍କ ସହିତ ଫେରିଆସିବ।

ଏମିତି ଭାବି ସୋଫାରୁ ଉଠି ଆଦିତ୍ୟଙ୍କୁ ଫୋନ୍ ଲଗେଇଲା ଅନୁପମା। ଦୁଇତିନିଥର ଡାକିବା ପରେ ବି କେହି ଫୋନ୍ ନ ଧରିବାରୁ ମନକୁ ପାପ ଛୁଇଁଲା। ଝିଅ ବାହାଘର ପରେ ତାଙ୍କ ମନ ଉପରେ ବେଶି ଚାପ ପଡି ଯାଇନି ତ? କିଛି ଭୁଲ୍ କରିବସିନାହାନ୍ତି ତ? ତାଙ୍କ ପ୍ରତିକ୍ରିୟାକୁ ଡରି ଏଲି ବାହାଘର ପରେ ସିଏ ତାଙ୍କୁ ଫୋନ୍ ବି କରିନି କି ଆଦିତ୍ୟ ବି ନିଜ ତରଫରୁ ଫୋନ୍ କରି ପଚାରି ବୁଝିନାହାନ୍ତି।

ଅନୁପମା ନଣନ୍ଦ ଆନିଙ୍କୁ ଫୋନ୍ ଲଗେଇଲା। ଆନି ଫୋନ୍ ଧରିଲେ। ଜଣାପଡୁଥିଲା ବାହାରେ କେଉଁଠି ପାର୍ଟିରେ ଅଛନ୍ତି। ସେପଟେ ସଂଗୀତ ଓ ଉତ୍ସବର ବାତାବରଣ ଥିବା ଭଳି ମନେ ହେଉଥିଲା।

ଅନୁପମା ପଚାରିଲା, "କଣ କେଉଁଠି କାହାର ବାହାଘର ଉତ୍ସବକୁ ଯାଇଛ ନା କଣ? ତମ ଭାଇଙ୍କୁ ଫୋନ୍ ଲଗେଇ ସିଏ ଧରିଲେନି। ତେଣୁ ତମକୁ ଡାକିଲି। ସବୁ ଠିକ୍ ଅଛି ତ?"

ଆନି ଅତି ଖୁସିରେ କହିଲେ, "କାହା ବାହାଘର କଣ ? ଆମ ଏଲି ବାହାଘରର ଭୋଜି ଚାଲିଛି ପରା ?"

"ଏଲି ବାହାଘରର ଭୋଜି ? କିଏ ଦେଉଛି ? ତମ ଭାଇ ?" - ଅନୁପମା ପଚାରିଲା ।

"ଖାଲି ଭାଇ ନୁହଁନ୍ତି । ବାପା, ବୋଉ, ମୁଁ ସମସ୍ତେ । ଏଲିର ସ୍ୱାମୀ ବ୍ରାୟାନ୍, କେତେ ଗୋରା କି ଭାଉଜ ? ସିଏ ତ ପ୍ରଦର୍ଶନୀ ପାଲଟି ଯାଇଛି । ବହୁତ ବଢ଼ିଆ ପିଲା । ସମସ୍ତେ ତାକୁ ଦେଖି ବଡ ଖୁସି ।" - ଆନି ବହୁତ ଖୁସିରେ ଗଦଗଦ ହୋଇ କହିଲେ ।

ଅନୁପମା - "କଣ ତମେ କହୁଛ, ମୁଁ ବୁଝିପାରୁନି । ବ୍ରାୟାନ୍‌କୁ ସେଠି ସମସ୍ତେ କେମିତି ଦେଖିଲେ ? କଣ ଫେସ୍‌ବୁକ୍‌ରୁ ?"

ଆନି - "ଭାଉଜ, ତମେ କଣ କହୁଛ, ମୁଁ ବି ବୁଝିପାରୁନି । ତମେ ଜାଣିନ କି ଏଲି ଓ ବ୍ରାୟାନ୍ ଓଡିଶା ଆସିଛନ୍ତି ବୋଲି ?"

ଅନୁପମା ଯେମିତି ସେଇଠି କଚାଡି ହୋଇ ପଡିବ । ଏଲି ଓ ବ୍ରାୟାନ୍ ଓଡିଶା ଯାଇଛନ୍ତି ? ତାକୁ ତ କହିଥିଲେ ସୁଇଜରଲାଣ୍ଡ୍ ଯାଉଛନ୍ତି ବୋଲି । ହେଲେ ଓଡିଶା ପୁଣି କେଉଁଦିନ ଗଲେ ?

ଆନି ସେପଟୁ କହିବାରେ ଲାଗିଥିଲେ, "ଏଲି ଓ ବ୍ରାୟାନ୍ ତ ଆମ ସମସ୍ତଙ୍କୁ ଆଶ୍ଚର୍ଯ୍ୟଚକିତ କରିଦେଲେ । ବିଶେଷ କରି ଭାଇଙ୍କୁ । ସିଧା ଯାଇଥିଲେ ସ୍କୁଲ୍‌କୁ । ସେଠି ଭାଇଙ୍କୁ ଦେଖାକରି ତାଙ୍କୁ ଧରି ଆସିଲେ ଭୁବନେଶ୍ୱର । ବାପା, ବୋଉ ସମସ୍ତେ ବହୁତ ଖୁସି । ବାପା ତ ସାଙ୍ଗେସାଙ୍ଗେ ଲୋକ ଲଗେଇ ପାର୍ଟିପାଇଁ ସବୁ ଆୟୋଜନରେ ଲାଗିଗଲେ । ଜମା, ଗୋଟିଏ ଦିନରେ ମ, ସବୁ ଠିକ୍ ହୋଇଗଲା । ହେଲେ ତମେ ବିଶ୍ୱାସ କରିବନି ଭାଉଜ, ଆମ ଘରର ସମସ୍ତେ ଏଠି ଉପସ୍ଥିତ । କେବଳ ତମକୁ ଓ ରାଜାକୁ ଛାଡି । କେମିତି ଯୋଗ ଦେଖୁନ ? ବଡବାପା, ବଡବୋଉ, ଦାଦା, ଖୁଡି, ବନି ଅପା, ମନି ଅପା, ରାମ ଭାଇ, ଦାମ ଭାଇ, ସେ ଭାଉଜମାନେ, ସମସ୍ତେ, ଘରର ସମସ୍ତେ ମହଜୁଦ ।

ଅନୁପମା କିଛି ବୁଝିପାରୁନଥିଲା । ହଠାତ୍ ଏଲି ଓ ବ୍ରାୟାନ୍ କେମିତି ଓଡିଶା ଚାଲିଗଲେ ? ତାକୁ କହିତ ପାରିଥାନ୍ତେ ଅନ୍ତତଃ ? ଆଉ ଆଦିତ୍ୟ, ସତରେ କଣ ଆଦିତ୍ୟ ସେମାନଙ୍କୁ ଗ୍ରହଣ କରି ଖୁସିରେ ଅଛନ୍ତି ? କି ବାପା, ବୋଉଙ୍କ ଉପସ୍ଥିତିରେ ଅଭିନୟ କରୁଛନ୍ତି ?

ସିଏ ଯାହାବି ହେଉନା କାହିଁକି ଖବରଟା ଭଲ ଲାଗୁଥିଲା ଅନୁପମାକୁ । ଯେଉଁ

ବାପା, ବୋଉଙ୍କ ପ୍ରତିକ୍ରିୟାକୁ ଡରି ଆଦିତ୍ୟ ଏମିତି ପ୍ରତିକ୍ରିୟା ଦେଖାଉଥିଲେ, ସେମାନେ ଯେତେବେଳେ ଏମାନଙ୍କୁ ଗ୍ରହଣ କରିନେଲେଣି, ଆଦିତ୍ୟଙ୍କୁ ଗ୍ରହଣ କରିନେବାକୁ ଆଉ କେତେ ଡେରି ଲାଗିବ ?

ଆନିକୁ କହିଲା ଅନୁପମା, "ବହୁତ ଭଲ ଖବର ଦେଲ ତମେ। ମୁଁ ସତରେ ଏସବୁ ଜାଣିନଥିଲି। ହେଉ, ଏବେ ତମେ ପାର୍ଟିର ମଜା ନିଅ। ମୁଁ ପରେ ଫୋନ୍ କରି ବୁଝିବି।"

ବଡ ଅଭିମାନ ହେଲା ଅନୁପମାର। ଝିଅଟାର ମନରେ ଯଦି ଏମିତି ଥିଲା, ସିଏ ଅନୁପମାକୁ ଜଣେଇଲାନି କାହିଁକି ? ତାହେଲେ ଅନୁପମା ମଧ୍ୟ ଓଡିଶା ଯାଇଥାନ୍ତା ଓ ଏବେ ସମସ୍ତ ପରିବାରଙ୍କ ସହିତ ଖୁସି ମନାଉଥାଆନ୍ତା। ହେଲେ ଯାହାବି ହେଉ, ଏଲି ଓ ବ୍ରାୟାନ୍‌ଙ୍କର ବିଚାର, ବୁଦ୍ଧିକୁ ମନେମନେ ସେ ବହୁତ ତାରିଫ୍ କଲା।

ଏ ସବୁ ଖବର ତ ନିଶ୍ଚୟ ଭଲ। ଅନୁପମାର ମନରେ ତା' ସୁନ୍ଦର ଓ ସୁଖୀ ପରିବାରର ଦୃଶ୍ୟ ଭାସିଉଠିଲା। ସେଥିରେ ଆଦିତ୍ୟ ହସୁଥିଲେ। ଏଲି ଓ ବ୍ରାୟାନ୍ ଭାରତୀୟ ବେଶପୋଷାକରେ ଖୁବ୍ ସୁନ୍ଦର ଦିଶୁଥିଲେ। ଓଡିଶାରୁ ପରିବାରର ସମସ୍ତେ ଆମେରିକାକୁ ଆସିଥିଲେ, ଏଲି ଓ ବ୍ରାୟାନ୍‌ଙ୍କର ପ୍ରଥମ ବିବାହ ବାର୍ଷିକୀ ଉତ୍ସବ ପାଳନ କରିବା ପାଇଁ। ଘରେ କୋଳାହଳ ଜମି ଯାଉଥିଲା। ସମସ୍ତେ ଖୁସି, ସମସ୍ତେ ସୁଖୀ।

ବାହାଘରରେ ନ ହୋଇପାରିଲା ନାହିଁ, ସେମାନଙ୍କ ବିବାହ ବାର୍ଷିକୀ ସିଏ ନିଶ୍ଚୟ ବଡ ଧୁମ୍‌ଧାମ୍‌ରେ ହୋଟେଲ୍‌ରେ କରିବ। ଆଦିତ୍ୟ ନିଶ୍ଚୟ ସେ ଭିତରେ ସେମାନଙ୍କୁ ସଂପୂର୍ଣ୍ଣ ଭାବରେ ଗ୍ରହଣ କରିସାରିଥିବେ। ଏଲି ଓ ବ୍ରାୟାନ୍ ଏଥିରେ ପ୍ରତିବାଦ କରିବେନି। ଏମିତି ସବୁ ସୁଖର ଭାବନାରେ ଅନୁପମାର ମୁଖମଣ୍ଡଳରେ ଏକ ଆନନ୍ଦର ଜ୍ୟୋତି ପ୍ରକାଶିତ ହେଉଥିଲା ଓ ତା' ମୁଖମଣ୍ଡଳ ଝଲସୁଥିଲା।

ଅଘଟଣ ବେଳା

ଏ ସପ୍ତାହଟା କଣ ଥିଲା କେଜାଣି, ସବୁ କିଛି ଗୋଳମାଳ ହୋଇଯାଉଥିଲା। ଲାଲି ଜାଣିପାରୁନଥିଲା, କଣ କରିବ। ଏମିତି ଆଗରୁ ହୋଇଛି। ଅନେକ ଖରାପ ଘଟଣା ଏକାସାଙ୍ଗରେ ଘଟିଛି। ଜୀବନକୁ ବ୍ୟତିବ୍ୟସ୍ତ କରିପକାଇଛି। ତାପରେ ସବୁ ପୁଣି ଠିକ୍‌ଠାକ୍ ହୋଇଯାଇଛି। ଯଦିଓ ଠିକ୍‌ଠାକ୍ ହେବାକୁ ଅନେକ ସମୟ ଲାଗିଛି। ହେଲେ ସେସବୁ ଅନେକଟା ଘଟୁଥିଲା ତାର ଅନଭିଜ୍ଞତାକୁ ନେଇ। ଏବେ ତ ସିଏ ଅଭିଜ୍ଞ। ଏମିତି ବୟସରେ ପୁଣି ଏଭଳି ବୋକାମୀ ହେବ ବୋଲି କିଏ ଭାବିବ?

ଲାଲିର ଅନେକ ବିଷୟରେ ଆଗ୍ରହ। ହେଲେ ଲାଲି ଜାଣିଛି, ଏତେ ସବୁ ବିଷୟ ଏକାସାଙ୍ଗରେ ସମ୍ଭାଳିବା ସହଜ ନୁହେଁ। ଜୀବନଟା ସାରା ଅନ୍ୟମାନଙ୍କ ବିଷୟରେ ଭାବିଭାବି ନିଜ ଶରୀର ଓ ମନ ପ୍ରତି ବଡ ଅବିଚାର କରିଆସିଛି ଲାଲି। ସେଦିନ ଟୋଷ୍ଟମାଷ୍ଟର୍ କ୍ଲବ୍‌ରେ ସ୍ୱେଚ୍ଛାସେବୀ ଭାବେ କାମ କରିବା କଥାଟା କହିଦେଲା ଯେ, ଆଉ ଜଣେ ତା' ଉପରେ ମନ୍ତବ୍ୟ ଦେଇ କହିଥିଲେ, "ତମେ ବହୁତ ଭାଗ୍ୟବାନ ଲାଲି, ତମକୁ କିଛି ଫାଙ୍କା ସମୟ ମିଳୁଛି ସ୍ୱେଚ୍ଛାସେବୀ ଭାବେ କାମ କରିବା ପାଇଁ, ହେଲେ ମୋର ସପ୍ତାହଟା ଏମିତି ବିତୁଛି ଯେ, ସ୍ୱେଚ୍ଛାସେବୀ ଭାବେ କିଛି ସମୟ ଦେବା ବି ସମ୍ଭବ ହେବନି।"

ପରେ ଲାଲି ତାକୁ ପଚାରିଥିଲା, "ମୁଁ ବୁଝୁଛି। କାମ ଓ ଘର ଦାୟିତ୍ୱ ଅନେକ ସମୟ ସାପେକ୍ଷ।"

ସିଏ କହିଲା, "ହଁ ସେଇଆ ତ, ତାପରେ ନିଜ ସ୍ୱାସ୍ଥ୍ୟପ୍ରତି ବି ଯତ୍ନ ନେବାକୁ ପଡେ। ଜିମ୍ ଯାଇ ବ୍ୟାୟାମ କରିବାକୁ ପଡେ, ପାର୍କରେ ଦଉଡିବାକୁ ପଡେ। ଶରୀରକୁ ସୁସ୍ଥସବଳ ରଖିବା ପାଇଁ ଏସବୁ ତ କରିବା ଉଚିତ। ସପ୍ତାହର ପାଞ୍ଚଦିନ ତ ଅଫିସ୍

କାମରେ ଗଲା। ଆଉ ଦୁଇଦିନ ଘରସଫା, ବ୍ୟାୟାମ, ବିଶ୍ରାମରେ ନ ବିତେଇଲେ, ପରବର୍ତ୍ତୀ ସପ୍ତାହ ପାଇଁ ମାନସିକ ସ୍ତରରେ ପ୍ରସ୍ତୁତ ହୋଇପାରିବିନି।"

ସେ ସାଙ୍ଗଟି ଆମେରିକାନ୍। ହେଲେ ଭାରତୀୟ ହୋଇଥିବାରୁ ଲାଲିର ଅଧିକ କାମ। ସପ୍ତାହ ଶେଷ ଦୁଇଦିନ ଏମିତି ବିତେ ଯେ, ଜଣାପଡେ, ଅଫିସ୍ ଦିନଗୁଡିକ ବରଂ ଭଲ। ସାଙ୍ଗସାଥୀ ମାନଙ୍କର କେତେକେତେ ସମାରୋହ ସମୟ ଆସେ, ଜନ୍ମଦିନ, ବାହାଘର, ଗ୍ରାଜୁଏସନ୍, ବିବାହ ବାର୍ଷିକୀ, ବେବି ଶାୱାର୍, ୱେଡିଙ୍ଗ୍ ଶାୱାର୍ ଇତ୍ୟାଦି। ତା ସହିତ ଓଡିଆ ସମାଜର କାର୍ଯ୍ୟକ୍ରମ ବି ଚାଲୁଥାଏ। ଏମିତିରେ ସବୁ ସପ୍ତାହ ଶେଷର ଦିନ ଗୁଡିକ ବିତିଯାଏ। ଏବେ କିନ୍ତୁ ଲାଲି ନିଜକୁ ସଂଯମ କରିଛି। ସପ୍ତାହରେ ଗୋଟିଏ ଦିନ ସିଏ ବଲିଉଡ୍ ନାଚ ଶିଖିବାକୁ ଯାଉଛି। ବେଳେବେଳେ ରବିବାର ଦିନ, ସାଙ୍ଗମାନଙ୍କ ସହିତ ନାଚ ଅଭ୍ୟାସ କରୁଛି। ଏବେ ଧୀରେଧୀରେ ନିଜକୁ ସମାଜର କାର୍ଯ୍ୟକ୍ରମରୁ ଦୂରରେ ରଖିବାକୁ ଚାହୁଁଛି।

ଏପ୍ରିଲ୍ ୨୦ ତାରିଖ। ନାଚ କ୍ଲାସ୍ ସାରି ସିଏ ପରିବା କିଣିବା ପାଇଁ ଲୋଟୋ ଦୋକାନ ଗଲା। କାର୍ ବନ୍ଦ କରି ଲାଲି ଯାଇ ଲୋଟୋ ଦୋକାନରେ ପରିବା କିଣାକିଣି କଲା। ପରିବା କିଣିସାରି ଶପିଙ୍ଗ୍-କାର୍ଟରେ ଗାଡି ପାଖକୁ ଆସୁଆସୁ ପର୍ସ ବାହାର କରି ଚାବି ଖୋଜିଲା ବେଳକୁ ଚାବି ନାହିଁ। "ହୁଏତ ଚାବି ଗାଡି ଭିତରେ ରହିଯାଇଛି", ଏମିତି ଭାବି ଗାଡି ପାଖକୁ ଆସି ଦେଖେ ତ, ଚାବି ଗାଡି ଭିତରେ ଅଛି ଯେ, ହେଲେ ଇଞ୍ଜିନ୍ ବି ଚାଲୁଛି। ନିଜ ଆଖିକୁ ବିଶ୍ୱାସ କରିପାରିଲାନି ଲାଲି। ଇଏ କେମିତିକା କାମ ସିଏ କରିଛି ? ଗାଡି ଭିତରକୁ ବାହାରକୁ ଆସିବା ବେଳକୁ ତା' ମନ କୋଉଠି ଥିଲା ଯେ, ଇଞ୍ଜିନ୍ ବି ବନ୍ଦ କରିବାକୁ ଭୁଲିଗଲା ? ଏବେ କଣ କରାଯିବ ? ଗୋଟିଏ ଉପାୟ। ଲଳିତଙ୍କୁ ଫୋନ୍ କଲା। ଲଳିତ ଘରେ ଥିଲେ। ତାଙ୍କୁ ଗାଡିର ଅଲଗା ଚାବିଟି ଆଣି ଆସିବାକୁ ଅନୁରୋଧ କଲା। ସିଏ ଆସୁଆସୁ ପଚିଶି ମିନିଟ୍ ଲାଗିବ। ସେମିତି ଖରାରେ ଠିଆ ହୋଇ ଗାଡି ପାଖରେ ଜଗି ରହିଲା ଲାଲି। ବାହାରୁ ଇଞ୍ଜିନ୍‌ର ଶବ୍ଦ ଶୁଭୁଥାଏ। କେତେବେଳେ ଜୋର୍‌ରେ ଚାଲୁଥାଏ ତ କେତେବେଳେ ପୁଣି ବନ୍ଦ ହୋଇଯାଉଥାଏ। ଲାଲି ମନେମନେ ଈଶ୍ୱରଙ୍କୁ ଡାକୁଥାଏ। ଗାଡିଟିର ଇଞ୍ଜିନ୍ ଏମିତି ଚାଲୁଛି ବୋଲି କିଛି ଅସୁବିଧା ନହେଉ। କାଳେ ନିଆଁ ବାହାରି ପଡିବ, କି ଇଞ୍ଜିନ୍ ଏମିତି ଚାଲିଚାଲି ଖରାପ ହୋଇଯିବ। ପୁଣି ଡର ଲାଗୁଥାଏ ଲଳିତଙ୍କୁ। ସିଏ ଯଦି ଜାଣିବେ, ଇଞ୍ଜିନ୍ ବି ବନ୍ଦ କରିନି ଲାଲି, ସିଏ ଆହୁରି ଗାଳିଦେବେ।

୨୫ ମିନିଟ୍ ୨୫ ଦିନ ଭଳି ଲାଗିଲା। ଡ୍ରାଇଭ୍‌ୱେରେ ଯିଏ ଗାଡି ନେଇ ପଶୁଥାଏ, ଲାଲି ତାକୁ ଚାହୁଁଥାଏ। କାଳେ ଲଳିତ ହୋଇଥିବେ। ଯଦିଓ ସିଏ ଜାଣିଥାଏ,

ଲଳିତ ଏତେ ଶୀଘ୍ର ଆସିନଥିବେ। ପ୍ରାୟ ଅଧଘଣ୍ଟାଏ ପରେ ଲଳିତ ପହଞ୍ଚିଲେ। ସିଏ ପହଞ୍ଚୁପହଞ୍ଚୁ ଲାଲି ତାଙ୍କ ପାଖକୁ ଯାଇ ଚାବି ନେଇଆସିଲା। ସିଏ ଆଉ ଗାଡି ରଖି, ଏ ଗାଡି ପାଖକୁ ଆସିଲେନି, ତେଣୁ ଇଞ୍ଜିନ୍ ଚାଲୁଥିବା କଥା ଜାଣିପାରିଲେନି। ନହେଲେ ଗୋଟିଏ ବଡ ବିଭ୍ରାଟ ହୋଇଥାନ୍ତା। ଯାହାହେଉ, ରକ୍ଷା।

ଗାଡିକୁ କିଛି ସମୟ ପାଇଁ ବନ୍ଦ କରି ପୁଣି ଥରେ ଇଞ୍ଜିନ୍ ଷ୍ଟାର୍ଟ କଲା ଲାଲି। ନା, ଆଜି ଆଉ କିଛି କରିବନି ସେ, ଏବେ ଘରକୁ ଫେରିଯିବ ଓ ଘରେ ହିଁ ରହିବ। ସେଇଟା ଶନିବାର ଥିଲା।

ମଙ୍ଗଳବାର ଦିନ କଲେଜପାର୍କରେ ଗୋଟିଏ କନ୍‌ଫରେନ୍‌ସ୍ ଆଟେଣ୍ଡ୍ କରିବାର ଥାଏ। କନ୍‌ଫରେନ୍‌ସ୍‌ର ଆରମ୍ଭ ସମୟ ୯ଟା। ଘରୁ ୮ଟାରେ ବାହାରିବାକୁ ପଡିବ। ସବୁଦିନ ସିଏ ୯ଟାରେ ଘରୁ ବାହାରେ। ଆଜି କିନ୍ତୁ ଶୀଘ୍ର ବାହାରିବାକୁ ପଡିବ। ସକାଳୁ ଉଠି ଲାଲି ପ୍ରସ୍ତୁତ ହୋଇଗଲା। ୮ଟା ବେଳକୁ ତାର ସବୁ କାମ ସରିଯାଇଥିଲା। ସିଏ ବ୍ୟାଗ୍ ବାହାର କଲା, ଚାବି ବାହାର କଲା, ଲଞ୍ଚ୍ ପ୍ୟାକ୍ କଲା ଓ ଘରୁ ଗାଡି ବାହାର କରି କଲେଜ୍‌ପାର୍କ ଅଭିମୁଖେ ଯାତ୍ରା ଆରମ୍ଭକଲା। ଅଫିସ୍ ବିଲ୍‌ଡିଙ୍ଗ୍ ଭିତରେ ପଶିବାକୁ ଗୋଟିଏ ଚେକ୍‌ପଏଣ୍ଟ୍ ଦେଇ ଯିବାକୁ ପଡେ। ସେଠି ପରିଚୟ ପତ୍ର ସ୍କାନ୍ କଲେ, ଗାଡି ଯିବାପାଇଁ ରାସ୍ତା ଖୋଲିବ। ନହେଲେ ତମେ ଭିତରକୁ ଯାଇପାରିବନି। ଦେଖିବା ବେଳକୁ ଲାଲି ପାଖରେ ପରିଚୟ ପତ୍ର ନାହିଁ। ସିଏ ସବୁବେଳେ ପରିଚୟ ପତ୍ରଟି ବେକରେ ମାଳା କରି ଝୁଲାଏ। ବେକକୁ ବାରମ୍ବାର ଅଣ୍ଡାଳିଲା, ହେଲେ ପରିଚୟ ପତ୍ର ଗଲା କୁଆଡେ? ବ୍ୟାଗ୍‌ପ୍ୟାକ୍‌ର ଗୋଟିଏ ନିର୍ଦ୍ଦିଷ୍ଟ ପ୍ୟାକ୍ ଭିତରେ ପରିଚୟ ପତ୍ର ରଖେ ସିଏ। ହେଲେ ତା ଭିତରେ ବି ନଥିଲା। ଏବେ ମନେ ପଡିଲା। ପରିଚୟ ପତ୍ର ସିଏ ବେକରେ ପକେଇଥିଲା ଓ ତାପରେ ଉପର ସାର୍ଟଟା ସିଏ ବଦଳାଇଥିଲା। ହୁଏତ ପରିଚୟପତ୍ର ସେ ସମୟରେ ବାହାରେ ରଖିଦେଇଛି କି କଣ? କଣ ପାଇଁ ଲାଲି ସେମିତି କଲା? ପରିଚୟ ପତ୍ରକୁ ବେକରୁ ବାହାର କରିବା କଣ ଦରକାର ଥିଲା? ଏବେ ଆଉ କୌଣସି ଉପାୟ ନାହିଁ, ଘରକୁ ଫେରିବାକୁ ହିଁ ହେବ, ନହେଲେ ତ ସିଏ ଅଫିସ୍ ବିଲ୍‌ଡିଙ୍ଗ୍ ଭିତରେ ପଶି ପାରିବନି। ସାଙ୍ଗମାନଙ୍କୁ ଡାକି ତାଙ୍କ ହେଫାଜତରେ ଅଫିସ୍ ଭିତରକୁ ଗଲେ ବି କିଛି ଲାଭ ହେବନି। କାରଣ ପରିଚୟ ପତ୍ର ବିନା କଂପ୍ୟୁଟର୍ ବି ଖୋଲି ପାରିବନି। ଅତଏବ ଲାଲି ପୁଣି ଘରକୁ ଫେରିଲା। ଘରେ ପରିଚୟ ପତ୍ର ମିଳିଲା। ତାକୁ ସଂଗ୍ରହ କରି, ଗଳାରେ ଝୁଲେଇ ପୁଣି ଘଣ୍ଟାଏ ଡ୍ରାଇଭ୍ କରି କଲେଜ ପାର୍କ ଆସିଲା। ସେତେବେଳକୁ କନ୍‌ଫରେନ୍‌ସ୍‌ର ଅନେକ କିଛି ସରିଗଲାଣି। ରାସ୍ତାରେ ଡ୍ରାଇଭିଙ୍ଗ୍ କରିକରି ସେତେବେଳକୁ ତିନିଘଣ୍ଟା

ବିତିଗଲାଣି। ଇଚ୍ଛା କରିଥିଲେ ଜଣେ ଏତେବେଳକୁ ମେରୀଲାଣ୍ଡ୍‌ରୁ ନିଉଜର୍ସୀରେ ପହଞ୍ଚିସାରନ୍ତାଣି। ଯାହା ହେଲା ହେଲା, କଣ କରାଯିବ। ମନକୁ ବୁଝେଇଲା ଲାଲି। ଏବେ ଆଉ ପରିଚୟ ପତ୍ରକୁ ବାହାର କରି ଗଳାରେ ଝୁଲେଇବନି। ବ୍ୟାଗ୍‌ପ୍ୟାକ୍‌ରେ ରଖିବ। ତାହେଲେ, ଯଦି କୌଣସି କାରଣରୁ ସିଏ ସାର୍ଟ ବଦଳାଇବାକୁ ମନସ୍ଥ କଲା ତ, ତେବେ ପରିଚୟ ପତ୍ର ଏମିତି ଛାଡିଯିବାର ଭୟ ନଥିବ।

ତା ପର ସପ୍ତାହରେ ଆଉ ଗୋଟିଏ କନ୍‌ଫରେନ୍‌ସ୍‌ରେ କ୍ଲିଭ୍‌ଲାଣ୍ଡ୍ ଯିବାର ଥିଲା। ଏ ପର୍ଯ୍ୟନ୍ତ ଆପ୍ରୁଭାଲ୍ ଆସିନଥିଲା। ଭାଗ୍ୟକୁ ଲଞ୍ଚ୍ ବ୍ରେକ୍‌ରେ ଇମେଲ୍ ଚେକ୍ କରୁକରୁ ଆପ୍ରୁଭାଲ୍ ଲେଟର୍ ଆସିଥିବାର ଦେଖିଲା ଲାଲି। ତାହେଲେ ପୁଣି ହୋଟେଲ୍ ବୁକ୍ କରିବାକୁ ପଡିବ। ୱାର୍ଲଡ୍‌ୱାଇଡ୍ ଟ୍ରାଭ୍‌ଲ୍ ଏଜେନ୍‌ସୀକୁ ଇମେଲ୍ ପଠେଇଲା। ପ୍ରଥମେ ନିଜେ ସବୁ ଏୟାର୍‌ଲାଇନ୍‌ସ୍ ଚେକ୍ କରି ସିଏ କେଉଁ ଫ୍ଲାଇଟ୍‌ରେ ଯିବ ଓ କେଉଁ ଫ୍ଲାଇଟ୍‌ରେ ଫେରିବ, ସେ ବିଷୟ ଜଣେଇଦେଲା। ଏବେ ଟିକେଟ୍ ପଇସା ବଢି ଯାଇଥିଲା। ମ୍ୟାନେଜର୍‌କୁ ସେ ବିଷୟ ଜଣେଇବାରୁ, ମ୍ୟାନେଜର୍ ଉତ୍ତରଦେଲା ଯେ ଯଦି ଟିକେଟ୍ ଦାମ ୧୦୦ ଡଲାର୍ ଅଧିକ ଥିବ, ତେବେ କିଛି ସମସ୍ୟା ହେବନି। ହେଲେ ମ୍ୟାନେଜର୍‌ର ଉତ୍ତର ଆସୁଆସୁ, ଟ୍ରାଭ୍‌ଲ୍ ଏଜେନ୍‌ସୀର ଅଫିସ୍ ବନ୍ଦ ହୋଇଯାଇଥିଲା। ବୁଧବାର ଦିନ, ସେ ଟିକେଟ୍ ଆଉ ସେ ଦାମ୍‌ରେ ନଥିଲା। ଆହୁରି ୯୦ ଡଲାର୍ ଅଧିକ ହୋଇଯାଇଥିଲା। ଏବେ ସେ ଦାମ୍‌ଟା ଗ୍ରହଣୀୟ ହେବ କି ନା, ସେସବୁ ନେଇ ଇମେଲ୍‌ରେ ଚିଠି ଦେଉଦେଉ, ଉତ୍ତର ପାଉପାଉ ସମୟ ଅତିବାହିତ ହେଉଥିଲା। ବଡ ଦ୍ୱନ୍ଦ୍ୱରେ ଥିଲା ଲାଲି। ଯାହା ହେଉ, ଶେଷକୁ ପୁଣି ଅଧିକ ଦାମରେ ଟିକେଟ୍ କିଣିବାକୁ ମ୍ୟାନେଜର୍ ଅନୁମତି ଦେଲା ଓ ଟିକେଟ୍ କିଣାହେଲା।

ହୋଟେଲ୍ କିନ୍ତୁ ମିଳୁନଥିଲା। କଣ ପାଇଁ କେଜାଣି ହନ୍‌ଟିଙ୍ଗ୍‌ଟନ୍ କନ୍‌ଭେନ୍‌ସନ୍ ସେଣ୍ଟର୍ ପାଖରେ ଥିବା ସବୁ ହୋଟେଲ୍ ଭର୍ତ୍ତି ହୋଇସାରିଥିଲା। ସବୁ ହୋଟେଲ୍‌ରେ ଦୁଇଦିନ, ତିନିଦିନ ଏମିତି ମିଳୁଥିଲା, କିନ୍ତୁ କ୍ରମାଗତ ଭାବେ ପାଞ୍ଚଦିନ ପାଇଁ କୌଣସି ହୋଟେଲ୍ ଖାଲି ନଥିଲା। ପ୍ରଥମ ଦୁଇଦିନ ସିଏ ୱେଷ୍ଟିନ୍ ହୋଟେଲ୍‌ରେ ବୁକ୍ କଲା ଓ ଶେଷ ତିନିଦିନ ପାଇଁ ପାଖାପାଖି ହୋଟେଲ୍ ଖୋଜି ଶେଷରେ କଂଫୋର୍ଟ ଇନ୍ ହୋଟେଲ୍ ମିଳିଲା। ହୋଟେଲ୍.କମ୍ ୱେବ୍‌ସାଇଟ୍‌କୁ ଯାଇ ସେଥିରେ ବୁକ୍ କରିଦେଲା ଲାଲି। ଗୁରୁବାର ଦିନ ଅପରାହ୍ନରେ ସମସ୍ତ କନ୍‌ଫରେନ୍‌ସ୍ ସମ୍ବନ୍ଧୀୟ କାଗଜପତ୍ର, ଟିକେଟ୍, ହୋଟେଲ୍ ଇନ୍‌ଫରମେସନ୍ ସବୁ ପ୍ରିଣ୍ଟ୍ କରି ଗୋଟିଏ ଫୋଲ୍‌ଡର୍ ଭିତରେ ସଂଗ୍ରହ କରି ରଖିଲା। ଶୁକ୍ରବାର ଦିନ ସିଏ ଘରୁ କାମ କରେ। ଶୁକ୍ରବାର ଦିନ ହଠାତ୍ ଇମେଲ୍ ଆସିଲା କଂଫୋର୍ଟ ଇନ୍, ୱାସିଂଟନ୍ ଡିସିରୁ। ସେଇଟାକୁ ଅଣଦେଖା କରିବାକୁ

ଯାଉଥିଲା ଲାଲି, ହେଲେ ହଠାତ୍ ଦୃଷ୍ଟି ପଡିଗଲା, ହୋଟେଲ୍ ବୁକିଙ୍ଗ ବିଷୟରେ। ହୋଟେଲ୍ ବୁକ୍ ହୋଇଥିଲା ୱାସିଂଟନ୍ ଡିସିରେ, କ୍ଲିଭ୍‌ଲାଣ୍ଡ୍‌ରେ ନୁହେଁ। ମୁଣ୍ଡରେ ଚଡକ ପଡିଲା ଲାଲିର। ଏବେ କଣ ହେବ? ସେ ଯେଉଁ ହୋଟେଲ୍ ରେଟ୍‌ରେ ବୁକ୍ କରିଥିଲା, ସେଇଟା ନନ୍ ରିଫଣ୍ଡେବ୍‌ଲ୍। ଲାଲି ହୋଟେଲ୍.କମ୍‌ର କସ୍‌ଟମର୍ ରିଲେସନ୍‌କୁ ଡାକି ଜଣେଇଲା। ସେମାନେ କଂଫୋର୍ଟ ଇନ୍, ଡିସିକୁ ଡାକି ପଚାରିଲେ। ହୋଟେଲ୍.କମ୍ ଖବର ଦେଲା ଯେ, ଖର୍ଚ୍ଚ ହୋଇଥିବା ଅର୍ଥ ଆଉ ମିଳିବନି। ଲାଲିକୁ ଆଉଥରେ କ୍ଲିଭ୍‌ଲାଣ୍ଡ୍‌ରେ ବୁକ୍ କରିବାକୁ ପଡିବ। ସମୁଦାୟ ୫୭୫ ଡଲାରର କ୍ଷତି। ଲାଲି ଅଧୈର୍ଯ୍ୟ ହୋଇଗଲା। ନିଜେ କଂଫୋର୍ଟ ଇନ୍, ୱାସିଂଟନ୍ ଡିସିକୁ ଡାକି ପଚାରିଲା। ସେମାନେ ବି ସେମିତି ଉତ୍ତରଦେଲେ। ଲାଲି ମ୍ୟାନେଜର୍ ସହିତ କଥା ହେବାକୁ ଚାହିଁଲା, ହେଲେ ମ୍ୟାନେଜର୍ ଅନୁପସ୍ଥିତ ଥିଲା। କଣ କରିବ, କଣ କରିବ, ବୁଦ୍ଧି ଦିଶିଲାନି ଲାଲିକୁ। ମ୍ୟାନେଜର୍‌କୁ ତା ପରଦିନ କଥା ହେବ ବୋଲି ସ୍ଥିର କରି ସିଏ ନିଜକୁ ପ୍ରବୋଧନା ଦେଲା।

ଯଦି ସେ ଅର୍ଥ ନ ମିଳେ, ତେବେ ନିଜକୁ ନିଜେ ଦଣ୍ଡ ଦେବ ବୋଲି ଲାଲି ସ୍ଥିର କରିଦେଲା। ହେଲେ ବୁଝିପାରୁନଥିଲା ସିଏ ଏମିତି ଭୁଲ୍ କେମିତି କଲା। ତା ଆଖିକୁ କଣ ଦିଶିଲାନି, ସିଏ କେଉଁ ସହରରେ ହୋଟେଲ୍ ବୁକ୍ କରୁଛି। ତାପରେ କମ୍ପାନୀ ତରଫରୁ ତ ସିଏ କନ୍‌ଫରେନ୍‌ସ୍ ଯାଉଛି, ନିଜ ଖର୍ଚ୍ଚରେ ନୁହେଁ। ତାହେଲେ ଏତେ କାର୍ପଣ୍ୟ ଦେଖେଇ କମ୍ ଦାମ୍ ବୋଲି ସେ ନନ୍ ରିଫଣ୍ଡେବ୍‌ଲ୍ ଦରଟାକୁ ବାଛିବାର କି ଦରକାର ଥିଲା? ହୋଟେଲ୍ ଖବର ବି ସେଲ୍‌ଫୋନ୍‌କୁ ଟେକ୍‌ସ୍‌ଟ୍ ଆକାରରେ ଆସିଥିଲା। ସେଇଟା ବି କେମିତି ଲାଲିର ଆଖିକୁ ଦିଶିଲାନି? ଇଏ କଣ ଚାଲିଚି ଲାଲିର ମୁଣ୍ଡରେ। ସ୍ୱାମୀ ଲଳିତ ଏ ବିଷୟ ଶୁଣି ରାଗିଲେ ସତ, ହେଲେ କ୍ରେଡିଟ୍ କାର୍ଡ ବ୍ୟାଙ୍କ୍‌କୁ ଡାକି ଏ ବିଷୟ ଜଣେଇଲେ। ଯଦି ହୋଟେଲ୍ ଅର୍ଥ ନ ଫେରାଏ, ତେବେ କଣ କରାଯିବ ବୋଲି ପରାମର୍ଶ ମାଗିଲେ। ବ୍ୟାଙ୍କ୍ କର୍ମଚାରୀ ପରାମର୍ଶ ଦେଲେ, "ସବୁଠାରୁ ଭଲହେବ ଯେ, ତମେ କଂଫୋର୍ଟ ଇନ୍‌ର ମ୍ୟାନେଜର୍ ସହିତ କଥା ହୁଅ। ତାଙ୍କୁ ପରିସ୍ଥିତି ବୁଝାଅ ଯେ ତମର କ୍ଲିଭ୍‌ଲାଣ୍ଡ୍‌ରେ ହୋଟେଲ୍ ବୁକ୍ କରିବାର ଥିଲା, ୱାଶିଂଟନ୍ ଡିସିରେ ନୁହେଁ। ହୁଏତ ସିଏ ବୁଝିଯିବେ। ଯଦି ସିଏ ନବୁଝିଲେ ଓ ଯଦି ତମେ ଚାହିଁବ, ତେବେ ଆଉଥରେ କାଲି ଡାକ, ଆମେ ସେ ଅର୍ଥ ଉପରେ କଟକଣା କରି ରଖିଦେବୁ। ତାପରେ ଦେଖିବା କଣ ହେଉଛି।"

ନିଜ ଉପରେ ଅନେକ ରାଗ ଆସିଲା ଲାଲିର। ଇଏ ସବୁ କଣ ହୋଇଯାଉଛି? ଲାଲିର କଣ ମୁଣ୍ଡ ଠିକ୍ ଭାବେ କାମ କରୁନି? ନହେଲେ ଏମିତି ବୋକୀଙ୍କ ଭଳି

କାମ କେମିତି କରୁଥିଲା ସିଏ ? ଶନିବାର ଦିନ ସିଏ ପୁଣି କଂଫୋର୍ଟ ଇନ୍, ୱାସିଂଟନ୍ ଡିସିକୁ ଡାକିଲା । ହେଲେ ମ୍ୟାନେଜର୍ ନଥିଲେ । ସିଏ ସୋମବାର ଦିନ ଫେରିବେ ବୋଲି ତାଙ୍କ କର୍ମଚାରୀ କହିଲା । ଲାଲି ପୁଣି ଥରେ କ୍ଲିଭଲାଣ୍ଡ୍ର କଂଫୋର୍ଟ ଇନ୍ରେ ମେ ୨ରୁ ୪ ତାରିଖ ପର୍ଯ୍ୟନ୍ତ ତିନିଦିନ ପାଇଁ ବୁକ୍ କରିଦେଲା ।

ସୋମବାର ଦିନ ସକାଳେ ସିଏ ପୁଣି କଂଫୋର୍ଟ ଇନ୍, ୱାସିଂଟନ୍ ଡିସିର ମ୍ୟାନେଜର୍କୁ ଡାକିଲା । ମ୍ୟାନେଜର୍ ଫୋନ୍ରୁ ମେସେଜ୍ ଆସିଲା । ଲାଲି ତେଣୁ ତାର ଇମେଲ୍କୁ ଚିଠି ଲେଖିଲା । ଉତ୍ତରରେ ମ୍ୟାନେଜର୍ ଲେଖିଲା ଯେ ସିଏ ଦୁଇଦିନର ହୋଟେଲ୍ ଦାମ ଫେରେଇଦେବ, କିନ୍ତୁ ପେନାଲ୍ଟି ସ୍ୱରୂପ ଗୋଟିଏ ଦିନର ଭଡା ଓ ଟ୍ୟାକ୍ସ୍ ରଖିବ । ଆଉ କେତେ ଯୁକ୍ତି କରିବ ଲାଲି । ନାହିଁ ମାମୁ ଠାରୁ କଣା ମାମୁ ଭଲ । ସିଏ ସେ ମ୍ୟାନେଜର୍କୁ ଧନ୍ୟବାଦ ଦେଇ ଉତ୍ତର ପଠେଇଲା ଓ ସେ ବିଷୟ ସେଇଠାରେ ସାରିଲା ।

ଏ ଭିତରେ ଆହୁରି ଅନେକ ଘଟଣା ଘଟିଥିଲା । ଝିଅ ବାହାଘର ପାଇଁ ଭିଡିଓଗ୍ରାଫର୍ ସହିତ କଥାବାର୍ତ୍ତା କରି ଦରଦାମ୍ ନିର୍ଦ୍ଧାରିତ କରିବାର ଥିଲା । ସେ କାମଟି ସିଏ ଏପ୍ରିଲ୍ ୨୬ ତାରିଖ ଦିନ ସାରିପାରିଲା ।

ଝିଅ ବାହାଘର ପାଇଁ ନିମନ୍ତ୍ରଣ ପତ୍ର ଛପେଇବା ପାଇଁ ପ୍ରେସ୍କୁ ଯୋଗାଯୋଗ କରିବାକୁ ଲଳିତ କହିଥିଲେ । ହେଲେ ଝିଅ ତା ମନେମନେ ଚଉଦ ପା । ତା ସାଙ୍ଗ ଦ୍ୱାରା ସିଏ ଗୋଟିଏ ଡିଜାଇନ୍ କରିଥିଲା । ତାର ଜିଦ୍, ସିଏ ସେଇ ଡିଜାଇନ୍ ପ୍ରିଣ୍ଟ୍ କରିବ । ଲାଲିକୁ କିଛି ଭଲ ଲାଗୁନଥିଲା । ସିଏ କେତୋଟି ଭାରତୀୟ ଗ୍ରିଟିଙ୍ଗ କାର୍ଡ କମ୍ପାନୀ ମାନଙ୍କୁ ଯୋଗାଯୋଗ କଲା, ହେଲେ ସେମାନଙ୍କ ଦ୍ୱାରା କାର୍ଡ ପ୍ରିଣ୍ଟ୍ କରାଇବା ଦାମ୍ ଠାରୁ, ପୋଷ୍ଟ୍ରେ ପଠାଇବା ଖର୍ଚ୍ଚ ଅଧିକ ଥିଲା । କଣ ହେଲେ ଭଲ ହେବ, କିଛି ବି ମୁଣ୍ଡରେ ପଶୁନଥିଲା । ଏଣେ ସାଙ୍ଗଟିଏ ଓଡିଶା ଯାଇଥିଲା, ସିଏ ସେଠି କାର୍ଡ ବିଷୟ ବୁଝାବୁଝି କରିବ ବୋଲି କହିଥିଲା । ହେଲେ ଖବର ମିଳିଲା, ଓଡିଶାରେ ବାତ୍ୟା ହେବାର ସମ୍ଭାବନା ରହିଛି । ସେଥିପାଇଁ ଦୋକାନ, ବଜାର ସବୁ ବାତ୍ୟା ପ୍ରସ୍ତୁତିରେ ରହିଛନ୍ତି । ଏବେ ନୂଆ ଅର୍ଡର୍ ନେଇ ଠିକ୍ ସମୟରେ କାମ ସାରିପାରିବା ଅବସ୍ଥାରେ ନାହାନ୍ତି ।

ଗୋଟିଏ ମଣିଷ, ଗୋଟିଏ ମୁଣ୍ଡ । ସେ ଗୋଟିଏ ମୁଣ୍ଡ ଭିତରେ ଏତେଗୁଡିଏ ଘଟଣାକୁ ସନ୍ତୁଳିତ କରି ସମ୍ଭାଳିବାକୁ ପଡୁଥିଲା । ପୁଣି ସେ ଭିତରେ ଏମିତି ସବୁ ଅଘଟଣ ଘଟୁଥିଲା । ଅଫିସ୍ରେ କାମର ପାହାଡ । ଲାଲି ସବୁ କାମକୁ ଯତ୍ନର ସହିତ କରେ ବୋଲି, ତା ଉପରେ ଅଧିକ କାମ ପଡେ । ଅସଲ କଥା ହେଲା, ଲାଲିର

ଅନେକ କାମ କରିପାରିବାରେ ଦକ୍ଷତା ଅଛି। ହେଲେ ସମୟ ତ ସୀମାବଦ୍ଧ। ଗୋଟିଏ ଦିନରେ ଚବିଶି ଘଣ୍ଟା। ଗୋଟିଏ ସପ୍ତାହରେ ସାତ ଦିନ। ସେ ଭିତରେ ଯଦି ଏକା ସମୟରେ ଅନେକ କଥା କରିବାକୁ ପଡେ, ମନ ତ ନିଶ୍ଚିତ ଭାବେ ବିବ୍ରତ ହେବ।

ଲଳିତ ସେଇ କଥା କହିଲେ। "ତୁ ବହୁତ କଥା ଏକା ସାଙ୍ଗରେ ମୁଣ୍ଡ ଭିତରେ ଭାବୁଛୁ। କାଲି ତତେ ଫ୍ଲାଇଟ୍ ନେଇ କ୍ଲିଭ୍‌ଲାଣ୍ଡ୍ ଯିବାକୁ ପଡିବ। ତେଣୁ ତୁ ଏବେ ଆଉ କୌଣସି କଥା ନ ଭାବି ତୋ ଯାତ୍ରା ବିଷୟରେ ଭାବେ ଓ ପ୍ରସ୍ତୁତି କର।"

ଲାଲି ସେଇ କଥା କଲା। ସବୁ କଥା ମୁଣ୍ଡ ଭିତରୁ ବାହାର କଲା। ଯାତ୍ରା ପାଇଁ ପ୍ରସ୍ତୁତି କରିଥିବା ଚିଠାର ପ୍ରିଣ୍ଟ୍‌ଆଉଟ୍ ନେଲା ଓ ବେସ୍‌ମେଣ୍ଟ୍‌ରୁ ନାଲି ବାକ୍ସଟି ଆଣି ଯାତ୍ରା ପାଇଁ ସମସ୍ତ ଆସବାବପତ୍ର ସଜେଇବାରେ ଲାଗିଲା।

ଏପ୍ରିଲ୍ ୩୦ ତାରିଖରେ ସିଏ କ୍ଲିଭ୍‌ଲାଣ୍ଡ୍ ଗଲା। ସେଠି ପ୍ରଥମ ଦୁଇଦିନ ପାଇଁ ତାର ୱେଷ୍ଟିନ୍ ହୋଟେଲ୍‌ରେ ବୁକିଙ୍ଗ ଥିଲା। ବହୁତ ବଡ ରୁମ୍। ଆରାମରେ ରହିବା ପାଇଁ ସବୁ କିଛି ବ୍ୟବସ୍ଥା ଅଛି। ନିଜକୁ ରୁମ୍‌ରେ ସେଟ୍ କରି, ଟିକେ ଜାମାପଟା ବଦଳେଇ ବାହାରକୁ ଯିବାକୁ ବାହାରିଲା। ହେଲେ ସେତେବେଳକୁ ବର୍ଷା ଆରମ୍ଭ ହୋଇଯାଇଥିଲା। ଲାଲି ପୁଣି ରୁମ୍‌କୁ ଫେରିଲା, ବାକ୍ସ ଭିତରୁ ଛତା ବାହାର କଲା ଓ ହୋଟେଲ୍ ବାହାରକୁ ଗଲା। ଆଗରୁ ଗୋଟିଏ ଭାରତୀୟ ଭୋଜନାଳୟର ଠିକଣା ଦେଖିଥିଲା, ତାର ନାମ ଥିଲା, ଇଣ୍ଡିଜ୍। ସେଇ ରେଷ୍ଟୁରାଣ୍ଟ୍‌ଟି ୫୩୦ ଇଉକ୍ଲିଡ୍ ଆଭିନିଉରେ ଥିଲା। ହୋଟେଲ୍ ଠାରୁ ପ୍ରାୟ ୯ ମିନିଟ୍ ଚାଲିଚାଲି ଗଲେ ମିଳିଯିବ ବୋଲି ଗୁଗୁଲ୍‌ରେ ଦେଖି ଜଣାପଡିଲା। ଗୁଗୁଲ୍‌ରୁ ଟିପିଥିବା ରାସ୍ତାର ଠିକଣା ଦେଖିଦେଖି ଲାଲି ଛତା ଧରି ଚାଲିବାକୁ ଲାଗିଲା। ପ୍ରାୟ ଦଶ ମିନିଟ୍ ପରେ ସେ ଭୋଜନାଳୟଟି ପାଖରେ ପହଞ୍ଚି ଦେଖିବା ବେଳକୁ, ସେଇଟା ବନ୍ଦ। ସେଠି ଜଣେ ବ୍ୟକ୍ତି ଭୋନନାଳୟର ଚଟାଣ ସଫା କରୁଥାଏ। ଲାଲି ପଚାରିଲା, "ଏ ଭୋଜନାଳୟଟି କେତେବେଳେ ଖୋଲିବ କି?"

ସେ ବ୍ୟକ୍ତିଟି ଉତ୍ତରଦେଲା, "ଏ ଭୋଜନାଳୟଟି ବନ୍ଦ ହୋଇଯାଇଛି।"

ମନେମନେ ନିଜ ଭାଗ୍ୟ ଉପରେ ଭାରି ରାଗିଲା ଲାଲି। ଏବେ ତାହେଲେ କୋଉଠି ଖାଇବ? ପାଖରେ ଗୋଟିଏ ଭିଏତ୍‌ନାମିଜ୍ ରେଷ୍ଟୁରାଣ୍ଟ୍ ଥିଲା। ଲାଲି ତା' ଭିତରେ ପଶିଲା। ସେ ରେଷ୍ଟୁରାଣ୍ଟ୍‌ରେ ଗୋଟିଏ ମିଶାମିଶି ପରିବା ତରକାରୀ ଓ ଭାତ ଅର୍ଡର୍ କଲା। ସେଇ ସାମାନ୍ୟ ଅର୍ଡର୍ ପାଇଁ ଲାଲିକୁ ଅଧଘଣ୍ଟାଏ ବସିବାକୁ ପଡିଲା। ସେଦିନ ସେମିତି ଗଲା।

ଦୁଇଦିନ ପରେ ଲାଲିକୁ କଂଫୋର୍ଟ ଇନ୍‌କୁ ବଦଳେଇବାର ଥିଲା। ହେଲେ

କଂଫୋର୍ଟ ଇନ୍‌ର ବୁକିଙ୍ଗ ସମ୍ବନ୍ଧୀୟ ଇମେଲ୍‌ଟି ଚେକ୍ କରି ପୁଣି ମୁଣ୍ଡରେ ଚଡକ ପଡିଲା। ହୋଟେଲ୍‌ର ପ୍ରଥମ ଦିନର ଦର ଥିଲା ୧୧୦ ଡଲାର୍, ଦ୍ୱିତୀୟ ଦିନର ଦର ଥିଲା ୧୨୦ ଡଲାର୍ ଓ ତୃତୀୟ ଦିନର ଦର ଥିଲା, ୨୮୯ ଡଲାର୍। ଲାଲିର ଆପ୍ରୁଭାଲ୍‌ରେ ଦିନ ପିଛା ୧୯୦ ଡଲାର୍ ହୋଟେଲ୍ ଖର୍ଚ୍ଚ ପାଇଁ ରହିଥିଲା। ଏବେ ତ ବଡ ଅସୁବିଧା। ଆଗରୁ ମଧ୍ୟ ସେମିତି ଅସୁବିଧା ହୋଇଛି। ଏବେ କଣ କରିବ ଲାଲି। ହୋଟେଲ୍‌ର ରିସେପ୍‌ସନିଷ୍ଟ୍‌ଙ୍କୁ ଲାଲି ପଚାରିଲା, “ଦେଖ, ତମେ ଏ ତିନିଦିନକୁ ସମାନ ଭାବେ ଭାଗ କରି ମତେ ରସିଦ୍ ଦେଇପାରିବ କି ?” ରିସେପ୍‌ସନିଷ୍ଟ୍ କହିଲେ, “ନା, ଆମେ ସେମିତି କରିପାରିବୁନି। ତମେ ମ୍ୟାନେଜର୍ ସହିତ କଥାବାର୍ତ୍ତା କଲେ ସିଏ ହୁଏତ କିଛି କରିପାରିବେ।”

ମ୍ୟାନେଜର୍ ସେ ସମୟରେ ଉପସ୍ଥିତ ନଥିଲେ। ତା’ ପରଦିନ ସକାଳେ ସିଏ ୯ଟା ବେଳେ ଆସିବାର ଥିଲା। ହେଲେ ସେତେବେଳକୁ ଲାଲିର କନ୍‌ଫରେନ୍‌ସ୍ ଚାଲିଥିବ। ତା ପରଦିନ ମେ ୩ ତାରିଖ ସକାଳେ ବ୍ରେକ୍‌ଫାଷ୍ଟ ପାଇଁ ଯିବାବେଳକୁ ଲାଲି ଦେଖିଲା ରିସେପ୍‌ସନ୍‌ରେ ଜଣେ ଭାରତୀୟ ସ୍ତ୍ରୀ ଲୋକ ବସିଛି। ଲାଲି ଭାବିଲା ହୁଏତ ସିଏ ମ୍ୟାନେଜର୍‌କୁ ଜାଣିଥିବ। ତେଣୁ ତାକୁ ପଚାରିଲା, “ମ୍ୟାନେଜର୍ ଆସିଲେଣି କି ?”

ସେ ସ୍ତ୍ରୀ ଲୋକ ଜଣକ ଉତ୍ତରଦେଲା, “ନା, କଣ କିଛି ବିଶେଷ ଦରକାର ଥିଲା ?”

ଲାଲି ତାପରେ ନିଜ ସମସ୍ୟା ବୁଝେଇଲା ଓ ଅନୁରୋଧ କଲା ଯଦି ସେ ରିସେପ୍‌ସନିଷ୍ଟ୍ ଲାଲି ବିଷୟରେ ମ୍ୟାନେଜର୍ ସହିତ କଥା ହୋଇପାରିବ। ସେ ରିସେପ୍‌ସନିଷ୍ଟ୍‌ର ନା ଦୀପା, ସିଏ ଗୁଜୁରାଟର। ସିଏ ରାଜି ହେଲା। ଦୀପାକୁ ଖୁବ୍ ଭଲ ମନେ ହେଉଥିଲା। ସେଦିନ ସନ୍ଧ୍ୟାବେଳେ କନ୍‌ଫରେନ୍‌ସ୍‌ରୁ ଫେରିବା ବେଳକୁ ଦୀପା ଚାଲିଯାଇଥିଲା। ହେଲେ ସିଏ ଦୀପାକୁ ପୁଣି ମେ ୪ ତାରିଖ ସକାଳେ ଭେଟିଲା। ଦୀପା କହିଲା, “ମୁଁ ମ୍ୟାନେଜର୍ ସହିତ କଥା ହେଲି। ସିଏ ସେ ତିନିଦିନର ରେଟ୍‌କୁ ସମାନ ଭାବେ ବାଣ୍ଟି ଦେଇ ରସିଦ୍ ଦେବେ ବୋଲି ରାଜିହେଲେ।”

ଯାହା ହେଉ, ଗୋଟିଏ ବଡ ସମସ୍ୟା ଗଲା। ଏବେ ସବୁ ଠିକ୍ ହୋଇଗଲା। ସେଦିନ ମନଖୁସିରେ ଲାଲି କନ୍‌ଫରେନ୍‌ସ୍‌କୁ ଗଲା ଓ ଚିନ୍ତା ମୁକ୍ତ ହୋଇ ସବୁ ସେସନ୍‌ସ୍ ଆଟେଣ୍ଡ୍ କଲା।

ଏବେ ଯାହା ହେଉ, ସମସ୍ତ ଅଘଟଣର ପ୍ରବନ୍ଧ ହୋଇଯାଇଛି। ଭବିଷ୍ୟତରେ ପୁଣି କଣ ହେବ କିଏ ଜାଣେ ? ତେବେ ଲାଲି ଏ ଭିତରେ ଅନେକ କିଛି ଶିଖି

ଯାଇଥିଲା । ସବୁ କିଛିକୁ ଶତକଡା ଶହେ ଭାଗ ଯାଞ୍ଚ କରିସାରି ଗ୍ରହଣ କରିବା ଉଚିତ । ଅଧା ମନ ଏପଟେ, ଅଧା ମନ ସେପଟେ ରଖି କୌଣସି କାର୍ଯ୍ୟ କରିବା ଅନୁଚିତ ।

ତଥାପି ଲାଲି ଆଶ୍ଚର୍ଯ୍ୟ ହେଉଥିଲା ଯେ ସିଏ କ୍ଲିଭ୍‌ଲାଣ୍ଡ୍ ହୋଟେଲ୍ ଖୋଜୁଖୋଜୁ, ତାକୁ ୱାଶିଂଟନ୍ ଡିସିର ହୋଟେଲ୍ କାହିଁକି ମିଳିଲା । ଏ ଇଣ୍ଟରନେଟ୍ ଯୁଗ ଯେତିକି ଭଲ, ସେତିକି ଜଟିଳ, ସେତିକି ଅବୋଧ୍ୟ । ଟିକେ ଅନ୍ୟମନସ୍କ ହୋଇ କିଛି କ୍ଲିକ୍ କରିଦେଲେ ମସ୍ତବଡ ଭୁଲ୍ ଘଟିବାର ସମ୍ଭାବନା ଅଛି । ତେବେ ପରବର୍ତ୍ତୀ ସମୟ ପାଇଁ ଇଏ ଏକ ବଡ ଶିକ୍ଷା ।

ସେଦିନ କନ୍‌ଫରେନ୍‌ସ୍ ସରିବା ପରେ ମନଖୁସିରେ ଲାଲି ବମ୍ବେ-ଚାର୍ଟ ରେଷ୍ଟୁରାଣ୍ଟ୍ ଗଲା ଓ ସେଠାରେ ଆରାମରେ କୋବି ମଞ୍ଚୁରିଆନ୍ ଓ ଇଟିଲି-ସମ୍ବର୍ ଅର୍ଡର୍ ମଗେଇ ରାତ୍ରିଭୋଜନ ଉପଭୋଗ କଲା ।

■

ଭଦ୍ରକ ବନ୍ଦ

୨୦୧୯ ମସିହା, ଜାନୁୟାରୀ ୨୭ ତାରିଖ। ରବିବାର ଥାଏ। କଣ ପାଇଁ କେଜାଣି ସବୁକିଛି ସେଦିନ ଡେରିଡେରି ହେଉଥାଏ। ପୂଜାରୀ ନନା ରାତିରେ ବଡ ଡେରିରେ ଆସିଲେ। ତାପରେ ରାତି ସାଢେ ଏଗାରଟା ପର୍ଯ୍ୟନ୍ତ ଖିଆପିଆ ଚାଲିଥିଲା। ଖିଆପିଆ ସରିଲା ପରେ ଉପରକୁ ଆସୁଆସୁ ରାତି ବାର, ମାନେ ମଧ୍ୟରାତ୍ରି। ଜାନୁୟାରୀ ୨୮ ତାରିଖରେ ଭଦ୍ରକ ବନ୍ଦ ରହିବ। କୌଣସି ଯାନବାହନ ଚାଲିବନି। ଜାନୁୟାରୀ ୨୭ ତାରିଖ ରାତି ୧୦ଟା ବେଳେ ବଡଭାଇ ଏ ଖବର ଦେଲେ। ସେ ବନ୍ଦ ପୁଣି ଆରମ୍ଭ ହେବ ସକାଳ ୬ଟାରୁ ଏବଂ ଦିନ ବାରଟା ପର୍ଯ୍ୟନ୍ତ କାର୍ଯ୍ୟକାରୀ ହେବ। ଏ ବନ୍ଦ ନେଇ କାହାର କୌଣସି ପ୍ରସ୍ତୁତି ନଥିଲା। ବନ୍ଦ ବିଷୟରେ ନଜାଣି ସେମାନେ ୨୮ ତାରିଖରେ ଭୁବନେଶ୍ୱର ଯିବାକୁ ଯୋଜନା କରିଦେଇଥିଲେ। ଯୋଜନା ଅନୁଯାୟୀ ଗାଁରୁ ୭ଟା ବେଳକୁ ବାହାରି ଭୁବନେଶ୍ୱର ଗଲେ ଦିନ ୧୦ଟା ବେଳକୁ ପହଞ୍ଚି ହେବ। ସେଠି ୮ ଘଣ୍ଟା କିଣାକିଣି ସାରି ପୁଣି ସନ୍ଧ୍ୟା ୬ଟା ବେଳକୁ ଫେରିଆସିବା ମଧ୍ୟ ସମ୍ଭବ ହେବ। ହେଲେ ଏବେ ଆଉ ସେମିତି ଯୋଜନା ସମ୍ଭବ ହେବନାହିଁ। ଦିନ ୧୨ଟା ପରେ ବାହାରିଲେ ହାତରେ କିଣାକିଣି ପାଇଁ ସମୟ ରହିବନାହିଁ। ଗୋଟିଏ ବିକଳ୍ପ, ବନ୍ଦ ପୂର୍ବରୁ ଭଦ୍ରକ ଅତିକ୍ରମ କରିବାକୁ ପଡିବ। ତେଣୁ ଗାଁରୁ ଭୋର ୫ଟାରୁ ବାହାରିଯିବାକୁ ପଡିବ।

ତନୁଜା ଠିକ୍ କରିଥିଲା, ରାତି ୪ଟାରୁ ଉଠିବ, ତାହେଲେ ଗାଧୋଇପାଧୋଇ ଠିକ୍ ଭାବେ ପ୍ରସ୍ତୁତ ହୋଇପାରିବ। ହେଲେ କାଳେ ନିଦ ଭାଙ୍ଗିବ କି ନାହିଁ, ଏମିତି ଛନକାରେ ସିଏ ଖାଲି ଟିକେ ଆଖି ବନ୍ଦ କରୁଥାଏ, ପୁଣି ଖୋଲୁଥାଏ। ରାତିସାରା ଛନକାରେ ଶୋଇହେଲା ନାହିଁ। ଏମିତି ହେଇହେଇ ଚାରିଟା ବାଜିଲା। ତନୁଜା ଦାନ୍ତ

ଘଷିଲା, ମୁଣ୍ଡ କୁଣ୍ଡେଇଲା, ଗାଧୋଇଲା ଓ ଶାଢୀ ପିନ୍ଧି ପ୍ରସ୍ତୁତ ହୋଇଗଲା। ତଳ ମହଲାରେ ପୁତୁରା ଆଦିତ୍ୟ ଉଠିଥିବାର ସୁଚନା ମିଳୁଥିଲା। ତନୁଜାର ଖଟ୍‌ଖାଟ୍ ଶବ୍ଦରେ ସ୍ୱାମୀ ତନ୍ମୟ ମଧ୍ୟ ଉଠିସାରିଥିଲେ। ତନୁଜା ପ୍ରସ୍ତୁତ ହୋଇସାରିବା ପରେ ସିଏ ତନୁଜା ସହିତ ତାକୁ ବିଦାୟ ଦେବାକୁ ତଳକୁ ଆସିଲେ। ଆଦିତ୍ୟ ପ୍ରସ୍ତୁତ ଥିଲା। ହେଲେ ଯେଉଁ ଗାଡି ନେଇକରି ଯିବାର ଥିଲା, ସେ ଗାଡି ଏପର୍ଯ୍ୟନ୍ତ ପହଞ୍ଚି ନଥିଲା। ସେ ଗାଡି ପହଞ୍ଚୁ ପହଞ୍ଚୁ ୫ଟା ୨୦ ବାଜିଲା। ତଥାପି ୪୦ ମିନିଟ୍ ଭିତରେ ଭଦ୍ରକ ଅତିକ୍ରମ କରିହେବ। ଏମିତି ବିଚାର କରି ସେମାନେ ଗାଡିରେ ବସିଲେ। ସେମାନଙ୍କ ସହିତ ଆସିଲା ଆଉଜଣେ, ସିଏ ଆଦିତ୍ୟର ମାମୁପୁଅ ଭାଇ ଟୁନା, ଭୁବନେଶ୍ୱରରେ କଲେଜରେ ପଢେ। ତାର କଲେଜ୍‌କୁ ଫେରିବାର ଥିଲା, ତେଣୁ ଏକାଗାଡିରେ ସାଙ୍ଗରେ ଚାଲିଗଲେ ଭଲ ହେବ ଭାବି ସିଏ ଆସିଲା।

ସକାଳର ଦୃଶ୍ୟ ବଡ ସୁନ୍ଦର ଥାଏ। ବାଟରେ ଗାଡିରେ ବସି ଲୋକମାନଙ୍କର ନିତ୍ୟକର୍ମ ପ୍ରସ୍ତୁତିର ଦୃଶ୍ୟ ବଡ ଆମୋଦଜନକ। ହାଟ ମଧ୍ୟ ଦେଇ ଗାଡି ଯିବାବେଳେ, ରାସ୍ତାକଡର ଦୋକାନୀ ମାନେ ସମସ୍ତେ ଦୋକାନ ଖୋଲିବାକୁ ପ୍ରସ୍ତୁତି କରୁଥାନ୍ତି। କେତେକ ମଗ୍‌ରେ ପାଣି ପାର୍ଶ୍ୱରେ ରଖି ଦାନ୍ତ ଘଷୁଥିଲେ। ଆଉ କେତେକ ଦୋକାନ ସାମନା ଝାଡୁ କରୁଥାନ୍ତି। ଗାଡି ଗାଁ ମଧ୍ୟ ଦେଇ ଚାଲୁଥିବା ବେଳେ, ଦୁଇପାର୍ଶ୍ୱର ସବୁଜ କ୍ଷେତ ମନକୁ ପ୍ରଗଲ୍‌ଭ କରୁଥାଏ। ଭଦ୍ରକ ସହରରେ ପଶି ଗାଡି ଯେତେବେଳେ ଡାହାଣ ଆଡକୁ ମୋଡିଲା, ତନୁଜା ପଚାରିଲା, "ଆମେ ସେପଟେ କାହିଁକି ଯାଉଛନ୍ତି ? ଆମେ ତ ବାମ ପଟକୁ ଯିବା ନା ?"

ଆଦିତ୍ୟ କହିଲା, "ଟୁନା ଟିକେ ଗେଲ୍‌ପୁର, ତାଙ୍କ ଘରକୁ ଯିବ। ଆମେ ସେଠି ଜମା ରହିବାନି। ମାଇଁକୁ ସିଏ ଡାକି ଫୋନ୍‌ରେ ଜଣେଇଦେବ ଓ ଆମେମାନେ ପହଞ୍ଚିବା କ୍ଷଣି ମାଇଁ ଆସି ତା' ବ୍ୟାଗ୍‌ଟା ଦେଇଯିବେ।"

ତନୁଜା ମନରେ ଛନକା ପଶିଲା। ନିଶ୍ଚୟ କିଛି ସମୟ ଡେରି ହୋଇଯିବ ଓ ଭଦ୍ରକ ବନ୍ଦ ଆରମ୍ଭ ହୋଇଯିବ।

ଗାଡି ଯାଇ ଟୁନା ଘର ସାମନାରେ ରହିଲା। ତା' ମା'ର ଦେହ ଭଲ ନଥାଏ। ଜ୍ୱର ଥାଏ ଓ କାଶ ମଧ୍ୟ ହେଉଥାଏ। ଟୁନା ଫୋନ୍ କରିବାରୁ ସିଏ ଆସି ଟୁନାର ଲୁଗାପଟା ଓ ବ୍ୟାଗ୍ ଆଣି ଦେଇଗଲା। ହେଲେ ସେଥିରେ କିଛି ସମୟ ଗଲା। ତାପରେ ଟୁନାର ଘରୁ ବାହାରି ଗୋଟିଏ ଛୋଟ ସର୍ପିଳ ପଥ ଦେଇ ସେମାନେ ସିଧା ଯାଇ ଜାତୀୟ ରାଜପଥ ୧୬ ରେ ପହଞ୍ଚିଗଲେ। ପାଞ୍ଚମିନିଟ୍ ସେଥିରେ ଯାଇଛନ୍ତି କି ନାହିଁ, ଦେଖିବାବେଳକୁ ଆଗରେ ବାଟ ବନ୍ଦ। ସମସ୍ତ ଗାଡି ଅଟକି ରହିଛି। କିଛି ଲୋକ

ଗାଡିରୁ ବାହାରି ସେଠି ରାସ୍ତା ବନ୍ଦ କରିଥିବା ଲୋକମାନଙ୍କ ସହିତ ଯାଇ କଥାବାର୍ତ୍ତା କରୁଥାନ୍ତି। ଡ୍ରାଇଭର୍‌କୁ ସାଇଡ୍‌ରେ ଗାଡି ରଖିବାକୁ କହି ଆଦିତ୍ୟ ଗଲା ସେ ବାଟ ବନ୍ଦ କରିଥିବା କର୍ମୀମାନଙ୍କ ସହିତ କଥାବାର୍ତ୍ତା କରିବା ପାଇଁ। ସେଠି ସମସ୍ତ ଯାତ୍ରୀ ପ୍ରାୟ ଏମିତି କରୁଥାନ୍ତି। କିଏ ବନ୍ଦ କରି ଜଗିଥିବା ଲୋକଙ୍କୁ ଅନୁନୟ, ବିନୟ ହୋଇ କହୁଥାଏ ତ, କିଏ ବଡପାଟି କରି ଯୁକ୍ତିତର୍କ କରୁଥାଏ ଓ ବିଜେପି ନେତୃବୃନ୍ଦଙ୍କୁ ଶୋଧୁଥାଏ। ଯିଏ ସବୁ ଗାଡି ଭିତରେ ବସି ରହିଥାନ୍ତି, ସେମାନେ ବି ବଡ ଚିନ୍ତିତ ଥାଆନ୍ତି। ବାହାଘର ଋତୁ ପଡିଥିବାରୁ ଅନେକ ପ୍ରାୟ ଗାଡିରେ ଏ ସହରରୁ ସେ ସହର ହେଉଥାଆନ୍ତି; ସୁବିଧା ପାଇଁ ଅନେକ ବସ୍ ନନେଇ, ସ୍ୱତନ୍ତ୍ର କାର୍ ଭଡା କରି ଯିବାଆସିବା କରୁଥାନ୍ତି। ପାଖରେ ଅଟକିଥିବା ଗୋଟିଏ ଗାଡିରେ ବସିଥିବା ସ୍ତ୍ରୀ ଲୋକଟି ଫୋନ୍ କରି ତା ପତିକୁ ବୋଧହୁଏ କହୁଥାଏ, "ଏମାନେ ଗାଡି ଅଟକେଇଛନ୍ତି। ଆଜି ଆମେ ପହଞ୍ଚିବା ବେଳକୁ ଡେରି ହେବ। ତମେ ତେଣୁ ଆଉ ଅପେକ୍ଷା ନକରି ଚାଲିଯିବ।" କେଉଁଠିକୁ ଚାଲିଯିବାକୁ କହୁଥାଏ କେଜାଣି? ଆଉ ଗୋଟିଏ ଗାଡିରେ ଜଣେ ବୃଦ୍ଧା ନାରୀ ବସିଥାଆନ୍ତି। ସିଏ ପାନଛେପ ପକେଇବା ପାଇଁ ଗାଡି ଭିତରୁ ବାହାରକୁ ଆସିଲେ। ତାଙ୍କ ପାଖରେ ବସିଥିବା ଛୋଟ ପିଲା ଜଣେ ତାଗିଦ୍ କରି କହୁଥାଏ, "ଆଈ, ରାସ୍ତାରେ ଏମିତି ପାନଛେପ ପକେଇବା ଭଲ ନୁହେଁ। ତମେ ଗୋଟିଏ ଡବା ଧରି ଆସିଲନି କାହିଁକି? ତନୁଜା ମନେମନେ ଛୁଆଟିକୁ ଧନ୍ୟବାଦ ଦେଲା। ଏମିତି ଯଦି ସବୁ ଛୁଆ ଭଲକଥା ଶିଖନ୍ତି, ଭବିଷ୍ୟତର ଓଡିଶା ନିଶ୍ଚୟ ଦିନେ ଉନ୍ନତି କରିବ।

ପ୍ରାୟ ଦଶମିନିଟ୍ ପରେ ଆଦିତ୍ୟ ଫେରିଲା। କହିଲା, "ସେମାନେ କହିଲେ ଛାଡିବେନି। ଆମକୁ ଅନ୍ୟ କେଉଁ ବାଟ ଦେଖି ଯିବାକୁ ପଡିବ।"

ତନୁଜା ପଚାରିଲା, "ହେଲେ ଆମେ ତ ଭଦ୍ରକ ସହରରୁ ବାହାରି ଆସିଲେଣି ନା? ତଥାପି କାହିଁକି ଛାଡୁନାହାନ୍ତି?"

ଆଦିତ୍ୟ ଜଣେଇଲା, "ଖାଲି ଭଦ୍ରକ ସହର ନୁହେଁ, ସାରା ଭଦ୍ରକ ଜିଲ୍ଲା ବନ୍ଦ ହୋଇଛି।"

ଟୁନା କହିଲା, "ଆମେ ତେବେ କଣ ଗେଲପୁର ଚାଲିଯିବା? ସେଠି ରହିଥିବା। ବନ୍ଦ ସରିଗଲେ ୧୨ଟା ବେଳକୁ ଭୁବନେଶ୍ୱର ବାହାରିବା।"

ହେଲେ ଟୁନା ମା' ର ଦେହ ଭଲନାହିଁ। ସେଥିରେ ଯାଇ ତାଙ୍କ ଘରେ ଅତିଥି ହେବାଟା କଣ ଭଲହେବ? ଏକଥା ତନୁଜା ଭାବୁଥିବା ବେଳେ ଆଦିତ୍ୟ କହିଲା, "ନା, ପ୍ରଥମେ ଚେଷ୍ଟା କରିବା ଅନ୍ୟ କିଛି ରାସ୍ତାରେ ଯିବା ପାଇଁ, ତାପରେ ଦେଖିବା

କଣ ହେଉଛି ?" ତାପରେ ସିଏ ଡ୍ରାଇଭରକୁ ଗାଡି ବିପରୀତ ଦିଗରେ ଚଳେଇବାକୁ ନିର୍ଦ୍ଦେଶ ଦେଲା।

ସେଇଟା ୱାନ୍ ୱେ ରାସ୍ତା। ଫେରିବାପଟର ରାସ୍ତାକୁ ଯିବାକୁ କେଉଁଠି ପାର୍ଶ୍ୱରାସ୍ତା ନଥାଏ। ତନୁଜା ଡରିଗଲା। "ଆରେ, ସେପଟୁ ଏ ଦିଗକୁ ସବୁ ଗାଡି ଆସୁଛି, ଆମେ ଏମିତି ଭୁଲ୍ ଦିଗରେ କେମିତି ସେ ଏକାରାସ୍ତାରେ ଯିବା ?"

ହେଲେ ସମସ୍ତେ ସେମିତି କରୁଥିଲେ। ସମସ୍ତେ ସେମିତି ଭୁଲ୍‌ଦିଗରେ ଗାଡି ଚଳେଇ ଫେରୁଥିଲେ। ଡ୍ରାଇଭର୍ ସତର୍କତାର ସହିତ ଧୀର ଗତିରେ ଗାଡି ଚଳେଇ ଲେଉଟିଲା। ଆରପଟରୁ ଗାଡି ସବୁ ଆସୁଥାଏ। ସେମାନେ ଜାଣିନଥାନ୍ତି ଯେ ବନ୍ଦ ଆରମ୍ଭ ହୋଇଗଲାଣି ବୋଲି। ଅତ୍ୟନ୍ତ ଭୟ ଲାଗୁଥାଏ, ହୁଏତ କେଉଁ ଗାଡି ପିଟି ହୋଇଯିବ। ତେବେ ଏ ଫେରନ୍ତା ଗାଡିକୁ ଦେଖି ଆଗରୁ ଆସୁଥିବା ଗାଡି ସମସ୍ତ ମଧ୍ୟ ନିଜର ଗତି ଧୀମା କରିଦେଇଥାନ୍ତି। ସେଥିପାଇଁ ଗାଡିଟି ସେ ରାସ୍ତାରେ ବିପରୀତ ଦିଗରେ କିଛିବାଟ ଆସିପାରିଲା। ଟୁନା କହିଲା, "ମୁଁ ଗୋଟିଏ ପାର୍ଶ୍ୱରାସ୍ତା ଜାଣିଛି। ସେଥିରେ ଆମେ ଯାଇ ଆଖଣ୍ଡଳମଣି ଯିବା ରାସ୍ତା ଧରିବା। ପରେ ଅଖଣ୍ଡଳମଣିରୁ ଯାଜପୁର ରୋଡ୍ ହୋଇ କଟକ ଯାଇପାରିବା।" ଏମିତି କହି ସିଏ ଡ୍ରାଇଭରକୁ ଏକ ବିଲଆଡେ ଯାଇଥିବା ରାସ୍ତାକୁ ଗାଡି ନେବାକୁ କହିଲା।

ସେ ରାସ୍ତାକୁ ଗାଡି ଚାଲିବା ରାସ୍ତା କୁହାଯିବ ନାହିଁ। କିନ୍ତୁ ଓଡିଶାରେ ଏମିତି ସବୁ ଚାଲେ। ଅତି ନିକୁଛିଆ ଜିନିଷକୁ ଏମିତି ମାଜିମାଜି କହିଦେବେ ଯେ, ତମେ ପ୍ରଥମରୁ ଭାବିନେବ ଏକ ରକମର, ହେଲେ ଦେଖିବା ବେଳକୁ ହୋଇଥିବ ଅନ୍ୟ ରକମର। ସେମିତି କଥା। ସେ ରାସ୍ତାଟି ବିଲ ମଝିରେ। ଦୁଇପଟେ ଚାଷଜମି। କେବଳ ମାଟି ଓ ସ୍ଥାନେସ୍ଥାନେ ଗୋଡି ପଡିଥାଏ। ଅତି ସଂକୀର୍ଣ୍ଣ ରାସ୍ତା। ଯଦି ସେ ରାସ୍ତାରୁ ଗାଡି ଖସିଲା ତ ଯାଇ ଗାତରେ ପଡିବ। ତନୁଜାକୁ ବହୁତ ଡର ଲାଗୁଥାଏ। ସେ ରାସ୍ତା ସମାନ୍ତରାଳ ନଥାଏ। ଧକଡଚକଡ, ଉଠୁପଡ ହେଉଥାଏ। ସେମିତି ହୋଇ ତନୁଜାକୁ କେମିତି କେମିତି ଲାଗିଲା। ଅନୁଭୂତ ହେଲା ହୁଏତ ବାନ୍ତି ହୋଇଯିବ। ତେଣୁ ସେ କିଛି କଥାବାର୍ତ୍ତା ନକରି ନୀରବ ରହୁଥାଏ ଓ ଭଗବାନଙ୍କୁ ଡାକୁଥାଏ। ଡ୍ରାଇଭର୍ ଟୁନାକୁ ପଚାରିଲା, "ତମେ ଆମକୁ ଠିକ୍ ବାଟରେ ନେଉଛ ତ ? କାହିଁ କିଛି ଜଣାପଡୁନି ଆଗକୁ କିଛି ରାସ୍ତା ଆସିବ ବୋଲି।"

ଟୁନା କହିଲା, "ତମେ ଆଗକୁ ଚାଲ, ଦେଖିବ।"

ଏମିତି ଅଧଘଣ୍ଟାଏ ଗଲା ପରେ ଗୋଟିଏ ଛୋଟ ରାସ୍ତା ଆସିଲା। ହେଲେ ସେ ରାସ୍ତାଟି ଠିକ୍ ଥିଲା। ଭଲଭାବେ ପିଚୁ ପଡିଥିଲା ଓ ଦୁଇଦିଗରେ ଗାଡି ନେଇ

ଯିବାପାଇଁ ରାସ୍ତାଟି ପ୍ରଶସ୍ତ ଥିଲା। ସେ ରାସ୍ତାଟି ଆଖଣ୍ଡଳମଣି ଆଡକୁ ଯାଇଛି। ସେ ରାସ୍ତାରେ ଯାଇ ଆଉ ଗୋଟିଏ ରାସ୍ତା ନେଲେ ଯାଜପୁର ସହର ହୋଇ ଭୁବନେଶ୍ୱର ଯାଇହେବ। ଡ୍ରାଇଭର୍ ଗାଡି ଡାହାଣ ଦିଗକୁ ବୁଲେଇଲା। ତନୁଜା ଖୁସି ହେଉଥାଏ; ଅନ୍ତତଃ ଆଖଣ୍ଡଳମଣି ଠାକୁରଙ୍କ ଦର୍ଶନ ହୋଇଯିବ।

ରାସ୍ତାଟା ଏମିତିରେ ଫାଙ୍କା ଥାଏ। ହେଲେ କିଛିଦୂର ସେ ରାସ୍ତାରେ ଯିବା ପରେ ପୁଣି ଗୋଟିଏ ଛକରେ ବନ୍ଦ ପାଇଁ ଜଗି ରହିଥିବା ଲୋକଙ୍କର ମେଳି ନଜର ଆସିଲା। ସେଠି ମଧ୍ୟ ସେମିତି କିଛି ଲୋକ ଗାଡି ରଖି ବନ୍ଦ କରିଥିବା ଲୋକମାନଙ୍କ ସହିତ କଥାବାର୍ତ୍ତା କରିବାକୁ ଜମା ହୋଇଥାନ୍ତି। ହେଲେ ସେମାନେ ସମସ୍ତଙ୍କୁ ଫେରିଯିବାକୁ କହିଲେ ଓ ୧୨ଟା ପରେ ଆସିବାକୁ କହିଲେ। ଟୁନା ସେମାନଙ୍କ ଉପରେ ରାଗୁଥାଏ ଓ ନାନା କଥା କହୁଥାଏ। ତେବେ ବଡଭାଇ ଆସିବା ବେଳେ ସମସ୍ତଙ୍କୁ ସାବଧାନ କରାଇଥାନ୍ତି। "କାହା ସହିତ କିଛି ଯୁକ୍ତି କରିବା ଉଚିତ ନୁହେଁ। ନମ୍ର ଭାବେ ସେମାନଙ୍କୁ ଅନୁରୋଧ କର, ଯଦି ନହେଲା ତ ନହେଲା; ଯୁକ୍ତିତର୍କ କଲେ ଅଧିକ ଗଣ୍ଡଗୋଳ ବଢିବାର ସମ୍ଭାବନା। ସେମାନେ ଗାଡିକୁ ଭାଙ୍ଗି ଦେଇପାରନ୍ତି। ମଣିଷକୁ ବାଡିଆପିଟା ବି କରିପାରନ୍ତି। ଓଡିଶା ପୋଲିସ୍‌ମାନେ ତ ତଦ୍ରୂପ; ସେମାନେ ନା' ରକ୍ଷାକରିବେ, ନା' କିଛି ସାହାଯ୍ୟ କରିବେ।" ବଡଭାଇଙ୍କ ଉପଦେଶ ସ୍ମରଣ କରି "ଆଲୋ ସଖୀ, ଆପଣା ମହତ ଆପେ ରଖି" ଅବଲମ୍ବନ କରି ସେମାନେ ପୁଣି ପଛେଇ ଫେରିଲେ। ଏବେ ଯିବେ କୁଆଡେ? ଡ୍ରାଇଭର୍ କହିଲା, "ମୁଁ ଗୋଟିଏ ବାଟ ଜାଣିଛି। ଆମେ ଧାମ୍‌ନଗର ରାସ୍ତାରେ ଯାଇ ହାଇୱେରେ ମିଶିପାରିବା ଓ ଭୁବନେଶ୍ୱର ଯାଇପାରିବା।" ହେଲେ ସେମିତି ଏକ ଛୋଟ ରାସ୍ତା ନେଇ ସେମାନେ ଯାଉଯାଉ ପୁଣି ଆଉ ଗୋଟିଏ ବନ୍ଦ ଛକର ସମ୍ମୁଖୀନ ହେଲେ। ସେଠି ଆଦିତ୍ୟ ଯାଇ କଥାବାର୍ତ୍ତା କରି ଯାହା ବୁଝିଲା, ଏବେ ଆଉ ଭୁବନେଶ୍ୱର ଯାଇହେବନି। ରାସ୍ତା ଚାରିପଟୁ ବନ୍ଦ। ଆଦିତ୍ୟ କହିଲା, "ଚାଲ ତେବେ ଘରକୁ ଫେରିଯିବା, ୧୨ଟା ପରେ 'ଭଦ୍ରକ ବନ୍ଦ" ସରିଗଲେ ବରଂ ଭୁବନେଶ୍ୱର ଯିବା।

ତନୁଜା ଭାଗ୍ୟକୁ ଧିକ୍କାର କଲା। ଏମିତି ଯୋଗରେ ଦିନଟିଏ ସ୍ଥିର କରିଥିଲା ଯେ, ଏମିତି ସବୁ ବିଘ୍ନ ହେବାର ଥିଲା। ଏବେ ୧୨ଟା ବେଳକୁ ଗଲେ କିଛି ଲାଭହେବନି। କାରଣ ସେଠି ପହଞ୍ଚୁ ପହଞ୍ଚୁ ଦିନ ୩-୪ଟା ହୋଇଯିବ। ଆଉ ସମୟ କେଉଁଠି ଥିବ ଯେ କିଣାକିଣି କରି ପୁଣି ଘରକୁ ଫେରିବ?

ଫେରିବା ପାଇଁ ସେମାନେ ପୁଣି ଆଉ ଏକ ରାସ୍ତା ଧରିଲେ। ଏମିତି ଆସି ଭଦ୍ରକ ପୁରୁଣାବଜାରରେ ପହଞ୍ଚିଲେ। ସେତେବେଳକୁ ୯ଟା ବାଜିଲାଣି। ଏମିତି ଖାଲି

ରାସ୍ତାରେ ବୁଲିବୁଲି ଏତେ ସମୟ ଗଲାଣି । ସେ ରାସ୍ତାରେ ସେତେବେଳକୁ ବାରମ୍ବାର ଧକଡଚକଡ ହୋଇ ତନୁଜାର ପେଟ ଅସମ୍ଭାଳ ହେଲା । ବହୁତ ଜୋରରେ ବାନ୍ତି ଆସିଲା । ପୁରୁଣା ବଜାରରେ ଗୋଟିଏ ପାର୍ଶ୍ୱକୁ ଡ୍ରାଇଭରକୁ ଗାଡି ରଖିବାକୁ କହି ତନୁଜା ଯାଇ ରାସ୍ତାକଡର ନାଳ ପାଖରେ ଠିଆ ହେଲା ଓ ବାନ୍ତି କରିପକେଇଲା । ଆଦିତ୍ୟ ଆଣି ବୋତଲରୁ ପାଣିଦେଲା ମୁହଁ ଧୋଇ କୁଲୁ କରିବାକୁ ଓ ଟିକେ ପାଣି ପିଇବାକୁ । ସେଠାରେ ସେମାନେ ପାଞ୍ଚମିନିଟ୍ ଖଣ୍ଡ ରହି ପୁଣି ଗାଡିରେ ବସିଲେ । ଯେତେବେଳେ ଟିକେ ଧକଡଚକଡ ହେଉଥାଏ, ତନୁଜାକୁ ଲାଗୁଥାଏ ଯେ ପାକସ୍ଥଳୀ ଭିତରେ ଯାହା ସବୁ ଅଛି, ହୁଏତ ନିର୍ଗତ ହୋଇଯିବ । ପୂରା ପୁରୁଣା ବଜାର ବୁଲିବୁଲି ସେମାନେ ଆସି ସାବରଙ୍ଗକୁ ଯିବା ରାସ୍ତାରେ ପହଞ୍ଚିଲେ । ହେଲେ ସେଠି ଇଚ୍ଛାପୁର ଛକ ନିକଟରେ ପୁଣି ଦଳେ ବିଜେପି କର୍ମୀ ରାସ୍ତା ବନ୍ଦ କରି ବସି ରହିଥିଲେ । ସେମାନେ ଧୋତି, ପଞ୍ଜାବୀ ପିନ୍ଧି ବଡ ଭଦ୍ରବେଶରେ ବସିଥାନ୍ତି; ହେଲେ ରାସ୍ତା ବନ୍ଦ କରିଥାନ୍ତି । ଆଦିତ୍ୟ ଯାଇ ସେମାନଙ୍କ ସହିତ କଥାବାର୍ତ୍ତା କଲା । ଟୁନା ମଧ୍ୟ ଯାଇ ଉତ୍ତେଜିତ ହୋଇ ସେମାନଙ୍କୁ ଭର୍ତ୍ସନା କଲା ।

ଯଦିଓ ଟୁନା ଯୁକ୍ତିଯୁକ୍ତ କଥା କହୁଥିଲା, ହେଲେ ତାର ଏମିତି ଉତ୍ତେଜିତ ହୋଇଯିବାର ଦେଖି ତନୁଜା ବି ଡରିଗଲା । ସିଏ ଗାଡିରୁ ବାହାରି ସିଧା ଟୁନା ପାଖକୁ ଗଲା । ତା' ହାତ ଧରି ଟାଣି ଆଣି ଗାଡି ଭିତରେ ବସେଇ ବୁଝେଇଲା ।

ଏମିତିରେ ବନ୍ଦ, ହରତାଳ, ଧର୍ମଘଟ ସମୟରେ ତନୁଜାକୁ ବଡ ଭୟ ଲାଗେ । କେତେଜଣ ତ ସଚ୍ଚୋଟତାର ସହିତ ଦାବୀ ନେଇ, କାରଣ ନେଇ, ଏମିତି ସବୁ କରୁଥାନ୍ତି, ହେଲେ ଏ ସମୟର ସୁଯୋଗ ନେଇ ଅସାମାଜିକ ମଣିଷମାନେ ସେମାନଙ୍କର ଅନ୍ୟମାନଙ୍କୁ ନିର୍ଯ୍ୟାତନା ଦେବାର ତୃଷା ନିବାରଣ କରନ୍ତି । କାହା ଉପରେ ରାଗ ଥିଲେ, କିଏ କେଉଁ ସମୟରେ ଚାନ୍ଦା ଦେବାକୁ ମନା କରିଥିଲେ, ସେମାନେ ଏଇ ସମୟର ସୁଯୋଗ ଉଣ୍ଡନ୍ତି । ମନେ ପଡୁଥିଲା ବୟାଳିଶି ବର୍ଷ ତଳର ଘଟଣା । କଲେଜ ଆପ୍ଲିକେସନ୍ ଫର୍ମରେ ଫଟୋଟିଏ ଦରକାର ପଡିବ ବୋଲି ତନୁଜାର ବଡ ଭଉଣୀ ବନଜା (ବନି ଅପା) ଯାଜପୁର ଯାଇଥିଲା, ଫଟୋ ଉଠାଇବା ପାଇଁ । ତା' ସହିତ ତନୁଜା ବି ଯାଇଥିଲା । ସେତେବେଳେ ଫଟୋ ଉଠାଇବା ଗୋଟିଏ ସ୍ୱତନ୍ତ୍ର ପ୍ରକାରର ସୁବିଧା ଥିଲା, ସାଧାରଣ ଲୋକଙ୍କୁ ସେ ସୁବିଧା ମିଳିବା କଷ୍ଟକର ଥିଲା । ଆଜିକାଲି ଭଳି ମୋବାଇଲ୍ ନଥିଲା କି ଘରେଘରେ କ୍ୟାମେରା ନଥିଲା । ଏମିତିରେ ବି ତନୁଜାର ଜନ୍ମରୁ ଏକାଦଶ ଶ୍ରେଣୀ ପର୍ଯ୍ୟନ୍ତ କୌଣସି ଫଟୋ ନାହିଁ; ଅନେକଙ୍କର ନଥିଲା । ଫଟୋ ଉଠାଇବା ମଧ୍ୟ ଖର୍ଚ୍ଚସାପେକ୍ଷ ଥିଲା । ସେଇ ସମୟରେ

ଭାରତର ପ୍ରଧାନମନ୍ତ୍ରୀ ଇନ୍ଦିରା ଗାନ୍ଧୀ 'ଜରୁରିକାଳୀନ ପରିସ୍ଥିତି' (ଏମରଜେନ୍ସୀ) ଜାରି କରିଥିଲେ। ବନି ଅପା ଓ ତନୁଜା ଦାଦାଙ୍କ ସହିତ ରିକ୍ସାରେ ବସି ଗାଁ ରାସ୍ତାରେ ଯାଇ ଯାଜପୁରରେ ପହଞ୍ଚିଗଲେ। ତନୁଜାକୁ ବି ସେମାନେ ସାଙ୍ଗରେ ନେଇଥିଲେ ଏଇଥିପାଇଁ ଯେ ସିଏ ଟିକେ ଯାଜପୁର ସହର ଦେଖିଦେବ। ସେଇ ଏକା ରିକ୍ସା ଭଡା ତ? ହେଲେ ସେଠି ପହଞ୍ଚିବା ବେଳକୁ ଗୋଟିଏ ଛକ ଯାଗାରେ କେତେକ ଦୁଷ୍ଟ ସ୍ୱଭାବର ଯୁବକ ଗୋଷ୍ଠୀ ଠିଆ ହୋଇଥନ୍ତି। ସେମାନେ ରିକ୍ସା ଅଟକାଇ ଦାଦାଙ୍କୁ ଧମକ ଦେଇ କହିଲେ, "କୁଆଡେ ମାଡିଚାଲିଛ କି ହେ। ତମର କଣ ଆଇନ୍‌କାନୁନ୍‌କୁ ଖାତର ନାହିଁ? ଏମରଜେନ୍ସୀ ଚାଲିଛି ବୋଲି ଜାଣିନ କି?"

ଦାଦା ଗାଉଁଲିଆ ଲୋକ। ସିଏ ଏ ଏମରଜେନ୍ସୀ କଥା କିଛି ବୁଝନ୍ତିନି। ହେଲେ ଏମରଜେନ୍ସୀ ଚାଲିଛି ବୋଲି କଣ କିଏ ନିତିଦିନିଆ କାମ କରିବେନି। ତାହାର ଫଟୋ ଉଠାଇବା ସହିତ କି ସମ୍ବନ୍ଧ। ବନି ଅପା ତ ସେ ବିଷୟରେ ଆହୁରି ମୁର୍ଖ। ଗାଁରେ ଦାଦା ବଡ ଶକ୍ତିବାନ ଲୋକ। ତାଙ୍କୁ କିଏ ଏମିତି ଧମକ ଦେବ, ସେଇଟା ସିଏ ସହିକି ରହିବେ, ଏ ସଂପୂର୍ଣ୍ଣ ଅସମ୍ଭବ। ଦାଦା ଯଦିଓ ରାଗିଲେ, ତଥାପି ଭଲରେ କହିଲେ, "ଦେଖ, ଆମକୁ ରାସ୍ତା ଛାଡିଦିଅ। ଆମମାନଙ୍କୁ ଫଟୋ ଉଠେଇ ପୁଣି ଗାଁକୁ ଫେରିବାର ଅଛି। ଆମମାନଙ୍କୁ ଏମିତି ଅଟକାଇ ସମୟ ନଷ୍ଟ କରନାହିଁ।"

ହେଲେ ଦାଦାଙ୍କର ଏ ବିନତି କାହାର କାନରେ ପଡିଲାନାହିଁ। ସେମାନେ ହଠାତ୍ ତାଙ୍କୁ ଆକ୍ରମଣ କଲେ। ରିକ୍ସାବାଲା ଭୟରେ ଯାଇ ଦୋକାନ ପଛପଟ ଗଳିରେ ପଶି ଲୁଚିଗଲା। କେତେ ଜଣ ବନିଅପାକୁ ମଧ୍ୟ ଧରିନେବାକୁ ଆସିଗଲେ। ଦାଦା ସେମାନଙ୍କୁ ଅଟକାଇ ଆହୁରି ନିର୍ଯ୍ୟାତିତ ହେଲେ। ଭୟରେ ବନିଅପା ଥରୁଥାଏ ଯଦିଓ, ତଥାପି ସାହସ କରି ରାସ୍ତାରେ ପଡିଥିବା ଗୋଟିଏ ଡାଙ୍ଗକୁ ଧରି, ତନୁଜାର ହାତ ଧରି ଦଉଡିଲା। ସେ ରିକ୍ସାବାଲା ପଛେପଛେ ଯାଇ ସେମାନେ ଅରମା ବାଡି ଭିତରେ ଛପିଗଲେ। ଦାଦାଙ୍କୁ ସେମାନେ ବାଡେଇ ରକ୍ତାକ୍ତ ଅବସ୍ଥାରେ ଛାଡିଦେଇଗଲେ। କିଛି କାରଣ ନଥାଇ, ଏମିତି ନିରୀହ ଲୋକଙ୍କୁ ହଇରାଣ କରିବା ଦେଖି ମଧ୍ୟ କେହି ସେତେବେଳେ କିଛି କହିଲେନି। ଏମିତିକି ସେଠି ଦୁଇପାର୍ଶ୍ୱରେ ଥିବା ଘରର ଲୋକମାନେ, ଦୋକାନର ଲୋକମାନେ, କେହି ମଧ୍ୟ ପାଖକୁ ଆସିଲେନି। ଦିନ ବାରଟାରୁ ରାତି ହେଲା। ରାତି ହେବାରୁ ରିକ୍ସାବାଲା ତା' ଲୁଚିଥିବା ସ୍ଥାନରୁ ବାହାରିଲା। ନିଜ ଛପିବା ଜାଗାରୁ ବନି ଓ ତନୁଜା ମଧ୍ୟ ବାହାରିଲେ। ରାତାରାତି ସେମାନେ ଦାଦାଙ୍କୁ ରିକ୍ସାରେ ପକେଇ ସେ ଜାଗା ଛାଡି ଆସି ମାର୍କଣ୍ଡପୁରରେ ପହଞ୍ଚିଲେ। ମାର୍କଣ୍ଡପୁରରେ ସେମାନଙ୍କ ଗାଁର କିଛି ଲୋକଙ୍କର ବନ୍ଧୁବାନ୍ଧବଙ୍କ ଘର

ଥାଏ। ସେମାନଙ୍କୁ ସବୁ କହିବାରୁ ସେମାନେ ଜଣେ ଗ୍ରାମ ବୈଦ୍ୟଙ୍କୁ ଡକେଇଲେ। ସିଏ କିଛି ଚେରମୂଳିକା ଦେଇ ଦାଦାଙ୍କୁ ସୁସ୍ଥ କରେଇଲେ। ତିନିଦିନ ପର୍ଯ୍ୟନ୍ତ ସେମାନେ ସମସ୍ତେ ମାର୍କଣ୍ଡପୁରରେ ରହିଲେ। ଗାଁକୁ ଖବର ଦିଆଗଲା। ବାପା ଆସି ପହଞ୍ଚିଲେ। ଆଉ ବନି ଅପାର ଫଟୋ ଉଠି ପାରିଲାନି।

ଏ ଘଟଣାର ପ୍ରାୟ ପନ୍ଦର ଦିନ ପରେ କଟକରେ ରହୁଥିବା ଓ ନିର୍ବାଚନରେ ଏମ୍.ଏଲ୍.ଏ ପ୍ରାର୍ଥୀ ହୋଇ ଠିଆ ହେଉଥିବା ଜଣେ ସାନ୍ତଙ୍କୁ ଘରେ ଦେଖିଲା ତନୁଜା। ସିଏ ସମସ୍ତଙ୍କୁ ସବୁ ବିଷୟରେ ପ୍ରଶ୍ନ ପଚାରୁଥାଆନ୍ତି ଓ ବିବରଣୀ ଲେଖିବାକୁ ସାଙ୍ଗରେ ଥିବା ଜଣେ ସାମ୍ବାଦିକଙ୍କୁ କହୁଥାନ୍ତି। ଜନୁଜା ତ ସେତେବେଳେ ରାଜନୀତି ବୁଝୁନଥିଲା। ତେବେ ତାର ଇନ୍ଦିରାଗାନ୍ଧୀଙ୍କ ପ୍ରତି ବଡ ଶ୍ରଦ୍ଧା ଓ ସମ୍ମାନ ଥାଏ। ଝିଅ ପିଲା ହୋଇ ଜଣେ ଏତେ ବଡ ଦେଶର ପ୍ରଧାନମନ୍ତ୍ରୀ ହୋଇଛି, ଇଏ କଣ କମ୍ କଥା? ହେଲେ ସେ ଜେଜେ ସମସ୍ତଙ୍କୁ ବୁଝାଉଥାନ୍ତି, "ଏସବୁ ହେଉଛି କେବଳ ତମମାନଙ୍କର ସରଳତା ପାଇଁ। ତମେମାନେ ସମସ୍ତେ ଇନ୍ଦିରା ଗାନ୍ଧୀଙ୍କୁ ଭୋଟ୍ ଦେଲ। ତାର ଫଳାଫଳ ହେଲା ଏଇଆ। ସିଏ ଜରୁରିକାଳୀନ ପରିସ୍ଥିତି ଘୋଷଣା କରି ସବୁ କ୍ଷମତା ନେଲେ ତ ନେଲେ, ହେଲେ ଏମିତି ସବୁ କଂଗ୍ରେସ୍ ଗୁଣ୍ଡା ମାନଙ୍କୁ ସୃଷ୍ଟି କଲେ ଯେ, ସେମାନେ ଆଜି ସାଧରଣ ଲୋକଙ୍କର ନିତିଦିନିଆ ଜୀବନକୁ କଣ୍ଟକିତ କରିଦେଇଛନ୍ତି। ଆର ଥରକୁ ସମସ୍ତେ କମ୍ୟୁନିଷ୍ଟ୍ ପାର୍ଟିକୁ ହିଁ ଭୋଟ୍ ଦେବ। ବୁଝିଲ ତ। ବନିକୁ ମୁଁ କଟକ ନେଇଯିବି। ସେଇଠି ତାର ଫଟୋ ଉଠିବ।"

ଯଦିଓ ତନୁଜା ତାଙ୍କର ଇନ୍ଦିରା ଗାନ୍ଧୀଙ୍କ ବିରୁଦ୍ଧରେ କଥା ଶୁଣି ଅତ୍ୟନ୍ତ ରାଗିଥିଲା, ହେଲେ ବନି ଅପାର ଫଟୋ ଉଠିପାରିବ ଜାଣି ସିଏ ସେ ସାନ୍ତଙ୍କ ଉପରେ ଖୁସିହେଲା। ସେଇ ବନି ଅପା କଟକରେ ପଢିଲା ଓ ଆଜି ରାଜନୀତି ବିଜ୍ଞାନର ପ୍ରଫେସର୍ ହୋଇଛି। ହେଲେ ଯାଜପୁରର ସେ ଘଟଣା ମନେପଡିଲେ ତନୁଜାର ଦେହ ତାତି ଉଠେ ଯେତିକି, ଭୟ ଲାଗେ ସେତିକି। ନିଜ ରାଜ୍ୟ ହେଲେ କଣ ହେଲା, ଏ ରାଜ୍ୟରେ ଯେ ଆଇନ୍‌କାନୁନ୍ ଓ ଶାସନର ବିଶୃଙ୍ଖଳା ରହିଛି, ତାକୁ ତ ଅମାନ୍ୟ କରିହେବନି।

ଏ ଯେଉଁ ଲୋକମାନେ ରାସ୍ତା ବନ୍ଦ କରି ବସିଛନ୍ତି, ସେଠି ତ କାହିଁ କେଉଁଠି ପୋଲିସ୍ ଥିବାର ଦେଖାଯାଉନି। ଆଉ ତାଙ୍କ ଭିତରୁ ପ୍ରତିଶୋଧ ପରାୟଣ ହୋଇ ଯଦି କିଏ କିଛି କରିବ, ତେବେ କିଏ ସେମାନଙ୍କୁ ରକ୍ଷା କରିବ?

ଆଦିତ୍ୟ ସେମାନଙ୍କୁ ନମ୍ର ଭାବରେ ପଚାରିଲା, "ସାବରଙ୍ଗ ଯିବାକୁ ଆଉ କେଉଁଠି ରାସ୍ତା ଅଛି ତ କୁହ, ନହେଲେ ଆମେମାନେ ବହୁତ ବୁଲିଲୁଣି। ମୋ ଖୁଡୀଙ୍କର

ଦେହ ଖରାପ ହୋଇ ବାନ୍ତି ହେଉଛି। ଆମମାନଙ୍କର ଘରେ ପହଞ୍ଚିବା ନିହାତି ଦରକାର।”

ସେମାନଙ୍କ ମଧ୍ୟରୁ ବୟୋଜ୍ୟେଷ୍ଠ ଜଣେ ବ୍ୟକ୍ତି ଆଉ ଏକ ରାସ୍ତା ବତେଇଦେଲେ। “ସେମିତି ବିଲେବିଲେ କିଛି ଦୂର ଯିବ। ଗାଁ ମଝିର ସଂକୀର୍ଣ୍ଣ ରାସ୍ତା କିଛି ଅତିକ୍ରମ କରିସାରିଲେ ସାବରଙ୍ଗ ଯିବାକୁ ରାସ୍ତା ଆସିଯିବ।” ତାଙ୍କ ଦ୍ୱାରା ବତାଯାଇଥିବା ରାସ୍ତାକୁ ଅନୁସରଣ କରି ଡ୍ରାଇଭର୍ ଆସି ଗାଁରେ ପହଞ୍ଚିଲା। ତନୁଜାକୁ ଅତ୍ୟନ୍ତ ଅସ୍ୱସ୍ତିକର ଲାଗୁଥାଏ। ଭାଗ୍ୟକୁ ସିଏ ଆମେରିକାରୁ ଆସିବାବେଳେ କିଛି “ଜେନ୍‌ଟେକ୍” ପାଖରେ ରଖିଥିଲା। ସେଇଥିରୁ ଗୋଟିଏ ଖାଇ ସିଏ ସିଧା ଶୋଇବାକୁ ଗଲା।

ଆଦିତ୍ୟ ଓ ଟୁନା ୧୨ଟା ପରେ ଭୁବନେଶ୍ୱର ଗଲେ। ହେଲେ ତନୁଜା ସେମାନଙ୍କ ସହିତ ଯାଇପାରିଲାନି। ନିଜେ ଶିଖିଥିବା ଅନୁଭୂତିକୁ ଆଧାର କରି ସିଏ ସଂପୂର୍ଣ୍ଣ ଉପବାସ କଲା ଓ କେବଳ ପାଣି ପିଇ ସେ ଦିନଟି ବିତେଇଲା।

ଏବେ ଆଉ ଭୁବନେଶ୍ୱରରେ କିଣାକିଣି କରିହେବ ନାହିଁ। ଯାହା ଯେତେ ଯୋଜନା ଥିଲା, ଏ ଭଦ୍ରକ ବନ୍ଦ ପାଇଁ ସବୁ ପଣ୍ଡୁହେଲା। ସହଜରେ ତ ରାତିରେ ଡେରିରେ ଖାଇଥିଲା, ପୁଣି ଭଦ୍ରକ ବନ୍ଦ ପାଇଁ ଶୀଘ୍ର ଉଠି ଯିବ ବୋଲି ସିଏ ଯେଉଁ ଅନିଦ୍ରା ରହିଲା, ଏ ଦୁଇଟି ମିଶି ହୁଏତ ତାର ପେଟ ଗୋଳମାଳ କରିଦେଇଛନ୍ତି। ଏବେ ତ ଇଏ ଭଲହେବାକୁ ଦିନେ, ଦୁଇଦିନ ଲାଗିଯିବ। ଆଉ କିଛି ଉପାୟ ନାହିଁ। ମନେମନେ ସେ ବିଜେପି ଦଳ ଉପରେ ବଡ ରାଗ ଆସିଲା। ସେମାନଙ୍କ ପାଇଁ ଆଜି ତାର ଏ ଅବସ୍ଥା ହେଲା। ଆହୁରି କେତେଲୋକଙ୍କର ଯେ କେମିତି ଅବସ୍ଥା ହୋଇଥିବ କିଏ ଜାଣେ? ଜବରଦସ୍ତ କରି ଲୋକମାନଙ୍କୁ ଏମିତି ହନ୍ତସନ୍ତ କରିବା, ସେମାନଙ୍କ ଦୈନନ୍ଦିନ ଜୀବନଯାତ୍ରାକୁ ବ୍ୟାହତ କରିବା କି ରକମର ନୀତି? ସ୍କୁଲ୍ ବନ୍ଦ, କଲେଜ୍ ବନ୍ଦ, ସରକାରୀ କାର୍ଯ୍ୟାଳୟ ବନ୍ଦ, ଦୋକାନ ବଜାର ବନ୍ଦ। ପ୍ରତିଦିନର ରୋଜଗାରରେ ଚଳୁଥିବା ବିଚରା ଖଟିଖିଆ ମାନଙ୍କର ବି କାମ ବନ୍ଦ। ଏସବୁ କେମିତିକା କଥା? ଏ ଇଣ୍ଟରନେଟ୍‌ର ଯୁଗରେ ବି ଏମିତି ହେଉଛି, ସାଧାରଣ ଲୋକମାନଙ୍କୁ ଏମିତି ଭାବେ ମନଇଚ୍ଛା କଣ୍ଢେଇ ଭଳି ନଚାଯାଉଛି ଭାବି ବଡ ଦୁଃଖ ଲାଗିଲା। ଏବେ ସବୁ କେମିତି କଣ ହେବ, ଝିଅ ବାହାଘର ପାଇଁ ଲୁଗାପଟା କେମିତି କିଣାକିଣି କରାଯିବ, ସେସବୁ ଆଉ ଭାବି ହେଉନଥିଲା।

ତନ୍ମୟ ତାଙ୍କର ବହୁତ ବ୍ୟସ୍ତ ରହୁଥାନ୍ତି। ତାଙ୍କୁ ଦେଖା କରିବା ପାଇଁ କେତେକେତେ ଲୋକ ଆସୁଥାନ୍ତି। କିଛି ଲୋକ ଅର୍ଥ ଆଶାରେ ଆସୁଥାନ୍ତି; କିଏ ଝିଅ

ବାହାଘର କରିବ, କିଏ ସଂସ୍ଥାଟିଏ ଗଢିଛି, କିଛି ସାହାଯ୍ୟ ଦରକାର, କିଏ ଦୋକାନଟିଏ ଆରମ୍ଭ କରିବାକୁ ଯାଉଛି, ତାହାର ସାହାଯ୍ୟ ଦରକାର, ଏମିତି ସବୁ। ତନୁଜା ପାଇଁ ଆଉ ତାଙ୍କର ସମୟ ନଥାଏ। କିଛି ଲୋକ ମଧ୍ୟ ତାଙ୍କୁ ସମ୍ମାନିତ ଅତିଥି ହୋଇ କିଛି ସବୁ ମିଟିଙ୍ଗ୍‌ରେ ଯୋଗଦେବାକୁ ଡାକୁଥାନ୍ତି। ଏମିତିରେ ସାରାଦିନଟା ସରିଗଲା। ଦିନସାରା କିଛି ନଖାଇ ନିଜକୁ ନିୟନ୍ତ୍ରିତ କରି ରଖିଥିବାରୁ ରାତିବେଳକୁ ତନୁଜାକୁ ଟିକେ ଭଲ ଲାଗିଲା। ରାତିରେ ଖାଇପିଇ ସାରି ତନ୍ମୟ ଉପରକୁ ଶୋଇବାକୁ ଆସିଲେ। ଆସି ଦେହରେ ହାତ ମାରି ଦେଖିଲେ, ଉତ୍ତାପ ଠିକ୍ ଅଛି। କହିଲେ, “ଲାଗୁଛି, ତୁ ଠିକ୍ ଅଛୁ। ଭଦ୍ରକ କଲେଜ୍‌ରେ ସେମାନେ ଛାତ୍ରଛାତ୍ରୀ ମାନଙ୍କୁ କିଛି କହିବାପାଇଁ ପଅରିଦିନ ଏଗାରଟା ବେଳକୁ ଡାକିଛନ୍ତି। ଯାଇ ପାରିବୁ ତ ?”

ଅନ୍ୟ କୌଣସି କଥା ହୋଇଥିଲେ ହୁଏତ ତନୁଜା ଚିହିଁକି ଉଠିଥାନ୍ତା। ହେଲେ ଏ ବିଷୟ ଶୁଣି ସିଏ ଖୁସିହେଲା। ମନରେ ଏ ବନ୍ଦକୁ ନେଇ ଯେଉଁ ସବୁ ପ୍ରତିକ୍ରିୟା ଆସିଛି, ଅନ୍ତତଃ ସେ ବିଷୟ ସେ ଭବିଷ୍ୟତର ଓଡିଆ ନାଗରିକ ମାନଙ୍କ ନିକଟରେ ବାଣ୍ଟିପାରିବ। ଇଏ ଗୋଟିଏ ଭଲ ସୁଯୋଗ ରହିବ। କେବଳ ତା’ ରିସର୍ଚ୍ଚ ବିଷୟ ନୁହେଁ, ରିସର୍ଚ୍ଚ ବିଷୟ ସହିତ ସିଏ ଏ ସାମାଜିକ ପରିସ୍ଥିତିର ମଧ୍ୟ ଅବତାରଣା କରିବ।

ଏମିତି ଭାବି ତନୁଜା କଡ ଲେଉଟାଉ ଲେଉଟାଉ ଉତ୍ତରଦେଲା, “ନିଶ୍ଚୟ ଯିବି। ଭଗବାନଙ୍କୁ ଡାକୁଛି, ମୋ ଦେହ ଟିକେ ଭଲ ହୋଇଯାଉ।”

ବିଚିତ୍ର ମନ

କ'ଣ ହୋଇଛି ରାଜେଶଙ୍କର ?

ଏମିତି ବିଚିତ୍ର କଥାବାର୍ତ୍ତା କରୁଛନ୍ତି କେତେଦିନ ହେଲା । ସବୁବେଳେ ଡରିଡରି ରହୁଛନ୍ତି । କବାଟ, ଝରକା ସବୁବେଳେ ବନ୍ଦ । କଥାବାର୍ତ୍ତା ସବୁ ଫୁସ୍‌ଫାସ୍ । କାଳେ କିଏ ଦେଖିଦେବ, କାଳେ କିଏ ଶୁଣିଦେବ, ସବୁକଥାକୁ ଡର । ରାଧା ଏକଥା ଦେଖି ବ୍ୟସ୍ତ ହୋଇଗଲାଣି । ଏ କଣ ସବୁ ହେଉଛି ଜୀବନରେ ?

ସେଦିନ ଦୀପାବଳି ଥାଏ । ରାଧା କେତେ ପିଠାପଣା କଲା । ଘରେ ତ ରହୁଛି, କିଛି କାମ ନାହିଁ । ତେଣୁ ନିଜକୁ ବ୍ୟସ୍ତ ରଖିବାକୁ କିଛି ତ କରିବ । ପିଲା ଦୁଇଟି ସାନ । ତେଣୁ ସ୍ୱାଧୀନ ଭାବେ ଏମିତି ଦୋକାନ, ବଜାର ବି ଯାଇହେବନି । ଏଇ ପାଞ୍ଚମିନିଟ୍ ଛାଡି ଆଉ ଗୋଟିଏ ଆପାର୍ଟମେଣ୍ଟ କଂପ୍ଲେକ୍‌ସ୍‌ରେ ରହନ୍ତି ରୁନି ଓ ପ୍ରଦୀପ । ଭାବିଥିଲା, ସେମାନଙ୍କୁ ଟିକେ ରାତିରେ ଡାକିଦେବ । ସାଙ୍ଗ ହୋଇ ଦୀପାବଳି ଉପଭୋଗ କରିବେ । ରୁନି ଓ ପ୍ରଦୀପ ମଧ୍ୟ ସେମାନଙ୍କୁ ଏମିତି ଅତର୍କିତ ଭାବେ କେବେକେବେ ଡାକିଦିଅନ୍ତି । ହେଲେ ରାଜେଶଙ୍କୁ ସେକଥା କହିବା ମାତ୍ରେ ସିଏ ଡରିଗଲେ । କହିଲେ, "ଦେଖ, କାହାକୁ ବିଶ୍ୱାସ ନାହିଁ । ତମେ ଏମିତି ସମସ୍ତଙ୍କୁ ସହଜରେ ବିଶ୍ୱାସ କରି ସେମାନଙ୍କୁ ଘରକୁ ଡାକି ବନ୍ଧୁ ବାନ୍ଧନି । ନିଜ ଘରେ ସୁରକ୍ଷିତ ହୋଇ ରୁହ ।"

"ଇଏ କି ଭଳିଆ କଥା ? ଏ କଥାର କିଛି ଅଗ, ମୂଳ ନାହିଁ ।" - ରାଧାକୁ ସେସବୁ ଅଜବ ଲାଗିଲା । ରାଜେଶ କଣ ତେବେ କିଛି ନିଶା ଦ୍ରବ୍ୟ ଖାଇଛନ୍ତି ନା କଣ ? ହେଲେ ସିଏ ତ ସେସବୁ ଛୁଅନ୍ତିନି । ଯଦିଓ ଏବେ କମ୍ପାନୀ ପାର୍ଟିରେ ଭଦ୍ରତା ଦୃଷ୍ଟିରୁ ଟିକେଟିକେ ୱାଇନ୍ ପିଉଛନ୍ତି, ତେବେ ଘରେ ସେସବୁ ବର୍ଜିତ । ସେ ଏମିତି ଅଦ୍ଭୁତ କଥାବାର୍ତ୍ତା କାହିଁକି କରୁଛନ୍ତି ? ହୁଏତ କମ୍ପାନୀରେ ପାର୍ଟି ଥିଲା କି କଣ ? ସେଥିରେ ହୁଏତ ରାଜେଶ ଟିକେ ପିଇଦେଇଛନ୍ତି । ତେବେ ସିଏ ଆଉ ରୁନି ଓ ପ୍ରଦୀପଙ୍କୁ

ଡାକିବାକୁ ଆଗ୍ରହ ପ୍ରକାଶ କଲାନି। ରାଜେଶ ଆସିବା ପରେ ସେମାନେ ଦୀପ ଜାଳି ପୂଜା କଲେ, ପିଠାପଣା ସବୁ ଖୁସିରେ ଖାଇଲେ। ରାଜେଶ ପଚାରିଲେ, "ରୁନି ଓ ପ୍ରଦୀପକୁ ଡାକିବାକୁ ମନାକଲି ବୋଲି ତମେ ମନରେ ଧରିଲ କି?"

ରାଧା କହିଲା, "ନା ତ। ତାପରେ ଆଜି ତ ବୁଧବାର। କାମ କରି ସମସ୍ତେ କ୍ଲାନ୍ତ ଥିବେ। ବରଂ ଶନିବାର ପାଇଁ ଡାକିଲେ ହେବ।"

ରାଜେଶ କହିଲେ, "ଶୁଣ, ତମେ ତ ଜାଣିଛ ପ୍ରଦୀପ କେମିଷ୍ଟ୍ରିରେ ପୋଷ୍ଟଡକ୍ଟରାଲ୍ କାମ କରୁଛି। ସିଏ ମୋ ପଛରେ ଲାଗି ଆମ କମ୍ପାନୀର ସିକ୍ରେଟ୍ ନେଇ ନିଜେ କମ୍ପାନୀ କରିଦେବାକୁ ଚିନ୍ତା କରୁଛି। ସେମାନଙ୍କ ସହିତ ଟିକେ ସାବଧାନତାର ସହିତ ମିଳାମିଶା କରିବ।"

ରାଧାର ମୁଣ୍ଡ କଣ ହୋଇଗଲା। ଇଏ କି କଥା କହୁଛନ୍ତି? ନିଜେ ସିଏ ଦୁଇବର୍ଷ ତଳେ ଆଣି ଏ ପ୍ରଦୀପ ଓ ରୁନିକୁ ପରିଚିତ କରାଇଥିଲେ। ସେତେବେଳେ ସିଏ ସେ ଏକା ୟୁନିଭରସିଟିରେ ପୋଷ୍ଟଡକ୍ଟରାଲ୍ କାମ କରୁଥିଲେ। ପ୍ରଦୀପକୁ ସିଏ ହିଁ ନିଜେ ସୁପାରିଶ କରି ଅଣେଇଥିଲେ। ଅବଶ୍ୟ ପ୍ରଦୀପ ଆସିବା ପରେପରେ ରାଜେଶ ଏକ କମ୍ପାନୀ ଚାକିରିରେ ଯୋଗ ଦେଇଥିଲେ। ହେଲେ ସେଇ ପ୍ରଦୀପକୁ, ଯାହାକୁ ନିଜ ସାନ ଭାଇ ଭଳି ଦେଖୁଥିଲେ, ଆଜି ତାକୁ ଅବିଶ୍ୱାସ କରୁଛନ୍ତି?

ରାଧା କିଛି ବୁଝିପାରିଲାନି କି କିଛି କହିଲାନି।

ଧୀରେଧୀରେ ରାଜେଶ ବଦଳିବାକୁ ଲାଗିଲେ। ହଠାତ୍ ଦିନେ ଆପାର୍ଟମେଣ୍ଟକୁ ଆସି ଭିତରର ଲାଇଟ୍ ସବୁ ବନ୍ଦ କରିଦେଲେ। ରାଧା ପଚାରିଲା, "ସେମିତି କାହିଁକି କରୁଛ? ଅନ୍ଧାରରେ କିଛି ଦେଖା ହେଉନି ଯେ?"

ରାଜେଶ ଫୁସ୍‌ଫୁସ୍ କରି କହିଲେ, "ବଡ ପାଟିରେ କଥା ହୁଅନି। ସେମାନେ ମତେ ଫଲୋ କରୁଛନ୍ତି।"

"କୋଉମାନେ ତମକୁ ଫଲୋ କରୁଛନ୍ତି? ଆଉ କଣ ପାଇଁ?" - ରାଧା ବିସ୍ମିତ ହୋଇ ପଚାରିଲା।

"ଏବେ ଚୁପ୍ କର। ସେମାନେ ଯାଇସାରିବା ପରେ ମୁଁ ତମକୁ କହିବି।" - ଏମିତି କହି ରାଜେଶ ବାହାରକୁ ଖାଲି ଚାହିଁଲେ। ଆପାର୍ଟମେଣ୍ଟକୁ କେତେ ଲୋକ ଯିବାଆସିବା କରୁଥାନ୍ତି। ତା ଭିତରୁ କିଏ ରାଜେଶକୁ ଫଲୋ କରୁଥିଲା, ରାଧା ବୁଝିପାରିଲାନି। ତେବେ ଅଧଘଣ୍ଟାଏ ପରେ ରାଜେଶ ପୁଣି ଘରେ ଆଲୁଅ ଲଗେଇଲେ। ବଡପୁଅ ଲାଲା ଓ ସାନପୁଅ ବାଲା ଉଭୟ ସେତେବେଳେ ଶୋଇଥିଲେ। ତେଣୁ ବାପାଙ୍କର ଏ ଅଦ୍ଭୁତ ଆଚରଣ ବିରୁଦ୍ଧରେ କିଛି ବିଶୃଙ୍ଖଳା ଘଟିନଥିଲା।

ଏମିତି ଆଉ ୫ ମାସ ବିତିଗଲା । ରାଜେଶଙ୍କର ଆଚରଣ ଦିନକୁଦିନ ବଦଳୁଥିଲା । ଦିନେ ସିଏ ଆସି ଜଣେଇଲେ, "ମୁଁ ଏ କମ୍ପାନୀ ଚାକିରି ଛାଡିଦେବି ବୋଲି ମନସ୍ଥ କରିଛି । ସେମାନେ ମୋ ପଛରେ ଲାଗିଛନ୍ତି । ମୋ କଂପ୍ୟୁଟର୍‌ର ଡାଟା ସବୁ ଡିଲିଟ୍ କରିଦେଉଛନ୍ତି । ମୋତେ ରିସର୍ଚ୍ଚ ପେପର୍ ପ୍ରକାଶିତ କରିବାକୁ ଦେଉନାହାନ୍ତି । ମୋତେ ସର୍ବସ୍ୱାନ୍ତ କରିଦେବାକୁ ଧମକ ଦେଉଛନ୍ତି ।"

ରାଧା ବିବ୍ରତ ହୋଇ ପଚାରିଲା, "ଆମେ ତ କାହାରି କିଛି କ୍ଷତି କରୁନାହାନ୍ତି । କିଏ କାହିଁକି ଆମର ଅନିଷ୍ଟ କରିବାକୁ ଚାହୁଁଛି ?"

ରାଜେଶ - "ଆମ କମ୍ପାନୀ ଡାଇରେକ୍ଟର୍ ଅନିଲ୍ ଯୋଶୀ ଆଉ ତାର କେତେକ ଚାମ୍‌ଚା ମୋ ପଛରେ ଲାଗିଯାଇଛନ୍ତି । ସେମାନେ ଭାବୁଛନ୍ତି ମୁଁ ଆମ କମ୍ପାନୀର ସବୁ ଗୁପ୍ତ କାଗଜ ରଖିଛି ଓ ସବୁ କଥା ଜାଣିଛି । କାଳେ ଆଉ କେଉଁ କମ୍ପାନୀକୁ ସେ ଗୁପ୍ତ ତଥ୍ୟ ଦେଇଦେବି, ସେ ନେଇ ତାଙ୍କର ଡର । ସେଇ ଡର ପାଇଁ ମୋ ପଛରେ ଲାଗିଛନ୍ତି ।"

ରାଧା - "ହେଲେ ତମେ ତ ସେମିତି କରିନ ନା ! ସେଇ କଥା ତାଙ୍କୁ କହିଦେଉନ ।"

ରାଜେଶ - "ମୁଁ କଣ କହୁନି । ହେଲେ ସେମାନେ ବିଶ୍ୱାସ କରୁନାହାନ୍ତି । ତେବେ କଥାହେଲା, ମୋରି ଆଇଡିଆକୁ ନେଇ ତ ସେମାନେ ଏ କମ୍ପାନୀ କରିଛନ୍ତି । ସେଥିପାଇଁ ମତେ ସବୁବେଳେ ଡରୁଛନ୍ତି । ସେଇ ଡର ପାଇଁ ମତେ ହଇରାଣ କରୁଛନ୍ତି ।"

ରାଧା ଅନିଲ୍ ଯୋଶୀଙ୍କୁ ଥରେ ଦେଖିଥିଲା । ସିଏ ତାଙ୍କ ନୂଆ ଘର କିଣିବା ବେଳେ କମ୍ପାନୀର ସମସ୍ତଙ୍କୁ ଡାକିଥିଲେ । ବେଶ୍ ଭଦ୍ର ଓ ଅମାୟିକ ମନେ ହେଉଥିଲେ ଅନିଲ୍ ଯୋଶୀ ଓ ତାଙ୍କ ପତ୍ନୀ ଅନୁପମା । ରାଧା ତ ବେଶି କଥା କହେନି । ତେବେ ସେମାନେ ତାଙ୍କ ସହିତ ଏମିତି ମିଶିଯାଇଥିଲେ ଯେ ରାଧାର ମୁହଁରୁ ଅନେକ କଥା ଆପେଆପେ ବାହାରି ଯାଇଥିଲା । ଏତେ ଭଲ ଲୋକ ପୁଣି ରାଜେଶଙ୍କ ପଛରେ ଏମିତି ପଡିଯିବେ । ବିଶ୍ୱାସ ହେଉନଥିଲା । ତେବେ ହଁ, ଜୀବନରେ ଅସମ୍ଭବ ବୋଲି ତ କିଛି ନାହିଁ । ନ ଦେଖିଲା କଥା ଦେଖିବାକୁ ମିଳୁଛି । ଏଇତ, ଗତବର୍ଷ ସେ ସ୍ନାଇପର୍ କେମିତି ମାତିଗଲା । ଜଣା, ଅଜଣା, ଯାହାକୁ ନାହିଁ ତାକୁ, ଯେତେବେଳେ ନାହିଁ ସେତେବେଳେ, ଯୋଉଠି ନାହିଁ ସେଠି ଗୁଳି କରିବା ଆରମ୍ଭ କରିଦେଇଥିଲା । ଭଗବାନଙ୍କୁ ଅଶେଷ ଧନ୍ୟବାଦ ଯେ ସେମାନେ ବର୍ତ୍ତି ଯାଇଥିଲେ ଓ ସେ ସ୍ନାଇପର୍ ଧରାପଡିଥିଲା । ତେବେ ସେଇଦିନରୁ ରାଧା ମଧ୍ୟ ଭୟଭୀତ । ଏ ଦେଶରେ ଯେ କୌଣସି ମୁହୂର୍ତ୍ତରେ ଯେ କୌଣସି ଘଟଣା ଘଟିଯାଇପାରେ । ରାଜେଶ ବି ଟିକେ

ଅହଂକାରୀ। ତାଙ୍କ ଜ୍ଞାନକୁ ନେଇ ସିଏ ବହୁତ ଗର୍ବ କରନ୍ତି। ହୁଏତ ସେଥିପାଇଁ ଅନିଲ୍‌ଙ୍କ ସହିତ କିଛି ଭୁଲ୍ ବୁଝାମଣା ହୋଇପାରିଥାଏ କି କଣ ?

ରାଧାର ବି ମନେ ପଡୁଥିଲା ୟୁନିଭର୍ସିଟି ମାନଙ୍କରେ କେମିତି ସବୁବେଳେ ପ୍ରତିଦ୍ୱନ୍ଦିତା ଚାଲିଥାଏ। ପ୍ରଫେସର୍ ମାନେ ସବୁବେଳେ ନିଜନିଜକୁ ହିଁ ସର୍ବଶ୍ରେଷ୍ଠ ବୋଲି ଭାବନ୍ତି। ଅନ୍ୟ ପ୍ରଫେସର୍ ମାନଙ୍କ ସହିତ ସବୁବେଳେ ଛକାପଞ୍ଝା ଲାଗି ରହିଥାଏ। ସେକଥା ନିଜର ଛାତ୍ରଛାତ୍ରୀ ମାନଙ୍କୁ ବି ଜଣାଇ ଦିଆଯାଏ। ଅନ୍ୟ ପ୍ରଫେସର୍‌ର ଛାତ୍ରଛାତ୍ରୀ ମାନଙ୍କ ସହିତ ନିଜର କୌଣସି ଆଇଡିଆ କି କୌଣସି କାମ ପ୍ରକାଶିତ ହେବା ପୂର୍ବରୁ କହିବାକୁ ବାରଣ କରିଦିଆଯାଇଥାଏ। ରାଧା ଉତ୍କଳ ବିଶ୍ୱବିଦ୍ୟାଳୟରୁ ଜୀବବିଜ୍ଞାନରେ ପି.ଏଚ୍.ଡି କରିଛି। ତେବେ ଏ ଦେଶରେ ଏବେ ସିଏ କେବଳ ଗୃହିଣୀ।

ହୁଏତ ସେମିତି କିଛି ଛକାପଞ୍ଝା ଚାଲିଛି ରାଜେଶ ଓ ଅନିଲ୍‌ଙ୍କ ମଧ୍ୟରେ। ହେଲେ ସେଇଟା ତ ସାଧାରଣ କଥା। ରାଜେଶ ତାକୁ ଏମିତି ଅଧିକ ଭାବି ପକାଉ ନାହାନ୍ତି ତ ?

ରାଜେଶ ସେମିତି ଡରିଡରି ରହିବା ଆରମ୍ଭକଲେ। ରାଧାକୁ ଡରିଡରି ରହିବା ଶିଖେଇଲେ। ଉପରୋକ୍ତ ଘଟଣାର ବର୍ଷକ ପରେ, ରାଜେଶ ଆସି ଜଣେଇଲେ ଯେ ସିଏ କମ୍ପାନୀ ଚାକିରିରୁ ଇସ୍ତଫା ଦେଇଦେଇଛନ୍ତି। ଏକମାସ ପରେ ସେମାନେ ମେରୀଲାଣ୍ଡ୍ ଛାଡି ଚାର୍‌ଲୋଟ୍‌ସ୍‌ଭିଲ୍, ଭିର୍‌ଜିନିଆ ଚାଲିଯିବେ। ସେଠି ତାଙ୍କୁ କେମିଷ୍ଟ୍ରି ଡିପାର୍ଟମେଣ୍ଟ୍‌ରେ ଗୋଟିଏ ଲାବ୍‌ରେ କାମ ମିଳିଛି।

କମ୍ପାନୀର ମୋଟା ଅଙ୍କର ଦରମା ଛାଡି ପୁଣି "ପୁନର୍ମୂଷିକ ଭବଃ" ଭଳି ସେଇ ପୋଷ୍ଟଡକ୍ଟରାଲ୍ କାମ ପାଇଁ କାହିଁକି ଯିବାକୁ ମନ ବଳେଇଲେ ରାଜେଶ ? ରାଧା କିଛି ବୁଝିପାରୁନଥିଲା। ତେବେ ରାଜେଶଙ୍କ ମତ ବିରୁଦ୍ଧରେ କିଛି କହିବା ଭଳି, କି ପ୍ରତିବାଦ କରିବା ଭଳି ମାନସିକତା ତାର ନାହିଁ। ପ୍ରଥମେ ତ ରାଜେଶ ବଡ ଏକକୈନ୍ଦ୍ରିକ ମଣିଷ। ଯାହା ବୁଝିଥିବେ ସେଇଆ। ତାଙ୍କ କଥା ଯେମିତି ବେଦର ଗାର। ସିଏ ଯେମିତି ସବୁଠାରୁ ଜ୍ଞାନୀ ମଣିଷ। ଦ୍ୱିତୀୟରେ ରାଧାର ତ ଚାକିରିବାକିରି କିଛି ନାହିଁ, ପୁଣି ଛୋଟ ପିଲା ଦୁଇଟି। ଏମିତି ପରିସ୍ଥିତିରେ କେବଳ ବୋଲକାରୀ ସୁଗୃହିଣୀ ହେବା ହିଁ ତା ପକ୍ଷରେ ମଙ୍ଗଳ।

ସେମିତି ହିଁ ହେଲା। ମେରୀଲାଣ୍ଡ୍ ଛାଡି ସେମାନେ ଚାର୍‌ଲୋଟ୍‌ସ୍‌ଭିଲ୍ ଆସିଲେ। ଚାର୍‌ଲୋଟ୍‌ସ୍‌ଭିଲ୍ ଛୋଟ ସହର ଟିଏ। କୋଳାହଳ ବେଶି ନାହିଁ। କେବଳ ୟୁନିଭର୍ସିଟି ପାଇଁ ହିଁ ସେ ସହରଟିର କିଛିଟା ଭୂମିକା ରହିଛି। ତେବେ ରାଧାକୁ ବଡ ବୋରିଙ୍ଗ

ଲାଗୁଥିଲା। ସେଠି କଲମ୍ବିଆରେ ସିଏ କିଛି ସାଙ୍ଗସାଥୀ କରିଥିଲା। ରାଜେଶଙ୍କ ବାରଣ ସତ୍ତ୍ୱେ ବି ସିଏ ଯେତେବେଳେ ଅଫିସ୍‌ରେ ଥାଆନ୍ତି, ଆପାର୍ଟମେଣ୍ଟ୍ କଂପ୍ଲେକ୍ସ୍‌ରେ ରହୁଥିବା ଅନ୍ୟ ଭାରତୀୟ ପରିବାର ମାନଙ୍କ ସହିତ ସିଏ ମିଶୁଥିଲା। ସେଥିମଧ୍ୟରୁ ଅନେକଙ୍କ ଅବସ୍ଥା ରାଧା ଭଳି। ସେମାନଙ୍କ ସ୍ୱାମୀମାନେ କାମ କରନ୍ତି। ହେଲେ ସେମାନଙ୍କର ଭିସା ଅସୁବିଧା ନେଇ ସେମାନଙ୍କୁ କାମ କରିବାକୁ ଅନୁମତି ମିଳିନଥାଏ। ଏ ଚାର୍‌ଲୋଟ୍‌ସ୍‌ଭିଲ୍‌ରେ ପୁଣି ନୂଆ ସାଙ୍ଗ କରାଇବାକୁ ପଡିବ। ଯଦିଓ ଏଠି ବି ସିଏ ବେଳେବେଳେ ଭାରତୀୟ ପରିବାରଙ୍କୁ ଦେଖୁଥିଲା, ତେବେ ସେମାନେ ଏମିତି ଆପାର୍ଟମେଣ୍ଟର ପାଖାପାଖି ରହୁନଥିଲେ।

ଏମିତି ଦୁଇବର୍ଷ ବିତିଗଲା। ରାଜେଶ ଦୁଇଟି ରିସର୍ଚ୍ଚ ପେପର୍ ପବ୍ଲିସ୍ କଲେ। ପିଲାମାନେ ବଡ ହେଉଥିଲେ। ବଡପୁଅ ଏବେ ଥାର୍ଡ ଗ୍ରେଡ୍‌ରେ ପଢୁଥିଲା। ସାନପୁଅ ଫାଷ୍ଟ୍ ଗ୍ରେଡ୍‌ରେ। ରାଧା ବେଳେବେଳେ ଡିପାର୍ଟମେଣ୍ଟ୍ ଯାଇ କିଛି ପାର୍ଟ ଟାଇମ୍ କାମ ମିଳିପାରିବ କି ନା ବୋଲି ବୁଝୁଥିଲା।

ହଠାତ୍ ଦିନେ ରାଜେଶ ଆସି ଜଣେଇଲେ ଯେ ପୁଣି ସେ ଅନିଲ୍ ଓ ତା ଚରମାନେ ଆସି ତାଙ୍କ ବିରୁଦ୍ଧରେ ଏଠି କାମ ଆରମ୍ଭ କଲେଣି। ତାଙ୍କର ଦୁଇଟି ରିସର୍ଚ୍ଚ ପେପର୍ ପବ୍ଲିସ୍ ହେବା ପରେ ସେମାନେ ଅଧିକ ଇର୍ଷୁକ ହୋଇପଡିଛନ୍ତି ଓ ଏବେ ତାଙ୍କୁ ହଇରାଣ କରିବା ଆରମ୍ଭ କରିଦେଇଛନ୍ତି। ତାଙ୍କ କଂପ୍ୟୁଟରରୁ ଡାଟା ଆପେଆପେ ନଷ୍ଟ ହୋଇଯାଉଛି। ଏବେ ତାଙ୍କ ପକ୍ଷେ ତାଙ୍କର ପରବର୍ତ୍ତୀ ରିସର୍ଚ୍ଚ ପେପର୍ ଲେଖିବା କଠିନ ହୋଇପଡିବ।

ରାଧା ଡରିଗଲା। ହେଲେ ବୁଝିପାରୁନଥିଲା ଯେ ଅନିଲ୍ କେମିତି ଏ ସବୁ କରିବା ପାଇଁ ସକ୍ଷମ ହୋଇପାରିବ। ଏଠି ୟୁନିଭରସିଟିର କଂପ୍ୟୁଟର୍ ନେଟ୍‌ୱାର୍କକୁ ଭେଦ କରି ଅନିଲ୍ ଭଳି ଜଣେ ପ୍ରବାସୀ ଭାରତୀୟ ଏସବୁ କେମିତି କରିପାରିବ ?

ରାଜେଶ ଏବେ ପୁଣି ଡରୁଆଡରୁଆ ମନେ ହେଉଥିଲେ। ତାଙ୍କର ସେ ପୁରୁଣା ଭୟ ତାଙ୍କୁ ପୁଣି ଆବୋରିବସିଲା। ରାଧାକୁ ମନା କରିଦେଲେ ବେଶି ବାହାରକୁ ଯିବାପାଇଁ। ହୁଏତ କିଏ ଲକ୍ଷ୍ୟ କରୁଥିବ। ତାଙ୍କ ଅନୁପସ୍ଥିତିରେ ତାଙ୍କ ଘରେ ପଶି ତାଙ୍କ ବ୍ୟକ୍ତିଗତ କଂପ୍ୟୁଟର୍ ଓ ଫାଇଲ୍ ସବୁ ଖୋଜି ସେମାନଙ୍କ ବିଷୟରେ ସବୁକିଛି ଜାଣିବ ଓ କିଛି ଚୋରିକରିବ। ରାଧା କେବଳ ପିଲାମାନଙ୍କୁ ବସ୍ ଷ୍ଟପ୍ ପର୍ଯ୍ୟନ୍ତ ନେଉଥିଲା ଓ ବସ୍ ଷ୍ଟପ୍‌ରୁ ଘରକୁ ଆଣୁଥିଲା। ତା ବ୍ୟତୀତ ଆଉ କେଉଁ ଆଡେ ଯିବାଆସିବା କରିବାର ଚାରା ନଥିଲା।

ତେବେ ରାଧା ମନରେ ଅନେକ ପ୍ରଶ୍ନ ଉଠୁଥିଲା। ଇଚ୍ଛା ହେଉଥିଲା କାହା

ଆଗରେ ଟିକେ ମନ ଖୋଲି ଗପିପକାନ୍ତା। ଜଣେ ସଦାବେଳେ ଏତେ ଭୟ ଭିତରେ ଜୀବନ କେମିତି ଜିଇଁବ ? ତାପରେ ପିଲାମାନେ ବଡ ହେଉଛନ୍ତି। ସେମାନଙ୍କ ଫିଲ୍ଡ୍ ଟ୍ରିପ୍‌ରେ ବି ସ୍ୱେଚ୍ଛାସେବୀ ଭାବେ ଯିବାପାଇଁ ରାଜେଶ ମନାକରିଦେଇଛନ୍ତି।

ରାଜେଶ ତ କିଛି ଅତି ବିଶିଷ୍ଟ ଲୋକ ନୁହଁନ୍ତି। ଜଣେ ସାଧାରଣ ବୈଜ୍ଞାନିକ। ତାଙ୍କ ଭଳି ହଜାରହଜାର ଲୋକ ପି.ଏଚ୍.ଡି. କରି ବୈଜ୍ଞାନିକ, ଗବେଷକ ହୋଇଛନ୍ତି। ସିଏ ନା କେଉଁ ବଡ ପୋଜିସନ୍‌ରେ ଅଛନ୍ତି, ନା କେଉଁ ବିଶିଷ୍ଟ ବ୍ୟକ୍ତିର ବଂଶଧର। ସାଧାରଣ ପୋଷ୍ଟଡକ୍ଟରାଲ୍ ଅସ୍ଥାୟୀ ଗବେଷକ ଜଣେ। ତାଙ୍କ ବିରୁଦ୍ଧରେ ସତରେ କଣ କିଏ ଏତେ ହାଇଟେକ୍ ଉପାୟ ଅବଲମ୍ବନ କରି ତାଙ୍କୁ ହଇରାଣ କରିବାକୁ ଚାହିଁବ ? ଆଉ ତାଙ୍କୁ ହଇରାଣ କରି ଜଣେ ପାଇବ ବା କଣ ?

ଏମିତି ହୋଇ ଆହୁରି ବର୍ଷଟିଏ ବିତିଗଲା। ଶିବୁ ଭାଇ ଓ ତାଙ୍କ ପତ୍ନୀ ସୋନି ଅପାଙ୍କ ପୁଅର ୟୁନିଭରସିଟିରେ ଆଡ୍‌ମିଶନ୍ ହୋଇଥିଲା। ସେମାନେ ତାଙ୍କ ପୁଅକୁ ଛାଡିବାକୁ ଆସୁଥିଲେ। ମେରୀଲାଣ୍ଡ୍‌ରେ ଥିବା ବେଳେ ସେମାନେ ହିଁ ରାଜେଶ ଓ ରାଧାଙ୍କର ବଡ ଭାଇ ଓ ଭଉଣୀ ଭଳି ଥିଲେ। ପର୍ବପର୍ବାଣୀରେ ସେମାନଙ୍କ ଘରକୁ ଡାକୁଥିଲେ ଓ ଅନ୍ୟ ଓଡିଆମାନଙ୍କ ସହିତ ମିଶିବାର ସୁଯୋଗ ଯୋଗାଇ ଦେଉଥିଲେ। ସମୟ ଅସମୟରେ ରାଜେଶ ଓ ରାଧା ସେମାନଙ୍କର ଉପଦେଶ ଲୋଡୁଥିଲେ। ସୋନି ଅପା ଫୋନ୍ କରି କହିଲେ, "ରାଧା, ଆମେ ଚାର୍‌ଲୋଟ୍‌ସ୍‌ଭିଲ୍ ଆସୁଛୁ। ଭାବୁଛୁ, ଯଦି ତମର ସମୟ ଥାଏ, ତେବେ ତମମାନଙ୍କୁ ଭେଟିବୁ।"

ରାଜେଶ ଖୁସି ହେଲେ। ନିଜ ତରଫରୁ ସେମାନଙ୍କୁ ଫୋନ୍ କରି ନିଜ ଘରେ ରହିବାକୁ ଅନୁରୋଧ କଲେ। ସେମାନେ ବି ରାଜି ହେଲେ।

ଶିବୁ ଭାଇ ଓ ସୋନି ଅପାଙ୍କ ରହଣି ସମୟରେ ତାଙ୍କ ପାଖରେ ଅନର୍ଗଳ ଗପିଗଲେ ରାଜେଶ। ଏବେ ସିଏ କିଛି କାମ କରିପାରୁନାହାନ୍ତି। ପ୍ରଥମ ଦୁଇବର୍ଷ ଭଲ ଚାଲିଥିଲା। ପୁଣି ଏବେ ସେମାନେ ସକ୍ରିୟ ହୋଇଯାଇଛନ୍ତି। ତାଙ୍କ କଂପ୍ୟୁଟରରୁ ଡାଟା ସବୁ ଆପେଆପେ ନଷ୍ଟ ହୋଇଯାଉଛି। ତାଙ୍କ ପ୍ରଫେସର୍ ଏଥିରେ ଅସନ୍ତୁଷ୍ଟ। ସେମାନଙ୍କ ପ୍ରୋଜେକ୍ଟ୍ କାମର ରିପୋର୍ଟ ବି ଠିକ୍ ସମୟରେ ପ୍ରସ୍ତୁତ ହୋଇପାରୁନି। ଏବେ ତେଣୁ ତାଙ୍କ ପ୍ରଫେସର୍ ପାଖରେ ସେ ପ୍ରୋଜେକ୍ଟ୍ ପାଇଁ ଫଣ୍ଡିଂ ନାହିଁ। ରାଜେଶ ନୂଆ ଚାକିରି ଖୋଜୁଛନ୍ତି। କିନ୍ତୁ ନିଜ ଘରର ଇଣ୍ଟରନେଟ୍ ଉପରେ ତାଙ୍କର ଭରସା ନାହିଁ। ଏବେ ସେମାନେ ତାଙ୍କ ଘର ଇଣ୍ଟରନେଟ୍‌କୁ ବି ନିୟନ୍ତ୍ରଣ କରୁଛନ୍ତି ଓ ତାଙ୍କ ବ୍ୟକ୍ତିଗତ କଂପ୍ୟୁଟର୍‌କୁ ବି ହ୍ୟାକ୍ କରିନେଇଛନ୍ତି।

ଶିବୁ ଭାଇ ଉପଦେଶ ଦେଲେ, "ତମେ ତେବେ ପୋଲିସ୍‌କୁ ଜଣାଉନ କାହିଁକି ?"

ରାଜେଶ କହିଲେ, "ପୋଲିସ୍‌କୁ ଜଣେଇଲେ ସେମାନେ ଯଦି ଆଉ କିଛି ଅଲଗା ଗଣ୍ଡଗୋଳ କରିବେ? ଆମେ ପୋଲିସ୍ ପାଖକୁ ଗଲେ ସେମାନେ ଜାଣିପାରିବେ। ସେମାନେ ଆମର ସବୁ ଗତିବିଧିକୁ ଅନୁସରଣ କରୁଛନ୍ତି। ଆମେ ପୋଲିସ୍ ପାଖକୁ ଗଲେ ସେମାନେ ହୁଏତ ଅଧିକ ରାଗିଯାଇ କିଛି କରିବେ।"

ଶିବୁ ଭାଇ କହିଲେ, "ତଥାପି ମୋ ମତରେ ପୋଲିସ୍‌କୁ ଜଣେଇବା ଉଚିତ। ତମେ, ଆମେ ସବୁ ସାଧାରଣ ଲୋକ, ସାଧାରଣ ଜୀବନଯାପନ କରିବାକୁ ଚାହୁଁଛୁ। ଆମ ଉପରେ କଣ ପାଇଁ କିଏ ଏତେଦୂର ପଦକ୍ଷେପ ନେବ?"

ରାଧା ସେଦିନ ଅନେକ କଥା ଜାଣିଲା। ରାଜେଶ ତାକୁ ଅନେକ କଥା କହିନଥିଲେ। ଶିବୁ ଭାଇ କହିଚାଲିଲେ, "ତମର ପରିବାର ଅଛି। ସେମାନଙ୍କ ପ୍ରତିପୋଷଣର ଦାୟିତ୍ୱ ଅଛି। ତମେ ଯଦି ଚାହୁଁଛ ତ ଆମ ଘରକୁ କେବେ ଆସ। ସେଠି ଆମ କଂପ୍ୟୁଟର୍ ବ୍ୟବହାର କରି ତୁମେ ଚାକିରି ପାଇଁ ଦରଖାସ୍ତ ପକେଇପାରିବ।"

ରାଜେଶ କହିଲେ, "ହଁ ସେଇଆ କରିବି। ତେବେ ଆପଣଙ୍କୁ ମୁଁ ଫୋନ୍ କରିବି ଓ ମୋ ଆସିବା ବିଷୟରେ ଜଣେଇବି। ଆପଣ ମତେ ଫୋନ୍ କରିବେନି। ନହେଲେ ସେମାନେ ଜାଣିଦେବେ।"

ରାଜେଶ ଶିବୁ ଭାଇଙ୍କ ଘରକୁ ଗଲେ। ସେଠି ଆପ୍ଲାଏ କଲେକି ନାହିଁ ସିଏ ଜାଣନ୍ତି। ତେବେ ଦୁଇ ମାସ ପରେ ଚାକିରି ଚାଲିଗଲା। ପ୍ରଫେସରର ଅନ୍ୟ ଯେଉଁ ପ୍ରୋଜେକ୍‌ଟ୍ ସବୁ ଥିଲା, ସେଥିରେ ଛୋଟମୋଟ କାମ ଦେଇ କିଛିଦିନ ଚଳେଇନେଲେ। ହେଲେ ରାଜେଶଙ୍କର କାମର ଫଳାଫଳ କିଛି ଭଲ ମିଳୁନଥିଲା। ଶେଷରେ ଦିନେ ସଂପୂର୍ଣ୍ଣଭାବେ ୟୁନିଭର୍ସିଟିରୁ ଛଟେଇ ହୋଇଗଲା। ଚାକିରି ଚାଲିଯିବା ପରେ ବେକାରି ଭତ୍ତା ପାଇଁ ଦରଖାସ୍ତ ଦେବାକୁ ପଡିଲା। ସେତେବେଳକୁ ସେମାନଙ୍କୁ ଆମେରିକାର ନାଗରିକତ୍ୱ ମିଳିଯାଇଥିଲା। ଆମେରିକାର ନାଗରିକ ମାନଙ୍କ ପାଇଁ ସରକାର ସେ ସୁବିଧା ରଖିଛି। ସେଦିନ ରାଧା କେତେ ଯେ କାନ୍ଦିଲା, କେତେ ନିଜକୁ ଧିକ୍କାର କଲା, କେବଳ ସିଏ ହିଁ ଜାଣେ। ଜଣେ ପ୍ରଫେସରର ଝିଅ, ପି.ଏଚ୍.ଡି କରି ଡକ୍‌ଟରେଟ୍ ଡିଗ୍ରୀ ପାଇ ଘରେ ବସି ଯେତେଟା ନିଜକୁ ହୀନ ମନେ କରିନଥିଲା, ଆଜି ତା' ବୈଜ୍ଞାନିକ ସ୍ୱାମୀର ବେକାରୀ ଭତ୍ତା ପାଇଁ ଦରଖାସ୍ତ ଦେବାଟା ତାକୁ ଅଧିକ ଦୁଃଖ ଦେଉଥିଲା।

ଏଥିରୁ ମୁକୁଳିବା ପାଇଁ କି ବାଟ ଧରିବ ରାଧା। କିଏ ଯେମିତି ମନ ଭିତରୁ କହୁଥିଲା, "ତୋର ବି ତ ଯୋଗ୍ୟତା ଅଛି। ତୁ ରାଜେଶକୁ ଛାଡିଦେ। ନିଜ

ପିଲାମାନଙ୍କର ଭବିଷ୍ୟତ ଦେଖେ। ସେମାନଙ୍କୁ ନେଇ ଛୋଟମୋଟ କିଛି ଚାକିରି ଦେଖି କେଉଁ ଦୂର ସ୍ଥାନକୁ ଚାଲିଯା। ନହେଲେ ରାଜେଶ ତୋ ମୁଣ୍ଡକୁ ବି ଖରାପ କରିଦେବ ଓ ତୋ ପିଲାମାନଙ୍କର ଭବିଷ୍ୟତ ଅନ୍ଧକାର ହୋଇଯିବ।"

ସେମିତି କରିବ କି ରାଧା ? ସାହସ ହେଉନଥିଲା। ସିଏ କେବେ ରାଜେଶଙ୍କ କଥା ଉପରେ କଥା କହିନି। ତାଙ୍କ ମତ ଉପରେ ମତାମତ ଦେଇନି। କେବଳ ନିଜ କର୍ତ୍ତବ୍ୟ ମାନି ଭଲ ସ୍ତ୍ରୀ ହେବାକୁ ଯଥାସାଧ୍ୟ ଚେଷ୍ଟା କରିଛି। ମନେପଡିଲେ ଶାଶୁ, ଶ୍ୱଶୁର। ମନେପଡିଲେ ନଣନ୍ଦ, ଦିଅର। ମନେପଡିଲେ ବୋଉ, ବାପା, ଭାଇ, ଭଉଣୀ। ମନେପଡିଲା ବାହାଘର ସମୟର କୋଳାହଳ, ଖୁସି, ରାଜେଶଙ୍କ ଘରେ ତାର ସ୍ୱାଗତ। ଶାଶୁ, ଶ୍ୱଶୁର କେତେ ଭଲ। କେମିତି ସିଏ କଳଙ୍କ ଲଗେଇବ ଦୁଇ ପରିବାରରେ, ଦୁଇ କୁଳରେ ? ତାପରେ ରାଜେଶ, ତାଙ୍କୁ ବି ତ ରାଧା ଭଲପାଏ, ତାଙ୍କ ମଙ୍ଗଳ ଚାହେଁ। କଣ କରିବ ତେବେ ?

ହୁଏତ ରାଜେଶଙ୍କର କିଛି ମାନସିକ ରୋଗ ଅଛି, ଯାହାର ଚିକିତ୍ସା ଦରକାର। ଏବେ ପିଲାମାନଙ୍କ ସ୍କୁଲ୍‌ର ଉତ୍ସବକୁ ସବୁ ଯାଇ ସିଏ ଏସବୁ ବୁଝିଛି। କେତେକେତେ ପିଲାଙ୍କର ଅଟିଜିମ୍ ଭଳି ଗୋଟିଏ ମାନସିକ ରୋଗ ବାହାରୁଛି। ସେମାନେ ଅସ୍ୱାଭାବିକ ଆଚରଣ କରୁଛନ୍ତି। ବଡପୁଅର ଶ୍ରେଣୀରେ ସେମିତି ଦୁଇଟି ପିଲା ଅଛନ୍ତି।

ପବ୍ଲିକ୍ ଲାଇବ୍ରେରୀରୁ କେତେକ ବହି ଆଣି ସିଏ ପଢି ଯାହା ବୁଝିଛି, ବୟସ୍କ ବ୍ୟକ୍ତି ମାନେ ବି କେତେକ ମାନସିକ ରୋଗର ଶୀକାର ହୁଅନ୍ତି। ରାଜେଶଙ୍କର କଣ ସେମିତି କିଛି ରୋଗ ଅଛି ? ହେଲେ ରାଜେଶ ଜଣେ ବୈଜ୍ଞାନିକ। ତାଙ୍କ ସ୍କୁଲ୍ ସମୟରୁ କଲେଜ ପର୍ଯ୍ୟନ୍ତ ସବୁଥିରେ ଫାଷ୍ଟ କ୍ଲାସ୍। ପି.ଏଚ୍.ଡି. କରି ପୋଷ୍ଟ ଡକ୍‌ଟରେଟ୍ କରି ଏତେ ସବୁ ସନ୍ଦର୍ଭ ଲେଖି ପ୍ରକାଶିତ କରାଇଛନ୍ତି। ସିଏ କଣ ପାଗଳ ହୋଇପାରିବେ ?

ତେବେ ଏ ସମସ୍ୟାର ସମାଧାନ କଣ ? ସିଏ କଣ ରାଜେଶଙ୍କୁ ଜଣେ ମାନସିକ ବିଶେଷଜ୍ଞଙ୍କୁ ଦେଖା କରିବାକୁ ପରାମର୍ଶ ଦେବ ?

ରାଜେଶ କଣ ତା' କଥା ଶୁଣିବେ ?

ଦିନ ବିତୁଥିଲା। ଏବେ ବେକାରୀ ଭତ୍ତା ପାଇ ଚଳିବାର ଛଅ ମାସ ହେଲାଣି। କାହିଁ କେଉଁଠି ରାଜେଶଙ୍କ ଚାକିରି ହେବାର ସନ୍ଦେଶ ନାହିଁ। ବଡପୁଅ ସ୍କୁଲ୍‌ରୁ ଫେରି ସେଦିନ ଜଣେଇଲା, "ଜାଣିଛ ମମି, ଆଜି ଆମ ସ୍କୁଲ୍‌ରେ ବିଖ୍ୟାତ ଗାଣିତିକ ଜନ୍ ନ୍ୟାସ୍‌ଙ୍କ ବିଷୟରେ ମାଡାମ୍ କହୁଥିଲେ। ତାଙ୍କ ଜୀବନକୁ ନେଇ ଗୋଟିଏ ସିନେମା ତିଆରି ହୋଇଛି 'ଦ ବିଉଟିଫୁଲ୍ ମାଇଣ୍ଡ୍'। ଜାଣିଛ, ଏତେ ବଡ ଗାଣିତିକ, ହେଲେ ତାଙ୍କର ସ୍କିଜୋଫ୍ରେନିଆ ଥିଲା। କିଏ ବିଶ୍ୱାସ କରିବ କୁହ ତ ?"

ପୁଅ ତ ଏମିତି କହିଦେଲା । ଭଲ ହୋଇଛି ସେତେବେଳେ ରାଜେଶ ଘରେ ନଥିଲେ । ପୁଅ କହିସାରିବା ପରେ ରାଧା ଭାବିଲା, "ତେବେ କଣ ରାଜେଶଙ୍କର ସ୍କିଜୋଫ୍ରେନିଆ ରୋଗ ଅଛି ?"

ଲାଇବ୍ରେରୀ ଯାଇ ସ୍କିଜୋଫ୍ରେନିଆ ରୋଗ ବିଷୟରେ ପଢିଲା ରାଧା । ମନେ ହେଉଥିଲା ହୁଏତ ରାଜେଶ ସ୍କିଜୋଫ୍ରେନିଆ ରୋଗୀ । ଏ ବିଷୟରେ ଶାଶୁ, ଶ୍ୱଶୁରଙ୍କୁ କହିବ କି ସିଏ ? ବାପା, ବୋଉଙ୍କୁ କହିବ କି ? ରାଜେଶଙ୍କ ସହିତ ଆଲୋଚନା କରିବ କି ?

ବଡପୁଅର ସ୍କୁଲ୍‌ରେ ପଞ୍ଚମ ବର୍ଷ । ସେମାନଙ୍କର 'ବ୍ୟାକ୍ ଟୁ ସ୍କୁଲ୍ ଡେ' ଥିଲା । ରାଜେଶ ନ ଯାଇ ଘରେ ରହିଲେ । ରାଧା ଦୁଇ ପୁଅଙ୍କୁ ଧରି ସ୍କୁଲ୍ ଯାଇଥିଲା । ରାଧା ଫେରିବା ବେଳକୁ ଅନ୍ଧାର ହୋଇଥିଲା । ହେଲେ ରାଜେଶ କୁଆଡେ ଗଲେ ? ଶୋଇପଡିଲେ କି ଆଉ ? କବାଟରେ ଠକ୍‌ଠକ୍ କରି ମଧ୍ୟ କିଛି ଜବାବ ନାହିଁ । ସେଦିନ ଘର ଚାବି ନେବାକୁ ଭୁଲି ଯାଇଥିଲା ରାଧା । ଏବେ ତେବେ କରିବ କଣ ? ରାଜେଶଙ୍କର ତ ଘରେ ରହିବାର ଥିଲା, ହେଲେ ସିଏ ଗଲେ କୋଉଠିକି ?

ଏମିତି ଘଣ୍ଟାଏ ବିତିଗଲା । ଯେତେ କବାଟ ଠକ୍‌ଠକ୍ କରିଲେ ବି ଖୋଲିଲାନି । ରାଜେଶ ସେଲ୍ ଫୋନ୍ କି ଘର ଫୋନ୍ କିଛି ଧରୁନାହାନ୍ତି । ବାଧ୍ୟ ହୋଇ ପଡିଶା ଘରକୁ ଯାଇ ତାଙ୍କ ଫୋନ୍‌ରେ ପୋଲିସ୍ ଡାକିଲା ରାଧା । ପୋଲିସ୍ ଦୁଇଜଣ ଆସି କବାଟ ଭାଙ୍ଗି ଘରେ ପଶିଲେ । ରାଜେଶଙ୍କୁ କୋଉଠି ଦେଖିଲାନି ରାଧା । "ହେ ଭଗବାନ, କଣ କରିବି ମୁଁ ?" ଜଣେ ପୋଲିସ୍ କହିଲା, "ସିଏ ହୁଏତ ବାହାରକୁ ଯାଇଥିବେ ?" ହେଲେ ସେମାନଙ୍କର ତ ଗୋଟିଏ ଗାଡି, ଯେଉଁଟାକୁ ରାଧା ନେଇଯାଇଥିଲା । ତେବେ ସେ ଗଲେ କୁଆଡେ ? ଘର ଭିତରେ କି ବାଥ୍‌ରୁମ୍‌ରେ ବି ତାଙ୍କୁ ନ ପାଇବାରୁ ପୋଲିସ୍ ଯାଇ କ୍ଲୋଜେଟ୍ ଭିତରେ ଖୋଜିଲା ।

ରାଧା ପ୍ରତିବାଦ କରୁଥିଲା । ସିଏ କ୍ଲୋଜେଟ୍ ଭିତରେ କାହିଁକି ପଶିବେ ? ହେଲେ ପୋଲିସ୍‌ର ନିୟମ ଅନୁଯାୟୀ, ସେମାନେ ଘରର ପ୍ରତି କୋଣ, ଅନୁକୋଣ ଖୋଜିବେ, ଯଦି ସେଥିରେ ବିଫଳ ହେବେ, ତାପରେ ଯାଇ ଅନ୍ୟ ସବୁ ତଥ୍ୟ ଯଥା ଅପହରଣ ଇତ୍ୟାଦି ବିଷୟରେ ଭାବିବେ ।

କ୍ଲୋଜେଟ୍ ଭିତରେ ରାଜେଶ ଘୋଡେଇ ହୋଇ ବସି ରହିଥିଲେ । ପୋଲିସ୍‌କୁ ଦେଖି ଚିତ୍କାର କଲେ । "ସେମାନେ ମୋ ସ୍ତ୍ରୀକୁ ମାରିଦେଲେ । ସେମାନେ ମୋ ପୁଅକୁ ମାରିଦେଲେ । ମତେ ବି ମାରିଦେବେ । ଆପଣ ସେମାନଙ୍କୁ ଧରନ୍ତୁ । ସେମାନେ ମୋ କଂପ୍ୟୁଟର୍‌ରୁ ସବୁ ଡାଟା ଡିଲିଟ୍ କରିଦେଲେ । ମତେ ସୁରକ୍ଷା ଦିଅନ୍ତୁ । ମୁଁ ବଞ୍ଚିବାକୁ ଚାହେଁ ।"

ରାଧା ସଜଳ ନେତ୍ରରେ ଏ ଦୃଶ୍ୟ ଦେଖୁଥିଲା। ପିଲାମାନେ ଭୟଭୀତ ଆଖିରେ ଦେଖୁଥିଲେ ସେମାନଙ୍କର ବୈଜ୍ଞାନିକ ପିତାଙ୍କୁ। ପୋଲିସ୍ କହିଲେ, "ଏବେ ଆମେ ତାଙ୍କୁ ୟୁନିଭରସିଟି ହସ୍ପିଟାଲ୍କୁ ନେଇଯାଉଛୁ। ସିଏ ଏକ ମାନସିକ ବିକାରଗ୍ରସ୍ତ ରୋଗୀ। ଏଠି ଆପଣଙ୍କ ପାଇଁ ଓ ପିଲାମାନଙ୍କ ପାଇଁ ବିପଦ ସୃଷ୍ଟି କରିପାରନ୍ତି।"

ପୋଲିସ୍ ରାଜେଶଙ୍କୁ ନେଇଗଲେ। ରାଧା ଭୋ ଭୋ କରି କାନ୍ଦି ଉଠିଲା।

ବିଶ୍ୱାସ ହିଁ ବନ୍ଧୁ

ଜୀବନ ସବୁ ସମୟରେ ଖାଲି ସମତଳ ପଥ ନୁହେଁ, ଖାଲ, ଢିପ, କାଦୁଅ, କଣ୍ଟା, ଜଙ୍ଗଲ, ପାହାଡ, ନଦୀ, ସମୁଦ୍ରର ସମାହାର। ହେଲେ ନୌକାଠାରୁ ଆରମ୍ଭ କରି ଉଡାଜାହାଜ ଆବିଷ୍କାର କରିବା ଭଳି, ମଣିଷ ବି ଏ ଜୀବନ ଯୁଦ୍ଧରେ ବଞ୍ଚିବା ପାଇଁ, ଜୀବନ ରାସ୍ତାରେ ଚାଲିବା ପାଇଁ କେତେକେତେ ପଦ୍ଧତି ଆବିଷ୍କାର କରିପାରିଛି। ସେଥି ମଧ୍ୟରୁ ସର୍ବୋତ୍ତମ ପଦ୍ଧତି ହେଲା, ବିଶ୍ୱାସ। ମନସ୍ତତ୍ତ୍ୱବିତ୍ ମାନେ ମଧ୍ୟ ସେଇ ବିଶ୍ୱାସ ଉପରେ ଗବେଷଣା କରି କେତେକେତେ ପ୍ରବନ୍ଧ ରଚନା କରିଛନ୍ତି। ଏ ବିଶ୍ୱାସ ଏମିତି କିଛି, ଯାହାକୁ ଅର୍ଥ ଦେଇ କିଣି ହୁଏନି, କାହାଠାରୁ ଧାର, ଉଧାର କରି ବ୍ୟବହାର କରିହୁଏନି, କି ତିଆରି କରିହୁଏନି। ବିଶ୍ୱାସ ସ୍ୱତଃ ମନକୁ ଆସେ, ମନକୁ ନିୟନ୍ତ୍ରଣ କରି କେଉଁ ଏକ ଅଦୃଶ୍ୟ ଶକ୍ତି ନିକଟରେ ସମର୍ପଣ କରାଇଦିଏ, ଏମିତି ଲାଗେ ଯେମିତି କିଏ ଜଣେ ଅଛି ଡାକ ଶୁଣିଦେବ, କିଏ ଜଣେ ଅଛି, ମନ ବୁଝିପାରିବ, କିଏ ଜଣେ ଅଛି, ପଛରେ ଠିଆ ହୋଇ ଘଣ୍ଟ ଘୋଡେଇ ରକ୍ଷା କରିବ।

ମୋ ଜୀବନକାଳ ମଧ୍ୟରେ ଯାହାସବୁ ଘଟିଛି, ଯାହାସବୁ ଘଟୁଛି, ସେସବୁ ବିଶ୍ଳେଷଣ କରି ମୁଁ ଯଦି ପ୍ରକୃତ ବନ୍ଧୁଟିଏ ବିଷୟରେ ଭାବେ, ତେବେ ସ୍ୱତଃ ମହାପ୍ରଭୁ ଜଗନ୍ନାଥ ହିଁ ମନକୁ ଆସନ୍ତି। ଯଦିଓ ପିତା, ମାତା, ସ୍ୱାମୀ, ସନ୍ତାନ ସମସ୍ତେ ଆପଣାର, ତେବେ ଏମିତି କିଛି କଥା ରହିଥାଏ, ଯେଉଁଟା ସେ ପ୍ରିୟ ବ୍ୟକ୍ତି ମାନଙ୍କୁ ମଧ୍ୟ କହିହୁଏନି। ସେସବୁ କିନ୍ତୁ କହିହୁଏ ସେ ବିଶ୍ୱାସର ଜଗନ୍ନାଥଙ୍କୁ, ଅଜାଗା ଘା ଦେଖେଇ ହୁଏ, ମନଭରି କାନ୍ଦିହୁଏ ତାଙ୍କ ପାଖରେ ଓ ତାଙ୍କ ଆଗରେ ହାତ ପତେଇ ଭିକ ମାଗିହୁଏ। ସେଇ ଭଳି ବିଶ୍ୱାସ ମୋ ମନ ଭିତରେ ଛୋଟବେଳୁ ଭର୍ତ୍ତି କରିଦେଇଥିଲା ମୋ ଜେଜେମା। ପରୀକ୍ଷା ବେଳେ କହୁଥିଲା, "କାଳିଆ ସାଆନ୍ତକୁ ମୁଣ୍ଡିଆ ମାରିଦେଇ ଯା, କ୍ଲାସ୍‌ରେ ଫାଷ୍ଟ୍ ହେବୁ।" କେତେକେତେ ଶିକ୍ଷକଙ୍କ ସଂପର୍କୀୟ, ସେମାନଙ୍କର

ନିଜନିଜର ସନ୍ତାନ ମାନେ ମଧ୍ୟ ମୋ ଏକା ଶ୍ରେଣୀରେ ପଢୁଥିଲେ। ହେଲେ ସେଇ ଜଗନ୍ନାଥଙ୍କୁ ମୁଣ୍ଡିଆ ମାରି ମୁଁ ହିଁ ଶ୍ରେଣୀରେ ପ୍ରଥମ ହେଉଥିଲି। ମୋର ବିଶ୍ୱାସ ବଢୁଥିଲା। ଛୋଟବେଳୁ କେତେକେତେ ଉପବାସ ସବୁ ବଡ ନିଷ୍ଠାର ସହିତ କରୁଥିଲି। ପ୍ରତିଦ୍ୱନ୍ଦିତା କରି ସାରାଦିନ ଉପାସ ରହିପାରୁଥିଲି, ଶୀତଦିନରେ କାର୍ତ୍ତିକ ମାସ ପଞ୍ଚୁକଠାରୁ ଆରମ୍ଭ କରି ପୂର୍ଣ୍ଣମୀ ଦିନ ସକାଳେ ପୋଖରୀରେ ବୁଡ ପକେଇବା ପର୍ଯ୍ୟନ୍ତ ସବୁ କରୁଥିଲି। ହୁଏତ ସେଥିପାଇଁ ବିନା ତତ୍ତ୍ୱାବଧାନରେ ମୁଁ ନିଜେନିଜେ ଜୀବନରେ ଅଧିକ ଦୂର ଆସିପାରିଲି; ହଳଦୀବସନ୍ତ ଗାଁରୁ ୱାସିଂଟନ୍ ଡିସି। ପିଲାଟି ବେଳୁ ସ୍ୱାଧୀନ ଭାବେ ସବୁ କରୁଥିଲି, ପାଠ ପଢୁଥିଲି, ଠାକୁରଙ୍କୁ ମୁଣ୍ଡିଆ ମାରୁଥିଲି, ସତ୍ୟ ବଚନ କହିବାକୁ ପଛାଉ ନଥିଲି ଓ ଦୋଷୀକୁ ଦୋଷୀ ବୋଲି କହିବାକୁ ଡରିଯାଉନଥିଲି। ସେସବୁରେ ମୁଁ ଆନନ୍ଦ ପାଉଥିଲି। ଠିକ୍ କାମ ବୋଲି ଯାହା ଆମ ଶିକ୍ଷକ, ଶିକ୍ଷୟିତ୍ରୀ ମାନେ ପଢାଇ ବୁଝାଇଥିଲେ, ସେସବୁକୁ ବେଦର ଗାର ଭଳି ମାନୁଥିଲି, ସେଇଭଳି କର୍ମ କରୁଥିଲି ଓ ସେଥିରେ ଖୁସି ଏବଂ ପୂର୍ଣ୍ଣତା ପାଉଥିଲି।

ହେଲେ ହାଇସ୍କୁଲ୍ ପାଶ୍ କରିବା ପରେ ମୁଁ ଅନୁଭବ କଲି ଜୀବନ କେତେ ଜଟିଳ। କଟକରେ କଲେଜରେ ପଢିବା ପରେ ଅନୁଭବ କଲି, କେତେକେତେ ସୌଭାଗ୍ୟରୁ ମୁଁ ବଞ୍ଚିତ ହୋଇ ବଢିଆସିଛି। ବେଳେବେଳେ ଜଣେ କେହି ତତ୍ତ୍ୱାବଧାରକର ଅଭାବ ଅନୁଭବ କରୁଥିଲି। ସେଇଟା ଅଧିକ ମାତ୍ରାରେ ଜଣାପଡିଲା ଯେତେବେଳେ ମୋ ସାଙ୍ଗ ସୋମା ବି.ଏସ୍.ସି. ପରେ ଖଡଗ୍‌ପୁର ଯାଇ ସେଠି ଏମ୍.ଏସ୍.ସି. କରିବା ପାଇଁ ଏଣ୍ଟ୍ରାନ୍‌ସ୍ ପରୀକ୍ଷା ଦେଲା, ସେଥିରେ ଉତ୍ତୀର୍ଣ୍ଣ ହେଲା, ସେଠି ପୁଣି ଏମ୍.ଏସ୍.ସି. ପରେ ଏମ୍.ଟେକ୍. କଲା ଓ ଏକ ସୁନ୍ଦର ଭବିଷ୍ୟତ ଗଠନର ସମସ୍ତ ସୁବିଧା ପାଇଲା। ସୋମାର ବାପା ରେଲ୍‌ୱେରେ କାମ କରୁଥିଲେ, ତାର ସଂପର୍କୀୟ କେତେଜଣ ଖଡଗ୍‌ପୁରରେ ଥିଲେ ଓ ତାକୁ ପରାମର୍ଶ ଦେଇ ସାହାଯ୍ୟ କରିବାକୁ ଅନେକ ଅଭିଭାବକ ଥିଲେ। ହେଲେ ମୁଁ ଏକା, ନା ମୋର କିଏ ବଡ ଭାଇ କି ଭଉଣୀ ଥିଲେ, ନା ମୋ ବାପାଙ୍କୁ କିଛି ଜଣାଥିଲା। ହେଲେ ମୋର ଜିଦ୍ ବଢିଥିଲା। ଏମ୍.ଏସ୍.ସି. ପରେ ଗେଟ୍ ପରୀକ୍ଷା ଦେଇ ଆଇ.ଆଇ.ଟି.ରେ ଏମ୍.ଟେକ୍. କରିବି ବୋଲି ମନେମନେ ଜିଦ୍ କରିନେଲି ଆଉ ଜଗନ୍ନାଥଙ୍କୁ ବାଟ କଢେଇ ନେବା ପାଇଁ ପ୍ରାର୍ଥନା କଲି।

ସେତେବେଳେ ଗେଟ୍ ପରୀକ୍ଷାର ଫଳାଫଳ ହିଁ ଆଇ.ଆଇ.ଟି. ମାନଙ୍କରେ ଏମ୍.ଟେକ୍. ଓ ପି.ଏଚ୍.ଡି. କରିବା ପାଇଁ ମୁଖ୍ୟ ନିର୍ଣ୍ଣୟକ ଥିଲା। ହେଲେ ଗେଟ୍ ପରୀକ୍ଷାର ସେଣ୍ଟର୍ ଭୁବନେଶ୍ୱରରେ ନଥିଲା। ଓଡିଶାରୁ ପାଖ ସେଣ୍ଟର୍ ଥିଲା ଖଡଗ୍‌ପୁର

ଆଇ.ଆଇ.ଟି.। ସେ ସମୟରେ ମୋର ଜଣେ ସାଙ୍ଗ ଅମିତାର ବଡଭାଇ ଖଡଗପୁର ଆଇ.ଆଇ.ଟି.ରେ ଏମ୍.ଟେକ୍. କରୁଥିଲେ। ମୁଁ ଅମିତାକୁ ଧରିଲି। ତାର ଯଦିଓ ଏମ୍.ଏସ୍.ସି ପରେ ଅଧ୍ୟାପିକା ଚାକିରି କରି ସେଇଠି ପଢାପଢି ଶେଷ କରିଦେବାର ଇଚ୍ଛା ଥିଲା, ତେବେ ମୁଁ ତାକୁ ସ୍ୱପ୍ନ ଦେଖେଇବାରେ ଲାଗିଲି। "ତୋ ଭାଇ ତ ଖଡଗପୁରରେ ରହୁଛନ୍ତି। ଆଉ ତୁ ଯଦି ଗେଟ୍ ପାଇଯିବୁ, ତାହେଲେ ଆରାମରେ ତୁ ବି ଖଡଗପୁର ଆଇ.ଆଇ.ଟି.ରେ ଏମ୍.ଟେକ୍. କରିପାରିବୁ। ତାପରେ ଖାଲି ତ ପରୀକ୍ଷା ଦେଇଦେବାର କଥା। ପରେ ତୁ ଯଦି ଚାକିରି ପାଇଗଲୁ, ଏମ୍.ଟେକ୍. କରିବୁନି; କଣ ହେଇଯିବ ?" ଆଉ ଜଣେ ସାଙ୍ଗ ବିଜୟାକୁ ମଧ୍ୟ ମୁଁ ପ୍ରବର୍ତ୍ତାଇଲି। ଆମେ ତିନି ଜଣ ସ୍ଥିର କଲୁ ଯେ ଆମେ ସାଙ୍ଗ ହୋଇ ଭୁବନେଶ୍ୱରରୁ ଖଡଗପୁର ଯିବୁ, ସେଠି ଅମିତାର ଭାଇ ଝିଅମାନଙ୍କ ହଷ୍ଟେଲ୍‌ରେ ତାଙ୍କ ସାଙ୍ଗ ମାଧ୍ୟମରେ ଆମକୁ ରଖେଇଦେବେ। ଆମେ ଗେଟ୍ ପରୀକ୍ଷା ଦେବୁ ଓ ଫେରିଆସିବୁ। ହେଲେ ଆମ ତିନି ଜଣଙ୍କର କାହାରି ବିନା ବାପା, ଭାଇଙ୍କ ସାହାଯ୍ୟରେ ଏକୁଟିଆ ଟ୍ରେନ୍‌ରେ କୁଆଡେ ଯିବାର ଅଭିଜ୍ଞତା ନଥିଲା। ସମସ୍ତଙ୍କ ମନରେ ଭୟ ଥିଲା। ତେବେ ଗୋଟିଏ ସାହସ ଥିଲା କି "ଆମେ ତିନି ଜଣ ଅଛୁ। ଜୋଡାକୁ ଘୋଡା ସରି ନୁହେଁ। ଯଦି କିଛି ବିପଦଆପଦ ଆସିଲା, ତେବେ ଆମେ ସମସ୍ତେ ମିଶିଗଲେ, ସେଇଟାକୁ ସମ୍ଭାଳିନେବୁନି। ଖାଲି ତ ଟ୍ରେନ୍‌ରେ ବସିଯିବା କଥା। ତାପରେ ଖଡଗପୁରରେ ଅମିତାର ଭାଇ ସମସ୍ତ ଦାୟିତ୍ୱ ନେବେ।" ସେଇ ଭରସାରେ ଭଗବାନଙ୍କୁ ଡାକି ଆମେ ରାତିରେ ଟ୍ରେନ୍‌ରେ ବସିଥିଲୁ। ଭଲରେ ଭଲରେ ଗେଟ୍ ପରୀକ୍ଷା ଦେଇ ଭୁବନେଶ୍ୱର ଫେରିଆସିଥିଲୁ। ସେ ପରୀକ୍ଷାର ଫଳାଫଳ ଯେତେବେଳେ ବାହାରିଥିଲା, ମୋର ଭଲ ମାର୍କ ରହିଥିଲା ଓ ମୁଁ ଆଇ.ଆଇ.ଟି.ରେ ଏମ୍.ଟେକ୍. ଓ ପି.ଏଚ୍.ଡି. ପାଇଁ ଦରଖାସ୍ତ କରିପାରିବି ବୋଲି ଯୋଗ୍ୟତା ହାସଲ କଲି।

ପୁଣି ଆସିଥିଲା ସମସ୍ୟା। ଏବେ ସେସବୁ ପାଇଁ ଦରଖାସ୍ତ ପକେଇବି କେମିତି ? ସେତେବେଳେ ତ ଏବେ ଭଳି କଂପ୍ୟୁଟର୍ କି ଇଣ୍ଟରନେଟ୍ ନଥିଲା। ୱେବ୍ ସାଇଟ୍ କଥା ଛାଡ। ଯାହାସବୁ ଖବର କେବଳ ଚିଠିପତ୍ର ମାଧ୍ୟମରେ ଅବଗତ ହେଉଥିଲା। ଏମିତିରେ ମୋର ଆପ୍ଲିକେସନ୍ ତାରିଖ ଚାଲିଗଲା। ଏବେ କଣ କରିବି ମୁଁ? ବାପାଙ୍କଠାରୁ ଟଙ୍କା ଆଣିବାଟା ମାଡିମାଡି ପଡୁଥିଲା। କେମିତି କଣ ଯଦି ରୋଜଗାରର ମାଧ୍ୟମଟିଏ ଜୁଟିଯାନ୍ତା ହେଲେ, ଆସନ୍ତା ବର୍ଷ ପର୍ଯ୍ୟନ୍ତ ଅପେକ୍ଷା କରିପାରନ୍ତି। ସେଇଭଳି ଘଡିସନ୍ଧି ସମୟରେ, ମନ ଯେତେବେଳେ ଆଶଙ୍କାରେ ଜର୍ଜରିତ ହୋଇ ଆଶାହରା ହୋଇଯାଇଥିଲା, ବନାରସ ହିନ୍ଦୁ ବିଶ୍ୱବିଦ୍ୟାଳୟରେ ଗୋଟିଏ ପ୍ରୋଜେକ୍ଟ୍‌ରେ

ପି.ଏଚ୍.ଡି. ପାଇଁ କାମ କରିବାର ସୁଯୋଗ ଆସିଥିଲା। ସେମାନେ ମୋର ଗେଟ୍‌ର ମାର୍କ ଦେଖି ମୋତେ ଚୟନ କଲେ। ହେଲେ ମୁଁ ବନାରସ ଏକା ଯିବି କେମିତି ? ଏକୁଟିଆ କଣ ଯାଇପାରିବି ? ଯଦିଓ ବନାରସରେ କାହାକୁ ଭେଟିବି ଓ କେଉଁଠି ଭେଟିବି, ସେ ସମ୍ବନ୍ଧରେ ସମସ୍ତ ତଥ୍ୟ ମୋ ନିଯୁକ୍ତି ପତ୍ରରେ ଥିଲା, ହେଲେ ମୁଖ୍ୟ ସମସ୍ୟା ହେଲା ମୁଁ ବନାରସ ଯିବି କେମିତି ? ବାପା ମୋ ବଡବାପାଙ୍କ ପୁଅକୁ ଅନୁରୋଧ କଲେ ସିଏ ଯଦି ଟିକେ ମୋତେ ବନାରସ ପର୍ଯ୍ୟନ୍ତ ଛାଡିବାକୁ ନେବ ଓ ଛାଡିଦେଇ ପଳେଇ ଆସିବ। ବାଟଖର୍ଚ୍ଚ ସବୁ ଆମେ ଦେବୁ। ହେଲେ ସିଏ ଡରିଲା। ସିଏ କେବେ ବି ଗାଁ ବାହାରକୁ ଯାଇନଥିଲା। ସେଥିରେ ଓଡିଶା ବାହାରକୁ ଯିବା ତାପାଇଁ ଅସାଧ ଥିଲା। ବାପା ତାପରେ ଗାଁର ଆଉ ଜଣେ ବଡବାପାଙ୍କ ପୁଅକୁ ଅନୁରୋଧ କଲେ। ନଗଲେ ଝିଅଟାର ଭବିଷ୍ୟତ ନଷ୍ଟ ହୋଇଯିବ ବୋଲି କାକୁତି ମିନତି ହୋଇ କହିଲେ। ମୁଁ ବି ସେ ଭାଇଙ୍କୁ ଅନୁରୋଧ କଲି। ତାଙ୍କ ହାତରୁ କିଛି ବି ଖର୍ଚ୍ଚ ହେବନି ବୋଲି ଜଣେଇଲି। ସେ ଭାଇଟି ସେତେବେଳକୁ ଏମ୍.ଏ. ସାରିଥାଏ ଓ ଭୁବନେଶ୍ୱରରେ ରହି ଓ.ଏ.ଏସ୍., ଆଇ.ଏ.ଏସ୍ ଇତ୍ୟାଦି ସମସ୍ତ ପରୀକ୍ଷା ପାଇଁ ପଢାପଢି କରୁଥାଏ। ଭାଗ୍ୟକୁ ସିଏ ରାଜିହେଲା। ମୁଁ ବନାରସରେ ପହଞ୍ଚିଗଲା ପରେ ସେଠିକାର ୱାର୍ଡେନ୍ ମୋର ରହିବାର ବ୍ୟବସ୍ଥା କରାଇଦେଲେ। ସେ ଭାଇ ତାପରେ ଓଡିଶା ଫେରିଗଲା। ବନାରସ ହିନ୍ଦୁ ବିଶ୍ୱବିଦ୍ୟାଳୟର ଝିଅମାନଙ୍କ ପାଇଁ ଉଦ୍ଦିଷ୍ଟ ହଷ୍ଟେଲ୍‌ରେ ସେତେବେଳେ ସ୍ଥାନ ନଥାଏ। ଗୋଟିଏ କ୍ୱାର୍ଟର୍‌କୁ ତେଣୁ ହଷ୍ଟେଲ୍‌ରେ ପରିଣତ କରାଯାଇଥାଏ। ସେଥିରେ ପାଞ୍ଚଟି ଝିଅ ରହୁଥାନ୍ତି। ମୁଁ ଯିବା ପରେ ୬ ଜଣ ଝିଅ ହେଲେ। ସେମାନଙ୍କୁ ଜଗିବା ପାଇଁ ଦୁଇଜଣ ପ୍ରହରୀ ଗଣେଷ ଓ ମୁନାଲାଲ୍ ନିଯୁକ୍ତ ଥାଆନ୍ତି। ସେମାନେ ବଦଳ କରି ଦିନ ଓ ରାତିରେ ପହରା ଦେଉଥାଆନ୍ତି।

ବନାରସରେ ମୋ ରୁମ୍‌ମେଟ୍ ବନ୍ଦନା ସହିତ ମୋର ରହିବାର ବ୍ୟବସ୍ଥା ଥିଲା। ବନ୍ଦନା ବହୁତ ଭଲ ଝିଅ ଥିଲା। ହେଲେ ତାର ଜଣେ ପୁରୁଷ ବନ୍ଧୁ ଥିଲେ। ସେଇଟା ହିଁ ମତେ ଜମା ଭଲଲାଗୁନଥିଲା। ସେ ପୁରୁଷ ବନ୍ଧୁ ତା' ବାପାଙ୍କର ଛାତ୍ର ଥିଲେ। ସେଇ ହିସାବରେ ସେଠି ସିଏ ବନ୍ଦନାର ଦାୟିତ୍ୱ ତାଙ୍କ ହାତରେ ସମର୍ପଣ କରିଥିଲେ। ସେଥିରୁ ବନ୍ଧୁତା ହେଉହେଉ ପ୍ରେମ ହୋଇଗଲା। ହେଲେ ମୁଁ ନିଜକୁ ଶିକ୍ଷା ସମାପ୍ତ ନହେଲା ପୂର୍ବରୁ ସେଭଳି ପ୍ରେମରେ ପଡିବାର ମୋହଠାରୁ ନିଜକୁ ଦୂରେଇ ରଖୁଥିଲି। ପଢିବା, ପରୀକ୍ଷାରେ ଭଲ କରିବା ଓ ଗୋଟିଏ ଭଲ ଚାକିରି କରି ନିଜକୁ ସ୍ୱାଧୀନ ଭାବେ ପ୍ରତିଷ୍ଠିତ କରାଇବା ହିଁ ମୋର ଲକ୍ଷ୍ୟ ଥିଲା। ସେଇ ଦୃଷ୍ଟିରୁ ମୁଁ ଅନୁଭବ କଲି ଯେ, ବନାରସରେ ମୋର ସେ ଲକ୍ଷ୍ୟ ପୂରଣ ହେବାରେ ଅନେକଟା ପ୍ରତିବନ୍ଧକ

ରହିଛି। ଯଦିଓ ସେଠି ମୁଁ ସାଇକେଲ୍ ଚଲେଇବା ଶିଖିଲି। ଭଲଭାବେ ହିନ୍ଦି କହିବା ଶିଖିଲି ଓ ନିଜେନିଜେ ଜିନିଷପତ୍ର ଦୋକାନରୁ କିଣାକିଣି କରିବା ବି ଶିଖିଲି, ତେବେ ମୋ ଭିତରୁ କେହି ଜଣେ ଯେମିତି କହୁଥିଲା, "ଆଇ.ଆଇ.ଟି.ରେ ପି.ଏଚ୍.ଡି. କରିବା ତୋର ଲକ୍ଷ୍ୟ। ସେ ଲକ୍ଷ୍ୟରୁ ବିଚ୍ୟୁତ ହୋଇଯାଆନି।"

ମୁଁ ସେ ବର୍ଷ ଡିସେମ୍ବରରେ ଏକୁଟିଆ ସାହସ କରି ପି.ଏଚ୍.ଡି. ପାଇଁ ସାକ୍ଷାତକାର ଦେବାକୁ ଆଇ.ଆଇ.ଟି ବମ୍ବେ ଗଲି। କେମିତି ସାହସ କଲି, କେମିତି ମହାନଗରୀ ଏକ୍ସପ୍ରେସ୍ ଟ୍ରେନ୍‌ରେ ଟିକେଟ୍ କାଟିଲି ଓ କେମିତି ଯାଇ ବମ୍ବେ ଆଇ.ଆଇ.ଟି କ୍ୟାମ୍ପସ୍‌ରେ ପହଞ୍ଚିଲି, ଏବେ ଭାବିଲେ ମୁଁ ବଡ ଆଶ୍ଚର୍ଯ୍ୟ ହୁଏ। ତେବେ ମୋ ଭିତରେ ସେ ବିଶ୍ୱାସ ଥିଲା। ଜଗନ୍ନାଥଙ୍କ ଉପରେ ବିଶ୍ୱାସ ଥିଲା। ମୁଁ ଭାବୁଥିଲି, "ଜଗନ୍ନାଥ, ମୁଁ ଯଦି ମୋ ଚାହିଁବା ମୁତାବକ ମଣିଷଟିଏ ହୋଇ ବଞ୍ଚି ରହିପାରିବିନି, ତେବେ ମୋର ବଞ୍ଚି ରହିବାର ଅର୍ଥ ହିଁ କିଛି ହେବନି। ତେଣୁ ସାହସ କରିବାକୁ ମୁଁ ଡରିବି କାହିଁକି ?"

ଆଇ.ଆଇ.ଟି ବମ୍ବେର ଗଣିତ ବିଭାଗରେ ପି.ଏଚ୍.ଡି. କରିବାପାଇଁ ଦେଇଥିବା ସାକ୍ଷାତକାରରେ ମୋର ଭଲ ହୋଇଥିଲା ଏବଂ ଫଳାଫଳ ବାହାରିବା ପରେ ମୋର ଚୟନ ହୋଇଗଲା। ମୁଁ ଅତ୍ୟନ୍ତ ଖୁସି ହୋଇଥିଲି ସେଦିନ। ହେଲେ ମୋ ସାମନାରେ ଦୁଇଟି ବାଧା ଥିଲା। ଗୋଟିଏ ବାଧା ଥିଲା ଯେ, ପି.ଏଚ୍.ଡି. ନିଯୁକ୍ତିକୁ ଗ୍ରାହ୍ୟ କରି ଅର୍ଥ ଜମା କରିବାକୁ ମୋ ପାଖରେ ଅର୍ଥ ନଥିଲା। ଦ୍ୱିତୀୟରେ, ମୁଁ ପରଦିନ ବନାରସ ଫେରିଯିବାକୁ ଟିକେଟ୍ କରିସାରିଥିଲି। ସେଥିପାଇଁ ମୋତେ ତିନୋଟି କାମ କରିବାକୁ ପଡିଲା। ପ୍ରଥମେ ଲାଇନ୍‌ରେ ତିନିଘଣ୍ଟା ଠିଆ ହୋଇ ଟିକେଟ୍ କ୍ୟାନ୍‌ସଲ୍ କରିବାକୁ ପଡିଲା। ପୁଣି ଆଉ ଗୋଟିଏ ଲାଇନ୍‌ରେ ତିନିଘଣ୍ଟା ଠିଆ ହୋଇ ଦୁଇଦିନ ପରେ ବନାରସକୁ ଫେରିବାର ଟିକେଟ୍ କରିବାକୁ ପଡିଲା। ମୁଁ ଗୋଟିଏ ଗପବହି ପାଖରେ ରଖିଥିଲି। ସେଇଟିକୁ ପଢିପଢି ଲାଇନ୍‌ରେ ଠିଆହେବାର କ୍ଳାନ୍ତିକୁ ସହିଗଲି। ଗଣିତ ବିଭାଗରେ ମୋ ପୂର୍ବରୁ ପି.ଏଚ୍.ଡି. କରୁଥିବା ଜଣେ ଓଡିଆ ଛାତ୍ର ଅକ୍ଷୟ ଭାଇ ମୋତେ ନେଇ ଆଇ.ଆଇ.ଟି.ରେ ରହୁଥିବା ଆଉ ଜଣେ ଓଡିଆ ବଦାନ୍ୟ ବ୍ୟକ୍ତିଙ୍କ ସହିତ ପରିଚିତ କରାଇଦେଲେ। ସେ ବଦାନ୍ୟ ବ୍ୟକ୍ତି 'ନରେଶ ଦାସ' ସେତେବେଳେ ଗୋଟିଏ ପ୍ରୋଜେକ୍ଟ୍‌ରେ ରିସର୍ଚ୍ଚ ଇଞ୍ଜିନିୟର୍ ଭାବେ କାମ କରୁଥିଲେ। ପି.ଏଚ୍.ଡି. କରୁଥିବା ଛାତ୍ରମାନଙ୍କ ତୁଳନାରେ ତାଙ୍କୁ ଅଧିକ ଦରମା ମିଳୁଥିଲା ଓ ସିଏ ସମସ୍ତଙ୍କୁ ସମୟ ଅସମୟରେ ଅର୍ଥ ସାହାଯ୍ୟ କରିବାର ପ୍ରବାଦ ବି ଥିଲା। ସିଏ ମୋର ଅର୍ଥ ଜମା ପାଇଁ ମୋତେ ଉଧାର ଦେବାକୁ ରାଜିହେଲେ। ତାଙ୍କ ସାହାଯ୍ୟରେ ମୁଁ ମୋର ପି.ଏଚ୍.ଡି.

ନିଯୁକ୍ତିକୁ ଗ୍ରହଣ କରି ଅର୍ଥ ଜମା କଲି ଓ ଖୁସିରେ ଖୁସିରେ ବନାରସ ଫେରିଆସିଲି। ମୋତେ ପୁଣି ବମ୍ବେରେ ଜାନୁଆରୀ ମାସରେ ଯୋଗଦେବାର ଥିଲା।

ମୋର ବମ୍ବେରେ ପି.ଏଚ୍.ଡି. କରିବା ଏମିତି ଭାବେ ଯେ ନିର୍ଦ୍ଧାରିତ ହୋଇଗଲା, ସେଇଟା କେବଳ ଜଗନ୍ନାଥଙ୍କ ଆଶୀର୍ବାଦ ଛଡା ଆଉ କିଛି ନୁହେଁ।

ଏସବୁ ତେତିଶ ବର୍ଷ ତଳର କଥା। ତେବେ ସେସବୁ ମୋ ମନ ଭିତରେ ସର୍ବଦା ଜୀବନ୍ତ ହୋଇ ରହିଥାଏ। ମୋର ବମ୍ବେକୁ ଯିବା, ନରେଶ ଦାସଙ୍କ ସହିତ ସାତ ଦିନରେ ପ୍ରେମ ଆରମ୍ଭ ହୋଇ, ପୂର୍ଣ୍ଣତା ପାଇ ସାତ ମାସ ଭିତରେ ବାହାଘର ହୋଇଯିବାଟା ଯେମିତି ଆଶ୍ଚର୍ଯ୍ୟ ଘଟଣା ହୋଇ ରହିଲା, ସେମିତି ଆମେରିକାକୁ ଆସି ଆଲ୍‌ବକର୍କିରେ ପ୍ରଥମ ବିଦେଶୀ ଜୀବନ ଅନୁଭବ କରି ମେରୀଲାଣ୍ଡ୍‌କୁ ଆସିବା ବି ଏକ ଆଲୌକିକ ଘଟଣା।

ଏବେ ଆମେରିକାରେ ରହିବାର ଅଠେଇଶି ବର୍ଷ ପୂରିଗଲାଣି। କେତେକେତେ ଘଟଣା, ଦୁର୍ଘଟଣା ଜୀବନରେ ଘଟିଯାଇଛି। କେତେବେଳେ ସାରାଦିଗ ଅନ୍ଧକାର ଗ୍ରସ୍ତ ହୋଇଯାଇଛି ତ, କେତେବେଳେ ମୁଁ ପଥରେ କଣ୍ଟକବିଦ୍ଧ ହୋଇ ରକ୍ତ ଝରାଇ ଯନ୍ତ୍ରଣାରେ ଚିତ୍କାର କରିଛି। ତେବେ ବିଶ୍ୱାସ ହରାଇଦେଇନି। ସେଇ ବିଶ୍ୱାସରେ ହିଁ ଏ ପର୍ଯ୍ୟନ୍ତ ଜୀବନଯାତ୍ରା ଜାରିରହିଛି। ସବୁବେଳେ ଜଗନ୍ନାଥଙ୍କ ନିକଟରେ ମନ ଖୋଲି ଦେଇଛି। ବେଳେବେଳେ ଅଭିମାନ କରି ତାଙ୍କୁ ଗାଳି ବି ଦେଇଛି। ତେବେ ସିଏ ଯେ ମୋର ବନ୍ଧୁ, ମୋ ଜୀବନ ରଥର ସାରଥୀ, ଓ ମୋ ଜୀବନକୁ ପୂର୍ଣ୍ଣତା ଦେବାରେ ସର୍ବଦା ସାଥୀ, ସେ ସମ୍ପର୍କ ଉପରେ ମୋର ଅଟଳ ବିଶ୍ୱାସ ଅଛି।

ଏଇତ ତିନିମାସ ତଳର ଘଟଣା। ମୋ ବଡଝିଅର ବାହାଘର ସମୟରେ ତାର ମେହେନ୍ଦି ହେଉହେଉ, ତା ନିର୍ବନ୍ଧ ମୁଦିଟି ହଜିଗଲା। ସିଏ ସେ ମୁଦିଟି ମୋ ମଝିଆଁ ଝିଅକୁ ରଖିବାକୁ ଦେଇଥିଲା। ମୋ ମଝିଆଁ ଝିଅ ମୁଦିଟିକୁ ତା ପ୍ୟାଣ୍ଟ୍ ପକେଟ୍‌ରେ ରଖିଥିଲା। କୁକୁର ପଛରେ ଗୋଡେଇବା ସମୟରେ ମୁଦିଟି କେଉଁଠି ପଡିଗଲା। ଏତେ ବଡ ଲନ୍। ପୁଣି ସବୁଜିଆ ଘାସ ବଢି ମାଟିକୁ ଘୋଡେଇ ରଖିଛି। ସିଏ ପୁଣି କୁକୁରକୁ ନେଇ ଆଗ, ପଛ, ସବୁ ଲନ୍‌ରେ ଦୌଡିଛି। ତା ଭିତରେ ମୁଦିଟା କେମିତି ମିଳିବ? ଘରେ ସେତେବେଳେ ସାରା ପରିବାର ଭର୍ତ୍ତି, ଛୋଟବଡ ମିଶି ଅନ୍ତତଃ ୨୭ ଜଣ ମହଜୁଦ ଥାଆନ୍ତି। ମୋର କାନ୍ଦି ପକେଇବାକୁ ମନ ହେଉଥାଏ। ଏତେ ବଡବଡ ଝିଅମାନେ, ସେମାନଙ୍କ ମନରୁ ସାଧାରଣ ଜ୍ଞାନ କୁଆଡେ ହଜିଗଲା। ବଡଝିଅ ତା' ରୁମ୍‌ରେ କି ପର୍ସରେ ମୁଦିଟି ରଖି ମେହେନ୍ଦି କରିବାକୁ ବସିପାରିଥାନ୍ତା। ମଝିଆଁ ଝିଅ ମଧ୍ୟ ମୁଦିଟିକୁ ପକେଟ୍‌ରେ ନରଖି ତା ପର୍ସରେ ରଖିପାରିଥାନ୍ତା। ବଡ ଝିଅଟି ସେ

ସମୟରୁ କାନ୍ଦକାନ୍ଦ ହୋଇ ରହିଲା। ନିର୍ବନ୍ଧ ମୁଦି, ମୁଦିଟିର ଦାମ୍ ୨୨୦୦ ଡଲାର୍, ସେ ମୁଦି ସହିତ ତା' ଭାବୀ ସ୍ୱାମୀର ଭାବନାର ସମ୍ପର୍କ ମଧ୍ୟ ଜୋଡି ହୋଇ ରହିଛି। ମଝିଆଁ ଝିଅଟି ମଧ୍ୟ ନିଜକୁ ଦୋଷୀ ଦୋଷୀ ଭାବି ଦୁଃଖୀ ରହିଲା। ସାରା ଘର ଭିତରେ ସମସ୍ତଙ୍କୁ ବିରସତାର ମାନସିକତା ଆଚ୍ଛନ୍ନ କରି ରଖିଲା। ମୋର ଜଗନ୍ନାଥଙ୍କ ଉପରେ ଅନେକ ଅଭିମାନ ହେଲା। "ଏମିତି ଶୁଭ ମୁହୂର୍ତ୍ତରେ ଏମିତି ଅଘଟଣ କରାଇ କଣ ପାଉଛ ପ୍ରଭୁ? କାହିଁକି ଏ ଖେଳ? ମୋ ଜୀବନରେ ପୂର୍ଣ୍ଣ ସୁଖ ଦେବାରେ ତମର ଏତେ କାର୍ପଣ୍ୟ କାହିଁକି?" ମୁଁ ଏକୁଟିଆ ବେଳେ ଠାକୁରଘରେ ମନ ଭରି କାନ୍ଦିଲି। ଜଗନ୍ନାଥଙ୍କୁ ଆଗତ ଦିନର ସମସ୍ତ ବ୍ୟବସ୍ଥା ସମର୍ପଣ କରିଦେଲି। ସିଏ ମୁଦିକୁ ଯେମିତି ହଜାଇଦେଲେ, ସେମିତି ଖୋଜି ବାହାର କରିଦିଅନ୍ତୁ ବୋଲି ତାଙ୍କୁ ଅନୁରୋଧ କଲି। ତଥାପି ମୁଁ ଅନ୍ୟମାନଙ୍କ ନିକଟରେ ନିଜକୁ ସଂଯତ କରି ରଖିଲି, କାନ୍ଦିଲିନି କି ମନକଷ୍ଟ ଦେଖେଇଲିନି। ଘରେ ଏତେ କାମ ଥାଏ ଯେ, ଟିକେ ମନ ଏପଟ ସେପଟ କରିଦେଲେ, ସାରା କାମରେ ବିଘ୍ନ ଆସିଯିବ ବୋଲି ମନରେ ଡର ଥାଏ। ମନ ଭିତରେ କାହିଁକି କେଜାଣି ବିଶ୍ୱାସ ରହିଥାଏ ଯେ ମୁଦିଟି ମିଳିଯିବ। ତା' ପରଦିନ ମଝିଆଁ ଝିଅ ଗୋଟିଏ ପ୍ରଫେସନାଲ୍ ମୁଦ୍ରିକା ଖୋଜକ ସହିତ ସଂଯୋଗ ସ୍ଥାପନ କରି ତାକୁ ଡକାଇ ଆଣିଲା। ସିଏ ତା' ଯନ୍ତ୍ରପାତି ବ୍ୟବହାର କରି ଦିନରାତି ନ ବିଚାରି ଆଗପଛ ସବୁ ଲନ୍‌ରେ ମୁଦି ଖୋଜିବାରେ ଲାଗିଲା। ଠିକ୍ ବାହାଘର ଦିନ ସକାଳେ ସେ ମୁଦି ମିଳିଗଲା।

ଜଗନ୍ନାଥ ଅନେକ ସମୟରେ ଏମିତି ଖେଳନ୍ତି, ମଣିଷକୁ ଖେଳାନ୍ତି। ମଣିଷର ବିଶ୍ୱାସକୁ ପରୀକ୍ଷା କରନ୍ତି। ତେବେ ସିଏ ଯେ ସବୁର କାରଣ ଓ ସବୁ ସମସ୍ୟାର ସମାଧାନ କରାଇଦେବେ, ସେ କଥା ମୁଁ ମୋ ଅଭିଜ୍ଞତାରେ ବୁଝିସାରିଛି। ଅବଶିଷ୍ଟ ଜୀବନ ସେଇ ଜଗନ୍ନାଥଙ୍କ କରୁଣାରୁ ସରସ, ସୁନ୍ଦର ହୋଇ ବିତିଯିବ ବୋଲି ମୋର ପ୍ରଗାଢ଼ ବିଶ୍ୱାସ ରହିଛି। ସେଇ ବିଶ୍ୱାସ ହିଁ ମୋର ବନ୍ଧୁ। ଜୀବନଯାତ୍ରାରେ ମୁଁ ଏକାକୀ ନୁହେଁ। ମୋ ବନ୍ଧୁ ହିଁ ମୋର ଶକ୍ତି। ସିଏ ମୋ ସହିତ ରହିଥିବା ପର୍ଯ୍ୟନ୍ତ, ମୋର ଚିନ୍ତା ନାହିଁ। ତାଙ୍କ ଶ୍ରୀଚରଣ ତଳେ କୋଟିକୋଟି ପ୍ରଣାମ।

"ସର୍ବ ଧର୍ମାନ୍ ପରିତ୍ୟଜ୍ୟ, ମାମେକଂ ଶରଣଂ ବ୍ରଜ
ଅହଂ ତ୍ୱା ସର୍ବ ପାପେଭ୍ୟୋ ମୋକ୍ଷୟିଷ୍ୟାମି ମା ଶୁଚଃ।"

ଗୀତାର ଏ ଉପରୋକ୍ତ ପଂକ୍ତି ହିଁ ମୋ ବିଶ୍ୱାସର ମୂଳମନ୍ତ୍ର।

■

ବ୍ରହ୍ମଚାରୀ

ପିଲାଟି ଦିନରୁ ଅତି ଶୃଙ୍ଖଳିତ ହୋଇ ବଢ଼ିଥିଲେ ନରୋତ୍ତମ ମିଶ୍ର । ବଡ଼ି ଭୋରରୁ ଉଠିବା, ଠାକୁରଙ୍କ ମଙ୍ଗଳ ଆରତୀ କରିବା, ଭୋଗ ଲଗେଇବା ଇତ୍ୟାଦି କାର୍ଯ୍ୟରେ ଜେଜେ ଓ ବାପାଙ୍କୁ ସାହାଯ୍ୟ କରୁକରୁ ସିଏ ଯେ କେବେ ସେସବୁରେ ଅଭ୍ୟସ୍ତ ହୋଇପଡିଥିଲେ, ଜାଣନ୍ତିନି । ତେଣୁ ହାଇସ୍କୁଲ୍ ପାସ୍ କରିବା ପରେ ଯେବେ ଆସି କଲେଜ୍ ହଷ୍ଟେଲ୍‌ରେ ରହିଲେ, ଚଳିବାରେ ବଡ ଅସୁବିଧା ହେଲା । ସେମାନେ ଗୋଟିଏ ରୁମ୍‌ରେ ପାଞ୍ଚଜଣ ରହୁଥିଲେ । ସେମାନଙ୍କ ମଧ୍ୟରୁ ସମସ୍ତେ ଅଲଗା ଅଲଗା ଜିଲ୍ଲାରୁ ଆସିଥାନ୍ତି । ବିଜୟ ପ୍ରଧାନ ଆସିଥାଏ ସମ୍ବଲପୁରରୁ । ସୌମ୍ୟକାନ୍ତ ମିଶ୍ର ଆସିଥାଏ ପୁରୀ ଜିଲ୍ଲାରୁ । ରଙ୍ଗାଧର ଦାସ ଆସିଥାଏ ବାଲେଶ୍ୱର ଜିଲ୍ଲାରୁ ଓ ବସନ୍ତ ସାହୁ ଆସିଥାଏ ଗଞ୍ଜାମ ଜିଲ୍ଲାରୁ । କେବଳ ନରୋତ୍ତମ କଟକ ଜିଲ୍ଲାର ପିଲା । ସୌମ୍ୟକାନ୍ତ ପିଲାଟା ପୁରୀ ବ୍ରାହ୍ମଣ ହେଲେ କଣ ହେଲା ଶୃଙ୍ଖଳା ଟିକେ ବୋଲି ନାହିଁ । ଉଠିବ ଡେରିରେ । କେବେକେବେ ଦାନ୍ତ ନ ଘଷି ଖାଇଦେବ । ଅଧାଦିନ ଗାଧାଏନି ବି । ତାକୁ ଛୁଇଁଦେଲେ ନିଜ କପ୍‌ବୋର୍ଡ ଭିତରେ ସ୍ଥାପିତ କରିଥିବା ଠାକୁରଙ୍କୁ ଫୁଲ ଚଢେଇବାକୁ ବି ପାପ ବୋଲି ମନେକରନ୍ତି ନରୋତ୍ତମ । ସେଥିପାଇଁ ବେଳେବେଳେ ଦିନରେ ତିନି ଚାରିଥର ଗାଧୋଇବାକୁ ପଡେ ନରୋତ୍ତମଙ୍କୁ ।

ଆଉ ଗୋଟିଏ କଥାହେଲା ଯେ ତାଙ୍କ ରୁମ୍‌ର ପିଲାମାନେ ସବୁବେଳେ ଝିଅମାନଙ୍କ ବିଷୟରେ କଥାହୁଅନ୍ତି । ସେତେବେଳେ ନରୋତ୍ତମ ବଡ ରାଗିଯାଆନ୍ତି ଓ କହନ୍ତି, "ନିଜ ବାପାଙ୍କର ଏତେ ଅର୍ଥ ଶ୍ରାଦ୍ଧ କରି କଲେଜ୍ ଆସିଛ, ପାଠ ପଢ଼ିବା ପାଇଁ ନା ଝିଅମାନଙ୍କ ବିଷୟରେ ଗପିବା ପାଇଁ ?"

ନରୋତ୍ତମଙ୍କର ଏମିତି ଆଚରଣ ସବୁ ଦେଖି ତାଙ୍କ ହଷ୍ଟେଲ୍‌ର ରୁମ୍‌ମେଟ୍ ମାନେ ତାଙ୍କ ନାମ ରଖିଥିଲେ "ବ୍ରହ୍ମଚାରୀ" ।

ନିଜ ରୁମ୍‌ମେଟ୍ ମାନେ ଡାକୁଡାକୁ କଥାଟା ବାହାରକୁ ଗଲା। ଶ୍ରେଣୀର ଅନ୍ୟମାନେ ବି ଡାକିଲେ "ବ୍ରହ୍ମଚାରୀ"। ଦେଖୁଦେଖୁ କଲେଜ୍‌ର ଦୁଇବର୍ଷ ସିଏ ବ୍ରହ୍ମଚାରୀ ହୋଇ କଟାଇଦେଲେ। ତାପରେ ଯେତେବେଳେ ରାଉରକେଲା ଗଲେ ଇଞ୍ଜିନିୟରିଙ୍ଗ ପଢିବାକୁ, କିଛିବର୍ଷ ପାଇଁ "ବ୍ରହ୍ମଚାରୀ" ନାମଟା ଦୂରେଇ ହୋଇ ରହିଥିଲା। ତାପରେ ସିଏ ଆମେରିକା ଆସିଲେ। କାହିଁକି କେଜାଣି ତାଙ୍କ ମନଟା ବ୍ରହ୍ମଚର୍ଯ୍ୟ ପ୍ରତି ଆକୃଷ୍ଟ ଥିଲା। ସିଏ ପ୍ରତିଦିନ ଯୋଗ କରୁଥିଲେ, ପ୍ରାଣାୟମ କରୁଥିଲେ, ଶାସ୍ତ୍ର ପଢୁଥିଲେ। ପାଠପଢା ସହିତ ଧର୍ମକାମ ମଧ୍ୟ ଚାଲିଥିଲା। ତାପରେ ଚାକିରି କଲେ। ହେଲେ ଝିଅମାନଙ୍କ ପ୍ରତି ତାଙ୍କର ଆକର୍ଷଣ ନଥିଲା ଓ ସତକୁ ସତ ସିଏ ନିଜକୁ ବ୍ରହ୍ମଚାରୀ କରିଦେଲେ। ବାପା, ବୋଉ କେତେ ବୁଝେଇଥିଲେ। କେତେକେତେ ପ୍ରସ୍ତାବ ଆଣି ଖବର ପଠେଇଥିଲେ। ହେଲେ ନରୋତ୍ତମଙ୍କର ସେଇ ଗୋଟିଏ କଥା, "ମୁଁ ବାହା ହେବିନି।"

ଏ ଭିତରେ ସାନ ଭାଇ ଓ ଭଉଣୀଙ୍କର ବିବାହ ସରିଗଲା। ନରୋତ୍ତମ ତାଙ୍କ ହିସାବରେ ଖୁସିରେ ଥିଲେ। ଚାକିରି, ଠାକୁର, ଉପାସନା ଇତ୍ୟାଦିରେ ସିଏ ଭଲରେ ଥିଲେ। ଏ ଭିତରେ ହଠାତ୍ ଦିନେ ହିନ୍ଦୁ ମନ୍ଦିରରେ ଦେଖାହେଲା ସୌମ୍ୟକାନ୍ତ। ନରୋତ୍ତମ ପଚାରିଲେ, "ଆରେ ଭାଇ, ତୁ ହଠାତ୍ ଏଠି କେମିତି ?" ସୌମ୍ୟକାନ୍ତ କହିଲେ, "ମୁଁ କିଛିବର୍ଷ ହେଲା ମିଚିଗାନ୍‌ରେ ଥିଲି। ଏବେ ଏଠି ଗୋଟିଏ କମ୍ପାନୀରେ ଯୋଗ ଦେଇଛି। ଆମେ କଲମ୍ବିଆରେ ରହୁଛୁ। ହେଲେ ତୁ ତ ଆମମାନଙ୍କ ସହିତ କିଛି ବି ଯୋଗାଯୋଗ ରଖିଲୁନି। ଆଉ ତୋ ଖବର କଣ ?"

"ଆରେ ମୁଁ ବି ତ କଲମ୍ବିଆରେ ରହୁଛି। ଭଲ ହେଲା।" - ନରୋତ୍ତମ କହିଲେ।

"ତେବେ, ଆସନ୍ତା ଶନିବାରକୁ ଆମ ଘରକୁ ଆସେ। ଜାଣିଛୁ ତ, ଆମ କଲେଜର ସମସ୍ତ ରୁମ୍‌ମେଟ୍ ମାନେ ଏଇ ପାଖରେ ରହୁଛନ୍ତି। ବିଜୟ ଏଡିସନ୍‌ରେ, ରଙ୍ଗାଧର ଫିଲାଡେଲ୍‌ଫିଆରେ ଓ ବସନ୍ତ ପ୍ରିନ୍‌ସ୍‌ଟନ୍‌ରେ। ସେମାନଙ୍କୁ ବି ଡାକିଦେବି। ଆମ ହଷ୍ଟେଲ୍ ରୁମ୍‌ମେଟ୍‌ମାନଙ୍କର ମହାମିଳନ ହେବ।"

ଗୋଟିଏ ସପ୍ତାହ ପରେ ସେଇଆ ହିଁ ହେଲା। ସବୁ ସାଙ୍ଗମାନଙ୍କୁ ଏତେଦିନର ବ୍ୟବଧାନରେ ଦେଖି ନରୋତ୍ତମଙ୍କୁ ବଡ ଖୁସି ଲାଗୁଥିଲା। ସମସ୍ତଙ୍କର ଭରପୁର ସଂସାର। ସୌମ୍ୟକାନ୍ତର ଦୁଇଟି ପିଲା। ବଡ ଝିଅ ୫ ବର୍ଷର, ସାନ ପୁଅ ୩ ବର୍ଷର। ବିଜୟର ଗୋଟିଏ ପୁଅ, ୬ ବର୍ଷର। ରଙ୍ଗାଧରର ୨ଟି ପୁଅ, ଜଣେ ୬ ବର୍ଷ, ଜଣେ ୪ ବର୍ଷ। ବସନ୍ତର ଝିଅଟିଏ, ୫ ବର୍ଷର। ସୌମ୍ୟକାନ୍ତର ବାପା, ବୋଉ ସେମାନଙ୍କ ପାଖରେ ଥାଆନ୍ତି।

ସୌମ୍ୟକାନ୍ତର ବୋଉ ନରୋତ୍ତମଙ୍କୁ ପଚାରିଲେ, "ପୁଅ, ବୋହୁଟିକୁ ଟିକେ ଧରି ଆସିଲନି। ଭଲ ଲାଗିଥାଆନ୍ତା। ଆଉ ପିଲାପିଲି କେତୋଟି ?"

ସେଇଠି ସମସ୍ତେ ଚୁପ୍ ହୋଇଗଲେ। ନରୋତ୍ତମ କହିଲେ, "ମୁଁ ବିବାହ କରିନି ମାଉସୀ। ମୁଁ ଏକା।"

ମାଉସୀ ଚକିତ ହୋଇଗଲେ। "ହେଲେ ବାପା କାହିଁକି ?"

ଅନ୍ୟ ସବୁ ସାଙ୍ଗମାନଙ୍କର ପତ୍ନୀମାନେ ମଧ୍ୟ ଚକିତ ହୋଇଗଲେ। ସୌମ୍ୟକାନ୍ତ ପଚାରିଲା, "ତୁ ସତରେ ସତରେ କଣ ବ୍ରହ୍ମଚାରୀ ହୋଇଗଲୁ ନା କଣ ?"

ସାଙ୍ଗମାନଙ୍କର ପତ୍ନୀମାନେ ପଚାରିଲେ - "ବ୍ରହ୍ମଚାରୀ ?"

ସୌମ୍ୟକାନ୍ତ କହିଲେ, "ହଁ, ସିଏ କଲେଜ୍‌ରେ ଅନେକ ନୈଷ୍ଠିକ ଥିଲା ବୋଲି, ଆମେ ସମସ୍ତେ ତା' ନା' ବ୍ରହ୍ମଚାରୀ ରଖିଥିଲୁ। ହେଲେ ସିଏ ସତରେ ସତରେ ବ୍ରହ୍ମଚାରୀ ହୋଇ ରହିଯିବ, ଏକଥା କେବେ ଭାବିନଥିଲୁ।"

ମାଉସୀ କହିଲେ, "ଏକଥା ଭଲନୁହେଁ ବାପା। ତମେ ଯଦି ରାଜିହେବ ତ କୁହ, ଆମ ବନ୍ଧୁବାନ୍ଧବରେ କେତେ ଝିଅ ଅଛନ୍ତି, ମୁଁ ଜୁଟେଇ ତମ ବାପା, ମାଆଙ୍କୁ କହିବି।"

ନରୋତ୍ତମ କିଛି କହିଲେନି। କଣ କହିବାକୁ ହେବ ବି ଜାଣିପାରିଲେନି। ବିଦେଶରେ ଏତେଦିନ ରହିବାପରେ ଇଏ ପ୍ରଥମ ବନ୍ଧୁମିଳନ। ତାଙ୍କୁ ଅନେକ ଖୁସି ଲାଗୁଥିଲା। ସାଙ୍ଗମାନଙ୍କର କୁନିକୁନି ପିଲା, ସେମାନଙ୍କର ଖେଳ, ପାଟିତୁଣ୍ଡ, ସବୁ କିଛି କେମିତି ଆନନ୍ଦ ଦେଉଥିଲା। ସେତେବେଳେ ତାଙ୍କୁ ଲାଗିଲା ହୁଏତ ସିଏ ବାହା ହୋଇ ଘରସଂସାର କରିବାର ଥିଲା।

ଏ ଭିତରେ ବର୍ଷଟିଏ ବିତିଗଲାଣି। କେତେଥର ବନ୍ଧୁମିଳନ ହେଲାଣି। କେବେ କେଉଁ ବନ୍ଧୁ ଘରେ ? ଥରେ ନରୋତ୍ତମ ମଧ୍ୟ ସେମାନଙ୍କୁ ନିଜଘରକୁ ଡକେଇଥିଲେ। ଖାଦ୍ୟ ରେଷ୍ଟୁରାଣ୍ଟ୍‌ରୁ ମଗେଇଦେଲେ। ଘରେ କେବଳ ଭାତ, ଡାଲ୍‌ମା ତିଆରି କରିଥିଲେ। ସେଦିନ ସମସ୍ତେ ନରୋତ୍ତମଙ୍କର ହାତରନ୍ଧାର ଭୁରିଭୁରି ପ୍ରଶଂସା କଲେ। ସୌମ୍ୟକାନ୍ତର ବୋଉ, ବାପା ମଧ୍ୟ ସେ ଖାଦ୍ୟ ଖାଇ ଅତ୍ୟନ୍ତ ଖୁସିହେଲେ।

ସୌମ୍ୟକାନ୍ତର ବାପା, ବୋଉ ଓଡିଶା ଫେରିଯାଇଥିଲେ। ସୌମ୍ୟକାନ୍ତର କମ୍ପାନୀ ଆଉ ଗୋଟିଏ କମ୍ପାନୀକୁ ବିକ୍ରି ହୋଇଗଲା। ସୌମ୍ୟକାନ୍ତର ଚାକିରି ଚାଲିଗଲା। ବଡ ଦୁଶ୍ଚିନ୍ତାରେ ରହୁଥିଲା ସେ। ଚାକିରି ଖୋଜୁଥିଲା।

ଜୁନ୍ ୧୩ ତାରିଖ। ସୌମ୍ୟକାନ୍ତର ସ୍ତ୍ରୀ ସ୍ୱାତୀ ଫୋନ୍ କଲା। "ସୌମ୍ୟଙ୍କର ହାର୍ଟ ଆଟାକ୍ ହୋଇଛି। ଆମେ ଏବେ ହାୱାର୍ଡ କାଉଣ୍ଟି ଜେନେରାଲ୍ ହସ୍‌ପିଟାଲ୍‌ର ଏମର୍‌ଜେନ୍‌ସୀରେ ଅଛୁ।"

ନରୋତ୍ତମ ଆଶ୍ଚର୍ଯ୍ୟ ହୋଇଗଲେ। ନିଜ ମ୍ୟାନେଜର୍‌କୁ କହି ସେଦିନ ପାଇଁ ଛୁଟି ନେଇ ହସ୍‌ପିଟାଲ୍ ଗଲେ। ସେଠି କିଛି ଠିକ୍ ଲାଗୁନଥିଲା। ସୌମ୍ୟକାନ୍ତର ପିଲାଦୁଇଟିଙ୍କୁ ସିଏ ଯାଇ ସେମାନଙ୍କ ସ୍କୁଲ୍‌ରୁ ନେଇଆସିଲେ। କିଛି ସମୟ ପରେ ଡାକ୍ତର ଖବରଦେଲେ, "ସୌମ୍ୟକାନ୍ତଙ୍କୁ ବଞ୍ଚେଇହେଲାନି।" ସ୍ୱାତୀର ଅବସ୍ଥା ଦେଖି ହେଉନଥାଏ। ସିଏ ଅଧୈର୍ଯ୍ୟ ହେଉଥାଏ। ନରୋତ୍ତମଙ୍କର ମଧ୍ୟ ମୁଣ୍ଡ ଘୁରିଗଲା। ହଠାତ୍ ଏଭଳି ପରିସ୍ଥିତିକୁ ସାମନା କରିବାର ସାହସ କାହାର ନଥିଲା। ନରୋତ୍ତମ ଅନ୍ୟ ସମସ୍ତ ସାଙ୍ଗମାନଙ୍କୁ ଫୋନ୍ କରି ଜଣେଇଲେ। ସମସ୍ତେ ଆସିବାରୁ ସେମାନେ ନିଜନିଜକୁ ସମ୍ଭାଳି ଶବ ସଂସ୍କାର ବିଷୟରେ ଆଲୋଚନା କଲେ। ସୋମ୍ୟକାନ୍ତର ଘରକୁ ଖବର ପଠାଇଲେ। ଅନ୍ୟ ସାଙ୍ଗମାନଙ୍କର ପତ୍ନୀମାନେ ସ୍ୱାତୀକୁ ସମ୍ଭାଳିନେଲେ। ସୌମ୍ୟକାନ୍ତର ବାପା, ମା' ଆମେରିକା ଆସିବାକୁ ଚାହିଁଲେ। ନରୋତ୍ତମ ସେସବୁର ବ୍ୟବସ୍ଥା କରିଦେଲେ। ସୌମ୍ୟକାନ୍ତର ଶବସଂସ୍କାର ପରେ ପଡିଲା ସ୍ୱାତୀର ଭବିଷ୍ୟତର ବିଚାର।

ଏତେ ସୁନ୍ଦର ପରିବାରଟିଏ ହଠାତ୍ ଅଦିନ ଝଡର ପ୍ରଭାବରେ କ୍ଷତବିକ୍ଷତ ହୋଇ ଯେ ଏତେ ସରି ହେବ, କେହି ବି କଳ୍ପନା କରିନଥିଲେ। କେଉଁ ଅପଦେବତାର ଅଭିଶାପରେ ସ୍ୱାତୀର ଜୀବନ ସଂପୂର୍ଣ୍ଣ ଓଲଟପାଲଟ ହୋଇଗଲା। ସ୍ୱାତୀ ଘରେ ହିଁ ରହୁଥିଲା। ପିଲାମାନଙ୍କର ଦାୟିତ୍ୱ ନେଉଥିଲା। ତାକୁ ହୁଏତ ଓଡିଶା ଫେରିଯିବାକୁ ହେବ। ସେଠି ରହି ସିଏ ନିଜ ବିଷୟରେ କିଛି ଚିନ୍ତା କରିବ।

ମାଉସୀ କାନ୍ଦିକାନ୍ଦି କହିଲେ, "ସ୍ୱାତୀ ପିଲାଟା। ଏବେ ଏତେ ବଡ ଜୀବନ ପଡିଛି। ଏକୁଟିଆ କେମିତି କାଟିବ ? ଭଗବାନ ତାକୁ ଏତେ ଦୁଃଖ କାହିଁକି ଦେଲେ।"

ନରୋତ୍ତମ ସବୁବେଳେ ସ୍ଥିତପ୍ରଜ୍ଞ। ହେଲେ ବନ୍ଧୁ ସୌମ୍ୟକାନ୍ତର ଅକାଳ ତିରୋଧାନ ତାଙ୍କୁ ବ୍ୟଥିତ କରିଥିଲା। ଏ ବର୍ଷକ ଭିତରେ ସୌମ୍ୟକାନ୍ତର ପରିବାର ସହିତ ତାଙ୍କର ଅନେକଟା ଆତ୍ମୀୟତା ଆସିଯାଇଥିଲା। ସୌମ୍ୟକାନ୍ତର ଦୁଇଟି ପିଲା ତାଙ୍କୁ ଆପଣେଇ ନେଇଥିଲେ। "ଅଙ୍କଲ୍, ଅଙ୍କଲ୍" କହି ପାଖ ଛାଡୁନଥିଲେ। ଏବେ ସୌମ୍ୟକାନ୍ତ ତ ଚାଲିଗଲା। କେବଳ ସ୍ୱାତୀର ଜୀବନକୁ ନୁହେଁ, ନରୋତ୍ତମର ଜୀବନକୁ ବି ଶୁଷ୍କ କରିଦେଇଗଲା।

ସ୍ୱାତୀ ଓ ସୌମ୍ୟକାନ୍ତର ପିଲାମାନେ ଓଡିଶା ଫେରିଯାଇଥିଲେ। ସେଠି ସ୍ୱାତୀ କଂପ୍ୟୁଟର୍‌ରେ କୋର୍ସ କରୁଥିଲା। ନରୋତ୍ତମ ସୌମ୍ୟକାନ୍ତର ପରିବାରର ସମସ୍ତ ଭଲମନ୍ଦ ବୁଝୁଥିଲେ। ସ୍ୱାତୀ ରୋଜଗାର କ୍ଷମ ହେବା ପର୍ଯ୍ୟନ୍ତ ସିଏ ତାକୁ ବନ୍ଧୁ ଭାବେ ଆର୍ଥିକ ସାହାଯ୍ୟ କରିବେ ବୋଲି ପ୍ରତିଶ୍ରୁତି ଦେଇଥିଲେ। ଓଡିଶା ଗଲେ ସେମାନଙ୍କ

ପରିବାର ସହ ଦେଖାସାକ୍ଷାତ କରୁଥିଲେ। ପିଲାମାନଙ୍କୁ ବୁଲେଇ ନେଉଥିଲେ। ଅନ୍ୟ ତିନିଜଣ ସାଙ୍ଗ ମଧ୍ୟ ଏସବୁ କରୁଥିଲେ। ଓଡିଶା ଗଲେ ସୌମ୍ୟକାନ୍ତର ପରିବାର ସହିତ ମିଶୁଥିଲେ।

ଏ ଭିତରେ ଚାରିବର୍ଷ ପୁରିଗଲାଣି। ଏବେ ସ୍ୱାତୀକୁ ଗୋଟିଏ ସଫ୍ଟ୍‌ୱେର୍ କମ୍ପାନୀରେ ଚାକିରି ମିଳିଯାଇଛି। ଥରେ ନରୋତ୍ତମ ଓଡିଶା ଯାଇଥିବା ସମୟରେ, ସ୍ୱାତୀର ଉପସ୍ଥିତିରେ ମାଉସୀ ନରୋତ୍ତମଙ୍କୁ କହିଲେ, "ଦେଖେ ବାପା, ତୁ ଟିକେ ସ୍ୱାତୀକୁ ବୁଝା। ମୁଁ ତାକୁ କହୁଛି ଯେ ସିଏ ଆଉ ଥରେ ବାହା ହେଉ। ଆମେ କିଛି ଭାବିବୁନି। ହଁ ବାପା, ତୋ ଦୃଷ୍ଟିରେ ବି ଯଦି କିଏ ଥାଆନ୍ତି, ତୁ ଟିକେ ଦେଖେ। ଆମେ ତ ବୟସ୍କ ହେଲୁଣି। କେତେବେଳେ କଣ। ସେ ପିଲାଟା କଣ ସାରାଜୀବନ ଏମିତି ଏକୁଟିଆ କାଟିବ?"

ନରୋତ୍ତମ କହିଲେ, "ହଁ, ଆପଣ ଠିକ୍ କଥା କହୁଛନ୍ତି। ତେବେ ସ୍ୱାତୀ ଏଥିରେ କାହିଁକି ଅରାଜି ହେଉଛନ୍ତି?

ସ୍ୱାତୀ - "ତମେ ତ ନରୋତ୍ତମ, ଜମା ବିବାହ ବି କରିନ। ଏତେଦିନ ହେଲାଣି, ଏକୁଟିଆ ରହୁଛ। ତମର କଣ କିଛି ଅସୁବିଧା ହେଉଛି? ମୁଁ ବି ସେମିତି ଏକୁଟିଆ ଜୀବନ କାଟିପାରିବି। ଭାଗ୍ୟକୁ ଆଦରି ନେଇପାରିବି। ପିଲା ଦୁଇଟିଙ୍କୁ ବଡ କରିପାରିବି।"

ନରୋତ୍ତମଙ୍କ ପାଖରେ କହିବାକୁ ଆଉ କିଛି ନଥିଲା।

ସ୍ୱାତୀର କମ୍ପାନୀ ଏବେ ତାକୁ ବର୍ଷକ ପାଇଁ ଆମେରିକା ପଠାଉଥିବାର ଖବର ସିଏ ପଠେଇଥିଲା। ସୁଯୋଗବଶତଃ ଚାକିରି ବାଲ୍‌ଟିମୋର୍‌ରେ ହିଁ ହେବ।

ନରୋତ୍ତମ କହିଲେ, "ବହୁତ ଭଲ ଖବର। ତମେ ପିଲାମାନଙ୍କୁ ବି ନେଇ ଆସ।"

"ହେଲେ ସେମାନଙ୍କୁ ସେଠି ଏକା ମୁଁ ଚଳେଇପାରିବି ତ?" - ସ୍ୱାତୀ ପଚାରିଥିଲା।

"ମୁଁ ଅଛି ନା। ଆମେ ଦୁହେଁ ମିଶି ଚଳେଇନେବା।" - ନରୋତ୍ତମ ପ୍ରତିଶ୍ରୁତି ଦେଲେ।

ସ୍ୱାତୀ କଲମ୍ବିଆରେ ଗୋଟିଏ ଆପାର୍ଟମେଣ୍ଟ୍ ଭଡା ନେଇ ରହୁଥିଲା। ନିଜ ପ୍ରତିଶ୍ରୁତି ନରୋତ୍ତମ ଠିକ୍‌ଠିକ୍ ଭାବେ ମେଣ୍ଟାଉଥିଲେ। ସ୍ୱାତୀ ସହିତ ତାଙ୍କର ବନ୍ଧୁତା ରହିଥିଲା।

ସ୍ୱାତୀର କମ୍ପାନୀରେ ଜଣେ ଝିଅ ସହିତ ଭଲ ସାଙ୍ଗ ହୋଇଯାଇଥିଲା। ସିଏ

ହେଲା ସଂଗୀତା, ଦିଲ୍ଲୀର ଝିଅ। ସ୍ୱାତୀ ତାକୁ ବେଳେବେଳେ ଶନିବାର ରବିବାର ଦିନ ଘରକୁ ନିମନ୍ତ୍ରଣ କରୁଥିଲା। ସେଇଠି ନରୋତ୍ତମଙ୍କ ସହିତ ଦେଖା ହୋଇଥିଲା। ସ୍ୱାତୀଠାରୁ ସିଏ ନରୋତ୍ତମଙ୍କର ଉଦାର ହୃଦୟର ପରିଚୟ ପାଇଥିଲା। ସୌମ୍ୟକାନ୍ତଙ୍କ ଅକାଳ ବିୟୋଗ ପରେ ସିଏ କେମିତି ସ୍ୱାତୀଙ୍କ ପରିବାରକୁ ଭରସା ଦେଇଆସିଛନ୍ତି ସେକଥା ଶୁଣି ସଂଗୀତା ଥରେ ସ୍ୱାତୀଙ୍କୁ ପଚାରିଲା, "ଏ ନରୋତ୍ତମ ଅବିବାହିତ। ତମକୁ ଏତେ ସାହାଯ୍ୟ କରୁଛନ୍ତି। ସିଏ ପୁଣି ଏତେ ସୁନ୍ଦର। ତମେ ତାଙ୍କୁ ବାହା ହୋଇଯାଉନ।"

"ସିଏ ପରା ବ୍ରହ୍ମଚାରୀ।" - ସ୍ୱାତୀ ସଂଗୀତାକୁ ବୁଝାଇଥିଲା।

"କଣ ହେଲା, ବ୍ରହ୍ମଚାରୀ। ମାନେ କଣ ଦୀକ୍ଷା ଗ୍ରହଣ କରିଛନ୍ତି ?" - ସଂଗୀତା ଆଶ୍ଚର୍ଯ୍ୟ ହୋଇ ପଚାରିଲା।

"ନା, ନା, ଦୀକ୍ଷା ନୁହେଁ, ହେଲେ ସିଏ ସେମିତି ବୋଲି ତାଙ୍କୁ ସମସ୍ତେ କଲେଜ ବେଳୁ ଜାଣନ୍ତି। ମୋ ସ୍ୱାମୀ ସୌମ୍ୟକାନ୍ତଙ୍କର ସିଏ ରୁମ୍‌ମେଟ୍ ଥିଲେ।"

ସ୍ୱାତୀ ଠାରୁ ନରୋତ୍ତମଙ୍କର ସମସ୍ତ କାହାଣୀ ଶୁଣି ସଂଗୀତା କହିଲା, "ଅସଲ କଥା ହେଉଛି ଯେ ତାଙ୍କର ଏପର୍ଯ୍ୟନ୍ତ ସେମିତି କୌଣସି ଝିଅଙ୍କ ସହିତ ଭେଟ ହୋଇନି, ଯିଏ କି ତାଙ୍କ ହୃଦୟରେ ଆଲୋଡନ ସୃଷ୍ଟି କରାଇପାରିବ। ତାପରେ, ସମସ୍ତଙ୍କ ଜୀବନରେ ପ୍ରେମର ବୀଜ ଆପେଆପେ ବୁଣି ହୋଇ ଚାରା ହୁଏନି। ମଞ୍ଜି ବୁଣିବାକୁ ପଡେ, ସୂର୍ଯ୍ୟକିରଣ ଓ ଜଳ ଭଳି ମମତାର ଉତ୍ତାପ ଓ କରୁଣା ଜଳ ଠିକ୍ ପରିମାଣରେ ଦେଇ ଯତ୍ନରେ ପ୍ରେମର ଗଛଟିକୁ ବଢାଇବାକୁ ପଡେ।"

"ତମେ ତାହେଲେ ଚେଷ୍ଟା କରି ଦେଖୁନ।" - ମଜାରେ ସ୍ୱାତୀ ସଂଗୀତାକୁ କହିଲା।

ଏବେ ନରୋତ୍ତମଙ୍କର ଚିନ୍ତା ବଢିଲାଣି। ସେ ସଂଗୀତା ଝିଅଟି ତାଙ୍କ ମନରେ ଆଲୋଡନ ସୃଷ୍ଟିକଲାଣି। ଅସଲ କଥା ହେଲା, ନରୋତ୍ତମ ଯେଉଁ ସ୍ୱାମିଜୀଙ୍କ ପାଖକୁ ପ୍ରବଚନ ଶୁଣିବାକୁ ଯାଆନ୍ତି, ଏବେ ସେଠି ସଂଗୀତା ଯାଇ ପ୍ରବଚନ ଶୁଣୁଛି। ସିଏ ଯେଉଁଠିକୁ ଯୋଗ, ପ୍ରାଣାୟମ କରିବାକୁ ଯାଆନ୍ତି, ସେଠିକୁ ବି ସଂଗୀତା ଯାଉଛି। ଅସଲରେ ଥରେ ସଂଗୀତା ତାଙ୍କୁ ପଚାରିଥିଲା, "ଆପଣ ଯୋଗ, ପ୍ରାଣାୟମ କରନ୍ତି ଓ ପ୍ରବଚନ ଶୁଣିବାକୁ ଯାଆନ୍ତି ବୋଲି ସ୍ୱାତୀଙ୍କଠାରୁ ଶୁଣିଥିଲି। ମୋର ବି ସେ ଦିଗରେ ଆଗ୍ରହ। ମତେ ଯଦି ଟିକେ ସେସବୁ ସ୍ଥାନର ଠିକଣା ଦିଅନ୍ତେ, ମୁଁ ମଧ୍ୟ ସେସବୁ ସ୍ଥାନକୁ ଯାଆନ୍ତି।" ବାସ୍, ନରୋତ୍ତମ ଠିକଣା ଦେଇଦେଲେ ଓ ସଂଗୀତା ସେଠି ହାଜର। ଏବେ ନରୋତ୍ତମଙ୍କ ଜୀବନ ସଂଗୀତାମୟ ହୋଇଯାଉଛି। ତାକୁ

କେତେବେଳେ ମନ୍ଦିରରେ ଦେଖୁଛନ୍ତି ତ, କେତେବେଳେ ଆଶ୍ରମରେ। ନହେଲେ ସ୍ୱାତୀ ଘରେ ତ ଦେଖାହେଉଛି। ଦିନେ ସଂଗୀତା ସ୍ୱାତୀ ସହିତ ନରୋତ୍ତମଙ୍କୁ ବି ତା' ଆପାର୍ଟମେଣ୍ଟ୍‌କୁ ନିମନ୍ତ୍ରଣ କରିଥିଲା। ସେଇଠି ଜାଣିଲେ ନରୋତ୍ତମ, ସଂଗୀତା ଅବିବାହିତା। ଇଚ୍ଛାହେଲା ପଚାରିବାକୁ, "କାହିଁକି ବାହାହୋଇନ ?"। ହେଲେ କାଳେ ଓଲଟା ସେ ପ୍ରଶ୍ନ ସିଏ ପଚାରିଦେବ ଭାବି ପଚାରିନାହାନ୍ତି। ହେଲେ ସଂଗୀତା ଏବେ ଆହୁରି ତାଙ୍କର ନିକଟତର ହେଉଛି। ମନ୍ଦିରରେ ଯେଉଁଯେଉଁ କାର୍ଯ୍ୟରେ ସିଏ ସ୍ୱେଚ୍ଛାସେବୀ ଭାବେ କାମକରନ୍ତି, ସଂଗୀତା ବି ସେସବୁରେ ହିଁ କାମ କରୁଛି।

ଅକ୍‌ଟୋବରର ମାସର ଦୁର୍ଗାପୂଜା ଚାଲିଥାଏ। ସ୍ୱାତୀ ଗଙ୍ଗାଧରର ଘରକୁ ଯାଇଥାଏ। ସଂଗୀତା ନରୋତ୍ତମଙ୍କୁ ଫୋନ୍ କରି ଜଣେଇଲା, "ମୋ ଗାଡିଟା ଖରାପ ହୋଇଛି। ହେଲେ ମୁଁ ମନ୍ଦିରରେ ସାହାଯ୍ୟ କରିବି ବୋଲି କଥା ଦେଇଥିଲି। ଆପଣ ଯଦି ଟିକେ ମତେ ରାଇଡ୍ ଦିଅନ୍ତେ ?"

"ଜମା ବ୍ୟସ୍ତ ହୁଅନି। ମୁଁ ରାଇଡ୍ ଦେବି।"

ମନ୍ଦିରରୁ ସେଦିନ ଫେରୁଫେରୁ ରାତି ଏଗାରଟା ଉପରେ। ସଂଗୀତା ଗାଡିରେ ପାସେଞ୍ଜର୍ ସିଟ୍‌ରେ ବସି ନିଘୋଡ ନିଦରେ ଶୋଇପଡିଥାଏ। ନରୋତ୍ତମ ତା' ଆପାର୍ଟମେଣ୍ଟ୍ ପାଖରେ ଗାଡି ରଖି ତାକୁ ଉଠାଇବାକୁ ଚେଷ୍ଟାକଲେ। ଦେହରେ ବିଜୁଳି ଖେଳିଗଲା। ସେଦିନ ନିଜ ଘରକୁ ଫେରି ସିଏ ସଂଗୀତା ବିଷୟରେ ହିଁ ଭାବିଲେ।

ନରୋତ୍ତମ ଓ ସଂଗୀତା ଏତେ ମିଶିଗଲେଣି ଯେ, ମନ୍ଦିରର ଅନେକ ନୂଆ ଭକ୍ତ ସବୁ ସେମାନଙ୍କୁ ଦମ୍ପତି ବୋଲି ଭାବନ୍ତି। ଥରେ ତ ଜଣେ ନରୋତ୍ତମଙ୍କୁ କହିଲେ, "ଆପଣଙ୍କ ସ୍ତ୍ରୀ ବହୁତ ଭଲ। ତାଙ୍କ ମୁହଁଟି ଯେମିତି ସୁନ୍ଦର, ତାଙ୍କ ହୃଦୟ ବି ସେମିତି ଭଲ। ବହୁତ ସୁନ୍ଦର କଥାବାର୍ତ୍ତା କରନ୍ତି।" ନରୋତ୍ତମ କିଛି କହିବା ପୂର୍ବରୁ ହଠାତ୍ ସେଠି ସଂଗୀତା ପହଞ୍ଚିଯାଇଥିଲା।

ଏବେ ସ୍ୱାତୀ କିଛିକିଛି ଜାଣିପାରିଲାଣି ବୋଧହୁଏ। ତେବେ ନରୋତ୍ତମଙ୍କୁ କିଛି ଏମିତି କହିବାକୁ ସିଏ ସାହସ କରିପାରିବନି। ସଂଗୀତାକୁ ପଚାରିଦେଲା। ସଂଗୀତା କହିଲା, "ମୁଁ ତ ତାଙ୍କ ପ୍ରେମରେ ପଡିଯାଇଛି। ହେଲେ ସିଏ କଣ ଭାବୁଛନ୍ତି କିଏ ଜାଣେ ?"

ସ୍ୱାତୀ କହିଲା, "ଠିକ୍ ଅଛି, ମୁଁ ତେବେ ତାଙ୍କର ଅନ୍ୟ ସାଙ୍ଗମାନଙ୍କ ପରାମର୍ଶ ମାଗେ।"

ସ୍ୱାତୀ ସମସ୍ତଙ୍କୁ ବନ୍ଧୁମିଳନ ପାଇଁ ଡକେଇଲା। ନରୋତ୍ତମ ଓ ସଂଗୀତା ସବୁର ଆୟୋଜନ କଲେ। ସେଠି ସମସ୍ତେ ଦେଖିଲେ ଯେ ସଂଗୀତା ଯାହା କହୁଛି ନରୋତ୍ତମ

ସେସବୁ ପାଳନ କରୁଛନ୍ତି। ସଂଗୀତା ଆଦେଶଦେଲା, "ନରୋତ୍ତମ, ଆପଣ ସବୁ ପ୍ଲେଟ୍, ଚାମଚ ଓ ନାପକିନ୍ ସଜାଡି ରଖିଦିଅନ୍ତୁ।" ନରୋତ୍ତମ ସେସବୁ କଲେ। ସଂଗୀତା ପୁଣି ଆଦେଶଦେଲା, "ଓଭନ୍‌ରୁ କେକ୍‌ଟା ବାହାର କରିଆଣନ୍ତୁ।" ନରୋତ୍ତମ ସେସବୁ କଲେ।

ରଙ୍ଗାଧର ମନ୍ତବ୍ୟ କଲା, "କଣ ବ୍ରହ୍ମଚାରୀ, ଏବେ ସଂଗୀତାଦେବୀଙ୍କର ଶିଷ୍ୟତ୍ୱ ଗ୍ରହଣ କଲଣି କି ?"

ସଂଗୀତା ହସିହସି କହିଲା, "ଶିଷ୍ୟତ୍ୱ ନୁହେଁ, ତେବେ ନରୋତ୍ତମ ଜଣେ ଅତି ସୁନ୍ଦର ହୃଦୟର ମଣିଷ। ସିଏ ସମସ୍ତଙ୍କୁ ଖୁସି କରିବାକୁ ଚାହାନ୍ତି।"

ନରୋତ୍ତମ କହିଲେ, "ସଂଗୀତା ସମସ୍ତ କାର୍ଯ୍ୟ ଅତି ଶୃଙ୍ଖଳାର ସହିତ କରନ୍ତି। ତେଣୁ ତାଙ୍କ ଆଦେଶ ପାଳି ସମସ୍ତେ ଠିକ୍‌ଠିକ୍ କାମ କରିବେ ବୋଲି ମୋର ବିଶ୍ୱାସ।"

ବସନ୍ତ କହିଲା, "ଆଚ୍ଛା ବ୍ରହ୍ମଚାରୀ, ସଂଗୀତା ଯଦି ତତେ ବ୍ରହ୍ମଚର୍ଯ୍ୟ ଛାଡି ସଂସାରୀ ହେବାକୁ ଆଦେଶ ଦେବେ, ତୁ କଣ ମାନିବୁ ?"

ହଠାତ୍ ନରୋତ୍ତମଙ୍କ ପାଟିରୁ ବାହାରିଗଲା, "ନିଶ୍ଚୟ।"

ବିଜୟ କହିଲା, "ତେବେ ସଂଗୀତା ଦେବୀ, ଆଦେଶ ଦିଅନ୍ତୁ ନା, ଆଉ ଡେରି କାହିଁକି ?"

ସଂଗୀତା ମଜାରେ ଫୁଲକୁଣ୍ଡରେ ସଜାହୋଇ ରହିଥିବା ଗୋଲାପଗୁଚ୍ଛରୁ ଗୋଟିଏ ଗୋଲାପଫୁଲଟିଏ ଆଣି ତଳେ ବସିଗଲା ଓ ନରୋତ୍ତମଙ୍କୁ ଯାଚି କହିଲା, "ସତରେ ଆପଣ ବ୍ରହ୍ମଚର୍ଯ୍ୟ ଛାଡି ସଂସାରୀ ହୋଇଯାଆନ୍ତୁନା।"

କଥାଟା ଯେତେବେଳେ ମୁଣ୍ଡରେ ପଶିଲା, ନରୋତ୍ତମ ଲାଜେଇଗଲେ। ତେବେ ସଂଗୀତା ଯେ ତାଙ୍କୁ ଭଲପାଉଛି ଓ ସିଏ ସଂଗୀତାର ପ୍ରେମରେ ପଡିଯାଇଛନ୍ତି, ସେକଥା ବୁଝିବାକୁ ଆଉ ବାକି ରହିଲାନି।

ଏ ଘଟଣାର ଛ ମାସ ପରେ, ନରୋତ୍ତମ ଓ ସଂଗୀତାଙ୍କର ବିବାହ ହୋଇଥିଲା। ବ୍ରହ୍ମଚାରୀ ନରୋତ୍ତମ ସଂଗୀତାର ରୂପ, ଲାବଣ୍ୟ ଭିତରେ ଛନ୍ଦି ହୋଇପଡିଲେ। ରିସେପ୍‌ସନ୍‌ରେ ନରୋତ୍ତମଙ୍କ ବିଷୟରେ ଟୋଷ୍ଟ୍ ଦେବାପାଇଁ ରଙ୍ଗାଧର ଆରମ୍ଭ କଲା, "ଏବେ ମୁଁ ବ୍ରହ୍ମଚାରୀଙ୍କ ବିଷୟରେ କିଛି କହିବାକୁ ଚାହିଁବି ....।"

ରଙ୍ଗାଧରକୁ ଚିମୁଟି ଦେଇ ସ୍ୱାତୀ କହିଲା, "ତାଙ୍କୁ ଆଉ ବ୍ରହ୍ମଚାରୀ କୁହନ୍ତୁନି। ସିଏ ପରା ସଂସାରୀ ହୋଇଗଲେଣି।"

ମୁଦ୍ରିକା ଖୋଜକ

ସାରା ରାତି ମିନି ଶୋଇପାରିନି। କଣ କରୁଛି ସେ ଲୋକଟା ଏତେ ରାତିରେ ? କଣ ଗୋଟିଏ ଲାଇଟ୍ ଲଗେଇ ପାଗଳଙ୍କ ଭଳି ବୁଲୁଛି ଘରର ପଛପଟ ଲନ୍‌ରେ। ନା ରାତିରେ ତାକୁ ନିଦ ମାଡୁଛି ନା ସରୀସୃପଙ୍କୁ ଭୟ ଅଛି ?

ପଛପଟ ଖୋଜି ସାରି ସିଏ ପୁଣି ଘରର ଆଗପଟ ଲନ୍‌କୁ ଆସିଲା ଓ ସେମିତି ପାଗଳଙ୍କ ଭଳି ଖୋଜି ଚାଲିଲା। ମିନି ମଝିରେ ମଝିରେ ଝରକା ଫାଙ୍କରେ ସେ ଲୋକଟିର କାର୍ଯ୍ୟକଳାପ ଚାହିଁ ଦେଖୁଥିଲା। ସେ ଲୋକଟି ସେଇ ଏକା ଭଳି ତା' କାମରେ ବ୍ୟସ୍ତ ଥିଲା।

ବେସ୍‌ମେଣ୍ଟ୍‌ରେ ଝିଅମାନେ ଅଗଷ୍ଟ ୩ ତାରିଖ ରିସେପ୍‌ସନ୍ ପାଇଁ ନାଚ ପ୍ରାକ୍‌ଟିସ୍ କରୁଥିଲେ। ତାଙ୍କ ମଧ୍ୟରୁ ସମସ୍ତେ ତ ଘରେ ରହିବାର ଥିଲା। ହେଲେ ଶିବାନୀର ରକ୍‌ଭିଲ୍‌କୁ ଫେରିବାର ଥିଲା। ଘରେ ଏତେ ଝିଅ ପିଲା। ରାତିସାରା ଭିତର, ବାହାର ହେଉଛନ୍ତି। ତା ସାଙ୍ଗକୁ ସେ ମୁଦ୍ରିକା ଖୋଜକ ଟେଇଁ ରହିଛି ଓ କାର୍‌ରେ ଶୋଇବ ବୋଲି ଜଣେଇଛି। ତା ଯନ୍ତ୍ରପାତି ସମସ୍ତ ମଧ୍ୟ ଘର ବାରଣ୍ଡାରେ ରଖିଛି।

ରାତି ଏଗାରଟା। ବଡ ବୋହୂ ପ୍ରିୟା ସାନବୋହୂ ସୁପ୍ରିୟାକୁ ନେଇ ତା' ମା ରହୁଥିବା ହୋଟେଲ୍‌କୁ ଗଲା ସେମାନଙ୍କ ସହିତ ଟିକେ ମିଶିକରି ଆସିବା ପାଇଁ। ମିନି ଉପଦେଶ ଦେଲା, "ଫେରିବା ବେଳକୁ ସାବଧାନ ହୋଇ ଫେରିବ। ସେ ଲୋକଟା ବାହାରେ ଅଛି। କେମିତି ଲୋକ କେଜାଣି ? ମତେ ଭାରି ଡର ମାଡୁଛି।"

ରାତି ବାରଟା ବେଳକୁ ଝିଅମାନଙ୍କ ନାଚ ସରିଲା। ଶିବାନୀ ଫେରିବ। ରାଜୁ ଆଜି ଫେରିଯିବାକୁ ଭାବିଥିଲା, ତେଣୁ ତା' ଗାଡିରୁ ଜିନିଷପତ୍ର କିଛି ବାହାର କରିନଥିଲା। ସିଏ ମଧ୍ୟ ବାହାରକୁ ଗଲା। କବାଟ ଖୋଲିବା ସମୟରେ ଶବ୍ଦ ହେଲାରୁ

ମିନି ନିଜ ରୁମ୍‌ରୁ ବାହାରକୁ ଆସିଲା। ସାନ ଝିଅର ସାଙ୍ଗ ଟମ୍ ମଧ୍ୟ ଏମାନଙ୍କ ସହିତ ରହିଥିଲା। ମିନି ଟମ୍‌କୁ କହିଲା, "ଟିକେ ଶିବାନୀ ସହିତ ତା' କାର୍ ନିକଟକୁ ଛାଡିବାକୁ ଯାଅ ଓ ରାଜୁକୁ ମଧ୍ୟ ତା ଗାଡିରୁ ଜିନିଷ ଆଣିବା ପାଇଁ ସାହାଯ୍ୟ କର।"

ଟମ୍ ଠିକ୍ ସେମିତି କଲା। ଶିବାନୀ ଓ ରାଜୁ ଯିବା ପରେ ଟମ୍ ମଧ୍ୟ ତା' ହୋଟେଲ୍‌କୁ ଚାଲିଗଲା।

ସେ ମୁଦି ଖୋଜକକୁ ମଝିଆଁ ଝିଅ ରୀତୁ ହିଁ ଯୋଗାଡ କରିଥିଲା। ଇଣ୍ଟରନେଟ୍‌ରୁ ଦେଖି, ତାର ଭିଡିଓ ସବୁ ଦେଖି, ସିଏ ଏ ମୁଦି ଖୋଜକକୁ ପାଇଥିଲା। ମୁଦି ଖୋଜକର ନାମ ହେଲା ବ୍ରାୟାନ୍ ରୁଡୋଲଫ୍। ତେବେ ମୁଦି ଖୋଜକ ଯେମିତି ପାଗଳାମୀ ଦେଖାଉଥିଲା, ସେଥିପାଇଁ ତାର ଖୋଜିବାର ଦକ୍ଷତା ଉପରେ ମିନିର ସନ୍ଦେହ ହେଉଥିଲା। ମିନି ମଝିଆଁ ଝିଅ ଉପରେ ରାଗିଲା। "ଏତେ ରାତିରେ କିଏ କଣ ମୁଦି ଖୋଜେ? ଖୋଜିଲେ ବି ଏଭଳି ସମୟରେ କଣ ମୁଦି ମିଳିବ? କେଉଁଠୁ କେଜାଣି ଗୋଟିଏ ପାଗଳ ଲୋକକୁ ଆଣି ଜୁଟେଇଲୁ ଯେ, ରାତିସାରା ତା ପାଇଁ ମଣିଷ ଶୋଇପାରିବନି। ମହରଗରୁ ଆଣି କାନ୍ତାରରେ ପୁରେଇଲୁ।"

ସମସ୍ତେ ଥଇଥାନ୍ ହୋଇ ଶୋଇବାକୁ ଯାଉଯାଉ ରାତି ୨ଟା। ସେତେବେଳକୁ ଦୁଇବୋହୂ ଫେରିଆସିଥିଲେ।

ମିନି ଗଲା ବିଛଣାରେ ଶୋଇବାକୁ। ସକାଳ ୬ଟା ୧୫ ବେଳକୁ ମେକ୍‌ଅପ୍ ଓ କେଶ ସଜେଇବା ଲାଗି ସାନୋବାର ଆସି ପହଞ୍ଚିଯିବ।

ଅଗଷ୍ଟ ୨ ତାରିଖ, ଶୁକ୍ରବାର। ସକାଳ ପାଞ୍ଚଟା ବେଳକୁ ମିନି ଉଠିପଡିଲା ଓ କିଚେନ୍ ସିଙ୍କ୍‌ରେ ଜମା ହୋଇଥିବା ସମସ୍ତ ବଡବଡ ବାସନ ସଫା କରିଦେଲା। ତାପରେ ବିବାହ ମଣ୍ଡପରେ ବ୍ୟବହୃତ ହେବାକୁ ଥିବା ସମସ୍ତ ସାମଗ୍ରୀ ଏକାଠି କରି ଗୋଟିଏ ଜାଗାରେ ରଖିଲା। ସାନୋବାର୍ ୬ଟା କୋଡିଏ ବେଳକୁ ଘରେ ପହଞ୍ଚିଲା। ସିଏ ସିଧା ମାଷ୍ଟର୍ ବେଡ୍‌ରୁମ୍‌କୁ ଆସିଲା। ସେଇଠାରେ ମେକ୍‌ଅପ୍ ହେବାର ବ୍ୟବସ୍ଥା ହୋଇଥିଲା।

ପ୍ରଥମେ କେଶ ସଜାଇବା ଆରମ୍ଭହେଲା ମିନିଠାରୁ। ଜୀବନରେ ଏ ପ୍ରଥମ ଅନୁଭୂତି। ଏକ ପ୍ରଫେସ୍‌ନାଲ୍ ପ୍ରସାଧନ ବିଶେଷଜ୍ଞ ଦ୍ୱାରା କେଶ ସଜେଇବା ଓ ମେକ୍‌ଅପ୍ ହେବା। ଜୀବନର ଅର୍ଦ୍ଧଶତାବ୍ଦୀ ପରେ ସୁନ୍ଦରତାକୁ ଆଲିଙ୍ଗନ କରିବାର ଅଭୀପ୍ସା। ଯେତେବେଳେ ବୟସ ଥିଲା, ସେତେବେଳେ ସମୟ ନଥିଲା କି ଅର୍ଥ ନଥିଲା। ଏଣୁ ଏ ପରିଣତ ବୟସରେ ସେମିତି ସବୁ ଅଭିଜ୍ଞତାକୁ ଅନୁଭବ କରିବାକୁ ଇଚ୍ଛା ହେଉଛି। ତେବେ କେଶ ସଜାଇବା ଓ ମେକ୍‌ଅପ୍ ସରିବା ପରେ ମିନି ନିଜକୁ ବି ଚିହ୍ନି ପାରିଲାନି।

ନିଜେ ଯେ ସେ ଏତେ ସୁନ୍ଦର, ଏତେ ଅଲଗା ଦିଶିପାରିବ, ତାହା କେବଳ ସାନୋବାର୍‌ର ହାତର ଚମତ୍କାରିତା ବ୍ୟତୀତ ଆଉ କିଛି ନୁହେଁ।

ମିନିର ସାଜସଜ୍ଜା ପରେ ନବବଧୂ ହେବାକୁ ଯାଉଥିବା ବଡଝିଅ ଗୀତୁର ବେଶ ହେବା ଆରମ୍ଭ ହେଲା। ମିନି ଯାଇ ଅନ୍ୟ ସବୁ କାମର ତଦାରଖ କଲା। ବର ବସିବାକୁ ପ୍ରସ୍ତୁତ ହୋଇଥିବା ଛୋଟ ରଥଟିର ସାଜସଜ୍ଜା ଦେଖି ରକ୍ତ ଚଢିଗଲା ମୁଣ୍ଡକୁ। ରଥଟିର ପଛପଟ ସଂପୂର୍ଣ୍ଣ ଫାଙ୍କା ଓ କଡ ବି ସେମିତି ଫାଙ୍କା ଦିଶୁଥିଲା। ରଥ ଉପରେ ପଡିଥିବା ସାଟିନ୍ କପଡାଟି ସଂପୂର୍ଣ୍ଣ ରୂପେ ରଥକୁ ଘୋଡାଇ ପାରୁନଥିଲା। "ଏ କେମିତି ରକମର ସଜ୍ଜା ? 'ଶ୍ୟାମଳ ଦୁର୍ବାଦଳକୁ କୋଡିରେ ଚାଞ୍ଛିପକା' ସାହିତ୍ୟ ଭଳି ବର ବସିବା ପାଇଁ ଏ ରଥ ସଜ୍ଜା।"

ମିନିର ମନ୍ତବ୍ୟ ଶୁଣି, ପୁତୁରା ଓ ଦିଅର ଦୁଇଜଣ ମିଶି, ସେ ବିଷୟରେ ଭାବିଲେ। ସ୍ୱାମୀ ମହେଶ ସାଜସଜ୍ଜା ପାଇଁ ରହିଥିବା ବାକ୍ସ ଖୋଲି ପିପିଲିର ସମସ୍ତ କପଡାମାନ କାଢି ରଖିଦେଲେ ଓ ରଥଟିକୁ ପୁନଶ୍ଚ ନୂଆରୂପରେ ସଜାଗଲା।

ମିନି ମାଷ୍ଟର୍ ବେଡ୍‌ରୁମ୍‌କୁ ଆସି ବଡଝିଅର ବେଶ ତଦାରଖ କରୁଥିଲା। ଏହି ସମୟରେ, ନାତୁଣୀ ସାରା ଆସି ଖବରଦେଲା, "ମୁଦି ମିଳିଗଲା।"

ମିନି ପଚାରିଲା, "ସତରେ ! ସତରେ ମୁଦି ମିଳିଗଲା ?"

ସାରା ଉତ୍ତରଦେଲା, "ହଁ, ସତରେ। କାଲି ଯେଉଁଠୁ ଘଣ୍ଟା ମିଳିଥିଲା, ମୁଦି ସେଇଠାରୁ ମିଳିଲା।"

ଗୀତୁ ପ୍ରସାଧନ କରିବା ସ୍ଥାନରୁ ଉଠି ତଳକୁ ଗଲା। ଆଉ ଦୁଇଝିଅ ମଧ୍ୟ ତଳକୁ ଗଲେ। ସମସ୍ତେ ସେ ମୁଦ୍ରିକା ଖୋଜକକୁ ଧନ୍ୟବାଦରେ ଆପ୍ୟାୟିତ କଲେ। ଏ ମୁଦ୍ରିକାଟି ଗୀତୁର ନିର୍ବନ୍ଧ ମୁଦି। ତାକୁ ତାର ଭାବୀପତି ମାର୍କ ସେ ମୁଦି ଦେଇ ପ୍ରପୋଜ୍ କରିଥିଲା। ସେ ମୁଦିଟି ହଜିଯାଇଥିବାରୁ ଏ ବିବାହ ବାତାବରଣରେ ସବୁକିଛି ଫାଙ୍କାଫାଙ୍କା ଲାଗୁଥିଲା। ଏବେ ମୁଦ୍ରିକାଟି ମିଳିଯିବାରୁ ସତେ ଯେମିତି ନୂତନ ପ୍ରାଣ ସଞ୍ଚାର ହେଲା। ଗୀତୁର ଖୁସି କହିଲେ ନ ସରେ। ସାନ ଝିଅ ମିତୁ ଆସି ପଚାରିଲା, "ସେ ମୁଦ୍ରିକା ଖୋଜକକୁ କେତେ ଡଲାର୍ ଦେଇ ଧନ୍ୟବାଦ ଦେବ ?" ମିନି କହିଲା, "ପାପାଙ୍କୁ କହ ଶହେ ଡଲାର୍ ଦେବାକୁ।"

ମିତୁ କହିଲା, "ଜମା ଶହେ ଡଲାର୍ ?"

ମିନି - "ତେବେ କେତେ ଦେବାକୁ କହୁଛୁ ତୁ ? ଯାହା କହୁଛୁ, ଯାଇ ପାପାଙ୍କୁ କହ।"

ମିତୁ ତା' ପାପାଙ୍କ ପାଖକୁ ଗଲା।

ଏ ମୁଦିଟି ପଅରିଦିନ ଅପରାହ୍ନରେ, ଜୁଲାଇ ୩୧ ତାରିଖ ଦିନ ହଜି ଯାଇଥିଲା ।

ଜୁଲାଇ ୩୧ ତାରିଖ ଦିନ ଗୀତୁର ମେହେନ୍ଦି ହେବାର ଥିଲା । ମାଲା ଅମିନ୍ ମେହେନ୍ଦି କରିବାକୁ ସାଢେ ତିନିଟାରେ ଆସିବାକୁ ଚୁକ୍ତି କରିଥିଲା । ସେଦିନ ଦୁଇଟା ପୂର୍ବରୁ ଖିଆପିଆ ସରିଥିଲା । କିଛି ଲୋକ ୱାସିଂଟନ୍ ଡିସି ବୁଲିବାକୁ ଚାଲିଯାଇଥିଲେ । ଆଉ ଯେତେ ଜଣ ଘରେ ଥିଲେ ସମସ୍ତେ ଖାଇସାରି ବିଶ୍ରାମ ନେଉଥିଲେ । କିଛି ଲୋକ ଶୋଇ ପଡିଥିଲେ । ମାଲାକୁ ଅପେକ୍ଷା କରି ମିନି ବ୍ରେକ୍‌ଫାଷ୍ଟ୍ ଟେବୁଲ୍ ପାଖରେ ବସି କଂପ୍ୟୁଟର୍ ଚେକ୍ କରୁଥିଲା ଓ ଫ୍ୟୁଜନ୍ ବାହାଘର ସମୟରେ କି ପ୍ୟାସେଜ୍ ପଢିବ, ସେଥିପାଇଁ ଇଣ୍ଟରନେଟ୍‌ରେ ଖୋଜୁଥିଲା । ତିନିଟା ପର୍ଯ୍ୟନ୍ତ ବି ଗୀତୁ, ରୀତୁ କେହି ପହଞ୍ଚି ନଥିଲେ । ଘରକୁ କାମରେ ସାହାଯ୍ୟ କରିବାକୁ ଆସିଥିବା ବିଷ୍ଣୁ ଶ୍ରେଷ୍ଠା ମଧ୍ୟ ବସି ରହିଥିଲା । ଏବେ ବିଶେଷ କିଛି କାମ ନଥିଲା । ଘରକୁ ଫେରିବା ପୂର୍ବରୁ ତାର ୩୦ଟି ରୁଟି ଓ ଦୁଇଟି ତରକାରୀ ତିଆରି କରିବାର ଥିଲା । ସେଥିପାଇଁ ସମୟ ଥିଲା ।

ମିନି ବ୍ୟସ୍ତ ହୋଇପଡିଲା । ପିଲା ଦୁଇଟି ଏପର୍ଯ୍ୟନ୍ତ ଆସିନାହାନ୍ତି । ଯଦି ମାଲା ଆସିଯିବ ?

ଫୋନ୍ କରିବାରୁ ରୀତୁ ଜଣେଇଲା, "ଆମେ ଆଉ ଦଶମିନିଟ୍ ଭିତରେ ପହଞ୍ଚିବୁ । ଆମ ସାଙ୍ଗରେ ଆମ କୁକୁର ଦୁଇଟି ବି ଥିବେ ?"

ମିନି କହିଲା, "ଘରେ ଏତେ ଲୋକ ଭର୍ତ୍ତି । କୁକୁର ଦୁଇଟିକୁ ମାର୍କର ଦାୟିତ୍ୱରେ ଦେଇ ଆସିଲନି ?"

ରୀତୁ କହିଲା, "ସିଏ ବି ଆଜି ହୋଟେଲ୍‌କୁ ଆସୁଛନ୍ତି । ତେଣୁ କୁକୁରକୁ ତାଙ୍କ ଦାୟିତ୍ୱରେ ଛାଡିହେଲାନି ।"

ମିନିର ମୁଣ୍ଡ ଖରାପ ହୋଇଗଲା । ଏତେ ଲୋକଙ୍କ ସହିତ ଏ କୁକୁର ଦୁଇଟିଙ୍କୁ କେଉଁଠି ଥଇଥାନ କରାଯିବ ?

ଗୀତୁ ଓ ରୀତୁ ଘରେ ପହଞ୍ଚିବା ପରେ ମିନୁ ସେମାନଙ୍କୁ କୁକୁରକୁ ରୀତୁର ରୁମ୍ ଭିତରେ ଭର୍ତ୍ତି କରି ରଖିବାକୁ ପରାମର୍ଶ ଦେଲା । ରୀତୁ ସେମିତି ହିଁ କଲା ।

ମାଲା ଚାରିଟା ବେଳେ ପହଞ୍ଚିଲା । ମାଲାର ପରାମର୍ଶ ନେଇ, ତାକୁ ସନ୍‌ରୁମ୍‌ରେ ମେହେନ୍ଦୀ ପାଇଁ ଥଇଥାନ୍ କରେଇ ମିନି ଆସି ଗୀତୁକୁ ଡାକିଲା । ଗୀତୁର ଟିକେ ଥଣ୍ଡା ଥାଏ ଓ ତା' ନାକରୁ ପାଣି ଗଡୁଥାଏ । ହୁଏତ ଆସୁଥିବା ବାହାଘର ଚିନ୍ତାରେ ଏମିତି ହେଉଥିଲା କି କଣ ?

ମାଲା ସାଙ୍ଗେସାଙ୍ଗେ ତା' କାମରେ ଲାଗିଗଲା । ନବବଧୂର ମେହେନ୍ଦୀ

କରିବା ବହୁତ ଜଟିଳ କଳା କାମ। ତେଣୁ ଧ୍ୟାନ ରଖିବା ପାଇଁ ଓ ବାତାବରଣକୁ ହାଲୁକା କରାଇବା ପାଇଁ ରୀତୁ ତା' ସେଲ୍‌ଫୋନ୍‌ରେ ହିନ୍ଦି ଗୀତ ସବୁ ଲଗେଇଦେଲା।

ଏଇ ସମୟରେ ଯେଉଁମାନେ ୱାସିଂଟନ୍ ଡିସି ବୁଲିବାକୁ ଯାଇଥିଲେ, ସେମାନେ ଫେରିଆସିଲେ। ସେମାନଙ୍କ ଖାଇବା ପାଇଁ ଡାଇନିଙ୍ଗ ରୁମ୍‌ରେ ସବୁ ଖଞ୍ଜା ହୋଇ ରହିଥିଲା। ସେମାନଙ୍କୁ ଖାଇବା ପାଇଁ ପଠେଇ ମିନି ପୁଣି ସନ୍‌ରୁମ୍‌କୁ ଆସି ମେହେନ୍ଦି ତଦାରଖ କଲା ଓ କିଛି ଫଟୋ ଉଠାଇ ରଖିଲା।

କୁକୁରମାନଙ୍କୁ ବାହାରକୁ ନେବାର ସମୟ ହୋଇଥିଲା। ତେଣୁ ରୀତୁ ଉପର ମହଲାରେ ଥିବା ତା' ରୁମ୍‌କୁ ଯାଇ କୁକୁରମାନଙ୍କୁ ବାହାରକଲା ଓ ସେମାନଙ୍କୁ ନେଇ ବାହାରକୁ ନେବାକୁ ପ୍ରସ୍ତୁତ କଲା। ଏତେ ସମୟ ଭିତରେ ଆବଦ୍ଧ ହୋଇ ରହିଥିବାରୁ କୁକୁରମାନେ ଉତ୍ତେଜିତ ହୋଇପଡିଲେ ଓ ବିଶୃଙ୍ଖଳ ହୋଇ ଧରା ଦେଲେନି। ଏହି ସମୟରେ ମିନିର ସ୍ୱାମୀ ମହେଶ ଆସି ରୀତୁର କୁକୁର ଲିଓର ଦାୟିତ୍ୱ ନେଲେ ଓ କୁକୁର ବେକରେ ପଘା ଲଗେଇ ତାକୁ ବାହାରକୁ ନେଲେ। ସେ କୁକୁରଟି ଆକାରରେ ଛୋଟ ଓ ଅପେକ୍ଷାକୃତ ଶାନ୍ତଶିଷ୍ଟ।

ରୀତୁ ଅଗତ୍ୟା ଗୀତୁର କୁକୁର ଭିଟୋର ଦାୟିତ୍ୱ ନେଇ ତାକୁ ଆୟତ କଲା ଓ ତା' ବେକରେ ପଘା ଲଗେଇଲା। ତାପରେ ତାକୁ ବାହାରକୁ ନେଲା। ମିନି ମଧ୍ୟ ବାହାରକୁ ଆସିଲା। ସେତେବେଳେ ସବା ବଡ ଯା' ମଧ୍ୟ ବାହାରେ ବସିଥିଲେ। ମିନି ବି ବସିଲା। ବାହାରେ ଏତେ ଗରମ ନଥିଲା।

କୁକୁରମାନଙ୍କ ଦାୟିତ୍ୱ ଶେଷ କରି ରୀତୁ ତା ରୁମ୍ ଭିତରେ ପୁଣି କୁକୁରମାନଙ୍କୁ ନେଇ ଛାଡିଲା ଓ ଫ୍ୟାମିଲି ରୁମ୍‌ରେ ବସି ବହି ପଢିଲା।

ଗୀତୁ ଏତିକି ବେଳେ, ତା ଘଣ୍ଟା ଓ ମୁଦି କଥା ରୀତୁକୁ ପଚାରିଲା। ରୀତୁ ତା ପ୍ୟାଣ୍ଟ୍ ପକେଟ୍ ଦେଖିବା ବେଳକୁ ସେଠି ମୁଦି କି ଘଣ୍ଟା କିଛି ନାହିଁ। ସେ ମୁଦି ଓ ଘଣ୍ଟା ମେହେନ୍ଦୀ କରିବା ପୂର୍ବରୁ ହାତରୁ ବାହାର କରି ରୀତୁକୁ ଦେଇଥିଲା ଗୀତୁ। ହେଲେ ଏବେ ରୀତୁ ପକେଟ୍‌ରେ ସେସବୁ ନ ମିଳିବାରୁ ହଠାତ୍ ବାତାବରଣରେ ପରିବର୍ତ୍ତନ ଆସିଲା। ରୀତୁ ଯେଉଁ ଯେଉଁ ଆଡେ ଯାଇଥିଲା, ସେସବୁ ସ୍ଥାନରେ ଯାଇ ମୁଦି ଖୋଜିଲା। ଠାକୁର ଘରେ, ବେସ୍‌ମେଣ୍ଟ୍‌ରେ, ଡାଇନିଙ୍ଗ ରୁମ୍‌ରେ, ସବୁ ସ୍ଥାନରେ ତନତନ କରି ଖୋଜିବା ପରେ ବି ମୁଦିର ଚିହ୍ନବର୍ଣ୍ଣ ମିଳିଲାନି। ତାପରେ ଘରର ଆଗ ଓ ପଛ ଲନ୍‌ର ଘାସରେ ଖୋଜା ଚାଲିଲା। ସେ ଘାସ ବଡବଡ ହୋଇଥାଏ। ତା ଭିତରେ କୌଣସି ଜିନିଷ ସହଜରେ ମିଳିବ ବୋଲି ମନେ ହେଉନଥାଏ। ତଥାପି

ବୁଡିଗଲା ଲୋକ କୁଟାଖିଅକୁ ଆଶ୍ରା କରିବା ଭଳି ଘରର ସମସ୍ତ ଲୋକ ଲନ୍‌ରେ ମୁଦିକୁ ଖୋଜିବାରେ ଲାଗିଲେ।

ଗୀତୁର ମୁହଁ କାନ୍ଦକାନ୍ଦ ହୋଇଗଲା। ସବୁ ସରସତା ମରିଗଲା। ଏମିତିକି ବାହାରକୁ ନ ଦେଖେଇଲେ ବି ମିନିର ମନଟା ମଧ୍ୟ ମରିଗଲା। "ଏ କିଭଳି ଅଘଟଣ କଲ ପ୍ରଭୁ ? ତମେ ସବୁବେଳେ ମୋ ଜୀବନର ଖୁସି ସମୟକୁ ଏମିତି ଜଟିଳ କାହିଁକି କର ? ଠାକୁର ଘରେ ଟିକେ ବସି ପ୍ରଭୁଙ୍କୁ ପ୍ରାର୍ଥନା କରି ଅଭିମାନରେ କାନ୍ଦି ପକେଇଲା।"

ମାଲା ମେହେନ୍ଦୀ କରି ଫେରିଗଲା। ବିଷ୍ଣୁ ମଧ୍ୟ ତା' କାମ ସାରି ଫେରିଗଲା। ମିନି ଗୀତୁକୁ ବୁଝେଇଲା, "ଠାକୁରଙ୍କୁ ଧ୍ୟାନରେ ଡାକେ। ମୁଦି ନିଶ୍ଚୟ ମିଳିଯିବ।" ଗୀତୁକୁ ସିନା ବୁଝେଇଦେଲା ମିନି, ହେଲେ ତା ନିଜ ମନଟା ବି ଫିକା ପଡିଗଲା। ସିଏ ବି ପ୍ରାୟ ଦୁଇଘଣ୍ଟା ସେ ମୁଦି ଖୋଜିବାରେ ବିତେଇଲା। ଭାରି ରାଗ ଚିଡିଲା ସେ କୁକୁରମାନଙ୍କ ଉପରେ। ମୁଦି ଯେ ନିଶ୍ଚୟ ଲନ୍‌ରେ କେଉଁଠି ପଡିଛି, ସେ ଧାରଣା ସ୍ପଷ୍ଟ ହୋଇଗଲା। ଯେଉଁଭଳି ବେଗରେ କୁକୁର ପଛରେ ଦଉଡୁଥିଲା ରୀତୁ, ସେଥିରେ ମଣିଷ ବି କେତେବେଳେ ଢୋ ହେଇ ତଳେ ପଡିବ। ହଲଚଲ ହୋଇ ମୁଦି ଓ ଘଣ୍ଟା ବାହାରି ପଡିଯିବା ତ ସ୍ୱାଭାବିକ।

ଅନେକ ରାଗ ଲାଗୁଥିଲା ଗୀତୁ ଆଉ ରୀତୁଙ୍କ ଉପରେ। ଏତେ ଖାମଖିଆଲି ଭାବେ ଏମିତି ଦୁର୍ଲଭ ଜିନିଷକୁ ରଖୁଛନ୍ତି ଯେ, ସେ ଜିନିଷ ଯେମିତି ମୂଲ୍ୟହୀନ। ଏମିତି କିଏ କଣ ନିର୍ବନ୍ଧ ମୁଦିକୁ ରଖେ ? ହେଲେ ସେ ସମୟରେ ଏମିତି କହିଥିଲେ, ଝିଅମାନେ ଆହୁରି ନିଜକୁ ଦୋଷୀ ଭାବି ବ୍ୟସ୍ତ ହୋଇଥାନ୍ତେ। ତେବେ ମନକଥା ମନରେ ରଖି ସିଏ ସେମାନଙ୍କୁ ବୁଝାଇ କହିଲା, "ଏବେ ମୁଦି କେମିତି ମିଳିବ, ସେ ବିଷୟରେ ଭାବ। ଯଦି ବି ନ ମିଳିଲା, ତେବେ ବି ଚିନ୍ତା କରି ଏ ଯେଉଁ ମୁହୂର୍ତ୍ତ ଆମ ପାଖରେ ଅଛି, ସେ ମୁହୂର୍ତ୍ତର ଅସମ୍ମାନ କରନି। ସମସ୍ତଙ୍କ ଗହଣରେ ଆନନ୍ଦ ନେବାର ସମୟ ଆଉ ପୁଣି କେବେ ଆସିବ କିଏ ଜାଣେ ? ତେବେ ଗୋଟିଏ ଶିକ୍ଷା ତମମାନଙ୍କ ପାଇଁ। ନିଜର ପ୍ରିୟ ବସ୍ତୁର ଯତ୍ନ ତମେ ନିଜେ ନେବା ଉଚିତ। କାହା ଦାୟିତ୍ୱରେ ଏମିତି ଦେଇଦେବା ଉଚିତ ନୁହେଁ। ସେ ପ୍ରିୟ ବସ୍ତୁ, ଦୁର୍ଲଭ ଅଳଙ୍କାର ହୋଇପାରେ, ଦୁର୍ଲଭ ସମ୍ପର୍କ ବି ହୋଇପାରେ। ସେ ସବୁର ଯତ୍ନ ସବୁ ସମୟରେ ନିଜେ ହିଁ ନେବ।"

ସେ ଘଣ୍ଟାଟି ଫିଟ୍‌ବିଟ୍ ଘଣ୍ଟା ଥିଲା। ତାକୁ ସେଲ୍‌ଫୋନ୍‌ରୁ ଡାକିବାରୁ, ସିଏ ସିଗ୍‌ନାଲ୍ ଦେଲା ଓ ଘଣ୍ଟାଟି ମିଳିଗଲା। ସେଇ ପାଖଆଖରେ ମୁଦିଟି ପଡିଥିବ ବୋଲି ସମସ୍ତେ ପୁଣିଥରେ ବହେ ସେ ଘଣ୍ଟା ମିଳିବା ଜାଗାର ଆଖପାଖରେ ଖୋଜିଗଲେ।

ହେଲେ ମୁଦି ମିଳିଲାନି। ସେ ଦିନଟା ସେମିତି ବିଷର୍ଣ୍ଣତାରେ ବିତିଲା। ରାତି ଏଗାରଟାରେ ବଡବୋହୂ ପ୍ରିୟା, ସାନବୋହୂ ସୁପ୍ରିୟା ଓ ସାନପୁଅ ଆପୁ ଆସି ଘରେ ପହଞ୍ଚିଲେ। ତାଙ୍କୁ ବନ୍ଦାପନା କରି, ତାଙ୍କ ଖିଆପିଆ ଓ ଶୋଇବାର ବ୍ୟବସ୍ଥା କରି, ମିନି ଶୋଇବାକୁ ଗଲା। ଆସନ୍ତା କାଲି ମଙ୍ଗଳପାଗ ବିଧିର ବ୍ୟବସ୍ଥା ହେବାର ଥିଲା।

ଅଗଷ୍ଟ ୧ ତାରିଖ ସକାଳୁ ନିଦ ଭାଙ୍ଗିବା ବେଳକୁ ବଡ ଅପା ସୁପ୍ରିୟାକୁ ଲଗେଇ ଆଗପଟ ଦ୍ୱାର ପାଖରେ ଦୁଇଟି କଳସ ବସେଇ ଦେଇଥିଲେ। ଘର ସାମନାରେ ଚିତା ମଧ୍ୟ ପକେଇ ଦେଇଥିଲେ। ଏବେ ଦ୍ୱିତୀୟ କାମ ହେଲା ଦେବୀଙ୍କ ପାଖକୁ କାଣ୍ଡକଳସୀ ସହିତ ଶଙ୍ଖା, ସିନ୍ଦୂର ଓ ସୁନା ଗହଣା ନେଇ ପୂଜା କରେଇବାକୁ ଯିବା କଥା। ପ୍ରିୟା ନୂଆ ଶାଢୀ ପିନ୍ଧି କାଣ୍ଡ କଳସୀ ଧରିଲା। ମିନି ତିନି ଯା, ଭାଣିଜୀ, ଭାଉଜ, ପ୍ରିୟା ଓ ସୁପ୍ରିୟାଙ୍କୁ ଧରି ମଙ୍ଗଳ ମନ୍ଦିର ଗଲା। ସେଠି ଦେବୀ ଦୁର୍ଗାଙ୍କ ନିକଟରେ ପୂଜା କରେଇ, ତାଙ୍କ ପାଖରେ ବି ମୁଦି ମିଳିଯିବା ପାଇଁ ପ୍ରାର୍ଥନା କରି ସେମାନେ ଘରକୁ ଫେରିଲେ।

ଦିନ ସାଢେ ଏଗାରଟା ବେଳେ ସାନୋବାରର ସେଲୁନ୍‌ରେ ଫେସିଆଲ୍ ଆପଏଣ୍ଟମେଣ୍ଟ ଥିଲା। ତେଣୁ ତରବର ହୋଇ ସମସ୍ତଙ୍କୁ ଘରେ ଛାଡି ମିନି ସିଧା ସେଲୁନ୍‌କୁ ଗଲା। ଜୀବନରେ ପ୍ରଥମ ଥର ଫେସିଆଲ୍ କରିବାର ଅନୁଭୂତି। ପ୍ରଥମେ ଷ୍ଟିମ୍ ଦେଇ ମୁହଁକୁ କୋମଳ କରିଦେଲା ସେ। ତାପରେ ମୁହଁ ଉପରେ ଯାବତୀୟ ଉପଚାର। ବ୍ଲାକ୍‌ହେଡ୍‌କୁ କାଢି ପରିଷ୍କାର କରିବା ସହିତ ଇଉକାଲିପଟାସ୍ ତେଲ ଓ ଅନ୍ୟ କଣସବୁ ତେଲ ଘସିବା, ମୁହଁରେ ମାସ୍କ ଲଗେଇବା ଓ ବେକ ଘସିବା ଇତ୍ୟାଦି କେତେ ସବୁ ପଦ୍ଧତି। ସତ କହିବାକୁ ଗଲେ, ସିଏ ଏକ ସ୍ୱର୍ଗୀୟ ଅନୁଭୂତି ଭଳି ଲାଗିଲା। ଅନ୍ଧାର ଘର, ଧ୍ୟାନ ମଗ୍ନ ହେବା ପାଇଁ ଧୀମାଧୀମା ଗୀତ ଓ ତା' ସହିତ ମାଲସ ହେବା, ବହୁତ ସୁଖଦ ଅନୁଭୂତି।

ଘରେ ପହଞ୍ଚିବା ବେଳକୁ ସମସ୍ତେ ପ୍ରାୟ ଖାଇସାରିଥିଲେ। ଆଜି ବିଷ୍ଣୁ ଆସିନଥିଲା। ତାର ଆଜି ଚାଇଲଡ୍ କେୟାର୍ ସେଣ୍ଟରରେ କାମ ଥାଏ। ତେଣୁ ଖରାବେଳର ଖାଇବା, ରାନ୍ଧଣା ସବୁ ନିଜେନିଜେ କରିବାର କଥା। ହେଲେ ଗତକାଲିର ସମସ୍ତ ଖାଦ୍ୟ ରହିଥିଲା। ଆଜି ସରିଗଲା।

ଏ ଭିତରେ ଗୀତୁ ନିଜ ମନକୁ ବୁଝାଇ ଦେଇଥିଲା। ରୀତୁ ମେଟାଲ୍ ଡିଟେକ୍‌ଟର୍ କଥା ବୁଝିବା ପାଇଁ ରକ୍‌ଭିଲ୍ ଯାଇଥିଲା।

ହଳଦୀ ବିଧି କେତେବେଳେ ଆରମ୍ଭ ହେବ ବୋଲି ଦେଖିବା ବେଳକୁ ଦୁଇଜଣ ସ୍ତ୍ରୀ ଲୋକ, ଭାଣିଜୀର ଶାଶୁ ଓ ଜିମି ତଥାପି ପହଞ୍ଚି ନଥିଲେ। ସେମାନଙ୍କୁ ଅପେକ୍ଷା

କରିକରି ସମୟ ବିତୁଥିଲା । ଏହି ସମୟରେ ପହଞ୍ଚିଥିଲା ସେ ମୁଦ୍ରିକା ଖୋଜକ । ପ୍ରଥମେ ମିନି ତାକୁ ଭିଡିଓଗ୍ରାଫର୍ ଭାବିଥିଲା । ସିଏ ସାରାକୁ ଅନେକ ପ୍ରଶ୍ନ ପଚାରୁଥିଲା, କିଏ ବାହା ହେଉଛି ବୋଲି ପ୍ରଶ୍ନ କରୁଥିଲା । ତାପରେ ଫ୍ୟାମିଲି ରୁମ୍‌ର ଭିଡିଓ ନେଲା । ବେସ୍‌ମେଣ୍ଟ୍‌ରେ ରାତିର ମେହେନ୍ଦୀ ପାଇଁ ସଜାସଜି ଚାଲିଥିଲା, ସେଠାରେ ବି ଭିଡିଓ ନେଲା । ଏମିତି ପଚାରି ପଚାରି ଯେଉଁ ଯେଉଁ ରୁମ୍‌କୁ ରୀତୁ ଯାଇଥିଲା. ସେ ସମସ୍ତ ରୁମ୍‌କୁ ଗଲା, ପ୍ରଶ୍ନ ପଚାରିଲା, ନୋଟ୍‌ବୁକ୍‌ରେ କଣ ଟିପିଲା ଓ ଭିଡିଓ ନେଲା । ପରେ ବୁଝୁବୁଝୁ ସିଏ ସାଧାରଣ ଭିଡିଓଗ୍ରାଫର୍ ନୁହେଁ, ରିଙ୍ଗ ଫାଇଣ୍ଡର୍ ଅର୍ଥାତ୍ ମୁଦ୍ରିକା ଖୋଜକ । ତେବେ ସେ ଲୋକର ଚାଲିଚଳନ ଓ ବ୍ୟବହାର ଅତ୍ୟନ୍ତ ଅଦ୍ଭୁତ ଥିଲା । ସାରା ୧୦ ବର୍ଷର ଝିଅ । ତା ସହିତ ଏକାଏକା ଯାଇ ଠାକୁର ଘରେ କଣ ଖୋଜାଖୋଜି କରୁଥିବା ବେଳେ, ମିନି ରୀତୁକୁ ତାଗିଦ୍ କରି କହିଲା, “ତୁ ଟିକେ ସେମାନଙ୍କ ପାଖେପାଖେ ରହ । ଏକାଟିଆ ଝିଅପିଲାଟା ସହିତ ତାକୁ ଛାଡିଦେଏନି ।”

ତାପରେ ସେ ମୁଦ୍ରିକା ଖୋଜକ ଯାଇ ତା ଯନ୍ତ୍ରପାତି ଧରି ଲନ୍‌ରେ ଖୋଜାଖୋଜି କଲା । ରୋଷେଇ ଘରେ ଖୋଜୁଥିବା ବେଳେ ମିନିକୁ ଭେଟିଲା । ରୀତୁ ପରିଚୟ କରେଇଦେଲା, “ସିଏ ହେଉଛି ନବବଧୂ ହେବାକୁ ଯାଉଥିବା ଗୀତୁ ଓ ମୋର ମାମା ।” ଏକଥା ଶୁଣି ସେ ମୁଦ୍ରିକା ଖୋଜକ ଆଶ୍ୱାସନା ଦେଇ କହିଲା, “ଜମା ଚିନ୍ତା କରନି । ତମ ଝିଅ ତା ଏନ୍‌ଗେଜ୍‌ମେଣ୍ଟ୍ ରିଙ୍ଗ ନିଶ୍ଚୟ ପାଇବ ।” ତା’ କଣ୍ଠରେ ଏତେଟା ଦୃଢତା ଦେଖି ମିନି ଆଶ୍ୱସ୍ତ ହେଲା । “ଭଗବାନ, ତମେ ତ ଏ ସଙ୍କେତ ଦେଇଛ, ମୁଦ୍ରିକା ଖୋଜକକୁ ଭେଟାଇଛ, ତାରି ମାଧ୍ୟମରେ କୃପାକରି ଏ ମୁଦିଟି ମିଳାଇଦିଅ ।”

ଏ ଭିତରେ ପାଞ୍ଚଜଣ ସ୍ତ୍ରୀ ଲୋକଙ୍କୁ ନେଇ ହଳଦୀ ବିଧି କରାଗଲା । ବାହାରେ ସକାଳେ ତମ୍ବୁବାଲା ଆସି ତମ୍ବୁ ପକେଇଦେଇଥିଲା । ଖରାବେଳେ କାଜଲ୍ ଆସି ଭିତରେ ମଣ୍ଡପ ସଜେଇ ଦେଲା । ହେଲେ ସିଏ ବାହାର କିଛି ଠିକ୍‌ରେ ସଜେଇଲାନି, କାରଣ ଆସନ୍ତା କାଲିର ପାଗ ସକାଳେ ଶତକଡା ପଚାଶ ଭାଗ ଝଡବର୍ଷା ହେବାର ଦେଖାଉଥିଲା । ତଥାପି ସିଏ ଗେଟ୍‌ଟି ସଜେଇ ଦେଇ ଗଲା ।

ହଳଦୀ ବିଧି ପରେ ପୂଜା ତା ସାଥୀକୁ ଧରି ମେହେନ୍ଦୀ କରାଇବାକୁ ଆସିଗଲା । ମିନି ସେମାନଙ୍କୁ ବେସ୍‌ମେଣ୍ଟ୍‌କୁ ପଠେଇଦେଲା । ସେଠି ପ୍ରଥମେ ସାନ ଯା’ ଓ ସାନ ବୋହୂ ସୁପ୍ରିୟାକୁ ମେହେନ୍ଦୀ କରିବା ପାଇଁ ବସେଇଦେଇ ଅନ୍ୟମାନଙ୍କୁ ତଳକୁ ଡାକିନେଲା ।

ଆଜି ବାହାରୁ ଖାଦ୍ୟ ମଗା ଯାଇଥିଲା । ତେଣୁ ରୋଷେଇ କରିବାର ଚାପ ନଥିଲା । ବେସ୍‌ମେଣ୍ଟ୍‌ରେ ରଙ୍ଗୀନ୍ ବତୀ ଜଳୁଥିଲା ଓ ହିନ୍ଦୀ ଓ ଓଡିଆ ଗୀତ ବାଜୁଥିଲା ।

ସାଢେ ଛଟା ବେଳକୁ ମାର୍କର ମା', ଭଉଣୀ, ଝିଆରୀ ଇତ୍ୟାଦି ମେହେନ୍ଦୀ ଲଗେଇବାକୁ ପହଞ୍ଚିଗଲେ। ଘରର ଅନ୍ୟ ସମସ୍ତେ ମଧ୍ୟ ପହଞ୍ଚିଲେ। ଗୀତୁର ସାଙ୍ଗସାଥୀ ମାନେ ମଧ୍ୟ ପହଞ୍ଚିଗଲେ। ମେହେନ୍ଦୀ ଲଗାଉଥିବା ଦୁଇଜଣଙ୍କୁ ଆଉ ଫାଙ୍କା ସମୟ ମିଳିଲାନି। ଏତେ ସବୁ ଭିତରେ ବି ସେ ମୁଦ୍ରିକା ଖୋଜକ ମୁଦ୍ରିକା ଖୋଜିବାରେ ବ୍ୟସ୍ତ ଥାଏ। "ଏତେ ସମୟ ଖୋଜୁଛି କଣ? ତା ମେଟାଲ୍ ଡିଟେକ୍‌ଟର୍ କଣ ଠିକ୍‌ରେ କାମ କରୁନି? ଏତେ ସମୟ ଖୋଜିଲାଣି। ଚାରିଆଡେ ଖୋଜିଲାଣି। ତଥାପି ମିଳିନି?" ମିନିର ଏ ପ୍ରଶ୍ନରେ ଗୀତୁ ଉତ୍ତରଦେଲା, "ସିଏ ଆଜି ରାତିରେ ବି ଖୋଜିବ। ଯଦି ନ ମିଳିଲା, ତା' କାର୍‌ରେ ଶୋଇବ ଓ ସକାଳୁ ପୁଣି ଖୋଜିବ।"

ତାକୁ ସାନ ଝିଅର ସାଙ୍ଗ ଟମ୍ ନେଇ ପାଣି ଓ ଜୁସ୍ ଦେଇଥିଲା। ହେଲେ ସିଏ ଖାଇଲା କି ନାହିଁ, ମିନି ଜାଣିପାରିଲାନି। ତେବେ ମୁଦିକୁ ଏମିତି ପାଗଳ ରୀତିରେ କିଏ ଖୋଜେ, ବିଶ୍ୱାସ ହେଉନଥିଲା।

"ସତରେ କଣ ସିଏ ମୁଦି ପାଇବ? ସେ ଲୋକ ତ ସାଧାରଣ ଲୋକ ଭଳି ଲାଗୁନି। ଆମ ଘରର ସବୁ ଭିଡିଓ କରିକି ନେଲାଣି। ଏଇନେ ନେଟ୍‌ରେ ଛାଡିବ। ମତେ ଜମା ବି ଭଲ ଲାଗୁନି। ଡର ଲାଗୁଛି।"- ମିନି ମନରେ ଡର ଥିଲା।

ମେହେନ୍ଦୀ ପରେ ସମସ୍ତେ ଖାଇପିଇ ସାରି ଶୋଇବାକୁ ଯିବା ପରେ ବି ସେ ବ୍ରାୟାନ୍ ସେମିତି ପାଗଳଙ୍କ ଭଳି ଅର୍ଦ୍ଧରାତ୍ରିରେ ମଧ୍ୟ ଲନ୍‌ରେ ମୁଦ୍ରିକା ଖୋଜୁଥିଲା।

ଭଲହେଲା, ଅଗଷ୍ଟ ୨ ତାରିଖ, ବାହାଘର ଦିନ ସକାଳେ, ସିଏ ମୁଦିଟି ପାଇଲା। ମୁଦିଟି ସେ ଘଣ୍ଟା ପଡିବା ଜାଗାର ପାଖରେ ହିଁ ପଡିଥିଲା। କିଛି ଲୋକ ସେ ସ୍ଥାନରେ କାର୍ ପାର୍କ କରିଥିବାରୁ, ମୁଦିଟି ଭିତରକୁ ପଶିଯାଇଥିଲା ଓ ଟିକେ ଚେପା ହୋଇଯାଇଥିଲା। ତେବେ ମୁଦିଟି ମିଳିଗଲା। ଆପାପତଃ ଦୁଇ ହଜାର ଡଲାର୍‌ର ମୁଦି। ଅର୍ଥ ଠାରୁ ଅଧିକ ଥିଲା, ସେ ମୁଦି ସହିତ ଜୋଡି ହୋଇ ରହିଥିବା ଭାବନା। ମୁଦିଟି ନ ମିଳିଥିଲେ ଗୀତୁ ମନରେ ସଂପୂର୍ଣ୍ଣ ସରସତା ନଥାନ୍ତା। ମିନିର ମନ ମଧ୍ୟ ଦକଦକ ହେଉଥାନ୍ତା। "କଣପାଇଁ ଏମିତି ଖେଳ ଠାକୁରଙ୍କର?" ଭାବି ଭାବି ତା ମସ୍ତିଷ୍କ ଭାରାକ୍ରାନ୍ତ ରହିଥାନ୍ତା।

ହେଲେ ମୁଦିଟି ମିଳିଗଲା। ସେ ମୁଦ୍ରିକା ଖୋଜକକୁ ଭେଟିବାକୁ ସମୟ ପାଇଲାନି ମିନି, ହେଲେ ମନେମନେ ଅନେକ ଧନ୍ୟବାଦ ଦେଲା। ବରଂ ପାଗଳାମୀ ଅବଲମ୍ବନ କରି ହେଉ, ତା' କାର୍ଯ୍ୟ ସିଏ ସଂପନ୍ନ କରିଥିଲା ଓ କେତେ ବିଷର୍ଣ୍ଣ ହୃଦୟକୁ ଆନନ୍ଦିତ କରେଇ ପରିବେଶକୁ ମୁଖରିତ କରିଥିଲା।

ମିନି ଭାବୁଥିଲା, "ପ୍ରାପ୍ତିର ଇଚ୍ଛାକୁ ଏମିତି ପାଗଳଙ୍କ ଭଳି ହିଁ ଖୋଜିବା ଉଚିତ। ତାହେଲେ ଇଚ୍ଛା କରୁଥିବା ଜିନିଷଟିକୁ ନିଶ୍ଚୟ ପାଇବ।"

ମୁଦ୍ରିକା ଖୋଜକ ବ୍ରାୟାନ୍ ରୁଡୋଲ୍ଫ୍ ଅଗଷ୍ଟ ୨ ତାରିଖ ସକାଳେ ବିଦାୟ ନେଇ ଗଲା ତାର ପରବର୍ତ୍ତୀ ଅଭିଯାନରେ। କିଏ ସମୁଦ୍ରରେ ମୁଦି ହଜେଇ ଦେଇଛି। ସେ ମୁଦ୍ରିକା ଖୋଜକ ସମୁଦ୍ର ଭିତରେ ମୁଦି ଖୋଜିବାକୁ ଯିବ। ପାଇବ କି ନା କେଜାଣି? ତେବେ ଏମିତି ପାଗଳଙ୍କ ଭଳି ଖୋଜିବ ନିଶ୍ଚୟ।

ମିନିର ଅବଶୋଷ ରହିଗଲା, ଯେଉଁ ମୁଦ୍ରିକା ଖୋଜକ ତା' ଝିଅର ବିବାହ ଉତ୍ସବରେ ଘେରି ରହିଥିବା ବିଷର୍ଣ୍ଣତାର କୁହୁଡିକୁ ନିଜର ଇଚ୍ଛାଶକ୍ତି ପ୍ରୟୋଗ କରି ଏତେ ନିଷ୍ଠାର ସହିତ ରାତି ଉଜାଗର ରହି, ନିଜ ବୁଦ୍ଧିମତ୍ତାର ସୌରରଶ୍ମିରେ ନିର୍ବାପିତ କରିଥିଲା, ସେ ବ୍ୟକ୍ତିଙ୍କୁ ସିଏ ଏପର୍ଯ୍ୟନ୍ତ ଭୁଲ୍ ବୁଝି ଆସିଥିଲା ଓ ସିଏ ବିଦାୟ ନେବା ପୂର୍ବରୁ ତାଙ୍କୁ ଭେଟି ଧନ୍ୟବାଦଟିଏ ବି ଅର୍ପଣ କରିପାରିଲାନି। ପରେ ଜାଣିଲା, ମହେଶ ସେ ବ୍ରାୟାନ୍‌କୁ ୩୦୦ ଡଲାର୍ ଦେଇଥିଲେ ବୋଲି।

ତେବେ ଶିକ୍ଷା ମିଳିଲା, ମଣିଷର ଉପରକୁ ଦେଖି ଭିତରକୁ କଳନ କରିବା ଠିକ୍ ନୁହେଁ। କିଏ ଜାଣେ, ଶ୍ରୀଫଳ ଭଳି ଉପରର କଠୋରତା ଭିତରେ, ମଧୁରତା ଭରି ରହିଥିବ? ବିଶ୍ୱାସର ବଳ ପ୍ରୟୋଗ କରି ସେ କଠୋରତାକୁ ଛିନ୍ନ କରିବାର ମାନସିକତା ଆବଶ୍ୟକ। ସେ ମାନସିକତା, ମିନିର ଝିଅ ମାନଙ୍କଠାରେ ଥିଲା। ଏବେ ସେକଥା ମିନି ସେମାନଙ୍କଠାରୁ ଶିଖିଲା।

■

ନ ମାନିଲେ ପଥର

ଆଜି ସରକାରୀ ବନ୍ଦର ତୃତୀୟ ସପ୍ତାହ। କିଛି କାହିଁକି ଭଲଲାଗୁନି। ଆମେରିକାନ୍ ମିଟିଓରୋଲୋଜି ସୋସାଇଟିର (ଏ.ଏମ୍.ଏସ୍) ମିଟିଙ୍ଗ ଥିଲା ଫିନିକ୍ସ୍, ଆରିଜୋନାରେ, ଯାଇହେଲାନି। କମ୍ପାନୀ ତରଫରୁ ଜାନୁୟାରୀ ୩ ତାରିଖରେ ଇମେଲ୍ ଆସିଲା ଯେ, "ଯେଉଁମାନେ ଏ.ଏମ୍.ଏସ୍ ଯିବାପାଇଁ ହୋଟେଲ୍ ଓ ଏୟାର୍‌ଲାଇନ୍ ଟିକେଟ୍ ବୁକ୍ କରିଛ, ସବୁ ଖାରଜ କର। ଯଦି ଆସନ୍ତା ସପ୍ତାହରେ ସରକାର ଖୋଲିଲା ତ, ପୁଣି ଥରେ ଟିକେଟ୍ କରିବ ଓ ହୋଟେଲ୍ ବୁକ୍ କରିବ।" ସୁମନାର ମନହେଲା କି ସିଏ ଏ ମୁହୂର୍ତ୍ତରେ ଏ ଚାକିରିଟି ଛାଡିଦିଅନ୍ତା ଓ ଅନ୍ୟ କେଉଁଠାରେ ଚାକିରି କରନ୍ତା। ଏମିତି ହଟହଟା ହେବାଟା ଭାରି ଦୁଃଖ ଦେଉଥିଲା। କେତେସବୁ ପାହାଚ ଦେଇ ସିଏ ଏ ମିଟିଙ୍ଗ ପାଇଁ ସ୍ୱୀକୃତି ପାଇଥିଲା, ହେଲେ ଏବେ ସବୁ ବନ୍ଦ। ଅନ୍ତତଃ ୟୁନିଭର୍‌ସିଟିରେ କାମ କରୁଥିବା ବେଳେ ଏମିତି ହଟହଟା ହେବାକୁ ପଡୁନଥିଲା। ତାପରେ କେଉଁଠିକୁ ସଂକ୍ଷିପ୍ତ ସାରାଂଶ (ଆବ୍‌ସ୍ଟ୍ରାକ୍ଟ୍) ପଠାଇବା ମଧ୍ୟ ସହଜ ଥିଲା। ହେଲେ ଏ ସରକାରୀ ସଂସ୍ଥାରେ କାମ କରି ଯାବତୀୟ ସମସ୍ୟା। ପ୍ରଥମରେ ତ ଆବସ୍ଟ୍ରାକ୍ଟ୍ ଟିଏ ଲେଖିକରି ଅନୁମୋଦନ ଆଣିବା ପର୍ଯ୍ୟନ୍ତ ଯାବତୀୟ ସ୍ତର ଦେଇ ଯିବାକୁ ପଡିବ। ପ୍ରଥମେ କମ୍ପାନୀକୁ ଲେଖିବ, କମ୍ପାନୀ ତାର ପ୍ରମୁଖ ଠିକାଦାରକୁ ଲେଖିବ, ସିଏ ପୁଣି ସରକାରୀ ସମୀକ୍ଷକ ପାଖକୁ ଦସ୍ତଖତ ପାଇଁ ଯିବ ଓ ତାପରେ ଡିପାର୍ଟମେଣ୍ଟ୍ ଡାଇରେକ୍ଟର୍‌ର ଦସ୍ତଖତ ପାଇଁ ଯିବ। ଏତେ ସବୁ ହୋଇସାରିବା ପରେ ବି ପୁଣି ଏମିତି ଦୁର୍ଯୋଗ ଅପେକ୍ଷା କରି ବସିଥିଲା। ସେ ଟ୍ରମ୍ପ୍ ମୁଣ୍ଡରେ କଣ ପଶିଲା କେଜାଣି, ସରକାର ବନ୍ଦ କରିଦେଲା।

ସୁମନା ଏକା ମେରୀଲାଣ୍ଡ୍‌ରେ ରହେ। ତାର ସ୍ୱାମୀ ନର୍ଥ କାରୋଲିନାରେ ରୁହନ୍ତି। ଭାଗ୍ୟକୁ ଏପର୍ଯ୍ୟନ୍ତ ପିଲାପିଲି କିଛି ହୋଇନି, ନହେଲେ କେମିତି କଣ

କରିବାକୁ ପଡନ୍ତା, କିଏ ଜାଣେ ? ସିଏ ସ୍ୱାମୀ, ସ୍ତ୍ରୀ ଦୁଇଜଣ ପି.ଏଚ୍.ଡି. କରି ଭଲକଲେ କି ଭୁଲ୍ କଲେ ଏପର୍ଯ୍ୟନ୍ତ ବୁଝିପାରନ୍ତିନି। ସୁମନାର ସ୍ୱାମୀ ପ୍ରମୋଦର ଦାଦା ପୁଅ ଭାଇ ବିନୋଦ ଭାରତରେ କଣ ସଫ୍ଟ୍‌ୱେୟାର୍‌ରେ ଟ୍ରେନିଙ୍ଗ ନେଇ ଏଠି ପହଞ୍ଚିଗଲା ଯେ, ବର୍ଷକୁ ଶହେ ହଜାରରୁ ଅଧିକ ଦରମା ପାଉଛି। ତାର ପତ୍ନୀ ଅନୁସ୍କା ଏଇଠି ଆସି କଣ ଗୋଟିଏ ଇନ୍‌ଫରମେସନ୍ ସାଇନ୍‌ସ୍‌ରେ କୋର୍ସ କରିପକେଇଲା, ଏବେ ସିଏ ବି ଶହେ ହଜାର ଡଲାର୍ ପାଖାପାଖି ଦରମା ପାଉଛି। ସେମାନଙ୍କର ଯୋଡିଏ ପୁଅ, ଝିଅ ହେଲେଣି। ସେମାନେ ନିଜ ଘର କିଣିଲେଣି, ବିଶେଷ କରି ଅତି ଭଲରେ ଅଛନ୍ତି। ସେମାନଙ୍କ ତୁଳନାରେ ସୁମନା ଓ ପ୍ରମୋଦଙ୍କ ଜୀବନ କେତେ ସଂଘର୍ଷ କରି ଚାଲିଛି। ନା, ସେମିତି ରୋଜଗାର ଅଛି, ନା ସ୍ଥାୟୀତ୍ୱ। ଭାଗ୍ୟ ବଶତଃ ସୁମନାକୁ ଏ କମ୍ପାନୀ କେମିତି କାମ ଦେଇଦେଲା। ତାକୁ ଚାକିରି ମିଳିଯିବା ପରେପରେ ସରକାର ନିୟମ କରିଦେଲା ଯେ ଆମେରିକାନ୍ ଜାତୀୟତା କି ଗ୍ରିନ୍‌କାର୍ଡ ନଥିବା ବ୍ୟକ୍ତିମାନଙ୍କୁ ସେମାନେ ଚାକିରି ଦେଇପାରିବେନି। ସେଥିପାଇଁ ପ୍ରମୋଦକୁ ଏଠି କିଛି ମିଳିପାରିଲାନି। ତେଣୁ ସିଏ ନର୍ଥକାରୋଲିନାରେ ପୋଷ୍ଟଡକ୍ଟରାଲ୍ କାମ ଅବ୍ୟାହତ ରଖିଛନ୍ତି।

ସେମାନେ ବେଳେବେଳେ ବିନୋଦ ଓ ଅନୁସ୍କାଙ୍କ ଘରକୁ ଯାଆନ୍ତି, ପିଲାମାନଙ୍କ ଜନ୍ମଦିନରେ ହେଉ କି ଛୁଟି ସମୟରେ। ସେଇଠି ଆଲୋଚନା ହୁଏ। ବିନୋଦ କହେ, "ଭାଇ, ମୁଁ ତ କହିବି ତମେ ଏବେ ପରିବାର ଗଢ, ନହେଲେ କେତେଦିନ ଅପେକ୍ଷା କରିବ ? ଯାହାହେଲେ ଭାଉଜଙ୍କର ତ ସ୍ଥାୟୀ ଭଳି ଚାକିରି ଅଛି। ଡେରିହେଲେ କଣ ଅସୁବିଧା ହେବ, କିଏ ଜାଣେ ?"

ଓଡିଶାରୁ ଶାଶୁ, ଶ୍ୱଶୁର ଫୋନ୍‌ରେ ପଚାରନ୍ତି। "ବିନୋଦ, ଅନୁସ୍କାଙ୍କର ପିଲାମାନେ ଏତେ ବଡ ହେଲେଣି। ତମେମାନେ କିଛି ତ ଶୁଭ ସମ୍ବାଦ ଦିଅ। ଆମମାନଙ୍କୁ ଉତ୍ତରଦାୟାଦର ଖୁସି ଖବର ଆଉ କେବେ ମିଳିବ ?"

ନଣନ୍ଦ ବି ସେମିତି କୁହନ୍ତି। "ତମେମାନେ ଏତେ ପାଠ ପଢି ଏ ପର୍ଯ୍ୟନ୍ତ ସେଟ୍‌ଲ୍ ହୋଇପାରିନ ? ଆଉ ବିନୋଦ କେଉଁ ଅନାମଧେୟ ପ୍ରାଇଭେଟ୍ ଇଂଜିନିୟରିଙ୍ଗ କଲେଜରେ ପାଠ ପଢୁଥିଲା। ସିଏ ଏତେ ରୋଜଗାର କଲାଣି, ସେଟ୍‌ଲ୍ ହୋଇଗଲାଣି। ତମମାନଙ୍କର କ୍ୟାରିୟର୍ ଫାଷ୍ଟ କ୍ଲାସ୍, ହେଲେ ଜୀବନ ଏମିତି ସଂଘର୍ଷମୟ। ଭାରତକୁ ଫେରିଆସୁନ କାହିଁକି ? ଏଠିତ ଏବେ ସମସ୍ତଙ୍କର ଦରମା ବହୁତ ଭଲ ସ୍କେଲ୍‌ରେ ମିଳିଲାଣି।"

ସୁମନା ମଧ୍ୟ ସେମିତି ଭାବେ। ବେଳେବେଳେ ମନହୁଏ, ଅନ୍‌ଲାଇନ୍‌ରେ କିଛି ସଫ୍ଟ୍‌ୱେୟାର୍ କୋର୍ସ କରି ପୂରା କ୍ୟାରିଅର୍ ବଦଳେଇ ଦିଅନ୍ତା। ସାରା ଛାତ୍ରୀ

ଜୀବନରେ ସିଏ ଭଲ କରିଆସିଛି। କୌଣସିଥିରେ ହାରିଯାଇନି କି କୌଣସି ଚାଲେଞ୍ଜରୁ ହଟିଯାଇନି। ଯେ କୌଣସି ନୂଆ ପାଠକୁ ନିଜ ସାଧନା ଓ ଶ୍ରମ ବଳରେ ଆୟତ କରିପାରିବାର ବିଶ୍ୱାସ ତାର ଅଛି। ହେଲେ ପୁଣି ମନରେ ଚିନ୍ତା କରେ, "ଏତେ କଷ୍ଟ କରି ଏ ମିଟିରିଓଲୋଜି ବିଷୟଟିକୁ ମୁଁ ଆୟତ କରିଛି। ଏତେ ସହଜରେ ଛାଡିଦେବି ? ସଫ୍‌ଟ୍‌ୱେୟାର୍‌ରେ ତ ସମସ୍ତେ କାମ କରିପାରିବେ। ହେଲେ, ଏ ବିଷୟରେ ଜ୍ଞାନ ଆହରଣ ନକରିଥିବା ବ୍ୟକ୍ତି କଣ ସହଜରେ କିଛି କାମ କରିପାରିବେ ? ନା, ମୁଁ ଏ ବିଷୟକୁ ଛାଡିପାରିବିନି।"

ଗବେଷଣା ସମ୍ବନ୍ଧୀୟ ସନ୍ଦର୍ଭ ଲେଖିବା, ଜର୍ଣ୍ଣାଲ୍‌ରେ ପ୍ରକାଶିତ କରେଇବା, କନ୍‌ଫରେନ୍‌ସ୍‌ରେ ଯାଇ ପ୍ରେଜେଣ୍ଟ୍ କରିବା, ସେ ସୁଖ, ସେ ପୁଲକ ସତରେ ଅନ୍ୟ ରକମର। ସେସବୁ ବାଦ ଦେଇ, ସିଏ ତା ଜୀବନ ଅତିବାହିତ କରିବା ଦୁରୂହ ହେବନି କି ?

ସେଇକଥା ପ୍ରମୋଦ କୁହନ୍ତି। "ଦେଖ, ମାନିଲେ ଦେବତା, ନ ମାନିଲେ ପଥର। ଆମେମାନେ ଉଚ୍ଚଶିକ୍ଷାକୁ ଜୀବନର ମାନ ବୋଲି ମାନିନେଲେ ଓ ସେଥିରେ ଆଗ୍ରହୀ ହେଲେ। ବିନୋଦ ଓ ଅନ୍ୟମାନେ ଅନ୍ୟ ରକମର ଜୀବନକୁ ମାନିନେଲେ ଓ ସେମାନେ ତାଙ୍କ ଚାହୁଁଥିବା ଜୀବନ ବଞ୍ଚିଲେ। ତୁମେ ସେଥିପାଇଁ ତୁଳନା କରି ଦୁଃଖ କାହିଁକି ପାଉଛ ?"

"ହଁ ସେଇକଥା। ଦେଖୁନ, ଟ୍ରମ୍ପ୍‌କୁ ଆମେ ଜୋକର୍ ବୋଲି ମାନୁଥିଲେ। ହେଲେ କେତେଲୋକ ତାକୁ ନେତା ବୋଲି ମାନି ଭୋଟ୍ ଦେଲେ ଓ ଯୁକ୍ତରାଷ୍ଟ୍ର ଆମେରିକାର ରାଷ୍ଟ୍ରପତି କରେଇଦେଲେ। ଏହାଠାରୁ ବଳି ଆଶ୍ଚର୍ଯ୍ୟ କଥା ଆଉ କଣ ଦେଖିବାକୁ ମିଳିବ।" - ସୁମନା ମନ୍ତବ୍ୟ ଦିଏ।

ସେଇ ଟ୍ରମ୍ପ୍ ଆଜି ସାରା ଦେଶକୁ ହୁଲସ୍ଥୁଲ୍ କରିଦେଇଛି। ମେକ୍ସିକୋ ଦେଶ ସୀମାରେ ପ୍ରାଚୀର ନହେଲେ, ସିଏ ସରକାର ଖୋଲିବାକୁ ଦସ୍ତଖତ କରିବନି। ଟ୍ରମ୍ପ୍‌ର ଏ ସିଦ୍ଧାନ୍ତକୁ ଅନେକଜଣ ସମର୍ଥନ କରୁଛନ୍ତି। ଡେମୋକ୍ରାଟ୍ ମାନେ ବି ତାଙ୍କ ଜିଦ୍‌କୁ ନ ଛାଡିବେ ବୋଲି ଜିଦ୍ ଧରି ବସିଛନ୍ତି। ସେମାନଙ୍କୁ ଟିହାଇବା ପାଇଁ ବି ଅନେକ ଅଛନ୍ତି। ଆଉ ଏ ସବୁ ଭିତରେ ଘାଣ୍ଟିଚକଟି ହୋଇ ବିଚରା କଷ୍ଟ ଭୋଗୁଛନ୍ତି ସୁମନା ଭଳି ନିର୍ଦ୍ଦୋଷ ଲୋକମାନେ।

ମନେ ପଡିଯାଉଥିଲା ଭଦ୍ରକର ହିନ୍ଦୁ, ମୁସଲମାନ ଦଙ୍ଗାର ସମୟ। ୧୯୯୧ ମସିହାର କଥା। ସେତେବେଳେ ସୁମନା ଛୋଟ ଥାଏ, ଆଠବର୍ଷର ହୋଇଥାଏ। ସିଏ ପଡିଶା ଘରେ, ସାଙ୍ଗ ନିତୁ ସାଙ୍ଗରେ ଖେଳୁଥିଲା। ହଠାତ୍ କବାଟରେ ଠକ୍‌ଠକ୍

ହେଲା। ନିତୁର ମା' କବାଟ ଖୋଲିଲେ। ଦୁଇଜଣ ମୁସଲ୍‌ମାନ ଯୁବକ ହଠାତ୍ ଘର ଭିତରକୁ ପଶିଆସି ସବୁ ଜିନିଷ କଚାଡି ଭାଙ୍ଗିଲେ। ଘରଦ୍ୱାର ଛିନ୍‌ଛାନ୍ କରି ନିତୁର ମା'କୁ ପଚାରିଲେ, "ହେଇ, ତୋ ସ୍ୱାମୀ କୁଆଡେ ଯାଇଛି କି ? ତାର ଭଲ କପାଳ ଆଜି, ଆମ ହାତରୁ ବଞ୍ଚିଗଲା। କହିଦେବୁ ତାକୁ, ଆମେ ଆସିଥିଲୁ, ପୁଣି ଆସିବୁ।"

ନିଜ ମା' ପ୍ରତି ଏମିତି ବ୍ୟବହାର ଦେଖି ନିତୁର ରକ୍ତ ତାତି ଉଠୁଥାଏ। ହେଲେ ସୁମନାର ମନରେ ଭୟ ଥାଏ। ସେଥିପାଇଁ ରାଗକୁ ନିୟନ୍ତ୍ରିତ କରି ଟେବୁଲ୍ ତଳେ ଚୁପ୍‌ଚାପ୍ ବସି ରହିବାକୁ ସୁମନା ନିତୁକୁ ଇଙ୍ଗିତ ଦେଉଥାଏ।

ଏମିତି ଧମକ ଦେଇ, ନିତୁ ମା'ର ହାତ ଓ ବେକରୁ ସୁନା ଗହଣା ସବୁ ଲୁଟ୍ କରିନେଇ ସେ ଯୁବକମାନେ ଚାଲିଗଲେ। କେବଳ ଭଗବାନଙ୍କୁ ଧନ୍ୟବାଦ ଯେ, ସିଏ ତା' ମା' ଉପରେ କିଛି ଅତ୍ୟାଚାର କଲେନି କି ପିଲାମାନେ, ଯିଏ କି ଭୟରେ ଟେବୁଲ୍ ତଳେ ପଶି ଯାଇଥିଲେ, ସେମାନଙ୍କୁ ଖୋଜି କିଛି ଗୋଳମାଳ କଲେନି।

ସେମାନେ ଚାଲିଗଲା ପରେ, ସୁମନା ଡରିଡରି ଯାଇ ନିଜ ଘରେ ପଶିଲା। ତା' ମା'କୁ ନିତୁ ଘରର କାହାଣୀ ବତେଇବା ପରେ, ତା' ମା ତାକୁ ଆଉ କୁଆଡେ ଯିବାକୁ ବାରଣ କଲା। ଗୋଟିଏ ସପ୍ତାହରୁ ଅଧିକ ଦିନ ସେମାନେ ସେମିତି ଡରିହରି ରହିଲେ। କେହି ବାହାରକୁ ବାହାରିଲେନି। ପହରା ଦେଉଥିବା ପୋଲିସ୍ ଆସି ବେଳେବେଳେ ଖବର ଦେଇ ଯାଉଥିଲା ଓ ଖବରକାଗଜ ଦେଉଥିଲା। ସେଥିରେ ଏମିତି ବିଭତ୍ସ କାହାଣୀ ସବୁ ଥିଲା, ସେକଥା ପଢି ମୁଣ୍ଡ କାହାର ଉତ୍ତ୍ୟକ୍ତ ନ ହୋଇ ରହିପାରିବନି।

ତେବେ ସେ ବୟସରେ ମଧ୍ୟ ସୁମନା ମନରେ ପ୍ରଶ୍ନ ଆସିଥିଲା, "ଆରେ ଏ ଲୋକ ତ ସବୁ ଏକା ଆମରି ଭଳି। ତାଙ୍କ ଠାକୁର କାହିଁକି ତେବେ ଅଲଗା ହେଲେ ? ଆଉ ସେ ଠାକୁର ମାନେ ଯଦି ଏତେ ବଡ ଠାକୁର ସବୁ, ଏତେ ବଳଶାଳୀ, ଏମିତି ଜଘନ୍ୟ କାମ କରୁଥିବା ଲୋକମାନଙ୍କୁ ସିଏ ନିଜେ ଆସି ସଂହାର କଲେନି କାହିଁକି ?"

ସ୍କୁଲ୍‌ରେ କେତେଜଣ ସାଥୀ ତାର ମୁସଲ୍‌ମାନ୍ ସଂପ୍ରଦାୟର ଥିଲେ। ପରିସ୍ଥିତି ସବୁ ଠିକ୍ ହୋଇଗଲା ପରେ, ସେମାନେ ସାଙ୍ଗମାନେ ସବୁ ଏମିତି ବିଚାର କରୁଥିଲେ। ହେଲେ ସେ ବିଚାରର କୋଣସି ଉତ୍ତର ନଥିଲା। ତେବେ ସୁମନାର ସେ ମୁସଲ୍‌ମାନ ସାଙ୍ଗମାନେ ଏବେ ସବୁ ବଡବଡ ଜିଲ୍ଲା ଅଧିକାରୀ ପୋଜିସନ୍‌ରେ ଅଛନ୍ତି। ନିତୁ ସତକୁ ସତ ଏବେ ଜଣେ ପୋଲିସ୍ ଇନ୍‌ସ୍‌ପେକ୍‌ଟର୍। ସୁମନା ଓଡିଶା ଗଲେ, ସେମାନଙ୍କ ସହିତ ଭେଟ ହୁଏ। ସେମାନେ ସବୁ ବୁଝନ୍ତି, ତଥାପି ମଧ୍ୟ ହିନ୍ଦୁ, ମୁସଲ୍‌ମାନ ଦଙ୍ଗା ଓ ଦେବସ୍ଥାନ କଥା ପଡିଲେ କିଛି କରିପାରନ୍ତିନି। ବେଳେବେଳେ ସାଂପ୍ରଦାୟିକ

ବିଷ ଏମିତି ଚରିଯାଏ ଯେ, ସେତେବେଳେ ସାଙ୍ଗ, ସାଥୀ, ମଣିଷତ୍ୱର ଭାବନା କେମିତି ଦୂରେଇଯାଏ। ହଠାତ୍ ଛୋଟ ଘଟଣାରୁ ବଡ ଘଟଣା ଆରମ୍ଭ ହୋଇଯାଏ। ନହେଲେ ୨୦୧୭ରେ କଣ ଏମିତି ପୁଣି ଦଙ୍ଗା ଘଟିଥାନ୍ତା ?

ଜେଜେମା ୧୯୯୧ର ଦଙ୍ଗାଦିନରୁ ସୁମନାକୁ କେତେ ବୁଝାଏ। "ଦେଖେ, ଆମ ଠାକୁର ହେଲେ ଜଗନ୍ନାଥ। ଆମର ତେତ୍ରିଶ କୋଟି ଦେବଦେବତା। ତାଙ୍କ ଭିତରେ ସିଏ ହେଲେ ସର୍ବଶ୍ରେଷ୍ଠ। ହେଲେ ମୁସଲ୍‌ମାନ ମାନେ ଆମ ଦେବତାମାନଙ୍କୁ ସହି ପାରନ୍ତିନି। ସେମାନେ ସବୁବେଳେ ଆମମାନଙ୍କର ଦେବାଳୟ ସବୁକୁ ନଷ୍ଟ କରିଦେବା ପାଇଁ ଚେଷ୍ଟା କରିଆସିଛନ୍ତି। ଏମିତି କି ଦେବାଳୟକୁ ଭାଙ୍ଗି ସେ ସ୍ଥାନରେ ମସ୍‌ଜିଦ୍ ଗଢିଛନ୍ତି ସେମାନେ। ତୁ ଟିକେ ସେମାନଙ୍କ ଠାରୁ ସାବଧାନ ହୋଇ ରହିବୁ। ସେମାନଙ୍କୁ କେବେ ବି ବିଶ୍ୱାସ କରିବୁନି।"

ସୁମନା ବୁଝେ, ପୁଣି କିଛି ବୁଝେନା। ହିନ୍ଦୁମାନଙ୍କ ଦେବତାଙ୍କୁ ହିନ୍ଦୁମାନେ ମାନନ୍ତି। କିନ୍ତୁ ଅନ୍ୟ ସଂପ୍ରଦାୟର ଲୋକଙ୍କ ପାଇଁ ସେସବୁ ପଥରର ମୂର୍ତ୍ତି ବ୍ୟତିରେକ ଅନ୍ୟ କିଛି ନୁହେଁ। ସେମିତି ଅନ୍ୟ ସଂପ୍ରଦାୟର ଈଶ୍ୱରମାନେ ସେମାନଙ୍କ ସଂପ୍ରଦାୟ ପାଇଁ ବିଶିଷ୍ଟ ଅଟନ୍ତି, ହିନ୍ଦୁମାନଙ୍କ ପାଇଁ କିଛି ନୁହେଁ। ଏସବୁ ସତ୍ତ୍ୱେ ବି ଆଜିର ମଣିଷ ପରସ୍ପର ମଧ୍ୟରେ ମାନବିକତାର ସମ୍ପର୍କ ଗଢେ, ବିଭାଜନର ନୁହେଁ। ସୁମନାର ଜଣେ ସାଙ୍ଗ ଥାଏ, ସବିନା। ଯଦିଓ ଜେଜେମା ଏମିତି କୁହନ୍ତି, ହେଲେ ସବିନା ଘରକୁ ଆସିଲେ, ଜେଜେମା ଓ ବୋଉ ମିଶି ତାକୁ କେତେ ପିଠାପଣା ଖୁଆନ୍ତି। ସେମିତି ସବିନାର ଘରକୁ ଗଲେ, ତାର ବଡ ଭଉଣୀ ମାନେ ସୁମନାକୁ କେତେ ସ୍ନେହ ଦେଖାନ୍ତି। ସେଇଥିରୁ ସୁମନା ବୁଝେ, ମଣିଷର ଭଲପାଇବା, ମାନବିକତା ହିଁ ଶାଶ୍ୱତ, ସେମାନଙ୍କ ଭିତରେ ଥିବା ପାର୍ଥକ୍ୟ ନୁହେଁ।

ଏବେ ଟ୍ରମ୍ପ୍ ସେମିତି ବିଭାଜନ ସୃଷ୍ଟି କରାଉଛି। ଖାଣ୍ଟି ଆମେରିକାର ଲୋକ ଆଉ ଆପ୍ରବାସୀ ଆମେରିକାର ଲୋକ। ତା' ଭିତରେ ପୁଣି ସ୍ୱୀକୃତିପ୍ରାପ୍ତ ଦେଶୀୟକୃତ ନାଗରିକ ଓ ଅନ୍ୟ ନାଗରିକ। ଏମିତି କି କେତୋଟି ମୁସଲ୍‌ମାନ ବହୁଳ ଦେଶରୁ ଆସୁଥିବା ବ୍ୟକ୍ତିଙ୍କ ପାଇଁ ଅଧିକ କଟକଣା, ମେକ୍‌ସିକୋରୁ ଆସୁଥିବା ବ୍ୟକ୍ତିଙ୍କ ପାଇଁ ପ୍ରାଚୀର ଗଢିବା ଇତ୍ୟାଦି। ବେଳେବେଳେ ସୁମନା ଡରିଯାଏ। ଯଦି ଏମିତି ପାର୍ଥକ୍ୟର ବିଷ ପ୍ରଚାରିତ ହେବ, ତାର ଫଳାଫଳ କଣ ହେବ ? ସୁମନା ବିଶ୍ୱର ସବୁ ଦେଶବାସୀଙ୍କ ସହିତ କାମ କରେ, କାରଣ ତା' କାମ ହିଁ ସେମିତି। ତା ବ୍ୟତିରେକ, ତାର କର୍ମସ୍ଥଳୀରେ ସବୁଦେଶର ନାଗରିକ ମାନେ ଥାଆନ୍ତି। ଚାଇନା, ଜାପାନ, ଭାରତ, ପାକିସ୍ଥାନ, ଜର୍ମାନୀ, ଇଂଲାଣ୍ଡ, ଅଷ୍ଟ୍ରେଲିଆ, ଆଫ୍ରିକା, ଥାଇଲାଣ୍ଡ, ରୁଷିଆ, ସବୁ ଦେଶର ଲୋକ ମିଶି କାମ କରନ୍ତି। ଏମିତିରେ ଯେ କୌଣସି ଦେଶ ବିରୁଦ୍ଧରେ କିଛି ବି ହେଲେ,

ସୁମନାକୁ ଭଲଲାଗେନି । କାରଣ, ସିଏ ସେ ଦେଶର ସହକର୍ମୀ ମାନଙ୍କ ମନସ୍ତତ୍ତ୍ୱ ବିଷୟରେ ଭାବି ବିଚଳିତ ହୁଏ ।

ପ୍ରଥମେ ଯେତେବେଳେ ସରକାର ବନ୍ଦର ଘୋଷଣା ହେଲା, ସୁମନା ଭାବିଥିଲା, ଦୁଇ-ତିନି ଦିନ ପରେ ସବୁ ପୁଣି ଠିକ୍‌ଠାକ୍ ହୋଇଯିବ । ଆଉ ସେତେବେଳେ ବି ଏ ସରକାର ବନ୍ଦ ସମୟଟା ସୁମନା ପାଇଁ ଠିକ୍ କାମ ଦେଲା । ଘରକୁ ସେତେବେଳେ ଅନେକ ଲୋକ ଆସିଥିଲେ । ପ୍ରମୋଦଙ୍କର ଦାଦା, ଖୁଡୀ ଯିଏ କି ନିଜ ପୁଅ ପାଖକୁ ଆସିଥିଲେ, କ୍ରିଷ୍ଟ୍‌ମାସ୍ ଛୁଟିରେ ଆମେରିକାର ରାଜଧାନୀ ୱାଶିଂଟନ୍ ଡିସି ବୁଲାବୁଲି କରିବା ପାଇଁ ସେମାନେ ମେରୀଲାଣ୍ଡ୍ ଆସିଲେ । ସେମାନଙ୍କ ସହିତ ବିନୋଦ ଓ ଅନୁସ୍କା ବି ଆସିଥିଲେ । ସମସ୍ତଙ୍କ ପାଇଁ ଆପାର୍ଟମେଣ୍ଟରେ ରହିବା ଠିକ୍ କରିବା, ରୋଷେଇବାସ କରିବା ଓ ଘରସଫା କରିବା ଇତ୍ୟାଦି କାର୍ଯ୍ୟ ସବୁକୁ ସୁମନା ଅଫିସ୍ କାମ ସହିତ ତୁଲେଇ ପାରିନଥାନ୍ତା । ଏବେ ଏ ସରକାର ବନ୍ଦ ସମୟରେ କମ୍ପାନୀ ତରଫରୁ ଟେଲିୱାର୍କ ପାଇଁ ଅନୁମତି ମିଳିବାରୁ, ସିଏ ନିଜ କାମ ସହିତ ଅତିଥିଚର୍ଚ୍ଚା ଅତି ସୁଚାରୁରୂପେ ତୁଲେଇ ପାରିଥିଲା ।

ହେଲେ ସେ ସରକାରୀ ବନ୍ଦ ଯେ ଏମିତି ରୂପ ନେବ ଓ ଏତେଦିନ ଧରି ରହିବ, ଏବଂ ସୁମନାକୁ କନ୍‌ଫରେନ୍‌ସ୍ ଯିବାରୁ ବଞ୍ଚିତ କରିବ, ସେସବୁ ସେ ଭାବିନଥିଲା ।

ପ୍ରମୋଦ କିନ୍ତୁ କନ୍‌ଫରେନ୍‌ସ୍ ଗଲେ । ସିଏ ୟୁନିଭରସିଟି ତରଫରୁ କାମ କରୁଥିଲେ ବୋଲି ତାଙ୍କର ଯିବାରେ କିଛି ଅସୁବିଧା ନଥିଲା । ୟୁନିଭରସିଟି ଅଫ୍ ମେରୀଲାଣ୍ଡର ଜଣେ ସହ-ଲେଖକ ସୁମନା ପାଇଁ ତାର ରିସର୍ଚ୍ଚ ପେପର୍ ପ୍ରେଜେଣ୍ଟ୍ କରିଦେବେ ବୋଲି ପ୍ରତିଶ୍ରୁତି ଦେଲେ । ସୁମନା ଅନେକ ଦୁଃଖିତ ଥିଲା ।

ସବୁଦିନେ ସିଏ ଟିଭିରେ ସମ୍ବାଦ ଦେଖୁଥିଲା, ପ୍ରତିଘଣ୍ଟାରେ ଥରେ ୟାହୁ ନିଉଜ୍, ସି.ଏନ୍.ଏନ୍ ନିଉଜ୍, ଗୁଗୁଲ୍ ନିଉଜ୍ ଯାଞ୍ଚ କରୁଥିଲା । ହେଲେ କିଛି ଭଲ ସମ୍ବାଦ ନଥିଲା । କେତେବେଳେ ଟ୍ରମ୍ପ୍ ମିଟିଙ୍ଗ୍‌କୁ ସମୟ ଅପଚୟ କହି ମିଟିଙ୍ଗ୍‌ରୁ ଉଠିଯାଉଥିଲା ତ କେତେବେଳେ ବାଚସ୍ପତି ପାଇଁ ନିର୍ବାଚିତ ହୋଇଥିବା ନାନ୍‌ସି ପେଲୋସି ଟ୍ରମ୍ପ୍‌କୁ ସମାଲୋଚନା କରି କହୁଥିଲା, "ସିଏ ନିଜ ସମସ୍ୟାରୁ ସମସ୍ତଙ୍କୁ ବିଭ୍ରାନ୍ତ କରିବା ପାଇଁ ଏମିତି ଜାତୀୟ ସମସ୍ୟା ସୃଷ୍ଟି କରିଛନ୍ତି ।"

କେତେକେତେ ସରକାରୀ କର୍ମଚାରୀ ଶୁଭ ସମ୍ବାଦ ପାଇବା ପାଇଁ ଘରେ ଅପେକ୍ଷା କରି ବସିଥିଲେ । ସୁମନା ଭଳି ଠିକାଦାର ଦ୍ୱାରା ନିଯୁକ୍ତି ପାଇ ସରକାରୀ ଅଫିସ୍‌ରେ କାମ କରୁଥିବା ବ୍ୟକ୍ତିମାନେ, ଘରୁ ନାମକୁ ମାତ୍ର କାମ କରୁଥିଲେ, କିନ୍ତୁ ସେଥିରେ ଏତେଟା ଉତ୍ପାଦକତା ନଥିଲା ।

ଆସନ୍ତା ସପ୍ତାହରେ ସୁମନାର ଓଡିଶା ଯିବାର ଅଛି। ପ୍ରମୋଦଙ୍କ ମାଉସୀଝିଅ ଭଉଣୀର ବାହାଘର। ସେମାନେ ବି ଦୁଇବର୍ଷ ହେଲାଣି ଓଡିଶା ଯାଇନାହାନ୍ତି। ତେଣୁ ସ୍ଥିର ହୋଇସାରିଛି ଓଡିଶା ଯିବା ପାଇଁ। ଏଣେ ଯିବାପୂର୍ବରୁ ଯେଉଁ ସବୁ କାମ ସାରିଦେବାର ଯୋଜନା କରିଥିଲା ସୁମନା, ସେସବୁ ହୋଇପାରିନି। ଯେହେତୁ ସରକାରୀ କର୍ମଚାରୀ ମାନେ କାମ କରୁନାହାନ୍ତି, ସେମାନେ କୌଣସି ପ୍ରକାରର ସଂଯୋଗ ସ୍ଥାପନ କରିପାରିବେନି। ସେମିତି ଆଦେଶ ମିଳିଛି ସେମାନଙ୍କୁ।

ଜାନୁୟାରୀ ୭ ତାରିଖ ସକାଳେ ସୁମନା ନିଜ ବାପାଙ୍କ ସହିତ କଥା ହେଉଥିଲା। ବାପା କହୁଥିଲେ, "ଟିକେ ଦେଖିକରି ଆସିବୁ। ଚାରିଆଡେ ଭାରତ ବନ୍ଦ ଚାଲିଛି। କେତେବେଳେ କଣ ବିଶୃଙ୍ଖଳା ହୋଇଯିବ, ସେଥିପାଇଁ ସାବଧାନ ଥିବୁ।"

ସୁମନା ମନରେ ଭୟ ପଶିଗଲା। ଏମିତି ଭାରତ ବନ୍ଦ ହେବାର କେତେ ବିଭତ୍ସ ଦୃଶ୍ୟ ସିଏ ଖବର କାଗଜରେ ପଢିଛି, ଟିଭିରେ ଦେଖିଛି। ହଠାତ୍ ମାଡପିଟ୍, ଦଙ୍ଗା ସୃଷ୍ଟି ହୋଇଯାଏ। ଦୋକାନ, ବଜାର, ଯାନବାହନ ପୋଡି ନଷ୍ଟ ହୋଇଯାଏ। କୋଟିକୋଟି ଟଙ୍କାର ସଂପତ୍ତି ଗୋଟିଏ ଘଣ୍ଟାରେ ରାସ୍ତାର ଧୂଳି ସହିତ ମିଶିଯାଏ। ବନ୍ଧୁକରୁ ଗୁଳି ଫୁଟେ, ରାସ୍ତାରେ ନିଆଁ ଜଳେ, କେତେ ଲୋକଙ୍କର ସାରା ଜୀବନର ସଞ୍ଚୟ କ୍ଷଣକରେ ଭସ୍ମ ହୋଇଯାଏ। କାହିଁକି ଲୋକ ଏତେ ଉତ୍ତ୍ୟକ୍ତ ହୁଅନ୍ତି ? କାହିଁକି ସେମାନେ ଶାନ୍ତି ଶୃଙ୍ଖଳାର ସହିତ ନିଜର ଦାବୀ ଉପସ୍ଥାପନା କରନ୍ତିନି ? ଏସବୁ ପ୍ରଶ୍ନର ଉତ୍ତର କାହା ପାଖରେ ନଥାଏ।

ଭାରତରେ ଅନ୍ୟମାନେ ସବୁ ବନ୍ଦ କରନ୍ତି, ସରକାର ନୁହଁନ୍ତି। ବିରୋଧୀ ଦଳ ହିଁ ସରକାରକୁ ଜବରଦସ୍ତ ବନ୍ଦ କରିଦିଅନ୍ତି। ହେଲେ ଏ ଦେଶରେ ସରକାର ନିଜେ ସରକାରକୁ ବନ୍ଦ କରିଦିଅନ୍ତି। ସବୁ ସେଇ ଏକା କଥା। ଏ ସବୁ ମୂଳରେ ସେଇ ମାନିବାର ଭୂତ କି ବିଶ୍ୱାସ ରହିଛି। କେହି ନିଜନିଜର ମାନିବାରୁ ଓହରିବାକୁ ପ୍ରସ୍ତୁତନୁହଁନ୍ତି। ଭାରତରେ କ୍ରାନ୍ତିକାରୀ ମାନେ ଭାବନ୍ତି ଯେ ଗାଡିଘୋଡା ସବୁ ପୋଡି, ରାସ୍ତା ବନ୍ଦ କରି, ସମସ୍ତଙ୍କୁ ଡରେଇରଖିଲେ ଯାଇ ସରକାର ଦାବୀ ଶୁଣିବ। ଏଠି ସେମିତି ଶାସକ ଦଳ ଭାବୁଛି ଯେ ସରକାରକୁ ବନ୍ଦ କରିଦେଲେ, ଅପର ପକ୍ଷ ସେମାନଙ୍କର ପ୍ରସ୍ତାବକୁ ଅନୁମୋଦନ କରିବ।

ସମୟ ବିତୁଥିଲା। ରିପବ୍ଲିକାନ୍ ମାନେ ଟ୍ରମ୍ପ୍‌ର ନିଷ୍ପତ୍ତିକୁ ଦେବତା ଭଳି ମାନୁଥିଲେ। ଡେମୋକ୍ରାଟ୍ ମାନଙ୍କ ପାଇଁ ସେସବୁ ବାଟର ପଥର ଭଳି ତୁଚ୍ଛ ଥିଲା।

ଏବେ ସରକାର ବନ୍ଦହେବାର ୨୦ ଦିନ ପୂରିଆସୁଥିଲା।

ନାତୁଣୀର ବାହାଘର

ସକାଳୁ ସକାଳୁ ଜଳଖିଆରେ ପୋଡପିଠା ଦେଖି ଶ୍ରଦ୍ଧାନନ୍ଦ ବାବୁ ପତ୍ନୀ କମଳାଙ୍କୁ ପଚାରିଲେ, "କଣ ଆଜି ପୋଡପିଠା ହୋଇଛି ? କଣ ରଜ ଆସିଗଲା ?"

"ହଁ, ଆଜି ପହିଲି ରଜ ।" - କମଳା ଉତ୍ତର ଦେଇ ରୋଷେଇଘରକୁ ଚାହା ତିଆରି କରିବାପାଇଁ ଚାଲିଗଲେ ।

ରଜ ଆସିଗଲା ମାନେ, ଆଉ କେତୋଟି ମାତ୍ର ଦିନ ପରେ ସେମାନେ ମନିର ବାହାଘରରେ ଯୋଗ ଦେବାକୁ ଆମେରିକା ଯାତ୍ରା କରିବେ । ମନେମନେ ଶ୍ରଦ୍ଧାନନ୍ଦ ବାବୁ ଅପେକ୍ଷା କରି ରହିଛନ୍ତି ସେ ଦିନଟିକୁ । ନାତୁଣୀ ମନିର ବାହାଘର ଆଉ ୨-୩ ସପ୍ତାହ ରହିଲା । ତାଙ୍କ ବଡଝିଅ ଶାନ୍ତିର ବଡଝିଅ ସେ । ତା' ବାହାଘର ଦିନ ଯେତେ ପାଖେଇଆସୁଛି, ଶ୍ରଦ୍ଧାନନ୍ଦ ବାବୁ ସେତେ ପରିମାଣରେ ଉତ୍ତେଜନା ଅନୁଭବ କରୁଛନ୍ତି । ଶାନ୍ତି ବର୍ଷକ ତଳେ ଫୋନ୍ କରି ଖବର ଦେଇଥିଲା, "ବାପା, ମନିର ନିର୍ବନ୍ଧ ହୋଇଗଲା । ଜୁଲାଇ ୪ ତାରିଖରେ ବାହାଘର । ତମେ ଓ ମା' ସେ ଦିନକୁ କ୍ୟାଲେଣ୍ଡର୍‌ରେ ଲେଖିଦିଅ । ନିଶ୍ଚୟ ଆସିବ, କୌଣସି କୈଫିୟତ୍ ଦେବନି ।"

ସେଦିନ ଶ୍ରଦ୍ଧାନନ୍ଦ ବାବୁ କହିଥିଲେ, "ଏକଥା କଣ ତୋର ମତେ କହିବାର ଅଛି ? ଆମେ ତ ଅନେଇ ବସିଛୁ । ଯାହାହେଉ ସେ ପିଲା ବ୍ରାଣ୍ଡନ୍ ଶେଷରେ ପ୍ରପୋଜ୍ କଲା । ବହୁତ ଭଲ ଖବର । ତୁ ଜମା ଚିନ୍ତା କରନା ମା । ଯାହା ଦରକାର ଆମକୁ କହିବୁ ।"

ଶ୍ରଦ୍ଧାନନ୍ଦ ବାବୁ ସେଦିନ ଏତେ ଖୁସି ଥିଲେ ଯେ, ଫୋନ୍ କରି ସାଙ୍ଗସାଥୀ ଓ ବନ୍ଧୁବାନ୍ଧବ ସମସ୍ତଙ୍କୁ ଜଣେଇଦେଲେ । ଏତେଦିନ ପରେ କିଛି ଗୋଟିଏ ଭଲ ଘଟଣା ହେବ । ନହେଲେ ଏ ଜୀବନରେ ଯେ ଏତେ ଦୁଃଖର ଦିନ ଦେଖିବାକୁ ଥିଲା, କେବେ ବି ଚିନ୍ତା କରିନଥିଲେ ସେ । କାହାର ତ କିଛି ଅପକାର କରିନାହାନ୍ତି ସେ । ତେବେ ଭଗବାନଙ୍କର ତାଙ୍କ ପ୍ରତି ଏମିତି ଅବିଚାର କାହିଁକି ?

ଆଖି ଆଗରେ ଭାସି ଆସିଲା ଜୁଆଇଁ ପ୍ରକାଶଙ୍କର ଛବି। ହେଇତ ସେ ବୈଠକଖାନାର କାନ୍ଥରେ ଟଙ୍ଗା ହୋଇଛି ପ୍ରକାଶ ଓ ଶାନ୍ତିର ବାହାଘର ସମୟରେ ଉଠିଥିବା ଫଟୋ। କେତେ ସୁନ୍ଦର ଦିଶୁଛି ସେ ଜୋଡି। ତା' ପାଖରେ ଟଙ୍ଗା ହୋଇଛି ସେମାନଙ୍କ ପରିବାରର ଫଟୋ। ସେମାନଙ୍କ ସହିତ, ସେମାନଙ୍କର ଦୁଇ ଝିଅ ମନି ଓ ବନିଙ୍କ ପିଲା ବୟସର ଫଟୋ।

ଆଉ ଆଗକୁ ଚାହିଁ ପାରିଲେନି। ଆଖି ଜକେଇ ଆସିଲା। ପୁଅ ସୁଶାନ୍ତର ପରିବାରର ଫଟୋ ସେଠି ଟଙ୍ଗା ହୋଇଥିଲା।

ଚାରିବର୍ଷ ପୂର୍ବେ ଶ୍ରଦ୍ଧାନନ୍ଦ ବାବୁଙ୍କର ପରିପୂର୍ଣ୍ଣ ଜୀବନ ଥିଲା। ସିଏ ଥିଲେ ଦିଲ୍ଲୀରେ ଏକ ଗବେଷଣା କେନ୍ଦ୍ରର ଡାଇରେକ୍ଟର୍। ସେଥିରୁ ଅବସର ପାଇବା ଅବସରରେ ପୁଅ, ଝିଅ, ସାଙ୍ଗସାଥୀ ସମସ୍ତେ ମିଶି ହୋଟେଲ୍‌ରେ ଏକ ବଡ ପାର୍ଟିର ଆୟୋଜନ କରିଥିଲେ। ବଡ ଝିଅ ଶାନ୍ତି ରହେ ଆମେରିକାରେ। ତା' ସ୍ୱାମୀ ପ୍ରକାଶ ଜଣେ ପ୍ରତିଷ୍ଠିତ ଡାକ୍ତର। ପୁଅ ସୁଶାନ୍ତ ବାଙ୍ଗାଲୋର୍‌ରେ ଏକ ବଡ କମ୍ପାନୀର ମ୍ୟାନେଜିଙ୍ଗ ଡାଇରେକ୍ଟର୍। ଝିଅର ଦୁଇଟି ଝିଅ, ମନି ଓ ବନି। ପୁଅର ଦୁଇଟି ପିଲା, ବଡ ପୁଅ ସୋନୁ, ସାନ ଝିଅ ରୁମି। ସେଦିନ ସେ ହୋଟେଲ୍‌ର ଉତ୍ସବରେ ସମସ୍ତେ ଉପସ୍ଥିତ ଥିଲେ। ଯଦିଓ ମନି ଓ ବନିଙ୍କର ଛୁଟି ନଥିଲା, ତଥାପି ସେମାନେ କେବଳ ଗୋଟିଏ ସପ୍ତାହ ପାଇଁ ଅଜାଙ୍କ ସମ୍ମାନାର୍ଥେ ଉପସ୍ଥିତ ରହିବାକୁ ଚାହିଁଥିଲେ। ପାର୍ଟିରେ ସମସ୍ତଙ୍କର ସେଇ ଏକାକଥା। ଶ୍ରଦ୍ଧାନନ୍ଦ ବାବୁ ବଡ ଭାଗ୍ୟବାନ। ସିଏ ଯେମିତି, ପିଲାମାନଙ୍କୁ ବି ସେମିତି କରି ଗଢିଛନ୍ତି। ଅଳ୍ପଦିନ ପାଇଁ ବି ହେଉ, ଘର ତାଙ୍କର ଗହଳ ଚହଳରେ ଭାଙ୍ଗି ପଡୁଥିଲା। ପୁଅର ପରିବାର, ଝିଅର ପରିବାର ସହିତ ନିଜ ଭାଇ, ଭଉଣୀମାନଙ୍କୁ ଏକାସାଥୀରେ ଦେଖି ଅନେକଟା ଖୁସି ଥିଲେ ସିଏ।

ଶାନ୍ତି କହିଲା, "ବାପା, ଏବେ ତ ଆଉ କୈଫିୟତ୍ ଦେବନି ଯେ, ସମୟ ମିଳୁନି ବୋଲି। ତମର ୟୁରୋପ୍ ଟ୍ରିପ୍ ପରେ ସିଧା ଯାଇ ଆମମାନଙ୍କ ସହିତ ଛଅ ମାସ ନିଶ୍ଚୟ ରହିବ।"

ଶାନ୍ତି ଓ ପ୍ରଶାନ୍ତ ସେମାନଙ୍କ ପାଇଁ ୟୁରୋପ୍‌ର ଟ୍ରିପ୍ ବୁକ୍ କରାଇଥିଲେ।

ଛଅମାସ ପରେ ଭାଗ୍ୟ କେତେ ବଦଳିଗଲା। ୟୁରୋପ୍ ଟ୍ରିପ୍ ପରେ ସେମାନେ ଯାଇ ଶାନ୍ତି ଓ ପ୍ରଶାନ୍ତଙ୍କ ସହିତ ତିନିମାସ ରହିଥିଲେ। ଆମେରିକାର କେତେସବୁ ଦର୍ଶନୀୟ ସ୍ଥାନ, ଡିଜ୍‌ନୀଲାଣ୍ଡ, ଗ୍ରାଣ୍ଡ୍ କ୍ୟାନିଅନ୍, ଗୋଲ୍‌ଡେନ୍ ଗେଟ୍ ବ୍ରିଜ୍ ଓ ଲାସ୍ ଭେଗାସ୍ ସମସ୍ତେ ସାଙ୍ଗ ହୋଇ ଯାଇଥିଲେ। ଏହା ପୂର୍ବରୁ ଯଦିଓ ସେମାନେ ତିନି, ଚାରିଥର ଆମେରିକା ଆସିଥିଲେ, ତେବେ ସେ ସମୟରେ ଝିଅ, ଜୁଆଇଁ ଅନ୍ୟ ସ୍ଥାନ

ସବୁ ଦେଖେଇବାକୁ ନେଇଥିଲେ। ତିନିମାସ ରହି ସେମାନେ ପୁଣି ଦିଲ୍ଲୀ ଫେରିଆସିଥିଲେ। ଝିଅ ଅଭିମାନ କରିଥିଲା। "ଆଉ ତିନିମାସ ରହିଥିଲେ କଣ ହୋଇଯାଇଥାନ୍ତା ? ସେଠି ତ ଆଉ କିଛି କାମ ନାହିଁ।"

ଶ୍ରଦ୍ଧାନନ୍ଦ ବାବୁ କହିଥିଲେ, "ତୁ କେମିତି ବୁଝିବୁ ମା'। ସେଠି ପରା ଆମର ଜୁନିୟର୍ ଷ୍ଟାଫ୍ ମାନଙ୍କୁ ଟିକେ ତାଲିମ୍ ଦେବାକୁ ପଡିବ। ଯଦିଓ ମୁଁ ଚାକିରିରୁ ଅବସର ନେଲିଣି, ତଥାପି ସେମାନଙ୍କୁ ମୋର ସାହାଯ୍ୟ ଦରକାର। ଏତେଦିନ ତ ବୁଲାବୁଲି ହେଲା। ତୁ ମନିର ବାହାଘର କର। ସେତେବେଳେ ଆସି ପୁଣି ତିନିମାସ ରହିବୁ ଆମେ।"

ମନି ଅଭିମାନ କରି କହିଲା, "କଣ ଯେ କୁହ ତମେ ଅଜା। ମୋ ବାହାଘର ନହେଲେ କଣ ଆସିବନି। ଏବେ ତ ତମେ ଅବସର ନେଲଣି। ପୁଣି କଣପାଇଁ ସେ କାମ କଥା ଚିନ୍ତା କରୁଛ ? ମୁଁ ତ କହିବି, ତମେ ଏବେ ସାରା ପୃଥିବୀ ବୁଲି ଦେଖ। ମୁଁ ପି.ଏଚ୍.ଡି. ନ ସାରିଲେ ତ ବାହାହେବିନି। ଆଉ ସେଇଟା ତ ଚାରିପାଞ୍ଚ ବର୍ଷରୁ କମ୍ ଲାଗିବନି। ତାମାନେ ତମେ ସେତେଦିନ ପର୍ଯ୍ୟନ୍ତ ଆଉ ଆମମାନଙ୍କ ପାଖକୁ ଆସିବନି ?"

ହେଲେ ସେମାନେ ଆମେରିକାରୁ ଫେରିବା ପରେପରେ ହିଁ ସେ ଦୁଃସମ୍ବାଦ ମିଳିଥିଲା। ପ୍ରକାଶଙ୍କର ଦେହ ଅସୁସ୍ଥ ରହିଲା। ସିଏ ତ ନିଜେ ଡାକ୍ତର ଥିଲେ। ନିଜେ ନିଜର ଚିକିତ୍ସା କଲାପରେ ବି ଦେହ ଭଲ ନ ହେବାରୁ ହସ୍‌ପିଟାଲ୍‌ରେ ଅନ୍ୟ ଡାକ୍ତରଙ୍କର ପରାମର୍ଶ ନେଲେ। ଶେଷରେ ସେଇ ଖରାପ ଖବର ଆସିଲା। ପ୍ରକାଶଙ୍କର କ୍ୟାନ୍‌ସର୍ ହୋଇଥିଲା। କ୍ୟାନ୍‌ସର୍‌ର ଆରମ୍ଭ ଓ କାରଣ କିନ୍ତୁ ଜଣା ପଡୁନଥିଲା। ଚିକିତ୍ସା ଚାଲିଲା। କିନ୍ତୁ ଚିକିତ୍ସାରେ ସ୍ଥିତି କିଛି ଭଲଦିଗରେ ଯାଉନଥିଲା।

ସେ ସମୟ ଯେମିତି କି ଏକ କାଳ ସମୟ ଥିଲା ତାଙ୍କ ଜୀବନରେ। ହଠାତ୍ ଦିନେ ଫୋନ୍ ଆସିଲା, ପୁଅ ସୁଶାନ୍ତର ଆକ୍‌ସିଡେଣ୍ଟ୍। ବାଙ୍ଗାଲୋର୍ ଆଉ ପୁରୁଣା ସୌନ୍ଦର୍ଯ୍ୟମୟ ବାଙ୍ଗାଲୋର୍ ହୋଇ ନାହିଁ। ସହରର ଲୋକସଂଖ୍ୟା ଦ୍ରୁତଗତିରେ ବଢୁଛି। ହଜାର ହଜାର ସଫ୍‌ଟ୍‌ୱେୟାର୍ କମ୍ପାନୀ ବାଙ୍ଗାଲୋର୍‌ରେ ନିଜନିଜର କମ୍ପାନୀ ମୁଖ୍ୟାଳୟ ଖୋଲି ବ୍ୟବସାୟ କରୁଛନ୍ତି। ସେଇ ପରିମାଣରେ ଟ୍ରାଫିକ୍ ବି ବଢିଛି। ସୁଶାନ୍ତ କାମ ସାରି ଘରକୁ ଫେରୁଥିଲା। ଟ୍ରାଫିକ୍‌ଜାମ୍‌ରେ ଅଟକିଥିଲା। ଟ୍ରାଫିକ୍ ଖୋଲିବା ପରେ ନିଜ ଲେନ୍‌ରେ ହିଁ ସିଏ ନିଜେ ଗାଡି ଚଳେଇ ଯିବାକୁ ବସିଥିଲା। ଏହି ସମୟରେ ହଠାତ୍ କେଉଁଠାରୁ ଗୋଟିଏ ଟ୍ରକ୍ ଆସୁଥିଲା ଯେ, ତା' ପଛର ଗାଡି ସହିତ ଆକ୍‌ସିଡେଣ୍ଟ୍ କଲା ଓ ପଛ ଗାଡି ଆସି ସୁଶାନ୍ତର ଗାଡିରେ ବାଡେଇ ହୋଇଗଲା। ବୋହୂ ବହୁତ

ତରି ଯାଇଥିଲା। ଶ୍ରଦ୍ଧାନନ୍ଦ ବାବୁ ନିଜ ପତ୍ନୀଙ୍କ ସହିତ ବାଙ୍ଗାଲୋର୍‌ରେ ପହଞ୍ଚିଲେ। ପୁଅ କିଛିଦିନ ଆଇ.ସି.ୟୁ.ରେ ପଡିରହିଲା। ଯେତେ ମାନସିକ କଲେ ମଧ୍ୟ, ପୁଅକୁ ଆଉ ବଞ୍ଚାଇ ପାରିଲେନି। ପୁଅର ଦେହାନ୍ତର ତିନିମାସ ପରେ ଜୁଆଇଁ ମଧ୍ୟ ପରପାରିକୁ ଚାଲିଗଲେ। ଶ୍ରଦ୍ଧାନନ୍ଦ ବାବୁଙ୍କ ହସିଲା, ଖେଳିଲା ସଂସାର ଉଜୁଡିଗଲା।

ସେ ଘଟଣା ସବୁ ତିନିବର୍ଷ ତଳର। ଏ ଭିତରେ କେତେକେତେ ପରିବର୍ତ୍ତନ ହେଲାଣି। ହେଲେ ବଦଳିନାହିଁ ଶ୍ରଦ୍ଧାନନ୍ଦ ବାବୁଙ୍କ ମନ। ରିଟାୟାର୍ଡ କରିବା ପରେ କେତେ କଣ କରିବେ ବୋଲି ଯୋଜନା କରିଥିଲେ। ସେଥିରୁ କେତେକ ସ୍ୱପ୍ନ ଉଭୟ ପୁଅ ଓ ଜୁଆଁଇକୁ ଧରି ଥିଲା। ଗାଁରେ ଡାକ୍ତରଖାନାଟିଏ କରେଇଥାଆନ୍ତେ। ଜୁଆଁଇ ସେ କାମରେ ସାହାଯ୍ୟ କରିବାପାଇଁ ଅନେକ ଆଗ୍ରହୀ ଥିଲେ। ପୁଅ ସେ ଡାକ୍ତରଖାନାର ସ୍ଥାପତ୍ୟ ନକ୍‌ସା ତିଆରି କରେଇଥିଲା ଓ ନିର୍ମାଣ ସଂସ୍ଥା ସହିତ କଥାବାର୍ତ୍ତା ମଧ୍ୟ ଆରମ୍ଭ କରିଥିଲା। ହେଲେ ସେ ସ୍ୱପ୍ନ ଆଉ ପୂରଣ ହେବାର ନାହିଁ। ନା ପୁଅ ରହିଲା, ନା ଜୁଆଁଇ ରହିଲେ। ମଣିଷର ଭାଗ୍ୟ ହିଁ ଏମିତି। ସବୁ ସମୟରେ ସେଇ ଚକାଭଉଁରୀ ଖେଳ। କେବେ ଉପରେ ତ କେବେ ତଳେ। କିଛି କିନ୍ତୁ ନିୟନ୍ତ୍ରଣରେ ନଥାଏ। ମନ ଗୋଟିଏ ଭାବିଥାଏ, ସେ ଭାବନାକୁ ଆଉ ଜଣେ କିଏ ଓଲଟେଇ ଦିଏ।

ପୁତ୍ରଶୋକରୁ ମୁକ୍ତ ହେବାପାଇଁ ଶ୍ରଦ୍ଧାନନ୍ଦ ବାବୁ ପୁଣି ଯୋଗ ଦେଇଛନ୍ତି ଏକ ବେସରକାରୀ ସଂସ୍ଥାରେ ଆଂଶିକ ସମୟ ପାଇଁ ପରାମର୍ଶଦାତା ଭାବେ କାମ କରିବାକୁ। ପତ୍ନୀ କମଳା ଏବେ ସ୍ଥାନୀୟ ମନ୍ଦିର କମିଟିରେ ସ୍ୱେଚ୍ଛାସେବୀ ଭାବେ କାମ କରୁଛନ୍ତି। ସେଇଥିରେ ତାଙ୍କ ସମୟ ବିତିଯାଉଛି। ପ୍ରକାଶଙ୍କ ଦେହାନ୍ତ ପରେ ଝିଅ ଆସି ପାଖରେ କିଛିଦିନ ରହିଥିଲା। ତାପରେ ଫେରିଗଲା।

ଏବେ ନାତୁଣୀର ବାହାଘର ଖବର ପାଇ ମନ ଟିକେ ଭଲଲାଗିଲା। ବନ୍ଧୁ ରାକେଶ୍ ପଟେଲ୍‌ଙ୍କର ବହୁତ ବଡ କପଡା ଦୋକାନ। ତାଙ୍କୁ ଏ ଖୁସି ଖବର ଦେବାମାତ୍ରେ ସିଏ କହିଲେ, "ଆନନ୍ଦ ସାହେବ, ନାତୁଣୀଙ୍କ ବାହାଘର ପାଇଁ ଯାହାଯାହା ଦରକାର, ସବୁ ମୋ ପାଖରୁ ନେବେ। ଶାନ୍ତି ବେଟୀକୁ କହିଦେବେ, ଯାହା ଯାହା ଡିଜାଇନ୍ ଦରକାର, ମୋତେ କହିଲେ, ମୁଁ ସବୁ ଯୋଗାଡ କରିଦେବି। ଯାହାହେଲେ, ମନି ବି ତ ମୋର ନାତୁଣୀ ନା।" ରାକେଶ୍‌ଙ୍କର ଏ କଥାରେ ଅନେକ ଖୁସି ହେଲେ ଶ୍ରଦ୍ଧାନନ୍ଦ ବାବୁ। ଗପଶପ କରିବାକୁ ପାଟି ଖଲଖଲ ହେଉଥିଲା। ଇଚ୍ଛା ହେଉଥିଲା ଅନେକ କିଛି କହିପକାନ୍ତେ। କହିଲେ, "ମନି ପି.ଏଚ୍.ଡି. କରୁଛି। ଆଉ ବର୍ଷେ ଖଣ୍ଡେ ଲାଗିବ। ସେଇଠି ସିଏ ତା' ବୟଫ୍ରେଣ୍ଡ୍‌କୁ ଭେଟିଥିଲା।"

ରାକେଶ୍ ପଟେଲ୍ କହିଲେ, "ବହୁତ ଭଲ କଥା ଆନନ୍ଦ ବାବୁ। ଆପଣ ମନି

ବେଟୀର ବାହାଘର ପାଇଁ ଗଲେ ଆମେରିକାରେ ଟିକେ ଅଧିକ ଦିନ ରହିଯିବେ। ବୟସ ବେଳେ ଅନେକ ଖଟିଲେ। ଏବେ ଟିକେ କାମରୁ ବିଶ୍ରାମ ନିଅନ୍ତୁ ଓ ମନଖୁସି କରନ୍ତୁ।"

ଆଉ ଜଣେ ବନ୍ଧୁଙ୍କ ସହିତ ଏ ଖୁସି ଖବର ବାଣ୍ଟିଲା ବେଳେ ସିଏ କହିଲେ, "ଆନନ୍ଦ ସାହେବ, ମୋ ଶାଳକଙ୍କର ଗହଣା ଦୋକାନ। ନୂଆ, ପୁରୁଣା ସବୁ ଡିଜାଇନ୍‌ର ଗହଣା ସିଏ ରଖନ୍ତି। ଆପଣଙ୍କ ନାତୁଣୀର ଯଦି କିଛି ସ୍ୱତନ୍ତ୍ର ଡିଜାଇନ୍‌ର ଗହଣା ପାଇଁ ଇଚ୍ଛା ଥାଏ ତ ମୋତେ ଜଣେଇବେ।"

ଏମିତି ସବୁ ସାଙ୍ଗମାନେ ସବୁ ପ୍ରକାରର ସାହାଯ୍ୟ କରିବାକୁ ଆଗ୍ରହ ଦେଖେଇଲେ। ସେମାନଙ୍କ କଥା ସବୁ ଶୁଣି ଶ୍ରଦ୍ଧାନନ୍ଦ ବାବୁ ଅନେକ ଖୁସି ହେଉଥାଆନ୍ତି। ଶାନ୍ତିକୁ ଫୋନ୍ କରି କହିଲେ। ଶାନ୍ତି କହିଲା, "ବାପା, ମନି ଓ ମୁଁ ଡିସେମ୍ବର ମାସରେ ଦିଲ୍ଲୀ ଆସିବୁ। ସେଇଠି ମନି ନିଜେ ସବୁ ଦୋକାନରେ ଜିନିଷ ପରଖି ଯାହା ଇଚ୍ଛା ହେବ, ବରାଦ କରିବ।"

ସେଇଆ ହିଁ ହେଲା। ବୋହୂ ବାଙ୍ଗାଲୋର୍‌ରୁ ଆସିଲା। ନଣନ୍ଦ, ଭାଉଜ ଦୁହେଁ ମନିକୁ ଧରି ବିଭିନ୍ନ ଦୋକାନ ସବୁ ବୁଲିଲେ। ମନି ପାଇଁ ଶାଢୀ, ଗହଣା, ମନିର ସାଙ୍ଗ ମାନଙ୍କ ପାଇଁ, ବ୍ରାଣ୍ଡନ୍ ଓ ତାର ସାଙ୍ଗମାନଙ୍କ ପାଇଁ ଏକା ରଙ୍ଗର ପୋଷାକପତ୍ର ଏମିତି କରି ସବୁ ପ୍ରକାରର କିଣାକିଣି ହେଲା ଓ ଯାହା ନ ହୋଇପାରିଲା, ବରାଦ ଦିଆଗଲା। ଶ୍ରଦ୍ଧାନନ୍ଦ ବାବୁ ମଧ୍ୟ କେତେକ ଦୋକାନ ଯାଇଥିଲେ। ତାଙ୍କ ଗୋଡ ତଳେ ଲାଗୁନଥାଏ। କମଳା ବେଳେବେଳେ ଚେତାବନୀ ଦେଉଥାଆନ୍ତି, "ବୁଲାବୁଲି କରି ତମେ ଔଷଧ ଠିକ୍ ସମୟରେ ଖାଇପାରୁନ। ଶାନ୍ତି ଓ ବୋହୂ ତ ଯାଉଛନ୍ତି, ତମେ କଣ ନଗଲେ ହେବନି ?"

ଶ୍ରଦ୍ଧାନନ୍ଦ କୁହନ୍ତି, "ହେଲେ ସେମାନେ ତ ଏ ସହରରେ ଯାହାହେଲେ ବି ଅତିଥି ନା। ବଜାର ଦର ତାଙ୍କୁ କଣ ଜଣା ? କୋଉଠି ଠକି ଯିବେ।"

କମଳା ତାଗିଦ୍ କରନ୍ତି, "ଶାନ୍ତି ତ ସବୁବେଳେ ଦିଲ୍ଲୀ ଆସୁଛି। ସବୁ ଦୋକାନବଜାର ତାକୁ ଜଣା। ଆଉ ବୋହୂ ବି ସେମିତି। ତମେ ଆଉ କୁଆଡେ ଯାଅନି। ଔଷଧପତ୍ର ଠିକ୍ ସମୟରେ ନନେଲେ ତମ ରକ୍ତଚାପ, ଡାଇବେଟିସ୍ ଅନିୟନ୍ତ୍ରିତ ହୋଇଯିବ।"

ଶାନ୍ତି ବି ସେଇକଥା କହିଲା। "ବାପା, ମା' ଠିକ୍ କହୁଛନ୍ତି। ତମେ ଏତେ ବୁଲାବୁଲି କଲେ ତମ ଔଷଧ ନିୟମିତ ଭାବେ ନେବା ଗଣ୍ଡଗୋଳ ହୋଇଯିବ।"

ସତକୁ ସତ ଶ୍ରଦ୍ଧାନନ୍ଦ ବାବୁଙ୍କ ଦେହ କାହିଁକି ଖରାପ ହୋଇଗଲା। ରକ୍ତଚାପ ବଢିଗଲା କି କଣ, ଦିନେ ସିଏ ପାହାଚରେ ଉପର ମହଲାରୁ ତଳ ମହଲାକୁ ଆସୁଆସୁ ମୁଣ୍ଡ ଚକର୍ ଦେଲା ଓ ସିଏ ତଳେ ପଡିଗଲେ। ଭାଗ୍ୟକୁ ନାତି ଘରେ ଥିଲା। ତାଙ୍କୁ ସମ୍ଭାଳିନେଲା। ତଥାପି ଯେତିକି ମାଡ ହେଲା, ସେଥିରେ ସିଏ ଘରେ ପଡିରହିଲେ। ଆଉ ଚଲାବୁଲା କରିପାରିଲେ ନାହିଁ। ଡାକ୍ତର ଘରକୁ ଆସି ତାଙ୍କୁ ନିୟମିତ ନିଜପ୍ରତି ଯତ୍ନଶୀଳ ରହିବାକୁ ପରାମର୍ଶ ଦେଲେ।

ମନି କହିଲା, "ଅଜା, ତମକୁ ସୁସ୍ଥ ହୋଇ ରହିବାକୁ ପଡିବ। କାହିଁକି ନା, ମୋ ବାହାଘରରେ ମୁଁ ତମର ଉପସ୍ଥିତି ଚାହେଁ। ରିସେପ୍‌ସନ୍‌ରେ ତମ ସହିତ ମୋର ଗୋଟିଏ ନାଚ ନମ୍ବର ରହିବ। କୋଉ ଗୀତ ତମେ ପସନ୍ଦ କରିବ, ଏବେଠାରୁ ଚିନ୍ତା କର।"

ଶ୍ରଦ୍ଧାନନ୍ଦ ମନିକୁ ଟିକେ ଗେହ୍ଲା କରି କହିଲେ, "ତୁ କଣ ଭାବୁଛୁ, ତୋ ଅଜା ସେକଥା ଚିନ୍ତା କରୁନାହାନ୍ତି। ତୋ ବାହାଘର ନ ଦେଖି କଣ ମୁଁ ଶରୀର ତ୍ୟାଗ କରିପାରିବି ?"

ଶାନ୍ତିର ଆଖି ଛଳଛଳ ହୋଇଉଠିଲା। ବୋହୂର ଆଖି ବି ଜକେଇ ଆସିଲା। ଶ୍ରଦ୍ଧାନନ୍ଦ ବାବୁ ଯେ ମସ୍ତବଡ ଭୁଲ୍ କଥାଟିଏ କହିଦେଲେ, ସିଏ ବୁଝିବାବେଳକୁ ଟିକେ ଡେରି ହୋଇଯାଇଥିଲା।

ଯେଉଁ ଘରେ ବୋହୂ ବିଧବା, ଝିଅ ବିଧବା, ସେ ଘରେ ଆଉ ଗୋଟିଏ ପୁରୁଷର ଅନୁପସ୍ଥିତି କଳ୍ପନା କରିବା ଯେ କେତେ ଦୁଃଖଦାୟକ, ସେ କଥା ଶ୍ରଦ୍ଧାନନ୍ଦ ବାବୁ ଏବେ ବୁଝିପାରିଲେ। ଭଗବାନଙ୍କୁ ମନେମନେ ଡାକିଲେ, "ପ୍ରଭୁ, ଅନ୍ତତଃ ମୋ ନାତି, ନାତୁଣୀ ମାନେ ନିଜଗୋଡରେ ନିଜେ ଠିଆହେବା ପର୍ଯ୍ୟନ୍ତ ମତେ ଟିକେ ଦୃଢ କରି ରଖ। ସେମାନଙ୍କ ପାଇଁ କିଛି କରିପାରିବାର କ୍ଷମତା ଦିଅ।"

ଦିନ କେମିତି ଚାଲିଗଲା, ଜଣାପଡିଲାନି। ଜୁଲାଇ ଚାରି ତାରିଖରେ ମନିର ବିବାହ। ରଜ ପରେପରେ ଜୁନ୍ ୨୩ ତାରିଖରେ ବାହାରି ୨୩ ତାରିଖରେ ଆମେରିକାରେ ପହଞ୍ଚିବାକୁ ଟିକେଟ୍ କରାଗଲା। ବୋହୂ ଓ ନାତିଙ୍କର ଭିସା ଯୋଗାଡ ହୋଇଗଲା। ତାଙ୍କ ଭଣଜା, ସାନଭଉଣୀର ପୁଅ ଛୋଟୁକୁ ମଧ୍ୟ ଭିସା ମିଳିଗଲା। ସେମାନେ ସମସ୍ତେ ସାଙ୍ଗ ହୋଇ ଯିବାର ବ୍ୟବସ୍ଥା ହେଲା। ମନି ବାରମ୍ବାର କହୁଥିଲା, "ଅଜା, ତମେ ଟିକେ ସିନା ଆଗରୁ ଆସିଲେ, ଆମେ ନାଚ ଅଭ୍ୟାସ କରିବାର ସୁଯୋଗ ପାଇବା ?" ସେଥିପାଇଁ ଶ୍ରଦ୍ଧାନନ୍ଦ ବାବୁ ଅତି ଖୁସି ଥାଆନ୍ତି। ଯିବା ପୂର୍ବଦିନ କେତେସବୁ ସାଙ୍ଗସାଥୀ ଓ ବନ୍ଧୁବାନ୍ଧବଙ୍କୁ ଫୋନ୍ କରି କହିଗଲେ, "କାଲି ଆମେ

ଦିଲ୍ଲୀ ଛାଡୁଛୁ। ମନିର ବାହାଘର ଜୁଲାଇ ୪ ତାରିଖରେ। ତାପରେ ଶାନ୍ତି ପାଖରେ ତିନି-ଚାରି ମାସ ରହି ଫେରିବୁ।"

କିଛି ବନ୍ଧୁ ପରାମର୍ଶ ଦେଉଥାଆନ୍ତି, "ସବୁ ଔଷଧପତ୍ର ଧରିକରି ଯିବେ। ନହେଲେ ସେ ଦେଶରେ କୁଆଡେ ଔଷଧ ସବୁ ବେଶି ଦର।"

"ସେକଥା କଣ କମଳା କେବେ ଭୁଲିବେ? ସିଏ ପରା ସବୁ ଔଷଧ ନିଜ ପର୍ସ ଭିତରେ, ହ୍ୟାଣ୍ଡବ୍ୟାଗ୍‌ରେ ଭର୍ତ୍ତି କରି ରଖିଲେଣି।"

ତାଙ୍କର ଜଣେ ଜୁନିୟର୍ ଫୋନ୍ କରି ଶୁଭକାମନା ଜଣେଇଲେ, "ଆପଣଙ୍କ ଯାତ୍ରା ସଫଳ ହେଉ ସାର୍। ହୁଏତ ବେଳେବେଳେ କାମରେ କିଛି ସମସ୍ୟା ହେଲେ ଆପଣଙ୍କ ପରାମର୍ଶ ପାଇଁ ଆପଣଙ୍କୁ ଡାକି ବିରକ୍ତ କରିପାରେ।"

ହସିହସି ଶ୍ରଦ୍ଧାନନ୍ଦ କହିଲେ, "ବାହାଘର ସରିଲେ ମୋର କାମ କଣକି? ମୁଁ କେବଳ ଝିଅ ପାଖରେ ହିଁ ତ ରହିବି। ଆଉ ବୁଲାବୁଲି କରିବାକୁ ମନ ନାହିଁ। ତମେ ଆରାମରେ ଡାକିପାରିବ। ମୋ ହ୍ୱାଟ୍‌ସ୍‌ଆପ୍ ନମ୍ବର ତ ତମ ପାଖରେ ଅଛି। ସେଇଥିରେ ଡାକିବ। ନହେଲେ ଶାନ୍ତିର ଘର ଫୋନ୍‌କୁ ବି ଡାକିପାରିବ।"

ଏମିତି କହି ଶାନ୍ତିର ଘର ଫୋନ୍ ନମ୍ବର୍ ବି ତାଙ୍କୁ ଦେଲେ।

ଏୟାର୍ ଇଣ୍ଡିଆର ଫ୍ଲାଇଟ୍‌ରେ ସିଧା ଯାଇ ଦିଲ୍ଲୀରୁ ୱାସିଂଟନ୍ ଡିସିରେ ପହଞ୍ଚିଗଲେ। ମଝିରେ କେଉଁଠି ରହିବାର ନାହିଁ। ଫ୍ଲାଇଟ୍ ଭିତରେ ଏତେ ସମୟ ବସି ରହିବାରେ ଅନେକ ଅସୁବିଧା ହେଉଥିଲା। ଗୋଡ ଦିଇଟା ଫୁଲି ଆସିଥିଲା। ତଥାପି ସେସବୁ ନଭାବି ସିଏ ବହି ପଢିପଢି, ପତ୍ନୀ, ବୋହୂ, ପୁତୁରା ଓ ନାତିଙ୍କ ସହିତ ଗପ କରିକରି ସମୟ ବିତାଇବାକୁ ବଦ୍ଧ ପରିକର ଥିଲେ। ସାନ ନାତୁଣୀ ବନି ଯାଇ ଏୟାର୍‌ପୋର୍ଟରୁ ନେଇ ଆସିଲା। ଭଲରେ ଭଲରେ ସମସ୍ତେ ଆସି ଶାନ୍ତିର ଘରେ ପହଞ୍ଚିଲେ।

ଶାନ୍ତି ସକାଳ ଖାଇବା ପାଇଁ ସବୁ ପ୍ରସ୍ତୁତ କରି ରଖିଥିଲା। ସମସ୍ତେ ଖାଇପିଇ ଶୋଇପଡିଲେ।

ଖରାବେଳେ ଉଠିବାପରେ ମନି ଫୋନ୍ କରିଥିଲା। କହିଲା, "ଅଜା, ତମେ ଟିକେ ଦି-ତିନି ଦିନ ବିଶ୍ରାମ କର। ତମ ଜେଟ୍‌ଲାଗ୍ ଛାଡିଯାଉ। ମୁଁ ଜୁନ୍ ୨୮ ତାରିଖରେ ପହଞ୍ଚିବି। ତାପରେ ନାଚ ଅଭ୍ୟାସ କରିବା।"

ଏମିତି ବଡ ହସଖୁସିରେ ତିନିଦିନ ବିତିଗଲା। ଆଜି ଜୁନ୍ ୨୮ ତାରିଖ। ମନି ଘରକୁ ଆସିବ। ସକାଳୁ କାହିଁକି କେଜାଣି ଦେହଟା ଭଲ ଲାଗୁନଥିଲା। ଶାନ୍ତି ଚାହା ବସେଇ ଆସି ପଚାରିଲା, "ବାପା, ତମ ଜେଟ୍‌ଲାଗ୍ ଏପର୍ଯ୍ୟନ୍ତ ଯାଇନିନା କଣ? ତମେ ତ ସବୁବେଳେ ସକାଳେ ଉଠିଯାଅ। ଆଜି ଉଠିନ ଯେ?"

କମଳା ସେତେବେଳକୁ ଉଠି ସାରି ଗାଧୁଆପାଧୁଆ ସାରି ଠାକୁରଘରେ ପୂଜା କରୁଥିଲେ। ଆସି ଶ୍ରଦ୍ଧାନନ୍ଦ ବାବୁଙ୍କୁ ଟିକେ ହଲେଇ ଦେଇ କହିଲେ, "ତମେ କଣ ଉଠିନ ଏତେବେଳ ଯାଏ ?"

ତାପରେ ଚମକିପଡି କହିଲେ, "ମା ଶାନ୍ତି, ତୋ ବାପାଙ୍କ ଦେହରେ ତାତି ଅଛି।"

ଶାନ୍ତି ଯାଇ ଛୁଇଁକରି ଦେଖେତ, ସତକୁ ସତ ବାପାଙ୍କ ଦେହରେ ବହୁତ ତାତି। ଘରେ କେତେ ରକମର ଜ୍ୱର ଔଷଧ ଥିଲା। ମା'ଙ୍କୁ ପଚାରିଲା, "ବାପାଙ୍କୁ ଜ୍ୱର ଔଷଧ ଦେବିକି ?"

କମଳା କହିଲେ, "ଟିକେ ଡାକ୍ତରବାବୁଙ୍କୁ ଫୋନ୍ କରି ପଚାରେ। ସିଏ ଯାହା କହିବେ।"

କମଳା ଦିଲ୍ଲୀରେ ଥିବା ସେମାନଙ୍କର ଫ୍ୟାମିଲି ଡାକ୍ତରଙ୍କୁ ଫୋନ୍ କରି ପଚାରିଲେ। ସିଏ ପରାମର୍ଶ ଦେଲେ, ଆଇବୁପ୍ରୋଫିନ୍ ଦେବାକୁ। ଶାନ୍ତି ବି ପ୍ରକାଶଙ୍କର ଜଣେ ସାଙ୍ଗ ଡାକ୍ତରଙ୍କୁ ଫୋନ୍ କରି ବୁଝିନେଲା। ସିଏ କହିଲେ, "ଆପଣ ଏବେ ଜ୍ୱର ଔଷଧ ଦେଇଥାନ୍ତୁ। ଯଦି କିଛି ଅସୁବିଧା ହୁଏ, ମତେ ଡାକିବେ। ଟ୍ରାଭ୍‌ଲ୍ ପରେପରେ ଏମିତି ଅନେକଙ୍କର ଦେହ ପ୍ରାୟତଃ ଖରାପ ହୁଏ। ବିଶ୍ରାମ କଲେ ଭଲ ହେଇଯିବ। ତାପରେ ବୟସ ବି ତ ହେଲାଣି। ସେଥିପାଇଁ ହୁଏତ ଏ ଯାତ୍ରା ପରେପରେ ସିଏ ଅଧିକ ଥକ୍କା ଅନୁଭବ କରୁଛନ୍ତି।"

ସେଦିନ ସେମିତି ଗଲା। ମନି ଆସି ଅପରାହ୍ଣରେ ପହଞ୍ଚିଲା। ମଝିରେ ଔଷଧ ଖାଇବାପରେ ଶ୍ରଦ୍ଧାନନ୍ଦ ବାବୁଙ୍କର ଦେହ ଟିକେ ଭଲ ଥିଲା। ମନି ସହିତ ବହୁତ ଥଟ୍ଟାତାମସା ହେଲେ। ମନି ଫୋନ୍‌ରେ ବ୍ରାଣ୍ଡନ୍ ସହିତ କଥୋପକୋଥନ କରାଇଦେଲା। ସେମାନଙ୍କର ନାଚର ୩୦ ସେକେଣ୍ଡ୍ ପ୍ରାକ୍‌ଟିସ୍ ମଧ୍ୟ ହୋଇଗଲା। ସବୁ ଭଲ ଚାଲିଥିଲା। ହେଲେ ତା' ପରଦିନ ସକାଳେ ଜ୍ୱର ପୁଣି ବଢିଲା। ଶାନ୍ତି ଡରିଗଲା। ତାଙ୍କୁ ନେଇ ସବର୍‌ବାନ୍ ହସ୍‌ପିଟାଲ୍‌ରେ ଭର୍ତ୍ତି କରିଦେଲା।

ଜୁନ୍ ୩୦ ତାରିଖ ସକାଳ। ଶ୍ରଦ୍ଧାନନ୍ଦ ବାବୁ ଆଖି ଖୋଲିଲା ବେଳକୁ ରାତି ସଂପୂର୍ଣ୍ଣଭାବେ ପାହିନଥିଲା। ଶାନ୍ତି ହସ୍‌ପିଟାଲ୍ ରୁମ୍‌ର ଝରକା ପାର୍ଶ୍ୱରେ ପଡିଥିବା ବେଞ୍ଚ୍ ଉପରେ ଆଖିବୁଜି ଶୋଇ ପଡିଥିଲା। କମଳା ବେଞ୍ଚ୍‌ର ଆଉ ଗୋଟିଏ ପାର୍ଶ୍ୱରେ ବସି ରହିଥିଲେ। ତାଙ୍କ ଆଖି ଶ୍ରଦ୍ଧାନନ୍ଦ ବାବୁଙ୍କୁ ଜଗି ରହିଥିଲା। ସିଏ ପାଖକୁ ଆସିଲେ। ଶ୍ରଦ୍ଧାନନ୍ଦ ବାବୁ ତାଙ୍କ ହାତକୁ ଜାବୁଡି ଧରିଲେ। ଅନେକ କିଛି କହିବାକୁ ଚାହୁଁଥିଲେ, ହେଲେ ପାଟିରୁ କାହିଁକି କିଛି ଶବ୍ଦ ବାହାରିଲାନି। ଆଖିରୁ ଖାଲି ଲୁହ ବହିବାକୁ

ଲାଗିଲା। କମଳା ଶାନ୍ତିକୁ ଡାକ ପକେଇଲେ। ଶାନ୍ତି ହଠାତ୍ ନିଦରୁ ଉଠି ବାପାଙ୍କ ପାଖକୁ ଆସି ହାତ ମାରି ଦେଖିଲା। ଦେହରେ ତ ଆଉ ଜ୍ୱର ନାହିଁ। ଭଲ ଲାଗୁଛନ୍ତି। ଶାନ୍ତି ପଚାରିଲା, "ବାପା, ଭଲ ଲାଗୁଛି ତ?"

ଶ୍ରଦ୍ଧାନନ୍ଦ ବାବୁ ମୁଣ୍ଡ ହଲେଇ "ହଁ" କହିଲେ। ପାଟିରୁ କିଛି ଶବ୍ଦ ବାହାରିଲାନି। ଶାନ୍ତି ଡରିକରି ଡାକ୍ତରଙ୍କୁ ଫୋନ୍ ଲଗେଇଲା। ଡାକ୍ତର ପହଞ୍ଚିବା ବେଳକୁ ସବୁ କିଛି ସରି ଯାଇଥିଲା। ଶ୍ରଦ୍ଧାନନ୍ଦ ବାବୁ ଗୋଟିଏ ହାତରେ ଶାନ୍ତିକୁ ଧରିଥିଲେ, ଆଉ ଗୋଟିଏ ହାତରେ କମଳାଙ୍କୁ।

ଏ କେମିତି ଅଭିଶପ୍ତ ଜୀବନ କେଜାଣି? ଶାନ୍ତିର ମୁଣ୍ଡ ଘୂରି ଯାଉଥିଲା। କଣ ହେବ, କଣ ନହେବ, ବାପାଙ୍କ ଦେହାନ୍ତ, ମା'ଙ୍କୁ ସମ୍ଭାଳିବା, ମନିର ବାହାଘର, ଆଉ ପ୍ରକାଶଙ୍କର ଅଭାବ, ସବୁ ଭିତରେ ଘାଣ୍ଟି ହୋଇ ପଡିଥିଲା ଶାନ୍ତି। ଭାଉଜ ସମ୍ଭାଳିନେଲେ ମା'ଙ୍କୁ। ଯଦିଓ ସିଏ ନିଜେ ଅସମ୍ଭାଳ ଥିଲେ, ତେବେ ଏ ଅବସ୍ଥାରେ ନିଜର ଦୁଃଖକୁ ଅନୁଭବ କରିବାପାଇଁ ବି ସମୟ ନାହିଁ। ମନିର ବାହାଘର କଣ ସ୍ଥଗିତ ହୋଇଯିବ? ସେତେବେଳକୁ ସମସ୍ତ ବନ୍ଧୁବାନ୍ଧବ ଅନ୍ୟ ରାଜ୍ୟମାନଙ୍କରୁ ଯାତ୍ରା ଆରମ୍ଭ କରିସାରିଲେଣି। ଜୁଲାଇ ୪ ତାରିଖ ଆମେରିକାର ସ୍ୱାଧୀନତା ଦିବସ। ସେଇ ଅବସରରେ ପ୍ରାୟତଃ ସମସ୍ତେ ଅଧିକ ଦିନ ଛୁଟି ନେଇ ବୁଲି ବାହାରନ୍ତି। ଏଣୁ ଅନେକ ପ୍ରାୟ ମନି ବାହାଘର ସହିତ ୱାସିଂଟନ୍ ଡିସି ବୁଲାବୁଲିର ପ୍ରୋଗ୍ରାମ୍ କରି ତିନି-ଚାରି ଦିନ ପୂର୍ବରୁ ଜୁନ୍ ୨୮ ତାରିଖରୁ ଆସି ଯାଇଛନ୍ତି। ଆଉ ଦୁଇ ଦିନ ପରେ ସଂଗୀତ ଓ ମଙ୍ଗନ। ଦୁଇ ଦିଅର ଓ ଦୁଇ ଯା' ଆସି ସକାଳେ ପହଞ୍ଚିଲେ। ବ୍ରାଣ୍ଡନ୍‌ର ପିତାମାତାଙ୍କ ସହିତ ବି ପରାମର୍ଶ କରାଗଲା। ସମସ୍ତେ ସେଇ ଗୋଟିଏ ମତ ଦେଲେ। ବାହାଘର ହୋଇଯାଉ। ବର୍ଷକ ଆଗରୁ ସବୁ ବ୍ୟବସ୍ଥା ହୋଇଛି। ହଜାରହଜାର ଡଲାର୍‌ର କଣ୍ଟ୍ରାକ୍ଟ ସବୁ। ହୋଟେଲ୍, ଖାଇବା, ସାଜସଜା, ଡିଜେ, ବ୍ରାହ୍ମଣ, ଫଟୋଗ୍ରାଫର୍, ଭିଡିଓଗ୍ରାଫର୍ ସେସବୁକୁ ହଠାତ୍ ତ ସ୍ଥଗିତ କରି ହେବନି। ସ୍ଥଗିତ କରି ବି ଲାଭ କଣ? ଶ୍ରଦ୍ଧାନନ୍ଦ ବାବୁ ତ ଆଉ ଫେରି ଆସିବେନି? ପଣ୍ଡିତ ମହାଶୟ ବି ସେଇ ଏକା ପରାମର୍ଶ ଦେଲେ, "ଆପଣଙ୍କ ଗୋତ୍ର ତ ଅଲଗା। ତେଣୁ ଅଶୁଦ୍ଧ ସମୟ ପଦ୍ଧତି ଏ ସ୍ଥଳରେ ଲାଗିବନି। ଆପଣଙ୍କ ମା', ଭାଉଜ ଓ ପରିବାରକୁ ଲାଗୁ ହେବ। ହେଲେ ଆପଣଙ୍କୁ ନୁହେଁ। ତେଣୁ ବାହାଘର ହେବାରେ କିଛି ପ୍ରତିବନ୍ଧକ ନାହିଁ।"

ଜୁଲାଇ ଦୁଇ ତାରିଖ ଅପରାହ୍ନରେ ଫ୍ୟୁନରାଲ୍ ହୋମ୍‌ରେ ଶ୍ରଦ୍ଧାନନ୍ଦଙ୍କର ମରଶରୀରର ସଂସ୍କାର କରାଗଲା। ସମସ୍ତେ ଘରକୁ ଫେରିଲେ। ତାଙ୍କ ନାତି ତାଙ୍କର ଶେଷ କର୍ମ କଲା। ଗୋଟିଏ ଇତିହାସ ସେଇଠି ସରିଗଲା। ଆଉ ଗୋଟିଏ କାହାଣୀ ତା' ପରଠାରୁ ଲେଖାହେଲା। ମା' ଓ ଭାଉଜ ଘରେ ରହିବାର ବ୍ୟବସ୍ଥା ହେଲା। ଏମିତି ସମୟରେ ସେମାନେ ବାହାଘର ଭଳି କାର୍ଯ୍ୟକ୍ରମରେ ଯାଇ ସାମିଲ୍ ହେବାର ମାନସିକତା ହରାଇ ବସିଥିଲେ। ସେମିତି ମାନସିକତା ବି ଶାନ୍ତିର ନଥିଲା। ହେଲେ ସିଏ ତ ମୁଖ୍ୟ କର୍ତ୍ତ୍ରୀ। ସିଏ ଆଉ କଣ ନିଜ ମନ ଇଚ୍ଛା କିଛି କରିପାରିବ ? ଦୁଇ ଦିଅର ଓ ଯାଆମାନେ ପାଳି କରି ଭଲମନ୍ଦ ସବୁ ବୁଝିବାକୁ ପ୍ରସ୍ତୁତ ହୋଇଗଲେ।

ଜୁଲାଇ ତିନି ତାରିଖ ସକାଳେ ଘରେ ମଙ୍ଗଳପାଗ କରାଗଲା। ତାପରେ ଅପରାହ୍ନରେ ସମସ୍ତେ ହୋଟେଲ୍ ହିଲ୍‌ଟନ୍‌କୁ ଗଲେ। ସେଇଠି ହେଲା ସଙ୍ଗୀତ ଓ ନୃତ୍ୟ କାର୍ଯ୍ୟକ୍ରମ। ତା ପରଦିନ ବାହାଘର। ସକାଳ ୧୦ଟାରେ ବରାଗମନ, ତାପରେ ବାହାଘର, ତାପରେ ମଧ୍ୟାହ୍ନଭୋଜନ ସବୁ ଯେମିତି ହେବାର ଥିଲା ସେମିତି ହେଲା। ସଂଧ୍ୟାରେ ରିସେପ୍‌ସନ୍ ବି ସେମିତି ରହିଲା। ସମସ୍ତେ ଏ ଦୁର୍ଘଟଣା ବିଷୟରେ ଜାଣିଥିଲେ। ହେଲେ ସମସ୍ତେ ଯେମିତି ସାଧାରଣ ରହିବାର ଅଭିନୟ କରି ଚାଲିଥିଲେ। ଠିକ୍ ଯେମିତି ଶାନ୍ତି ଅଭିନୟ କରୁଥିଲା। ଝିଅ ବାହାଘରରେ ଖୁସି ହେବାର, ସମସ୍ତଙ୍କ ପ୍ରତି ଯଥାଯଥ ବ୍ୟବହାର କରିବାର, ପାରିବାରିକ ଫଟୋ ନେବାବେଳେ ସ୍ମିତହାସ ରଖିବାର ସମସ୍ତ ଅଭିନୟ ନିଖୁଣ ରହିଥିଲା। କେହିବି ଆଉ ତା' ବାପାଙ୍କ ପ୍ରସଙ୍ଗ ଉଠାଉନଥିଲେ। ହେଲେ ଗୋଟିଏ ଥର ଉଠିଥିଲା, ଉଠେଇଥିଲା ମନି। ରିସେପ୍‌ସନ୍‌ରେ ତା' ଅଭିଭାଷଣରେ କହିଲା, "ମୋ ଅଜାଙ୍କ ସାଥୀରେ ଆଜି ମୋର ନାଚ କରିବାର ଥିଲା। ଆମେ ଗୀତ ବାଛିଥିଲୁ, ପ୍ରାକ୍‌ଟିସ୍ ବି ଆରମ୍ଭ କରିଥିଲୁ। ମୋ ଅଜା ଦିଲ୍ଲୀରୁ ଆସିଥିଲେ ମୋ ବାହାଘରରେ ଯୋଗ ଦେବାପାଇଁ, ମୋ ସହିତ ନାଚିବା ପାଇଁ। ହେଲେ ଭଗବାନ ତାଙ୍କୁ ଆମ ସମସ୍ତଙ୍କ ଠାରୁ ଛଡେଇନେଲେ। ଏବେ ମୁଁ ମୋ ଛୋଟୁ ମାମୁଙ୍କ ସହିତ ସେଇ ନାଚ ନାଚିବି। ହୁଏତ ସ୍ୱର୍ଗରେ ଥାଇ ଅଜା ମୋର ଏ ନାଚ ଦେଖୁଥିବେ ଓ ନିଶ୍ଚୟ ଖୁସି ହେଉଥିବେ।"

ଶାନ୍ତିର ପିଉସୀଙ୍କ ପୁଅ ହେଲା ସେ ଛୋଟୁ। ବାହାଘରରେ ମାମୁର ସମସ୍ତ ଭୂମିକା ସିଏ ହିଁ ସଂପନ୍ନ କରିଥିଲା। ଶାନ୍ତି ସେମିତି ନିସ୍ତବ୍‌ଧ ହୋଇ ବସି ରହିଥିଲା। ମନି ନାଚୁଥିଲା ଛୋଟୁ ସହିତ, ସେଇ ଗୀତରେ, ଯେଉଁ ଗୀତ ସିଏ ତା' ଅଜାଙ୍କ ସହିତ ନାଚିବାକୁ ସ୍ଥିର କରିଥିଲା। ସେଇ ଛୋଟୁ ମଧ୍ୟରେ ସତେ ଯେମିତି ଶ୍ରଦ୍ଧାନନ୍ଦ ବାବୁଙ୍କ ମୁହଁ ଦିଶି ଯାଉଥିଲା।

■

ରାସ୍ତା ଓ ସହଯାତ୍ରୀ

ନଭେମ୍ବର ୯ ତାରିଖ। ରାତି ସାଢେ ସାତଟା। ବାହାରେ ଅନ୍ଧାର। ନଭେମ୍ବର ୩ ତାରିଖରୁ ସମୟ ଗୋଟିଏ ଘଣ୍ଟା ପଛେଇ ଗଲା। ତେଣୁ ଶୀଘ୍ରଶୀଘ୍ର ରାତି ଓ ଅନ୍ଧାର ହୋଇଯାଉଛି। ଏତେ ଅନ୍ଧାର ଭିତରେ ଛୋଟ ଛୋଟ ରାସ୍ତା ମାନଙ୍କର ନାମ ଠିକ୍ ଭାବେ ଦିଶୁନଥାଏ। ତେବେ ସୁରଭିର ଆତ୍ମବିଶ୍ୱାସ ଥାଏ ଯେ ଯେଉଁ ରାସ୍ତାର ବିବରଣୀ ସିଏ ସବୁ ଟିପି ରଖିଛି, ସେସବୁକୁ ଅନୁସରଣ କଲେ ସେମାନେ ବାପୁର ଘର ଠିକଣାରେ ପହଞ୍ଚିଯିବେ। ହେଲେ ରୁଟ୍ ୭୮୭ରେ ଏତେ ବାଟ ଅନ୍ଧାରରେ ଆସିବା ପରେ ବି ୟୁ.ଏସ୍-୯ ନମ୍ବର ରାସ୍ତା ନ ଆସିବାରୁ ସୁମନ୍ତଙ୍କ ରାଗ ବଢିଗଲା। ସିଏ ଭାବିଲେ ଯେ ସେମାନେ ଭୁଲ୍ ରାସ୍ତାରେ ଯାଉଛନ୍ତି। ହଠାତ୍ ଗୋଟିଏ ପାର୍ଶ୍ୱରାସ୍ତାରେ ଗାଡି ରଖି ସିଏ ପୁଣି ତାଙ୍କ ମୋବାଇଲ୍ ଫୋନ୍‌ରେ ଦିଶା ନିରୂପଣ କରିବାରେ ଲାଗିଲେ। ସୁରଭିକୁ କହିଲେ, "ଏବେ ଏ ମୋବାଇଲ୍‌ରେ ଚେକ୍ କର। ସେ କାଗଜ ଲେଖାକୁ ଛାଡେ।" ହେଲେ ସୁମନ୍ତଙ୍କ ମୋବାଇଲ୍‌ରେ ସୁରଭି କିଛି ଜାଣିପାରେନି। ତାପରେ ସେ ମୋବାଇଲ୍‌ରେ ପୂର୍ବରୁ ସିଏ ଭୁଲ୍ ଠିକଣା ପକେଇଥିଲେ। ସେ ମୋବାଇଲ୍ ବି ବେଳେବେଳେ କିଛି କୁହେନି କି ଠିକ୍ ଭାବେ ରାସ୍ତା ଦେଖାଏନି। ତେଣୁ ସେ ମୋବାଇଲ୍ ଉପରେ ସୁରଭିର ବିଶ୍ୱାସ ନଥିଲା। ବରଂ ବିଶ୍ୱାସ ଥିଲା ତା ଟିପିଥିବା ଠିକଣା ଉପରେ। ତେବେ ଗୋଟିଏ କଥା ଯେ, ସେ ଟିପିଥିବା ରାସ୍ତା ସବୁକୁ ସେମାନଙ୍କୁ ଦେଖିକରି ଯାଞ୍ଚ କରିବାକୁ ପଡିବ, ଯେଉଁଟାକି ଅନ୍ଧାର ରାସ୍ତାରେ କଠିନ ଥିଲା। ସୁରଭି କହିଲା, "ତମେ ବ୍ୟସ୍ତ ହୁଅନି। ମୁଁ ଭାବୁଛି ୟୁ.ଏସ୍.-୯ ନର୍ଥ ଆସିଯିବ।

ସେମିତି ଚିଡିଚିଡା ହୋଇ ସୁମନ୍ତ କହିଲେ, "କିଛି ତ ଦେଖାହେଉନି। ଏପର୍ଯ୍ୟନ୍ତ ତ ସେ ରାସ୍ତା ଆସିନି। କେମିତି ଜାଣିହେବ ? ତତେ କହିଲି ଏ ଫୋନ୍‌ଟାକୁ ଦେଖେ। କୌଣସି କାମକୁ ନୁହେଁ।"

ସୁମନ୍ତ ଏମିତି ଭାବେ ବିରକ୍ତ ହେଲେ ଯେ, ସୁରଭିର ଇଚ୍ଛା ହେଲା, ସିଏ ହୁଏତ ଗାଡିରୁ ଓହ୍ଲେଇ ଅଲଗା ଯାଆନ୍ତା, ନହେଲେ ନିଜେ ଗାଡି ଚଲାନ୍ତା ଓ ଟିପିଥିବା ରାସ୍ତା ଅନୁସରଣ କରି ଠିକଣା ଜାଗାକୁ ଯାଆନ୍ତା। ହେଲେ ସିଏ ତା ଚଶମା ଆଣିବାକୁ ଭୁଲିଯାଇଛି। ଦିନ ହୋଇଥିଲେ ଅଲଗା କଥା। ଏବେ ରାତିରେ ବିନା ଚଶମାରେ ଗାଡି ଚଲେଇବାର ଆତ୍ମବିଶ୍ୱାସ ତାର ନଥିଲା। ଅତଏବ ସୁମନ୍ତଙ୍କର ସମସ୍ତ ବିରକ୍ତି ଓ ତାଚ୍ଛଲ୍ୟକୁ ସହିବାକୁ ପଡିଲା। ତାଙ୍କ ସହିତ ସିଏ ଯେବେ ବି ସାଙ୍ଗ ହୋଇ କେଉଁଠିକୁ ଦୂର ଜାଗାକୁ ଡ୍ରାଇଭିଂ କରି ଯାଏ, ସବୁବେଳେ ତାକୁ ସୁମନ୍ତଙ୍କ ରାଗର ଶିକାର ହେବାକୁ ପଡେ। ସିଏ ପ୍ରତିଜ୍ଞା କରେ, "ଆଉ କେବେ ମୁଁ ତମ ସହିତ ଗାଡିରେ ବସି ଏକଲା ଯିବିନି।" ପିଲାମାନେ କି ଆଉ କେହି ଥିଲେ, ସେମାନେ ରାସ୍ତା ବତେଇବାର ଦାୟିତ୍ୱ ନିଅନ୍ତି। ସୁରଭି ଉପରେ କିଛି ଚାପ ପଡେନି। ହେଲେ ସୁରଭି ସହଯାତ୍ରୀ ଭାବେ ଏକା ରହିଥିଲେ, ସୁମନ୍ତଙ୍କର ସବୁ ରାଗକୁ ତାକୁ ହିଁ ସହିବାକୁ ପଡେ। ଠିକ୍ ଏହି ସମୟରେ ୟୁ.ଏସ୍.-୯ ନର୍ଥ ରାସ୍ତା ଆସୁଛି ବୋଲି ଅଧା ମାଇଲ୍ ଆଗରୁ ରାସ୍ତାରେ ସଙ୍କେତ ଚିହ୍ନ ଦିଶିଲା। ସୁରଭିର ଆତ୍ମବିଶ୍ୱାସ ଆସିଲା। ସିଏ କହିଲା, "ତମେ ଏବେ ମତେ ସେ ମୋବାଇଲ୍ ଚେକ୍ କରିବାକୁ କୁହନି। ଏବେ ଏ ୟୁ.ଏସ୍.-୯ ନର୍ଥରେ ଦକ୍ଷିଣ ଦିଗରେ ଗାଡି ନିଅ। ଦେଢ ମାଇଲ୍ ପରେ ରୁଟ୍-୨୩୬ ଆସିବ। ସେଥିରେ ବି ଆମକୁ ଡାହାଣରେ ଯିବାକୁ ପଡିବ।"

ସୁମନ୍ତ ୟୁ.ଏସ୍.-୯ ନର୍ଥରେ ଡାହାଣକୁ ଗାଡି ଚଲେଇଲେ। ହେଲେ ରାସ୍ତା ସବୁ ସେମିତି ଅନ୍ଧାର ଥାଏ। ରୁଟ୍-୨୩୬ ଦେଖି ହେବ କି ନାହିଁ ସେ ସନ୍ଦେହ ଥାଏ। ସୁମନ୍ତ କହିଲେ, "କିଛି ତ ଦେଖି ହେଉନି। ଆମେ ଯଦି ରୁଟ୍-୨୩୬ ଦେଖି ନପାରିବା ? ଟିକେ ମୋବାଇଲ୍ ଫୋନ୍‌ଟା ଦେଖୁନୁ କାହିଁକି ?"

ସୁରଭି ଚୁପ୍ ରହିଲା। କିଛି ସମୟ ପରେ ରୁଟ୍-୨୩୬ ଆଗରେ ଆସୁଥିବାର ସଙ୍କେତ ଚିହ୍ନ ଦୃଷ୍ଟିଗୋଚର ହେଲା। ସେଥିରେ ସେମାନେ ଡାହାଣକୁ ଗଲେ। ସେଥିରେ ସେମିତି ଦେଢ ମାଇଲ୍ ଯିବା ପରେ ଫେଲୋସ୍ ରୋଡ୍‌ରେ ବାମ ଦିଗକୁ ଗାଡି ବୁଲେଇବାର ଥିଲା। ଫେଲୋସ୍ ରୋଡ୍‌ରେ ପହଞ୍ଚିବାକୁ ସେମାନଙ୍କୁ କିଛି ଅସୁବିଧା ହେଲାନି। ହେଲେ ସେ ରାସ୍ତାରୁ ଡାହାଣରେ "ହାଫ୍‌ମୁନ୍ ହେରିଟେଜ୍ ଡ୍ରାଇଭ୍"ରେ ମୋଡ ନେବାର କଥା। କିନ୍ତୁ ଅନ୍ଧାରରେ "ହାଫ୍‌ମୁନ୍ ହେରିଟେଜ୍ ଡ୍ରାଇଭ୍" ଦେଖା ହେଉନଥିଲା। ଫେଲୋସ୍ ରୋଡ୍‌ରେ ଯାଇ ସେମାନେ ଆଉ ଗୋଟିଏ ରାସ୍ତା ନମ୍ବର-୧୪୬ ର ସଂଗମ ସ୍ଥଳୀରେ ପହଞ୍ଚିଗଲେ। ସେଠି ସେ ହାଫ୍‌ମୁନ୍ ହାଇୱେ ଡିପାର୍ଟମେଣ୍ଟ କୋଠାକୁ ଯିବା ରାସ୍ତାରେ ଟିକେ ବଙ୍କେଇ ନେଇ ସୁମନ୍ତ ପୁଣି ତାଙ୍କ ମୋବାଇଲ୍

ଫୋନ୍ ଦେଖିଲେ। ଏହି ସମୟରେ ବାପୁ ଫୋନ୍ କଲା ଓ ସେମାନେ କେତେ ଦୂରରେ ଅଛନ୍ତି ବୋଲି ପଚାରିଲା। ସୁମନ୍ତ ତାଙ୍କୁ ରାସ୍ତା ନମ୍ବର-୧୪୬ ଓ ଫେଲୋସ୍ ରୋଡ୍‌ର ସଂଗମ ସ୍ଥଳୀ ବିଷୟରେ ବତେଇବା ପରେ ସିଏ କହିଲା, "ତମେ ଫେଲୋସ୍ ରୋଡ୍‌ରେ ଫେରି ଆସ। ଚେକ୍ କରୁଥାଅ, କେବେ "ହାଫ୍‌ମୁନ୍ ହେରିଟେଜ୍ ଡ୍ରାଇଭ୍" ଆସିବ। ସେଥିରେ ବାମପଟେ ମୋଡ ନେବ।"

ସୁମନ୍ତ ଏବେ ଗାଡି ଧୀରେଧୀରେ ଚଲେଇଲେ। ଭାଗ୍ୟକୁ ସେ ରାସ୍ତାରେ ବେଶି ଗାଡି ଯିବାଆସିବା କରୁନଥିଲା। କିଛି ବାଟ ଆସିବା ପରେ "ହାଫ୍‌ମୁନ୍ ହେରିଟେଜ୍ ଡ୍ରାଇଭ୍" ଦେଖାଗଲା। ସେମାନେ ସେଥିରେ ବାମପଟେ ମୋଡନେଲେ ଓ ଆଗରେ ଲେଗାସି ଲେନ୍ ଦେଖିଲେ। ପୁତୁରାର ଆପାର୍ଟମେଣ୍ଟରେ ପହଞ୍ଚିଯିବା ପରେ ଟିକେ ସ୍ୱସ୍ତିର ନିଶ୍ୱାସ ମାରିଲେ। ଯାହାହେଉ, ଏବେ ଆଉ ସୁମନ୍ତଙ୍କ ଟାଣକଥା ଶୁଣିବାକୁ ପଡିବନି।

ସୁମନ୍ତଙ୍କର ଏମିତି ଟିକେଟିକେ କଥାରେ ବିଚଳିତ ହୋଇଯିବା, ହତାଶ ହୋଇ ମାନସିକ ଶାନ୍ତି ହରାଇ ରାଗିଯିବା ଓ ପାଖରେ ଥିବା ବ୍ୟକ୍ତି ଉପରେ ନିଜର ସମସ୍ତ ରାଗ ଶୁଝିବା ସହିତ ସୁରଭି ନିଜ ବାହାଘର ଦିନରୁ ପରିଚିତ। ପିଲାମାନେ ଯେତେବେଳେ ଛୋଟ ଥିଲେ, ସେସବୁର ମାତ୍ରା ଅଧିକ ଥିଲା। ପିଲାମାନେ ବଡ ହୋଇଯିବା ପରେ ଏବେ ସେମାନେ ଏତେଟା ରୋଡ୍‌ଟ୍ରିପ୍ ନିଅନ୍ତିନି। ବେଳେବେଳେ ରୋଡ୍‌ଟ୍ରିପ୍ ନେଲେ ସେମାନେ ଦିନ ଥାଉଥାଉ ପହଞ୍ଚିଯିବାର ଯୋଜନା କରି ଘରୁ ବାହାରନ୍ତି। ହେଲେ ସୁମନ୍ତଙ୍କ ରାଗ ସାଙ୍ଗକୁ ଏବେ ଜୁଟିଯାଇଛି ମୋବାଇଲ୍ ଫୋନ୍। ଯାହା ଯେତେ ଲେଖାଲେଖି କରି ନେଲେବି ସେ ମୋବାଇଲ୍ ଫୋନ୍ ଉପରେ ସୁମନ୍ତଙ୍କର ଅଧିକ ଭରସା। ଏମିତିକି ଜିପିଏସ୍ ଯେତେବେଳେ କାମ କରୁଥିଲା, ସେତେବେଳେ ବି ସିଏ ମୋବାଇଲ୍ ଫୋନ୍ ଲଗେଇଦେଇ ଠିକଣା ଯାଞ୍ଚ କରିବେ। ଏବେ କିଛିଦିନ ହେଲାଣି ସେ ଜିପିଏସ୍ କେଜାଣି କାହିଁକି କାମ କରୁନି। ନହେଲେ ଏବେ ଏମିତି ହଇରାଣ ହେବାକୁ ପଡିନଥାନ୍ତା।

ସୁରଭି ଭାବିଥିଲା, ବୟସ ବଢିବା ସହିତ ସୁମନ୍ତ ନିଜର ରାଗ ଉପରେ ନିୟନ୍ତ୍ରଣ ରଖିବା ଆପେଆପେ ଶିଖିନେବେ। ହେଲେ ଯେଉଁକଥାକୁ ସେହି କଥା। ଏ ପର୍ଯ୍ୟନ୍ତ ବି ତାଙ୍କ ଅଧୈର୍ଯ୍ୟ ପ୍ରକୃତି ସେଇ ଏକା ଭଳି।

ନଭେମ୍ବର ୧୦ ତାରଖରେ ସବୁ ଭଲ ରହିଲା। ସେମାନେ ଯେଉଁଆଡେ ବି ଗଲେ, ବାପୁ ସେମାନଙ୍କୁ ଦିଗ ବତେଇବାରେ ସାହାଯ୍ୟ କରୁଥିଲା। ନଭେମ୍ବର ୧୧ ତାରିଖରେ ସେମାନଙ୍କୁ ନିଜ ପିଲାମାନଙ୍କ ପାଖକୁ ନିୟୁର୍କ ସିଟି ଯିବାକୁ ପଡିଲା।

ଦିନବେଳା ତ ଯିବେ। ସେଥିପାଇଁ ବିଶେଷ ଚିନ୍ତା ନଥିଲା। ତାପରେ, ଯଦିଓ ଆଲ୍‌ବାନିରେ ମେଘୁଆ ପାଗ ଓ ଥଣ୍ଡା ଥିଲା, ସେମାନେ ନିୟୁର୍କ ସିଟି ପାଖାପାଖି ହେବାବେଳକୁ ତାପମାତ୍ରା ଧୀରେଧୀରେ ବଢ଼ି ୬୦ ଡିଗ୍ରୀ ଦେଖେଇଲା। ଖରା ବି ହୋଇଥିଲା। ହେଲେ ସମସ୍ୟା ହେଲା ଏଫ୍.ଡି.ଆର୍ ଡ୍ରାଇଭ୍‌ରୁ ଆଇ-୨୭୮ ମୋଡ ନେବାରେ। ଯେତିକି ଯେତିକି ମାଇଲ୍ ପ୍ରତି ରାସ୍ତାରେ ଯିବା ପାଇଁ ସୁରଭି ଟିପି ଥିଲା, ଏମିତି ଲାଗୁଥିଲା ଯେ ଏଫ୍.ଡି.ଆର୍. ରୋଡ୍‌ରେ ସେମାନେ ଅଧିକ ଆସିଗଲେଣି। ପୁଣି ସୁମନ୍ତଙ୍କର ହତାଶା ଆରମ୍ଭ ହେଲା। ସିଏ କହିଲେ, "ଟିକେ ସେଲ୍‌ଫୋନ୍‌ରେ ଦେଖୁନୁ କାହିଁକି ? ହୁଏତ ଆମେ ମୋଡ ନେବାକୁ ଭୁଲି ଅଧିକ ଆସିଗଲେଣି। ଏବେ କଣ କରିବା ?"

ସୁରଭି କହିଲା, "ଆଇ-୨୭୮ ତ ଏପର୍ଯ୍ୟନ୍ତ ଆସିନି। ତମେ ଚାଲୁଥାଅ। ଆଇ-୨୭୮ ଆସିଲେ ଯେମିତି ମୁଁ ଟିପିଛି, ଆମେ ସେମିତି ଅନୁସରଣ କରିବା।"

"ଅତି ବେକାରିଆ ମଣିଷଟା। ସେଲ୍‌ଫୋନ୍‌ରେ ଦିଗ ଦେଖି ଜାଣୁନି।" - ଏମିତି କହି ସିଏ ଏଫ୍.ଡି.ଆର୍. ରୋଡ୍‌ରୁ ହଠାତ୍ ବାହାରିଗଲେ ଓ ଏକ ପାର୍ଶ୍ୱରାସ୍ତାରେ ଗାଡି ଅଟକେଇ ସେଲ୍‌ଫୋନ୍‌ରୁ ମାନଚିତ୍ର ଓ ଦିଗ ଦେଖିବାରେ ଲାଗିଲେ। ଝିଅ ଲୋପାର ଗୋଟାଏ ବେଳେ ଦନ୍ତ ଚିକିତ୍ସକଙ୍କ ନିକଟକୁ ଯିବାର ଥିଲା। ତାକୁ ସେମାନେ ଗାଡିରେ ନେଇ ଛାଡିବାକୁ କହିଥିଲେ। ହେଲେ ସେତେବେଳକୁ ସମୟ ୧୨ଟା ୩୫ ହେଲାଣି। ସୁରଭି ଝିଅକୁ ଟେକ୍‌ସ୍ଟ୍ ମେସେଜ୍ ଦେଇଦେଲା, "ଆମର କେତେବେଳ ହେବ କହିହେଉନି। ରାସ୍ତା ଭୁଲିଗଲା ଭଳି ମନେ ହେଉଛି। ତୁ ତୋ ଦନ୍ତ ଚିକିତ୍ସକ ନିକଟକୁ ବସ୍‌ରେ ଚାଲିଯା। ଆମେ ତୋତେ ମେସେଜ୍ କରୁଥିବୁ।"

ସୁମନ୍ତ ସେ ସେଲ୍‌ଫୋନ୍‌ରେ କଣ ସବୁ ଅନୁସନ୍ଧାନ କଲେ ଓ ଶେଷରେ କହିଲେ, "ଅଳ୍ପ ବାଟ ଅଛି ବୋଲି କହୁଛି। ତୁ ଟିକେ ଦେଖେ।"

ଏମିତି ହୋଇ ସେମାନେ ପୁଣି ଏଫ୍.ଡି.ଆର୍. ରୋଡ୍‌ରେ ପଶିଲେ। କିଛି ସମୟ ପରେ ସେଥିରୁ ଆଇ-୨୭୮ ଏକ୍‌ଜିଟ୍ ଦେଖାଇଲା। ସୁମନ୍ତ ପଚାରିଲେ, "ଏବେ କୁଆଡେ ଯିବା ? ସିଧା ନା ଆଇ-୨୭୮ ପଟେ ?"

ସୁରଭି କହିଲା, "ଚାଲ ଆଇ-୨୭୮ ପଟେ।"

ସେମାନେ ଆଇ-୨୭୮ ଏକ୍‌ଜିଟ୍ ଧରି ସୁଡଙ୍ଗରେ ପଶିଲେ। ସେ ସୁଡଙ୍ଗରୁ ବାହାରିଲା ପରେ ଏକ୍‌ଜିଟ୍ ନମ୍ବର ୨୬ ନେଇ ହାମିଲ୍‌ଟନ୍ ଷ୍ଟ୍ରିଟ୍‌ରେ ପଶିଲେ। ସେଠାରୁ ରାସ୍ତା ଠିକ୍ ଥିଲା। ସେମାନେ ଯାଇ ଲୋରେନ୍ ଷ୍ଟ୍ରିଟ୍‌ରେ ପହଞ୍ଚିଗଲେ। ସେଠି ପାର୍କ କରିବାପାଇଁ କିଛି ଖାଲି ଜାଗା ନଥିଲା। ତେଣୁ ସେମାନେ "ବେ ଷ୍ଟ୍ରିଟ୍" ରେ ପାର୍କ

କରି ଲୋପା ପାଖକୁ ଫୋନ୍ କଲେ। ଲୋପା ବସ୍‌ରେ ଦନ୍ତ ଚିକିତ୍ସକଙ୍କ ପାଖକୁ ଯାଉଥିଲା। ସିଏ କହିଲା, "ତମେ କିଛି ପାଖାପାଖି ସ୍ଥାନ ଦେଖୁଥାଅ। ବିଶେଷ କରି 'ଲୁଇସ୍ ଭାଲେଣ୍ଟିନୋ ଜୁନିଅର୍ ପାର୍କ ଓ ପିଅର୍' ଦେଖିପାରିବ। ମୋର କାମ ସରିଗଲେ ଆମେ ତେବେ ଗୋଟିଏ ରେଷ୍ଟୁରାଣ୍ଟକୁ ଯାଇପାରିବା।"

ସୁରଭି ଓ ସୁମନ୍ତ ସେଇଆ କଲେ। ସେମାନେ 'ଲୁଇସ୍ ଭାଲେଣ୍ଟିନୋ ଜୁନିଅର୍ ପାର୍କ ଓ ପିଅର୍' ଦିଗରେ ଚାଲିଲେ। କଫି ଷ୍ଟ୍ରିଟ୍ ଓ ଫେରିସ୍ ଷ୍ଟ୍ରିଟ୍‌ର ସଂଗମ ସ୍ଥଳୀରେ ସେ ପିଅର୍‌ଟି ଅବସ୍ଥିତ। ଯିବା ସମୟରେ ରାସ୍ତା ଦେଖି ଲାଗୁଥିଲା ଯେମିତି ଏଠି ଅତି ଅସନା ଲୋକମାନେ ରହୁଛନ୍ତି। ରାସ୍ତା ସାରା ଅସନା। ଅଳିଆ, ଆବର୍ଜନା ଚାରିଆଡେ ଭରି ରହିଥାଏ। ତେବେ ପିଅର୍‌ରେ ପହଞ୍ଚିଯିବା ପରେ ଅନେକ ଭଲଲାଗିଲା। ସମୁଦ୍ର ପାଣି ସେଠି କୂଳରେ ବାଡେଇ ହୋଇ ଅତ୍ୟନ୍ତ ସୁନ୍ଦର ଧ୍ୱନି ସୃଷ୍ଟି କରୁଥାଏ। ସେଠାରୁ ଷ୍ଟାଚୁ ଅଫ୍ ଲିବର୍ଟି ଅତି ସ୍ପଷ୍ଟ ଭାବେ ଦେଖା ଯାଉଥାଏ। ପିଅର୍‌ର ଅନ୍ୟ କୋଣରେ ଦଶ-ବାର ଜଣ ବ୍ୟକ୍ତି ଛଡ ପକେଇ ମାଛ ଧରୁଥାନ୍ତି। ସ୍ଥାନଟି ଅତି ମନୋରମ ଦିଶୁଥାଏ। ସେମାନେ ପିଅର୍‌ର ସ୍ଥାନେସ୍ଥାନେ ରହି କିଛି ଫଟୋ ଉଠାଇଲେ। ତାପରେ ଅନ୍ୟ କୋଣକୁ ଗଲେ। ସେଠି ମାଛ ଧରୁଥିବା ଲୋକମାନଙ୍କ ପାଇଁ ସ୍ଥାନଟି ଅତ୍ୟନ୍ତ ଅପରିଷ୍କାର ଦିଶୁଥାଏ। ହେଲେ ସେଠାରୁ ମାନହାଟନ୍ ଓ ବ୍ୟାଟେରି ପାର୍କ ଅତି ସ୍ପଷ୍ଟ ଭାବେ ଦିଶୁଥାଏ। ସେଠି କିଛି ସମୟ ବିତାଇ ସେମାନେ ପୁଣି ନିଜ ଗାଡି ପାଖକୁ ଫେରିଲେ। ଫେରିବା ବାଟରେ ଲୋପାକୁ ଫୋନ୍ କଲେ, ହେଲେ ଲୋପାଠାରୁ କିଛି ସମ୍ବାଦ ମିଳୁନଥାଏ। ଅତଏବ ସେମାନେ କିଛି ସମୟ ପାଇଁ ଆଇକିଆ ଷ୍ଟୋର୍ ଭିତରେ ପଶିଗଲେ। ସେଠି ଶୌଚାଳୟ ଥିଲା। ତେଣୁ ଶୌଚାଳୟ ବ୍ୟବହାର କରି ସେମାନେ ଗାଡି ପାଖକୁ ଫେରିଆସିଲେ।

କିଛି ସମୟ ପରେ ଲୋପା ଫୋନ୍ କଲା। ସିଏ ସେତେବେଳେ ବସ୍‌ରେ ଫେରୁଥିଲା। ଲୋପା ସହିତ କଥାବାର୍ତ୍ତା କରି ସେମାନେ କାନନ୍ ରେଷ୍ଟୁରାଣ୍ଟ ଯିବାକୁ ଠିକଣା ଆଣିଲେ। ଲୋପା କହିଲା, "ମୁଁ ବସ୍‌ରୁ ରେଷ୍ଟୁରାଣ୍ଟ ପାଖରେ ଓହ୍ଲାଇଯିବି। ତମେମାନେ ସେଇଠିକୁ ଆସ।"

ରେଷ୍ଟୁରାଣ୍ଟର ଠିକଣା ପକାଇ ସେମାନେ ବାହାରିଲେ। ସେଲ୍‌ଫୋନ୍ ଆପ୍ ବତାଇଥିବା ଦିଗ ଅନୁଯାୟୀ ସେମାନଙ୍କୁ ହେଣ୍ଡରସନ୍ ୱେ ରୁ ନାଇନ୍‌ଥ୍ ଷ୍ଟ୍ରିଟ୍‌ରେ ଡାହାଣକୁ ଯିବାର ଥିଲା। ହେଲେ ନାଇନ୍‌ଥ୍ ଷ୍ଟ୍ରିଟ୍ ବନ୍ଦ ଥିଲା। ଏବେ କଣ କରିବା। ସୁମନ୍ତ ସୁରଭି ଉପରେ ପୁଣି ବିରକ୍ତ ହେଲେ। "ଯୁଆଡେ ଯିବ, ସେଠି ଖାଲି ଭାରତୀୟ ଖାଦ୍ୟ ଖାଇବାକୁ ମରିଯିବ। ଆଉ କୋଉଠି ଖାଇଥିଲେ ହୋଇନଥାନ୍ତା। ଏବେ କେଉଁଆଡେ ଯିବା ?"

"ଆସୁଥିବା ରାସ୍ତାରେ ଟିକେ ଡାହାଣକୁ ଯାଇ ଦେଖିବା।" - ସୁରଭି କହିଲା।

"ସେଠି ତ ଜଳଭାଗ ଆସିଯିବ। କଣଟା ଦେଖିବ?" - ସୁମନ୍ତ ଆହୁରି ବିରକ୍ତ ହେଲେ।

ଯାହାହେଉ, ସେମାନେ ଆସନ୍ତା ଛକରେ ଡାହାଣକୁ ବଙ୍କେଇଲେ। ହେଲେ ସେଇଟା ରାସ୍ତା ନଥିଲା। ଗୋଟିଏ ପାର୍କିଙ୍ଗ ସ୍ଥାନ ମନେ ହେଉଥିଲା। ସେ ସ୍ଥାନର ଆଗକୁ ଯିବାକୁ ରାସ୍ତା ନଥିଲା। ସୁରଭି ଓ ସୁମନ୍ତଙ୍କ ଭଳି କିଛି ଲୋକ ସେ ସ୍ଥାନକୁ ଯାଉଥିଲେ ଓ ଆଗକୁ ଯାଇନପାରି ଫେରୁଥିଲେ। ସେମାନେ ସେଇଠି କିଛି ସମୟ ପାଇଁ ଗାଡି ରଖି ଲୋପାକୁ ଡାକିଲେ। ଲୋପା ବତେଇଲା, "ତମେମାନେ ସ୍ମିଥ୍ ଷ୍ଟ୍ରିଟ୍‌ରେ ଆଗକୁ ଯାଅ। ତାପରେ ଥାର୍ଡ ଷ୍ଟ୍ରିଟ୍‌ରେ ଡାହାଣକୁ ଯିବ। ଥାର୍ଡ ଷ୍ଟ୍ରିଟ୍‌ରୁ ଥାର୍ଡ ଆଭିନିଉରେ ପୁଣି ଡାହାଣକୁ ଆସିବ। ସେଠି କୌଣସି ସ୍ଥାନରେ ରାସ୍ତା ପାର୍କିଙ୍ଗ ଯଦି ପାଇବ ତ ପାର୍କ କରିଦେବ। କାନନ୍ ରେଷ୍ଟୁରାଣ୍ଟ ଏଇଟ୍‌ଥ୍ ଷ୍ଟ୍ରିଟ୍ ଓ ନାଇନ୍‌ଥ୍ ଷ୍ଟ୍ରିଟ୍ ମଝିରେ ଆସିବ।"

ସେମାନେ ଲୋପା କହିଥିବା ମୁତାବକ ରାସ୍ତା ଅନୁସରଣ କରି ଗଲେ। ସେଭେନ୍‌ଥ୍ ଷ୍ଟ୍ରିଟ୍‌ରେ ଅତି କଷ୍ଟରେ ଗୋଟିଏ ପାର୍କିଙ୍ଗ ସ୍ଥାନ ଖୋଜି ପାଇଲେ। ତାପରେ ଲୋପାକୁ ଫୋନ୍ ଲଗେଇଲେ। କାନନ୍ ରେଷ୍ଟୁରାଣ୍ଟରେ ପହଞ୍ଚିବା ବେଳକୁ ଲୋପା ଅର୍ଡର୍ ଦେଇ ସାରିଥିଲା। ପକୁଡି ମଧ୍ୟ ମଗେଇ ଦେଇଥିଲା। ସେମାନେ ଆରାମରେ ପକୁଡି ଖାଇଲେ। ଖାଦ୍ୟ ମଧ୍ୟ ସାଙ୍ଗେସାଙ୍ଗେ ଆସିଗଲା। ସେମାନେ ତିନିଜଣ ଆରାମରେ ଖାଇସାରି ଲୋପାର ଆପାର୍ଟମେଣ୍ଟକୁ ଫେରିଲେ। ଲୋପା କହିଲା, "ଆମେ ସାଢ ପାଞ୍ଚଟାରେ ଗୋପାକୁ ମେକ୍ସିକାନ୍ ରେଷ୍ଟୁରାଣ୍ଟରେ ଭେଟିବା।" ସୁମନ୍ତ କହିଲେ, "ଠିକ୍ ଅଛି। ଚାଲେ ତାହେଲେ ତା ପୂର୍ବରୁ ତୋ ସ୍କୁଲ୍ ଦେଖିଦେବା।"

ସେମାନେ ତାପରେ ଲୋପାର ସ୍କୁଲ୍ ଦେଖିବାକୁ ଗଲେ। ଲୋପାର ସ୍କୁଲ୍, କ୍ଲାସ୍‌ରୁମ୍ ସମସ୍ତ ଦେଖିସାରି ସେମାନେ ଡ୍ରାଇଭ୍ କରି ରେମ୍‌ସେନ୍ ଷ୍ଟ୍ରିଟ୍ ପର୍ଯ୍ୟନ୍ତ ଗଲେ। ସେଠି ରାସ୍ତା କଡରେ ପାର୍କ କରି ପିଅର୍-୫ର ଅପ୍‌ଲ୍ୟାଣ୍ଡସ୍ ଲନ୍‌କୁ ଗଲେ। ସେଠାରୁ ବ୍ରୁକ୍‌ଲିନ୍ ବ୍ରିଜ୍ ଓ ମାନ୍‌ହାଟନ୍‌ର ଦୃଶ୍ୟ ଅତ୍ୟନ୍ତ ସୁନ୍ଦର ଥାଏ। ବିଶେଷତଃ ରାତ୍ରି ହୋଇଥିବାରୁ ଆଲୋକମାଳାରେ ସେସବୁ ସଜ୍ଜିତ ହୋଇ ଆହୁରି ମନୋରମ ଦିଶୁଥାଏ। ସେଠି ଅନେକ ଲୋକ ଥାଆନ୍ତି ଓ ସମୁଦ୍ର ଓ ସହରର ଅପରୂପ ସଙ୍ଗମସ୍ଥଳୀର ସୌନ୍ଦର୍ଯ୍ୟ ଉପଭୋଗ କରୁଥାଆନ୍ତି। ସେଠି କିଛି ସମୟ କଟାଇ ସେମାନେ ମାନ୍‌ହାଟନ୍ ବ୍ରିଜ୍ ଦେଇ ନିୟୁର୍କ ସହର ଭିତରକୁ ପଶିଲେ। ସେଠି "ଲା କୋଣ୍ଡେଣ୍ଟା" ମେକ୍ସିକାନ୍ ରେଷ୍ଟୁରାଣ୍ଟରେ ଲୋପା ରିଜର୍ଭେସନ୍ କରିଥିଲା। ସେମାନେ ପହଞ୍ଚିବା ବେଳକୁ ସାନ

ଝିଅ ଗୋପା ଆସି ସାରିଥିଲା। ଦୁଇଝିଅଙ୍କ ସହିତ ଗପଶପ କରି ଆରାମରେ ସମୟ ବିତେଇବା ସହିତ ସେମାନେ ଖାଇପିଇ ଆନନ୍ଦିତ ହେଲେ। ଗତ ସପ୍ତାହରେ ଗୋଟିଏ ସାଙ୍ଗର ବାହାଘର ପାଇଁ ଗୋପା ଲଣ୍ଡନ୍ ଯାଇଥିଲା। ସେଇ ବାହାଘର କେମିତି ହେଲା, ସେ ବିଷୟରେ ସେମାନେ ଗୋପାକୁ ପଚାରି ବୁଝିଲେ। ଝିଅମାନଙ୍କଠାରୁ ବିଦାୟ ନେବା ପୂର୍ବରୁ ମେରୀଲାଣ୍ଡ୍ ଫେରିବା ପାଇଁ କେମିତି ସହର ଭିତରୁ ବାହାରକୁ ଯିବ ସେ ବିଷୟରେ ଲୋପାକୁ ପଚାରି ବୁଝିନେଲେ ସୁମନ୍ତ। ତାପରେ ରାତି ସାଢେ ସାତରେ ମେରୀଲାଣ୍ଡ୍ ଅଭିମୁଖେ ନିୟୁର୍କ ସହର ଛାଡିଲେ। ସହର ଭିତରୁ ହଲାଣ୍ଡ୍ ଟନେଲ୍ ପର୍ଯ୍ୟନ୍ତ ପହଞ୍ଚିବାରେ ଟିକେ ଗଡବଡ ଥିଲା। ତେବେ ହଲାଣ୍ଡ୍ ଟନେଲ୍‌ରୁ ରୁଟ୍-୭୮ ଓ ତାପରେ ଆଇ-୯୫ ଧରିବାରେ କିଛି ଅସୁବିଧା ହେଲାନି। ପାଗ ମଧ୍ୟ ଭଲ ଥିଲା।

ଘରେ ରାତି ସାଢେ ଦଶରେ ପହଞ୍ଚିବା ପରେ ସୁରଭି ସ୍ୱସ୍ତିର ନିଶ୍ୱାସ ମାରିଲା। "ମା ଲୋ, କି ମଣିଷ ଇଏ। ରାସ୍ତାରେ ଏମିତି ପାଗଳ କାହିଁକି ହୋଇଯାଆନ୍ତି କେଜାଣି? ନିଜ ମୁଣ୍ଡ ତ ଖରାପ କରିବେ କରିବେ, ପାଖରେ ଥିବା ମଣିଷର ମୁଣ୍ଡ ମଧ୍ୟ ଖରାପ କରିଦେବେ।"

ତେବେ ଜୀବନ ଯାତ୍ରାର ସହଯାତ୍ରୀ ଭାବେ ତ ସୁରଭି ନିଜେ ହିଁ ସୁମନ୍ତଙ୍କୁ ବାଛିଚି। ଦୋଷ ଦେବ ବା କାହାକୁ? ଯାତ୍ରା ବରଂ ଯାହା ହେଉ, ହେଲେ ସୁଖର ଅନୁଭବ ତ ନିଶ୍ଚୟ ରହିଛି। ସେମାନେ କେତେକେତେ ସୁନ୍ଦର ସ୍ଥାନ ନ ଦେଖିଲେ ସତେ? ସୁରଭି ତ ମୂଳରୁ ନିୟୁର୍କ ଯିବାପାଇଁ ହିଁ ମନାକରୁଥିଲା। "ସେମାନେ ତ ଥ୍ୟାଙ୍କ୍‌ସ୍‌ଗିଭିଙ୍ଗ୍ ପାଇଁ ଆଉ ତିନି ସପ୍ତାହ ପରେ ଆସିବେ। ତମେ ଏତେ ସ୍ନେହ କାହିଁକି ଦେଖେଇ ହେଉଛ, କହିଲ? ପ୍ରଥମେ, ଗୋପାର ତ ଆଜି କାମ ଅଛି। ତାକୁ ଦିନରେ ଭେଟି ହେବନି। ତାକୁ ରାତିରେ ଭେଟି ମେରୀଲାଣ୍ଡ ଫେରୁଫେରୁ ଅନେକ ରାତି ହୋଇଯିବ। ତାପରେ ଲୋପାର ଛୁଟି ଅଛି ଯେ, ହେଲେ ସିଏ ତାର ସବୁ ଅନ୍ୟ ଆପଏଣ୍ଟମେଣ୍ଟ୍ ବି ରଖିଛି। ଆମେ ତ ସିଧା ଆଲ୍‌ବାନିରୁ ମେରୀଲାଣ୍ଡ୍ ଫେରିଯାଆନ୍ତେ। ଘରେ ହେଲେ ଦିନ ଥାଉଥାଉ ପହଞ୍ଚିଯାଆନ୍ତେ।"

ହେଲେ ନା। ସୁମନ୍ତ ଯାହା ଜିଦ୍ କରିଥିବେ, କରିଥିବେ। ତାଙ୍କ ଜିଦ୍ ହିଁ ରହିବ। ସୁରଭି ବେଳେବେଳେ ନିଜକୁ ସୁମନ୍ତଙ୍କ ଜିଦ୍ ପାଖରେ ସମର୍ପଣ କରିଦିଏ। ନହେଲେ ଏମିତି ଯୁକ୍ତିତର୍କ ଓ ଝଗଡା ହେବ ଯେ, ସେ ମନୋମାଳିନ୍ୟ କିଛିଦିନ ରହିବ, ସେମାନଙ୍କ ଭିତରେ କଥାବାର୍ତ୍ତା ବନ୍ଦ ହୋଇଯିବ, ଅଶାନ୍ତି ବଢିବ। ହେଲେ ଯାହା ବି ହେଉ, ଯାତ୍ରାର କିଛି ସୁନ୍ଦର ଅନୁଭବ ତ ହେଲା। ସେମାନେ ନିଜ ପିଲାମାନଙ୍କୁ ଦେଖିଲେ। ସେମାନଙ୍କ ସହିତ ରେଷ୍ଟୁରାଣ୍ଟ୍‌ରେ ବସି ଗପଶପ କରି ଖାଇଲେ। ନିୟୁର୍କ

ସହରର କିଛିଟା ଦେଖିନଥିବା ସୁନ୍ଦର ସ୍ଥାନ 'ଲୁଇସ୍ ଭାଲେଣ୍ଟିନୋ ଜୁନିଅର୍ ପାର୍କ ଓ ପିଅର୍' ଏବଂ 'ପିଅର୍-୫ର ଅପ୍‌ଲ୍ୟାଣ୍ଡସ୍ ଲନ୍' ଦେଖିଲେ। ସେଇଟା କଣ ସୁଖର କଥା ନୁହେଁ?

ସେମିତି ବି ଜୀବନଯାତ୍ରା। ଅନେକ ଭୁଲ୍ ବୁଝାମଣା ତ ରହିଛି। ତା ମଧ୍ୟରେ ହିଁ ସୁଖର ଯେଉଁ କେତୋଟି ବିଶେଷ ମୁହୂର୍ତ୍ତମାନ ରହୁଛି, ସେଇ ମୁହୂର୍ତ୍ତମାନେ ହିଁ ଜୀବନଯାତ୍ରାକୁ ଆକର୍ଷଣୀୟ କରି ରଖିଛନ୍ତି। ଜଣେ ଗାଡି ଚଲେଇବା ବେଳେ ଆଉଜଣେ ଦିଗ ବତେଇଦେବ, ସିଏ ଯେମିତି ଭାବେ ବତାଇଦେଉନା କାହିଁକି ଲକ୍ଷ୍ୟସ୍ଥଳୀରେ ପହଞ୍ଚିଗଲେ ହେଲା। ତାପରେ ଆନନ୍ଦ ହିଁ ଆନନ୍ଦ। ମଝିରେ ଗାଡିଚାଳକ ହୁଏତ ହତାଶ ହୋଇପାରେ, ହୁଏତ ବିଚଳିତ ହୋଇପାରେ, ତେବେ ସହଯାତ୍ରୀର ଉପସ୍ଥିତି ହିଁ ସେ ହତାଶାକୁ ଆଶାର ପରିଣତ କରିଦେବାରେ ସାହାଯ୍ୟ କରିପାରିବ।

ଉଭୟ ସୁମନ୍ତ ଓ ସୁରଭି ଅନେକ କ୍ଲାନ୍ତ ଥିଲେ। ଗାଡି ଭିତରୁ ସମସ୍ତ ସରଞ୍ଜାମ ବାହାର କରି ସେମାନେ ଘର ଭିତରକୁ ଆଣିଲେ। ତାପରେ ସେମାନେ କପଡା ବଦଳାଇ, ଧୁଆଧୁଇ ହୋଇ ରାସ୍ତାର ସମସ୍ତ ଅସନ୍ତୋଷ, ଯୁକ୍ତିତର୍କ ଓ କ୍ଲାନ୍ତିକୁ ଭୁଲି ପରସ୍ପରକୁ ଆଲିଙ୍ଗନ କରି ଶୋଇପଡିଲେ।

■

ଶସ୍ତାରୁ ଅବସ୍ଥା

ଆୟାର୍ଲାଣ୍ଡ୍ ଦେଶର ରାଜଧାନୀ ଡବ୍‌ଲିନ୍ ସହର। ଅନୁ ସେ ସହର ବିଷୟରେ କେତେକେତେ କାହାଣୀ ସବୁ ପଢିଥିଲା। ସେ ସହରଟିକୁ ଦେଖିବାର, ଆବିଷ୍କାର କରିବାର ପ୍ରବଳ ଇଚ୍ଛା ତା ମନରେ। ହେଲେ ବେଲ୍‌ଫାଷ୍ଟ୍‌ରୁ ଆସୁଥିବା ଏୟାର୍‌କୋଚ୍ ବସ୍ ଡବ୍‌ଲିନ୍‌ର ଓ'କନେଲ୍ ଷ୍ଟ୍ରିଟ୍‌ର ବସ୍ ଷ୍ଟପ୍‌ରେ ପହଞ୍ଚିବା ବେଳକୁ ଅନ୍ଧାର ହୋଇଯାଇଥିଲା। ସେତେବେଳକୁ ସନ୍ଧ୍ୟା ସାଢେ ୬ଟା। ଝିପିଝିପି ମେଘ ପକାଉଥାଏ। ବସ୍‌ରୁ ଓହ୍ଲାଇସାରି ଝିଅ ସୋନିକୁ ଅନୁ ପଚାରିଲା, "ଏବେ କେଉଁ ଦିଗରେ ଚାଲିକରି ଯିବା ?"

ସୋନି ତା' ସେଲ୍‌ଫୋନ୍ ଚେକ୍ କରିବାକୁ ଚାହିଁଲା, ହେଲେ ସେଠି ୱାଇଫାଇ କାମ କରୁନଥିଲା। ଏବେ କିଛି ଜାଣି ହେଉନଥାଏ। ଏହି ସମୟରେ ସୋନିର କନ୍‌ଫରେନ୍‌ସ୍‌କୁ ଯୋଗ ଦେବାକୁ ଯାଇଥିବା ଡବ୍‌ଲିନ୍‌ର ଜଣେ ବ୍ୟକ୍ତି ମଧ୍ୟ ବସ୍‌ରୁ ଓହ୍ଲେଇଲେ। ସିଏ ଆସି ସୋନିକୁ ପଚାରିଲେ, "କଣ କିଛି ସାହାଯ୍ୟ ଦରକାର ?"

ସୋନି କହିଲା, "ନା, ସେମିତି କିଛି ଆବଶ୍ୟକତା ନାହିଁ। ମୁଁ ଏଠି ରହିବା ପାଇଁ ଗୋଟିଏ ଏ.ଆଇ.ଆର୍.ବି.ଏନ୍.ବି. ଠିକ୍ କରିଥିଲି ଯେ, ହେଲେ ଏଠି ୱାଇଫାଇ କାମ କରୁନଥିବାରୁ ସେଠିକୁ ଯିବାପାଇଁ ମାନଚିତ୍ରଟି ଦେଖିପାରୁନି। ସେ ଭଦ୍ରବ୍ୟକ୍ତି ଜଣକ ନିଜ ସେଲ୍‌ଫୋନ୍ କାଢି ମାନଚିତ୍ର ଦେଖିବାକୁ ଚାହିଁଲେ। ହେଲେ ତାଙ୍କ ଫୋନ୍ ବି କାମ କରିଲାନି। ଏବେ ଅନୁକୁ ସେପଟେ ଗୋଟିଏ ସୂଚନା କେନ୍ଦ୍ର ଦେଖାଗଲା ଓ ସିଏ ସୋନିକୁ କହିଲା, "ଚାଲେ ଆମେ ସେ ସୂଚନା କେନ୍ଦ୍ରରେ ପଚାରି ବୁଝିବା।"

ସେମାନେ ସୋନିର ସେ କନ୍‌ଫରେନ୍‌ସ୍‌ର ଭଦ୍ରବ୍ୟକ୍ତିଙ୍କଠାରୁ ବିଦାୟନେଲେ ଓ ପର୍ଯ୍ୟଟକମାନଙ୍କ ପାଇଁ ଉଦ୍ଦିଷ୍ଟ ସୂଚନା କେନ୍ଦ୍ରକୁ ଆସିଲେ। ସେଠି ସେମାନେ

ଏ.ଆଇ.ଆର୍.ବି.ଏନ୍.ବି. ଷ୍ଟାନର ଠିକଣା ଦେଖି ଜଣେଇଲେ ଯେ ସେ ଷ୍ଟାନକୁ ୪୦ ନମ୍ବର ବସ୍ ନେଇ ଯିବାକୁ ପଡିବ। ୬ଟା ଷ୍ଟପ୍ ? ପରେ ଓହ୍ଲେଇ କିଛି ବାଟ ଚାଲିବାକୁ ପଡିବ। ଅନୁ ଓ ସୋନି ୪୦ ନମ୍ବର୍ ବସ୍‌କୁ ଅପେକ୍ଷା କରି ରହିଲେ। ପନ୍ଦର ମିନିଟ୍ ପରେ ଆସନ୍ତା ବସ୍ ଆସିବ ବୋଲି ସେଠି ପ୍ରଦର୍ଶନ ବୋର୍ଡରେ ଜଣାଇ ଦିଆଯାଉଥିଲା। କିଛି ଗୋଟିଏ ହରତାଳ ପାଇଁ ବସ୍ ଡେରିରେ ପହଞ୍ଚିବ।

ପନ୍ଦର ମିନିଟ୍ ପରେ ବସ୍ ଯେତେବେଳେ ପହଞ୍ଚିଲା, ସେମାନେ ବସ୍ ଉପରକୁ ଚଢିଲେ। ବସ୍ ଡ୍ରାଇଭର୍ ପାଖରୁ ଟିକେଟ୍ କିଣିବେ ବୋଲି ପଚାରନ୍ତେ ସିଏ ଠିକ୍ ଭାବେ ୬ ୟୁରୋ ଖୁଚୁରା ଦେବାକୁ ଜଣାଇଲା। ହେଲେ ସେମାନଙ୍କ ପାଖରେ ଠିକ୍ ୬ ୟୁରୋ ଖୁଚୁରା ନଥିଲା। ଅତଏବ୍ ସେମାନେ ବସ୍‌ରୁ ତଳକୁ ଆସିଲେ ଓ କେମିତି ଖୁଚୁରା ଯୋଗାଡ କରିବେ, ସେଇ କଥା ଭାବିଲେ। ହଠାତ୍ 'ବରଗର୍ କିଙ୍ଗ' ଦୋକାନ ସେମାନଙ୍କ ନଜରକୁ ଆସିଲା। ସେମାନେ ସେଠାକୁ ଗଲେ। ସେଠି ଅନେକ ଲୋକ ଲାଇନ୍‌ରେ ଠିଆ ହୋଇଥାନ୍ତି। ସୋନି ଲାଇନ୍‌ରେ ଠିଆ ହୋଇ କିଛି ଛେନାର ଚିପ୍‌ସ୍ କିଣିଲା ଓ ୬ ୟୁରୋ ଖୁଚୁରା ସଂଗ୍ରହ କଲା। ତାପରେ ସେମାନେ ଆସି ୪୦ ନମ୍ବର ବସ୍‌କୁ ଅପେକ୍ଷା କରି ରହିଲେ।

ଏ ବସ୍‌ଟି ମଧ୍ୟ ଡେରି କଲା। ସେମାନେ ସେଇ ଝିପିଝିପି ବର୍ଷାରେ ଭିଜି ବସ୍‌କୁ ଅପେକ୍ଷା କରି ରହିଥାନ୍ତି। ଦଶ ମିନିଟ୍ ପରେ ବସ୍ ପହଞ୍ଚିଲା। ସେମାନେ ଖୁଚୁରା ୬ ୟୁରୋ ଦେଇ ଦୁଇଟି ଟିକେଟ୍ କିଣିଲେ। ଏକାଧାଡିରେ ଦୁଇଟି ସିଟ୍ ନଥିଲା। ଅନୁ ଆଗରେ ଖାଲିଥିବା ଭିନ୍ନକ୍ଷମଙ୍କ ପାଇଁ ଉଦ୍ଦିଷ୍ଟ ସିଟ୍‌ରେ ବସିଗଲା। କିଏ ଭିନ୍ନକ୍ଷମ ବ୍ୟକ୍ତି ଆସିଲେ ବରଂ ଉଠିଯିବ। ସୋନି ପଛରେ ଯାଇ ବସିଲା। ଲଗେଜ୍ ଭିତରେ ସେମାନଙ୍କର ଦୁଇଟି ବ୍ୟାଗ୍‌ପ୍ୟାକ୍ ଓ ଦୁଇଟି ଛୋଟ ବାକ୍ସ ଥାଏ। ସେ ଦୁଇଟି ବାକ୍ସକୁ ଅନୁ ନିଜ ସାମନାରେ ରଖିଲା। କାରଣ ସେଇପଟେ ହିଁ ସେମାନଙ୍କୁ ଓହ୍ଲାଇବାକୁ ପଡିବ।

ଦୁଇଟି ଷ୍ଟପ୍ ପରେ ବସ୍‌ରେ ଅନେକ ଭିଡ ହୋଇଗଲା। କେତେଲୋକ ଖୁନ୍ଦାଖୁନ୍ଦି ହୋଇ ଠିଆ ହୋଇଥାନ୍ତି। ଏହି ସମୟରେ ଜଣେ ଦମ୍ପତି ଗୋଟିଏ ଷ୍ଟ୍ରୋଲର୍‌ରେ ଦୁଇ ବର୍ଷର ଝିଅଟିଏ ଧରି ବସ୍ ଭିତରେ ପଶିଲେ। ସେମାନେ ଠିକ୍ ଭାବେ ଷ୍ଟ୍ରୋଲର୍ ରଖିବାକୁ ଚାହିଁବାରୁ ଅନୁ ବାକ୍ସ ଦୁଇଟିକୁ ଅତି ନିକଟକୁ ନେଇଆସିଲା। ସେ ଦୁଇଜଣ ସେ ଝିଅଟିର ଜେଜେବାପା ଜେଜେମା ବୟସର ଦିଶୁଥାନ୍ତି। ପିଲାଟି ଅନୁ ସହିତ ଖେଳିବାକୁ ଲାଗିଲା। ତାକୁ ତା' ଅସ୍ପଷ୍ଟ ଭାଷାରେ କଣ ସବୁ କହି ହସିବାକୁ ଲାଗିଲା। ଅନୁ ବି ସେମିତି ତା ସହିତ "ହାଏ", "ଗୁଡ୍ ଜବ୍" କହି ତାକୁ ଅସ୍ପଷ୍ଟ କଥୋପକୋଥନରେ ନିୟୋଜିତ କରି ରଖିଲା।

ପରବର୍ତ୍ତୀ ଷ୍ଟପ୍‌ରେ ଆହୁରି ଗୁଡିଏ ଲୋକ ବସ୍ ଭିତରକୁ ଆସିଲେ । ଏବେ ବସ୍ ଭିତରେ ପିଂପୁଡି ଗଳିବାକୁ ବି ଜାଗା ନଥିଲା । ଏହି ସମୟରେ ଅନୁ ଓ ସୋନିର ଓହ୍ଲାଇବା ଷ୍ଟପ୍ ଆସିଗଲା । ଅନୁ ଏ ଭିତରେ ଦୁଇଟି ବାକ୍ସ ଧରି ବାହାରିବ କେମିତି ? ଭାଗ୍ୟକୁ ସେ ପିଲାକୁ ଧରି ଚଢିଥିବା ସ୍ତ୍ରୀ ଲୋକ ଜଣକ ସୋନିର ବାକ୍ସ ଟେକି ସୋନିକୁ ବଢାଇଦେଲା । ଅନୁ ନିଜ ବାକ୍ସକୁ କଷ୍ଟେମଷ୍ଟେ ବାହାର କରି ବସ୍‌ରୁ ଓହ୍ଲେଇଲା ।

"ଏବେ କୁଆଡେ ଯିବା ?" - ଅନୁ ପଚାରିଲା ।

ସୋନି କହିଲା, "ମତେ ଅନୁସରଣ କର ।"

ଅନୁ ଅନୁସରଣ କଲା । ସୋନି ଚାଲିଥାଏ । ସେମାନେ କେତେକେତେ ରାସ୍ତା ସବୁ ପାର କରି ଚାଲିଥାନ୍ତି । ଏମିତି ଚାଲିଚାଲି ୧୧ ମିନିଟ୍ ହୋଇଗଲା । ଅନୁ ପଚାରିଲା, "ଆଉ କେତେ ବାଟ ?"

ଅନୁର ଇଛା ହେଉଥିଲା ସିଏ କାନ୍ଦିପକାନ୍ତା । ଏମିତି ହନ୍ତସନ୍ତ ହୋଇ ସିଏ କେବେ ରହିନି କି ବିଦେଶ ଭ୍ରମଣ କରିନି । ମୋଟ ଉପରେ ତାର ସମସ୍ତ ବିଦେଶ ଭ୍ରମଣ ସିଏ କନ୍‌ଫରେନ୍‌ସ୍ ପାଇଁ କରିଛି । ସେଥିରେ ଅତି ବଡବଡ ହୋଟେଲ୍‌ରେ ରହିବାକୁ ମିଳେ ଓ ଅନ୍ୟ ସମସ୍ତ ଖର୍ଚ୍ଚ ଯଥା ଟ୍ୟାକ୍ସି ଭଡା ଇତ୍ୟାଦି ମିଳିଯାଏ । ତେଣୁ ଏମିତି ଦୁରାବସ୍ଥା ହେବାକୁ ପଡେନି । ଏବେ ନିଜ ହାତରୁ ଖର୍ଚ୍ଚ ହେଉଥିବାରୁ ଟିକେ ଦ୍ୱିତୀୟ ଥର ଚିନ୍ତା କରିବାକୁ ପଡୁଛି ।

ସୋନିର ଫୋନ୍ ଏବେ ଡବ୍‌ଲିନ୍‌ର ୱାଇଫାଇ ରିସିଭ୍ କରୁଥାଏ । ସିଏ ମଝିରେ ରହି କହିଲା, "ଆମମାନଙ୍କୁ ନିଉମାର୍କେଟ୍ ବିଲ୍‌ଡିଙ୍ଗ୍‌କୁ ଯିବାକୁ ପଡିବ । ହେଲେ ଏବେ ଦୁଇ ଦିଗରେ ରାସ୍ତା ଦେଖାଉଛି । କେଉଁ ଦିଗରେ ଗଲେ ଭଲହେବ ମୁଁ ଜାଣିପାରୁନି ।" ସେମାନେ ଏମିତି ଚିନ୍ତା କରୁଥିବା ସମୟରେ ଆଗରେ ଜଣଙ୍କ ଘରର କବାଟ ଖୋଲିଲା । ଗୃହସ୍ୱାମୀ ବାହାରକୁ ଆସିଲେ । ଟ୍ୟାକ୍ସିରେ ସଦ୍ୟ ପହଞ୍ଚିଥିବା ତାଙ୍କର କେଉଁ ବନ୍ଧୁକୁ ସ୍ୱାଗତ କଲେ । ସେଇ ଅବସରରେ ସୋନି ସେମାନଙ୍କୁ ନିଉମାର୍କେଟ୍ ଡିଷ୍ଟିଲେରି କେଉଁଠି ବୋଲି ପଚାରିଲା । ଭଦ୍ରବ୍ୟକ୍ତି କହିଲେ, "ଟିକେ ଆଗକୁ ଯାଅ । ଦୁଇ ମିନିଟ୍ ପରେ ଡିଷ୍ଟିଲେରି ଆସିଯିବ ।"

ସେମାନେ ପୁଣି ଆଗକୁ ଚାଲିଲେ । ଦୁଇ ମିନିଟ୍ ପରେ ଡିଷ୍ଟିଲେରି ତ ଆସିଗଲା । ହେଲେ ନିଉମାର୍କେଟ୍ କୋଠା ଦିଶିଲାନି । ସୋନି ପୁଣି ତା ସେଲ୍‌ଫୋନ୍ ଚେକ୍ କଲା ଓ ଆଗକୁ ବଢିଲା । ସେମାନେ ଶେଷରେ ଯାଇ ସେ କୋଠା ସାମନାରେ ପହଞ୍ଚିଲେ ।

ଏ.ଆଇ.ଆର୍.ବି.ଏନ୍.ବି. ଦେଇଥିବା ସୂଚନା ଅନୁସାରେ ସୋନି ବାହାରୁ

ତାର ଆପାର୍ଟମେଣ୍ଟ୍ ନମ୍ବରକୁ ଡାକିଲା। ହେଲେ କେହି ଧରିଲେନି। ସିଏ ଏମିତି ତିନି ଥର ଡାକି ବିଫଳ ହେଲା। ଏବେ ରାତି ୯ଟା ବାଜିଥାଏ। କଣ ଏବେ କରିବେ ସେମାନେ? ସୋନିର ଫୋନ୍ ଆଉ ୱାଇଫାଇ ରିସିଭ୍ କରୁନଥାଏ। ମହରଗରୁ ଆସି କାନ୍ତାରରେ ପଡିବା ଭଳି ଅବସ୍ଥା। ଠିକ୍ ସେତିକି ବେଳେ ସେ କୋଠାରେ ରହୁଥିବା ଜଣେ କେହି ଭଦ୍ରବ୍ୟକ୍ତି କୋଠାର ତାଲା ଖୋଲି ଭିତରକୁ ପଶିଲେ। ସିଏ ସୋନି ଓ ଅନୁଙ୍କୁ ଭିତରକୁ ପଶିବାକୁ ଦେଲେ। କୋଠା ଭିତରକୁ ପଶି ଆଉ ଗୋଟିଏ ଦ୍ୱାର ପାଇଁ ବି ସିଏ ତାଲା ଖୋଲି ଭିତରକୁ ଗଲେ। ସୋନି ଓ ଅନୁ ତାଙ୍କୁ ଅନୁସରଣ କଲେ। ହେଲେ ତଳ ମହଲାର ଆପାର୍ଟମେଣ୍ଟ୍‌ର ନମ୍ବର ସବୁ ୧ରୁ ୪ ପର୍ଯ୍ୟନ୍ତ ଥିଲା। ୧୨ ନମ୍ବର୍ ଆପାର୍ଟମେଣ୍ଟ୍ ତେବେ କେଉଁଠି ଥିବ? ସେମାନେ ଏମିତି ଭାବି ଆସି ଦୁଇ ନମ୍ବର୍ ଆପାର୍ଟମେଣ୍ଟ୍‌ର ଦ୍ୱାର ଖଡଖଡ କଲେ। କିଛି ସମୟ ପରେ ସେ ଦ୍ୱାର ଖୋଲି ଜଣେ ସ୍ତ୍ରୀ ଲୋକ ଆସିଲେ। ସୋନି ତାଙ୍କୁ ୧୨ ନମ୍ବର ଆପାର୍ଟମେଣ୍ଟ୍ ବିଷୟରେ ପଚାରିବାରୁ ସିଏ କହିଲେ, ସେଇଟା ଉପର ମହଲାରେ। ସୋନି ଓ ଅନୁ ଉପର ମହଲାକୁ ଗଲେ। ସେଠି ୧୨ ନମ୍ବର୍ ଆପାର୍ଟମେଣ୍ଟ୍ ଆଗରେ ଠିଆ ହୋଇ ଖଡଖଡ କଲେ। କେହି ବି କବାଟ ଖୋଲୁନାହାନ୍ତି। କଣ କରିବେ ଏବେ ଦୁଇଜଣ? ସୋନି ଏବେ ସେ ଗୃହକର୍ତ୍ତ୍ରୀ ଏମା ସହିତ ୱାଇଫାଇରେ ଫୋନ୍ କରିପାରିଲା ଓ ତାକୁ ପଚାରିଲା। ଏମା ଜଣେଇଲା ଯେ ସିଏ ଘର ଚାବି ତଳେ ତା ମେଲ୍‌ବକ୍ସ୍‌ରେ ରଖିଛି। ଟ୍ରାଫିକ୍ ପାଇଁ ଏବେ ସିଏ ତା' ଘରେ ପହଞ୍ଚିବାକୁ ଆଉ ୭ ମିନିଟ୍ ଡେରି ହେବ।

ସୋନି ତଳ ମହଲାକୁ ଗଲା ଓ ୧୨ ନମ୍ବର୍ ମେଲ୍‌ବକ୍ସ୍‌ରୁ ଚାବି ଆଣିଲା। ହେଲେ ସେ ଚାବି କାମ କରିଲାନି। ସୋନି ପୁଣି ଥରେ ଏମାକୁ ଫୋନ୍ କରି ପଚାରିଲା। ଏମା ଜଣେଇଲା, "ଗୋଟିଏ ହାତରେ ଚାବି ପୁରାଇଥିବା ବେଳେ, ଆଉ ଗୋଟିଏ ହାତରେ କବାଟକୁ ଧକ୍କା ଦେଇ ଖୋଲ।" ସୋନି ସେମିତି କରିବାରୁ କବାଟ ଖୋଲିଲା ଓ ସେମାନେ ଦୁଇଜଣ ଆପାର୍ଟମେଣ୍ଟ୍ ଭିତରକୁ ଆସିଲେ। ଏମା କହିଥିବା ଅନୁଯାୟୀ ସୋନି ଯାଇ ସେମାନଙ୍କ ପାଇଁ ଉଦ୍ଦିଷ୍ଟ କୋଠରି ଖୋଲିଲା ଓ ସେଠି ମା' ଝିଅ ଦୁଇଜଣ ନିଜ ବାକ୍ସ ଓ ବ୍ୟାଗ୍‌ପ୍ୟାକ୍ ରଖି ସ୍ୱସ୍ତିର ନିଶ୍ୱାସ ମାରିଲେ।

ଅନୁ ରେଷ୍ଟ୍‌ରୁମ୍‌କୁ ଗଲା। ଛୋଟ ରେଷ୍ଟ୍‌ରୁମ୍ ଟିଏ। ଛୋଟ ବେସିନ୍। ବେସିନ୍ ପାଖରେ ଦାନ୍ତଘଷା ଜିନିଷ ରଖିବାକୁ ବି ସ୍ଥାନର ଅଭାବ। ଆଉ ଗାଧୋଇବା ପାଇଁ ସାୱାର୍ କେବଳ।

ମୋଟ ଉପରେ ସେ ଆପାର୍ଟମେଣ୍ଟ୍‌ରେ ୫ଟି ବନ୍ଦ ଦ୍ୱାର ଦେଖିଲା ଅନୁ। ତା ମଧ୍ୟରୁ କେଉଁଠି କଣ ଅଛି, ଜାଣିବା କଷ୍ଟ। ଅନ୍ତତଃ କିଚେନ୍ ତ କେଉଁଠି ଥିବ। ଲିଭିଙ୍ଗ

ରୁମ୍ ଥିଲା କି ନାହିଁ କେଜାଣି ? ଆମେରିକାର ଆପାର୍ଟମେଣ୍ଟ୍ କି ଘର ଭଳି ନୁହେଁ ଯେ ଦ୍ୱାର ଖୋଲି ଦେଲେ, ଲିଭିଙ୍ଗ ରୁମ୍ ଓ କିଚେନ୍ ଖୋଲାରେ ଦେଖାଯିବ। ହୁଏତ ଲୋକଙ୍କୁ ଭଡାଦେବ ବୋଲି ସିଏ ସେମିତି ସବୁକୁ ବନ୍ଦ କରି ରଖିଛି କି କଣ ?

ସେମାନେ ଏମାକୁ ଅପେକ୍ଷା କରି ରହିଲେ। ପ୍ରାୟ ୭ ମିନିଟ୍ ପରେ ଏମା ଆସି ପହଞ୍ଚିଲା। ପ୍ରାୟ ତିରିଶି, ଚାଳିଶି ବୟସର ସ୍ତ୍ରୀ ଲୋକଟିଏ। ଭାରି ସୁନ୍ଦର ଓ ଭଲ ବ୍ୟବହାର ମଧ୍ୟ। ସିଏ ସୋନିକୁ କହିଲା, "କିଛି ଦରକାର ହେଲେ ମତେ ପଚାରିପାରିବ।"

ସୋନି ପଚାରିଲା, "ଏଠି ପାଖରେ କେଉଁଠି ରାତ୍ରିଭୋଜନ କରିବା ପାଇଁ ମିଳିବ ?"

ଏମା କହିଲା, "ଅତି ପାଖରେ ତ ସେମିତି କିଛି ବଡ ଭୋଜନାଳୟ ସବୁ ନାହିଁ। ତେବେ ପବ୍ ଗୋଟିଏ ଅଛି। ସେଠି ଖାଦ୍ୟ ମଧ୍ୟ ମିଳେ। ପବ୍‌ଟି ଏଇ ଆମ କୋଠାର ଆର ପାଖରେ। ଚାଲିକରି ଯିବାକୁ ଦୁଇମିନିଟ୍ ଲାଗିବ।"

ସୋନି କହିଲା, "ଧନ୍ୟବାଦ। ଆମେମାନେ ସେଇଠିକୁ ହିଁ ଯିବୁ।"

ସୋନି ତାପରେ ପଚାରିଲା, "କାଲିର ଟୁର୍ ପାଇଁ ଆମମାନଙ୍କୁ ଯାଇ ସିଟି ଗ୍ୟାଲେରିରେ ସକାଳ ୬ଟା ୪୫ରେ ପହଞ୍ଚିବାକୁ ପଡିବ। ଏଠାରୁ କେମିତି ଗଲେ ଭଲ ହେବ ?"

ଏମା କହିଲା, "ସବୁଠାରୁ ଭଲ ହେବ, ତମେ ଯଦି 'ଫ୍ରି ନାଓ' ଟ୍ୟାକ୍‌ସି ବୁକ୍ କରିବ।"

"ସେଇଟା କେମିତି କରିବାକୁ ପଡିବ ?" - ସୋନି ପୁଣି ପଚାରିଲା।

"ତମେ ତାର ଆପ୍ ଡାଉନ୍‌ଲୋଡ୍ କରିବ। ସେ ଆପ୍ ଡାଉନ୍‌ଲୋଡ୍ କରିସାରିବା ପରେ ସେଥିରେ ବୁକ୍ କରିବ।"

ଏମା ତାପରେ ସାୱାର୍ କେମିତି ଖୋଲିବାକୁ ହେବ, ସେକଥା ସୋନିକୁ ଦେଖେଇଦେଲା। ସିଏ ତାପରେ ତା' ନିଜରୁମ୍‌କୁ ଚାଲିଗଲା ଓ କବାଟ ଦେଇଦେଲା।

ସୋନି ଏବେ ଆପ୍ ଡାଉନ୍‌ଲୋଡ୍ କଲା। ହେଲେ, ଡାଉନ୍‌ଲୋଡ୍ କରିସାରିବା ପରେ ଗୋଟିଏ ସିକ୍ରେଟ୍ କୋଡ୍ ପଠାଇବାକୁ ତାକୁ ଫୋନ୍ ନମ୍ବରଟିଏ ଦେବାକୁ ପଡିବ, ଯେଉଁଥିରେ କି ଟେକ୍‌ସ୍‌ଟ୍ ମେସେଜ୍ ଦେଖିହେବ। ମା' ଝିଅ ଦୁଇଜଣଙ୍କର ଫୋନ୍‌ରେ ବିଦେଶ ଭ୍ରମଣ ସମୟରେ ଟେକ୍‌ସ୍‌ଟ୍ ଦେଖିବାକୁ ବ୍ୟବସ୍ଥା କରିନଥିଲେ। ସେଥିପାଇଁ ଅନୁ ମୁଣ୍ଡରେ ଗୋଟିଏ ଉପାୟ ଜୁଟିଲା। ସିଏ ସୋନିକୁ କହିଲା, "ପାପାଙ୍କୁ ହ୍ୱାଟ୍‌ସ୍‌ଆପ୍‌ରେ ଡାକିଦେ। ତାଙ୍କ ଫୋନ୍ ନମ୍ବର୍‌ରେ ସିଏ ଟେକ୍‌ସ୍‌ଟ୍ ମେସେଜ୍

ପାଇବାକୁ କହିଦେ। ତାହେଲେ ସିଏ ସେ ନମ୍ବରଟି କହିଦେବେ ଓ ତୋର ଆପ୍ ଡାଉନ୍‌ଲୋଡ୍ ହୋଇଯିବ।” ସେମାନେ ସେଇଆ କଲେ। ହେଲେ ରାଜେଶ ପଚାରିଲେ, “ତମ ଗୃହକର୍ତ୍ତ୍ରୀଙ୍କୁ କହନ୍ତୁ ତମ ପାଇଁ ଟ୍ୟାକ୍ସି ବୁକ୍ କରିଦେବ।”

ଅନୁ କହିଲା, “ହଉ ତମେ ଅଧିକ କିଛି କୁହନି। ଶସ୍ତାରୁ ଅବସ୍ଥା। ହେଲେ ଯେଉଁ ଶସ୍ତା ପାଇଁ ଏତେ ସବୁ ଅସୁବିଧାକୁ ଆଦରି ନେଉଛୁ, ସେ ଶସ୍ତା ବି ଆଉ ଶସ୍ତା ହୋଇ ନାହିଁ। ଏଠି ହୋଟେଲ୍ ଭଳି ସର୍‌ଭିସ୍ ମିଳିବନି। ଆମକୁ ଯେତିକି ସାହାଯ୍ୟ କରିପାରୁଛ, କର। ପରେ ତମକୁ ସବୁ କହିବି।”

ତେବେ ଆପ୍ ଡାଉନ୍‌ଲୋଡ୍ ହୋଇଗଲା। ସୋନି ଆସନ୍ତା କାଲି ପାଇଁ ସକାଳ ଛଟା ବେଳକୁ ଟ୍ୟାକ୍ସି ବୁକ୍ କରିଦେଲା।

ସୋନି ଓ ଅନୁ ଏବେ ସେ ପବ୍‌କୁ ଗଲେ। ସେ ପବ୍‌ର ନା ଥିଲା ‘ଟେଣ୍ଡରସ୍ ଗାଷ୍ଟ୍ରୋ ପବ୍’। ପବ୍‌ରେ ସେତେବେଳେ ପ୍ରାୟ ୩୦-୪୦ ଜଣ ଗ୍ରାହକ ଥାଆନ୍ତି। ପବ୍‌ର ଜଣେ ଆଟେଣ୍ଡାଣ୍ଟ୍ ମେନୁ ନେଇ ପହଞ୍ଚିଲା। ମେନୁରେ ଅନୁ ଖାଇବା ଭଳି କିଛି ନଥିଲା। ତେବେ ଖାଲି ତ ବସିବନି, ତେଣୁ “ଓନିଅନ୍ ରିଙ୍ଗ” ମଗେଇଲା। ସୋନି ମେଣ୍ଢାମାଂସର ଗୋଟିଏ ଆଇଟମ୍ ମଗେଇଲା। ଯେତେବେଳେ ସେମାନଙ୍କୁ ଆଟେଣ୍ଡାଣ୍ଟ୍ ଆଣି ଖାଦ୍ୟ ଦେଲା, ସେତେବେଳେ ସେ “ଓନିଅନ୍ ରିଙ୍ଗ”କୁ ଚାଖିଦେଇ ଅନୁର ପାଟି ଖରାପ ହୋଇଗଲା। ସେମାନେ ଯେଉଁ କୋଣରେ ବସିଥିଲେ, ସେ ସ୍ଥାନର ଅନ୍ୟ କୋଣରେ ଜଣେ ବୃଦ୍ଧ ଗୋରା ଦମ୍ପତି ବସିଥାନ୍ତି। ସେମାନଙ୍କ ମୁଣ୍ଡ ଉପରକୁ ଗୋଟିଏ ଟିଭି ରହିଥାଏ ଓ ସେଥିରେ ଆମେରିକାର ଫୁଟ୍‌ବଲ୍ ଖେଳ ପ୍ରଦର୍ଶିତ ହେଉଥାଏ। ସେ ପବ୍‌ରେ ଆଉ କୌଣସି ବିଶେଷ ଆକର୍ଷଣ ନଥାଏ। ତେଣୁ ଅନୁ ସେଇ ଟିଭି ଆଡେ ହିଁ ଚାହୁଁଥିଲା। ଏହି ସମୟରେ ସେ ଦମ୍ପତି ସ୍ଥାନ ପରିବର୍ତ୍ତନ କରି ମଝିକୁ ଆସିଲେ। ତାପରେ ଶୁଭିଲା ଲାଇଭ୍ ସଂଗୀତର ସ୍ୱର। ଅନୁ ଯେମିତି ବସିଥାଏ, ସିଏ କିଛି ଦେଖି ପାରୁନଥାଏ। ତେବେ ସେ ସଂଗୀତ ଅନେକ ମର୍ମସ୍ପର୍ଶୀ ଓ ରୋମାଣ୍ଟିକ୍ ଥାଏ। ପ୍ରତି ଗୀତ ଶେଷରେ ବସିଥିବା ସମସ୍ତ ଦର୍ଶକ କରତାଳିରେ ଗାୟକ ଓ ଗୀତାର ବାଦକଙ୍କୁ ପ୍ରଶଂସାରେ ପୋତି ପକାଉଥାନ୍ତି। ସେ ସଂଗୀତରେ ମୁଗ୍ଧ ହୋଇ ଅନୁ ଓ ସୋନି ସେଠି ରାତି ଏଗାରଟା ପର୍ଯ୍ୟନ୍ତ ବସିଗଲେ। ତାପରେ ସେମାନେ ନିଜ ଏ.ଆଇ.ଆର୍.ବି.ଏନ୍.ବି. ଆପାର୍ଟମେଣ୍ଟ୍‌କୁ ଫେରିଲେ।

ଅନୁ ଏପର୍ଯ୍ୟନ୍ତ କିଛି ବି ପ୍ରତିବାଦ କରିନଥାଏ। ପ୍ରତିବାଦ କଲେ ବି କିଛି ଫଳ ହୋଇନଥାନ୍ତା। ବରଂ ସୋନିର ମନ ଖରାପ ହୋଇଥାନ୍ତା। ସୋନି ଯେବେ ସେପ୍‌ଟେମ୍ବର ମାସରେ ନିଜର ବେଲ୍‌ଫାଷ୍ଟ କନ୍‌ଫରେନ୍‌ସ୍ ବିଷୟରେ ଅନୁ ଓ

ରାଜେଶଙ୍କୁ ଜଣାଇଥିଲା, ସେମାନେ ତା' ସହିତ ବେଲ୍‌ଫାଷ୍ଟ ଯିବାକୁ ଭାବିଥିଲେ। ହେଲେ ମନ୍ଦିର ସମ୍ବନ୍ଧୀୟ ଶୁଣାଣିର ଦିନ ଅକ୍ଟୋବର ଦଶ ତାରିଖକୁ ଧାର୍ଯ୍ୟ କରାଯାଇଥିଲା। ସେଥିପାଇଁ ରାଜେଶ ଯିବାକୁ ମନା କରିଦେଲେ। ଅନୁ ଯିବ କି ନାହିଁ ଏମିତି ଭାବିଭାବି ଯିବ ବୋଲି ବହୁତ ଡେରିରେ ସ୍ଥିର କଲା। ସେତେବେଳକୁ ସୋନି ତାର ଟିକେଟ୍ କରିଦେଇଥିଲା ଓ ଡବ୍‌ଲିନ୍‌ରେ ରହିବାକୁ ଗୋଟିଏ ଏ.ଆଇ.ଆର୍.ବି.ଏନ୍.ବି. ଠିକ୍ କରିଦେଇଥିଲା। ସୋନିର କହିବା ଅନୁଯାୟୀ ସେ ଏ.ଆଇ.ଆର୍.ବି.ଏନ୍.ବି. ସ୍ଥାନଟି ସିଟି ସେଣ୍ଟର୍‌ର ଅତି ପାଖରେ। ତେଣୁ ସେମାନଙ୍କୁ ସବୁ ସୁବିଧା ହେବ। ପ୍ରତିଦିନ ପାଇଁ ସେ ସ୍ଥାନରେ ୭୦ ଡଲାର୍ ପଡିବ। ବାଥ୍‌ରୁମ୍ କିନ୍ତୁ ଶେୟାର କରିବାକୁ ପଡିବ।

ଅନୁ ଦୁଇ, ତିନି ଦିନ ଚିନ୍ତା କଲା। ତାପରେ ସିଏ ବି ସୋନି ବୁକ୍ କରିଥିବା ସେଇ ଏକା ଏୟାର୍‌ଲାଇନ୍‌ସ୍ ଆଏର୍‌ଲିଙ୍ଗସ୍‌ରେ ଏକା ସମୟରେ ଯିବା ପାଇଁ ଫ୍ଲାଇଟ୍ ବୁକ୍ କରିଦେଲା। ସେମାନଙ୍କର ଯୋଜନା ଅନୁଯାୟୀ ସେମାନେ ୱାଶିଂଟନ୍ ଡିସିରୁ ଡବ୍‌ଲିନ୍ ଆଏର୍‌ଲିଙ୍ଗସ୍‌ରେ ଅକ୍ଟୋବର ୯ ତାରିଖରେ ଯିବେ। ଅକ୍ଟୋବର ଦଶ ତାରିଖ ସକାଳେ ଫ୍ଲାଇଟ୍ ଡବ୍‌ଲିନ୍‌ରେ ପହଞ୍ଚିବ। ତାପରେ ସେମାନେ ସେଠି ବସ୍ ନେଇ ବେଲ୍‌ଫାଷ୍ଟ ଯିବେ। ସେଠି ସୋନିର କନ୍‌ଫରେନ୍‌ସ୍ 'ୟୁରୋପା ହୋଟେଲ' ରେ ଦିନ ୨ଟା ବେଳୁ ଆରମ୍ଭ ହେବାର ଥାଏ। ସେମାନେ ବେଲ୍‌ଫାଷ୍ଟରେ ଅକ୍ଟୋବର ୧୦, ୧୧ ଦୁଇଦିନ ରହିବେ ଓ ୧୨ ତାରିଖରେ ଡବ୍‌ଲିନ୍ ଆସିବେ। ଡବ୍‌ଲିନ୍‌ରେ ୧୨, ୧୩ ଦୁଇଦିନ ରହି ୧୪ ତାରିଖରେ ଫେରିବେ। ବେଲ୍‌ଫାଷ୍ଟର ହୋଟେଲ୍ ସବୁ ଚେକ୍ କରି 'ୟୁରୋପା ହୋଟେଲ୍' ପାଖରେ ଥିବା 'ହଲିଡେ ଇନ୍' ସେମାନେ ବୁକ୍ କଲେ। ହେଲେ ଡବ୍‌ଲିନ୍‌ର ଏ.ଆଇ.ଆର୍.ବି.ଏନ୍.ବି. ଅନୁକୁ ପସନ୍ଦ ଲାଗିଲାନି। ସିଏ ମଧ୍ୟ ଇଣ୍ଟରନେଟ୍ ଖୋଜି ଡବ୍‌ଲିନ୍‌ର ହୋଟେଲ୍ ସବୁ ଚେକ୍ କଲା ଓ ଅନେକ ହୋଟେଲ୍ ୧୦୦ ଡଲାର୍ ଭିତରେ ମିଳୁଥିଲା। ହେଲେ ସୋନି ଜଣେଇଲା ଯେ ସିଏ ଯଦି ସେ ଏ.ଆଇ.ଆର୍.ବି.ଏନ୍.ବି.କୁ ଏବେ କ୍ୟାନ୍‌ସଲ୍ କରିବ, ତେବେ ତାକୁ ଗୋଟିଏ ଦିନର ଭଡା ଯେମିତି ହେଲେ ଦେବାକୁ ପଡିବ। ତାପରେ ଏ.ଆଇ.ଆର୍.ବି.ଏନ୍.ବି. ସିଟି ସେଣ୍ଟର୍ ପାଖରେ। ଟିକେ ଆଡ୍‌ଜଷ୍ଟ କରିଦେଲେ ଚଳିବ।

ସୋନିର ଉପରୋକ୍ତ ମନ୍ତବ୍ୟରେ ଅନୁ ଆଉ କିଛି ବଦଳାଇବାକୁ ଜିଦ୍ କଲାନି। ତାପରେ ଦେଖାଯାଉ, ଏ ଏ.ଆଇ.ଆର୍.ବି.ଏନ୍.ବି.ର ଅନୁଭୂତି କେମିତି ରହୁଛି। ସିଏ କେବେ ଏ.ଆଇ.ଆର୍.ବି.ଏନ୍.ବିରେ ରହିନି ଯଦିଓ ତାର ଝିଅମାନେ

କେତେକେତେ ସ୍ଥାନରେ ଏ.ଆଇ.ଆର୍.ବି.ଏନ୍.ବିରେ ରହିଯାଉଛନ୍ତି। ହେଲେ ସେମାନେ ଅଲଗା ଭଳି ରହନ୍ତି। ଗୃହକର୍ତ୍ତା ସେ ସମାନ ଘରେ ରହିନଥାଏ, ତାର ଦ୍ୱିତୀୟ, ତୃତୀୟ ଘରକୁ ଭଡାରେ ଦେଇଦେଇଥାଏ। ଯାହାବି ହେଉ, ଦେଖାଯାଉ କେମିତି ଅନୁଭୂତି ରହିବ। ଏମିତି ଭାବି ଅନୁ ଅନୁଭୂତି ପାଇବା ପାଇଁ ଅପେକ୍ଷା କରି ରହିଲା।

ଯାତ୍ରା ଆରମ୍ଭ କରିବାର ଶେଷ ପର୍ଯ୍ୟନ୍ତ ବି ଗୋଟିଏ ଚେକ୍ଇନ୍ ବ୍ୟାଗ୍ ନେବ କି ନନେବ, ସେକଥା ସ୍ଥିର କରିପାରୁନଥିଲା ଅନୁ। ପିଲାମାନେ ସମସ୍ତେ କହୁଥିଲେ, "ତମେ ଚାରିଦିନ ପାଇଁ କଣ ନେଇକରି ଯିବାକୁ ଚାହୁଁଛ ଯେ, ତମକୁ ଏତେ ବ୍ୟାଗ୍ ନେଇ ଯିବା ଦରକାର? ଖାଲି କ୍ୟାରିଅନ୍ ବ୍ୟାଗ୍ ନିଅ ଓ କେବଳ ସବୁ ଦରକାରୀ ଜିନିଷ ହିଁ ବ୍ୟାଗ୍ରେ ରଖ।" ଅକ୍ଟୋବର ୭ ତାରିଖ ଦିନ ଯେତେବେଳେ ଅନୁ ସମସ୍ତ ଛୋଟ କ୍ୟାରିଅନ୍ ବ୍ୟାଗ୍ ପରଖି ଦେଖିଲା, କୌଣସିଟି ବି ଠିକ୍ ଲାଗିଲାନି। ଯେଉଁଟି ଠିକ୍ ଲାଗିଲା, ସେ ବ୍ୟାଗ୍ଟିର ଚକ ପାଇଁ ତାର ଉଚ୍ଚତା ୨୨.୫ ଇଞ୍ଚ ହୋଇଯାଉଥିଲା, ଆଏର୍ଲିଙ୍ଗସ୍ର ନିୟମ ଅନୁଯାୟୀ କ୍ୟାରିଅନ୍ର ଉଚ୍ଚତା ୨୧.୫ ରହିବା ଦରକାର। ଅନ୍ୟ ସବୁ ବ୍ୟାଗ୍ ଭିତରୁ ଅନେକ ସବୁ ଅଧିକ ସାନ ହୋଇଯାଉଥିଲେ କି ବଡ ହୋଇଯାଉଥିଲେ। ଏମିତି ଦ୍ୱନ୍ଦରେ ରହି ଅକ୍ଟୋବର ୮ ତାରିଖରେ ପୁଣି ଗୋଟିଏ ନୂଆ କ୍ୟାରିଅନ୍ କିଣିଲା ଅନୁ। ଚେକ୍ ଇନ୍ ବ୍ୟାଗ୍ ପାଇଁ ଅଧିକ ୧୧୦ ଡଲାର୍ ପଡିଥାନ୍ତା। ଏବେ ସେଥିରୁ ପଞ୍ଚାବନ ଡଲାର୍ ଖର୍ଚ୍ଚ ହୋଇଗଲା ବ୍ୟାଗ୍ କିଣିବାରେ। ତେବେ ବ୍ୟାଗ୍ଟି ଅନ୍ୟ ସମୟରେ ଦରକାରରେ ଆସିପାରେ। ସେକଥା ଭାବି ଅନୁ ନିଜ ମନକୁ ପ୍ରବୋଧନା ଦେଲା।

ଅକ୍ଟୋବର ୧୧ ତାରିଖରେ ଯେତେବେଳେ ସୋନି ଏ.ଆଇ.ଆର୍.ବି.ଏନ୍.ବିର ଗୃହକର୍ତ୍ତ୍ରୀକୁ ତା' ସହିତ ତା' ମାମା ରହିବ ବୋଲି ଜଣେଇଲା, ଗୃହକର୍ତ୍ତ୍ରୀ ଆଉ ୭୦ ଡଲାର୍ ଅଧିକ ଲାଗିବ ବୋଲି କହିଲା। ତା' ଅର୍ଥ ପ୍ରତିଦିନକୁ ୧୧୦ ଡଲାର୍ ରହିବା ଚାର୍ଜ ରହିବ। ୧୧୦ ଡଲାର୍ ଭିତରେ କେତେ ଆରାମରେ ଭଲ ହୋଟେଲ୍ ସବୁ ମିଳିପାରିଥାନ୍ତା। ହୋଟେଲ୍ରେ ରହିଥିଲେ ଅନ୍ୟ ସୁବିଧା ହେଲା ଯେ ସେମାନେ ସବୁ ସହରର ମାନଚିତ୍ର ଦିଅନ୍ତି, ସହର ବିଷୟରେ ସମସ୍ତ ବିବରଣୀ ଦିଅନ୍ତି, ଯିବା ଆସିବା ପାଇଁ ବି ଟୁର୍ ଚାଳକମାନେ ହୋଟେଲ୍ରୁ ନେଇଯାଆନ୍ତି ଓ ଦରକାର ପଡିଲେ ଟ୍ୟାକ୍ସି ଡାକିଦିଅନ୍ତି। ଆଉ ସବୁଠାରୁ ଭଲକଥା ହେଲା, ନିଜ ରୁମ୍ରେ ସ୍ୱାଧୀନ ହୋଇ ରହିବା ଓ ନିଜର ସ୍ୱତନ୍ତ୍ର ଗାଧୁଆଘରର ସୁବିଧା।

ଏବେ ସେ ଏ.ଆଇ.ଆର୍.ବି.ଏନ୍.ବିରେ ସେତିକି ଅର୍ଥ ଖର୍ଚ୍ଚ ହେବ, କିନ୍ତୁ କିଛି ସୁବିଧା ନାହିଁ। ନା ମାନଚିତ୍ର ମିଳିବ, ନା ଅନ୍ୟ କିଛି ସାହାଯ୍ୟ।

ହେଲେ ସୋନି ତ ସିଟି ସେଣ୍ଟରରେ ସେ ଏ.ଆଇ.ଆର୍.ବି.ଏନ୍.ବି ଆପାର୍ଟମେଣ୍ଟଟି ଥିବାର କହିଥିଲା। ଏବେ ତ ଏ ସ୍ଥାନ କୋଶେ ଦୂରରେ। ସେମାନେ ୬ ୟୁରୋ ଖର୍ଚ୍ଚ କରି ବସ୍‌ରେ ଆସିଲେ, ପୁଣି ୧୫ ମିନିଟ୍ ଚାଲିଲେ। ପହଞ୍ଚିବା ବେଳକୁ ଗୃହକର୍ତ୍ତ୍ରୀ ସହିତ ଯୋଗାଯୋଗ ବି କରିହେଲାନି। ସୋନି ଅନେକ ସମୟରେ ଏମିତି ଭୁଲ୍ କରେ। ତା ବାପାଙ୍କ ଭଳି ସମୟେ ସମୟେ ଏତେ ଉତ୍ତେଜିତ ହୋଇଯାଏ ଯେ, ଆଗପଛ ଚିନ୍ତା ନକରି ହଠାତ୍ ନିଷ୍ପତ୍ତି କରିଦିଏ।

ଅନୁର ଇଚ୍ଛା ହେଉଥିଲା ସିଏ ସୋନି ସାମନାରେ ନିଜ ମନର ସମସ୍ତ ଅସନ୍ତୋଷ ଭାବ ବ୍ୟକ୍ତ କରନ୍ତା। ତେବେ ସେସବୁ କଲେ କିଛି ଲାଭ ହେବାର ନଥିଲା। କେବଳ ଅଯଥା ଯୁକ୍ତିତର୍କ ହେବ ଓ ଅସନ୍ତୋଷ ବଢିବ। ବରଂ ସେମାନଙ୍କର ଆସନ୍ତା କାଲିର "କ୍ଲିଫ୍‌ସ୍ ଅଫ୍ ମୋହେର୍" ଟୁର୍ ବିଷୟରେ ଭାବିବା ଉଚିତ।

ସୋନି ଜଣେଇଲା, "କାଲିର ଟୁର୍ ପାଇଁ ଆମମାନଙ୍କୁ ୬ଟା ବେଳେ ଯାଇ ଟ୍ୟାକ୍ସି ଧରିବାକୁ ପଡିବ। ତମେ କଣ ଗାଧୋଇବ ?"

ଅନୁ କହିଲା, "ତୁ ପାଞ୍ଚଟାରେ ଉଠିବା ପାଇଁ ଆଲାରାମ୍ ଦେଇଦେ। ଦେଖିବା ଯଦି ସମୟ ହୁଏ ତ ଗାଧୋଇବି, ନହେଲେ ନାହିଁ।"

ସୋନି ଆଲାରାମ୍ ଦେଇଦେଲା। ସିଏ ଶୋଇବା ପୂର୍ବରୁ ଗାଧୋଇ ପଡିଲା। ଅନୁ ନିଜ ବ୍ୟାଗ୍‌ପ୍ୟାକ୍ ସଜାଡିଦେଲା। କ୍ୟାମେରା ବ୍ୟାଟେରିକୁ ଚାର୍ଜରେ ରଖିଦେଲା।

ରାତିସାରା କିନ୍ତୁ ଅନୁ ଠିକ୍‌ରେ ଶୋଇପାରୁନଥିଲା। ଆସନ୍ତା କାଲି ସକାଳୁ ଉଠିବାର ଛନକା ରହିଥିଲା। ହଠାତ୍ ରାତି ୨ଟା ବେଳେ ଯେତେବେଳେ ନିଦ ଭାଙ୍ଗିଗଲା, ଦେଖିବା ବେଳକୁ ଆକାଶରେ ଜହ୍ନ ବିନା ପରଦା ଥିବା କାଚ ଝରକା ବାଟ ଦେଇ ସେମାନଙ୍କ କୋଠରିକୁ ଆଲୋକିତ କରୁଛି। ଜହ୍ନ କିରଣରେ ପୂରା ଅନ୍ଧାର ଥିବା କୋଠରିଟି ଉଜ୍ଜ୍ୱଳ ଦିଶୁଛି। ଅନୁ ଅନେକ ଦିନ ଧରି ଜହ୍ନକୁ ନିଜ ଶୋଇବା କୋଠରି ଭିତରେ ଅନୁଭବ କରିନଥିଲା। ଆଜି ସେ ଅନୁଭବ କେମିତି ନିଆରା ଲାଗିଲା। ସିଏ ଅଭିଭୂତ ହୋଇଗଲା। ହୁଏତ ଏ ଜହ୍ନକୁ ହୋଟେଲ୍‌ର ଆଲୋକମାଳା ଆଉ ପରଦା ମଧ୍ୟରେ ଅନୁଭବ କରିହୋଇନଥାନ୍ତା। ଏମିତି ସ୍ଥାନରେ ରହିବାର ସେଇଟା ହିଁ ଟିକେ ଖୁସି ହେବାର କାରଣ ଟିଏ।"

ମନକୁ ବୁଝେଇ, ଆଖିବୁଜି ପୁଣି ଥରେ ଶୋଇବାକୁ ଚେଷ୍ଟା କଲା ଅନୁ।

■

ସିଏ

"ସିଏ ତମର କଣ ତାହେଲେ ?" - ଭାଉଜ ପଚାରିଲେ।

"ଆରେ, ଏମିତି ଗୋଟିଏ ଅଜଣା, ଅଶୁଣା ଝିଅଟିକୁ ତୁ ଗାଁକୁ ନେଇଯିବାକୁ ଏମତି ଜିଦ୍ କଣ ପାଇଁ କରୁଛୁ? ଗାଁ ଲୋକ କଣ ଏକଥା ସହଜରେ ନେବେ? ତାପରେ ତୋ ସ୍ତ୍ରୀ ଲାଲି ଏକଥା ଶୁଣିଲେ କଣ ଭାବିବ କହିଲୁ ? ସିଏ ଜଣେ ଏକାକିନୀ ଯୁବତୀ।"

ଗୋପାଳ ସେମିତି ଜିଦ୍ ଧରି ବସିଥିଲା। ସେ ଯେଉଁ ଝିଅଟି, ଯାହା ସହିତ ତାର ଦିଲ୍ଲୀରୁ ଭୁବନେଶ୍ୱର ଆସୁଥିବା ଫ୍ଲାଇଟ୍‌ରେ ଦେଖାହେଲା, ସେ ଝିଅ ଯିଏ ତା' ପାଖ ସିଟ୍‌ରେ ବସିଥିଲା ଓ କଥାଛଳରେ ସିଏ ଓଡିଶାର ଗ୍ରାମ୍ୟ ଜୀବନ ଅନୁଭବ କରିବାକୁ ଚାହୁଁଛି ବୋଲି କହିଥିଲା, ସେ ଝିଅଟିକୁ ସିଏ ପ୍ରତିଶ୍ରୁତି ଦେଇଦେଇଥିଲା। "ମୋ ଘର ଗାଁରେ। ଆପଣ ଯଦି ଚାହିଁବେ, ତେବେ ମୋ ସହିତ ଆମ ଗାଁକୁ ଯାଇ ଗ୍ରାମ୍ୟ ଜୀବନ ଅନୁଭବ କରିପାରିବେ। ଗାଁରେ ଆମର ଘର ଅଛି ଓ ମୋ ବାପା, ବୋଉ ସେଠି ହିଁ ରହୁଛନ୍ତି।"

ସେ ଝିଅଟି, ଲଳିତା ବି ବହୁତ ଖୁସି ହୋଇଗଲା। କହିଲା, "ଏମିତି ହୋଇପାରିବ ବୋଲି ମୁଁ କେବେବି ବିଶ୍ୱାସ କରିନଥିଲି। ଏତେ ଅଳ୍ପ ଜଣାଶୁଣାରେ ବି ଆପଣ ବନ୍ଧୁତାର ହାତ ବଢେଇଲେ ଓ ମତେ ସାହାଯ୍ୟ କରିବାକୁ ଚାହିଁଲେ, ସେଇଟା ଆପଣଙ୍କର ମହତ ମନର ପରିଚୟ। ନହେଲେ ମୁଁ କେଉଁ ଟ୍ରାଭଲ୍ ଏଜେନ୍‌ସୀର ସାହାଯ୍ୟ ନେଇ ଗାଁ ଦେଖିବାକୁ ଯାଇଥାନ୍ତି। ହେଲେ ସେଇଟା ସେତେ ପ୍ରାମାଣିକ ହୋଇନଥାନ୍ତା।"

ବଡ ଭାଇ ଗୋବିନ୍ଦ ଏୟାରପୋର୍ଟ ଯାଇଥିଲେ ରିସିଭ୍ କରିବାପାଇଁ। ଗୋପାଳ କହିଲା, "ଭାଇ, ଲଳିତା ମଧ୍ୟ ମୋ ସହିତ ଯିବେ।"

ଗୋବିନ୍ଦ ଚମକି ପଡିଲେ। ହଠାତ୍ କିଛି କହିଲେନି। ଲଳିତା ଗୋପାଳଙ୍କ ସହିତ ଗୋବିନ୍ଦଙ୍କ ଘରକୁ ଆସିଲା। ଭାଉଜ ବି ସେମିତି ଚମକି ପଡିଥିଲେ। ଗୋପାଳ କହିଲା, "ସିଏ ଜଣେ ଗବେଷିକା। ଓଡିଶାର ଗ୍ରାମ୍ୟ ଜୀବନ ବିଷୟରେ ପ୍ରବନ୍ଧ ଲେଖୁଛନ୍ତି। ସେଥିପାଇଁ ଗ୍ରାମ୍ୟ ଜୀବନର ପ୍ରତ୍ୟକ୍ଷ ଅନୁଭୂତି ପାଇବାକୁ ଚାହାନ୍ତି।"

ଭାଉଜ କହିଲେ, "ହଉ, ଠିକ୍ ଅଛି। ତମେମାନେ ଧୋଇଧାଇ ହୋଇ ଟିକେ ସତେଜ ହୋଇଯାଅ। ମୁଁ ଖାଇବା ବାଢୁଛି। ତାପରେ କଥା ହେବା।"

ଖିଆପିଆ ସରିବା ପରେ ଲଳିତା ଅତିଥିଙ୍କ ପାଇଁ ଉଦ୍ଦିଷ୍ଟ କୋଠରିକୁ ଚାଲିଗଲା। ତାର ଜେଟ୍‌ଲାଗ୍ ଯାଇନଥିଲା। ତେଣୁ ସିଏ ନିଘୋଡ ନିଦରେ ଶୋଇପଡିଲା।

ଗୋପାଳକୁ ଭାଉଜ ତାଙ୍କ ଟେରାସ୍ ଗାର୍ଡେନ୍ ଦେଖାଉଥିଲେ। ଭାଇ ବି ପଛେପଛେ ଆସିଲେ। ସେଇଠି ସେମାନେ ଏମିତି ଆଲୋଚନା କରୁଥିଲେ।

ଭାଉଜ ପ୍ରଥମେ ପଚାରିଲେ, "ସିଏ କଣ ତମ ସହିତ କାମ କରନ୍ତି।"

- ନା

- ତମ ପଡୋଶୀ ?

- ନା।

- ଚିହ୍ନାଜଣା, ବନ୍ଧୁ ?

- ନା।

ଭାଉଜ ବ୍ୟସ୍ତ ହୋଇଗଲେ। ତାଙ୍କ ମନରେ ହଜାର ଚିନ୍ତା। "ତମେ ତାଙ୍କୁ ଜାଣିନ। ହଠାତ୍ ଫ୍ଲାଇଟ୍‌ରେ ଦେଖା ହୋଇଗଲା। ତାଙ୍କୁ ଏତେଟା ବିଶ୍ୱାସ କରିବା କଣ ଠିକ୍ ହେଲା ? ତାପରେ ତାଙ୍କୁ ଗାଁକୁ ନେଇଯିବାଟା, ଏ ତ ଜମା ଠିକ୍ କଥା ନୁହେଁ।"

ଗୋପାଳ କିନ୍ତୁ କହିଦେଲା, "ଦେଖ ଭାଉଜ, ଏଠି ରହିଲେ ଯଦି ତମକୁ ଅସୁବିଧା ଲାଗୁଛି, ତେବେ ମୁଁ ଲଳିତାଙ୍କୁ କହିବି ସିଏ କେଉଁ ହୋଟେଲ୍ ଚାଲିଯିବେ। ହେଲେ ଆଜିକାଲି ଓଡିଶାରେ ଯେମିତି ଚାଲିଛି, ସିଏ ସହଜରେ ତ ବିଦେଶୀ ବୋଲି ଜଣା ପଡିଯାଉଛନ୍ତି ଓ ତାପରେ ସିଏ ଅତି ସରଳ। କେହି ଯେମିତି ତାଙ୍କ ସରଳତାର ସୁଯୋଗ ନ ନିଅନ୍ତୁ। ସେଇଥିପାଇଁ ତାଙ୍କ ବିଷୟରେ ଜାଣିବା ପରେ, ମୁଁ ତାଙ୍କୁ ବନ୍ଧୁତାର ହାତ ବଢେଇଲି। ମତେ ଯଦି କାହାକୁ ସାହାଯ୍ୟ କରିବାର ସୁଯୋଗ ମିଳିଛି, ତେବେ ସାହାଯ୍ୟ କରିବିନି କାହିଁକି ?"

ଭାଉଜ ବୁଲେଇ ବଙ୍କେଇ ପଚାରିଲେ, "ସତ କୁହ, ତମର ଲାଲି ସଙ୍ଗେ ଝଗଡା ହୋଇନି ତ ? ଆଉ ଇଏ ତମର କୌଣସି ନୂଆ ଗାର୍ଲଫ୍ରେଣ୍ଡ୍ ନୁହଁନ୍ତି ତ ?"

ଭାଇଙ୍କ ମନରେ ବି ସେ ପ୍ରଶ୍ନ ଥିଲା। ସତକଥା ହେଲା, ଭାଇ ଡରୁଥିଲେ। ଗାଁକୁ ଗୋପାଳ ଏକା ଯିବ। ତା' ସହିତ ତା ସ୍ତ୍ରୀ ନାହିଁ। ବାର ଲୋକ ବାର କଥା କହିବେ। ସେଠି ସିଏ ଏ ଯୁବତୀଟି ସହିତ ଏକା ରହିବ। ବାପା, ବୋଉ ଏ କଥାକୁ କେମିତି ନେବେ କେଜାଣି?

ଗୋବିନ୍ଦ କହିଲେ, "ତୋ କଥା ମୁଁ କିଛି ବି ବୁଝିପାରୁନି। ତୁ ଜମା ସପ୍ତାହଟିଏ ପାଇଁ ଗାଁକୁ ଆସିଛୁ। ଟିକେ ବୁଲାବୁଲି କରିବୁ। ଗାଁରେ ବାପା, ବୋଉଙ୍କ ପାଖରେ ରହିବୁ। ତା ଭିତରେ ଏ ଝାମେଲା କାହିଁକି? ତୁ କଣ ଗାଁ ସଂସ୍କୃତି ଜାଣିନୁ? ଏମିତି ଗୋଟିଏ ଅଜବ କଥା, ମୋ ମନ ଗ୍ରହଣ କରିପାରୁନି।"

ସତକଥା କହିବାକୁ ଗଲେ, ସେମିତି ଚିନ୍ତା ବି ଗୋପାଳର ମନରେ ଆସିଥିଲା। ହେଲେ ସେସବୁକୁ ସିଏ ବର୍ଜନ କଲା। ସିଏ ଭାବିଲା, ଜଣେ ମଣିଷ ହିସାବରେ ଆଉ ଜଣେ ମଣିଷକୁ ସଚ୍ଚୋଟ ମନରେ ସାହାଯ୍ୟ କରିବା ପାଇଁ ଏମିତି ସବୁ ଛୋଟଛୋଟ ପ୍ରତିବନ୍ଧକକୁ ଏ ଏକବିଂଶ ଶତାବ୍ଦୀରେ ଯଦି ଗୋପାଳ ଭଳି ଉଚ୍ଚଶିକ୍ଷିତ ମଣିଷ ଡରିଯିବ, ତେବେ ଅବସ୍ଥା ସୁଧୁରିବ କେମିତି? ଆମେରିକାରେ ଏତେଦିନ ରହିବା ପରେ ବ୍ୟବସାୟିକ ସମ୍ପର୍କ ବିଷୟରେ ଅନେକ ଅନୁଭବ ଆସିଯାଇଛି ଗୋପାଳର। ପୁଅ, ଝିଅ ପାର୍ଥକ୍ୟକୁ ନେଇ ସହକର୍ମୀ ମାନଙ୍କୁ ବିଚାର କରିବା ଭୁଲିଯାଇଛି। ଝିଅ ମାନଙ୍କର ବି ଅନେକ ବୁଦ୍ଧିମତ୍ତା ତା' ନଜରକୁ ଆସିଛି ଓ ସେମାନଙ୍କୁ ସିଏ ସେମାନଙ୍କ ବୁଦ୍ଧିମତ୍ତା ପାଇଁ ସମ୍ମାନ କରିବାକୁ କେବେ ବି ପଛଘୁଞ୍ଚା ଦେଇନି। ଆଉ, ଏ ଯେଉଁ ଝିଅ ଲଳିତା, କେତେ ଉଚ୍ଚମନାର ଝିଅ ସତେ? କେବଳ ଗବେଷଣା କରିବାର ଖିଆଲକୁ ଧରି ସିଏ ଆମେରିକା ଦେଶରୁ ସାହସ କରି ଏ ଦେଶକୁ ଆସିଛି, ପୁଣି ଗୋପାଳର ଜନ୍ମଭୂମି ଓଡିଶା ରାଜ୍ୟକୁ ବାଛିଚି, ଆଉ ସେ ସବୁ ଜାଣି ବି ଗୋପାଳ କଣ ଏତିକି ଟିକେ ସାହାଯ୍ୟ କରିବାକୁ ପଛଘୁଞ୍ଚା ଦେବା ଉଚିତ ହୋଇଥାଆନ୍ତା? ଆମେରିକା ଦେଶ ଗୋପାଳକୁ କେତେ କଣ ଦେଇଛି? ଶିକ୍ଷା, ସମ୍ମାନ, ଅର୍ଥ, ପ୍ରାଚୁର୍ଯ୍ୟ, ଆଉ ଅଖଣ୍ଡ ସ୍ୱାଧୀନତା। ଆମେରିକା ଦେଶର ଜଣେ ନାଗରିକକୁ ତା' ଦେଶରେ କିଛିଟା ସାହାଯ୍ୟ ଯୋଗେଇ ସିଏ କଣ ଆମେରିକା ଦେଶର ଋଣ ଟିକେ ସୁଝି ପାରିବନି?

ନାନା ଯୁକ୍ତିତର୍କ ପରେ ଭାଉଜ କହିଲେ, "ଠିକ୍ ଅଛି, ମୁଁ ବି ଗୋପାଳଙ୍କ ସହିତ ଆଉ ସେ ଝିଅ ସହିତ ଗାଁକୁ ଚାଲିଯିବି। ଗୋଟିଏ ସପ୍ତାହ ତ।"

ସେଇଆ ହେଲା। ଗୋବିନ୍ଦଙ୍କର ଅଫିସ୍‌ରେ ଅନେକ ଜରୁରୀ କାମ ଚାଲିଥିଲା। ତେଣୁ ସିଏ ଯାଇପାରିଲେନି। ସେମାନେ ଗୋଟିଏ ଗାଡି ଭଡା କରି ସେଦିନ ଅପରାହ୍ନରେ ଗ୍ରାମ ଅଭିମୁଖେ ଯାତ୍ରା ଆରମ୍ଭକଲେ।

କଥାରେ କଥାରେ ବାଟସାରା ଭାଉଜ ଲଳିତାକୁ ମଜ୍ଜେଇ ରଖି ତା' ଠାରୁ ତା' ବିଷୟରେ ତଥ୍ୟ ସଂଗ୍ରହ କରିବାକୁ ଚାହୁଁଥିଲେ। ଏବେ ଗୋପାଳ ବି ଲଳିତା ବିଷୟରେ ଅନେକ କଥା ଜାଣିଲା। ଲଳିତାର ମା' ଓଡ଼ିଆ ଝିଅ। ଅନାଥାଶ୍ରମରେ ବଢ଼ିଥିଲେ। ଛୋଟ ବେଳୁ, ସିଏ ଯେତେବେଳେ ଛଅ-ସାତ ବର୍ଷର ହୋଇଥିଲେ, ତାଙ୍କୁ ଜଣେ ଆମେରିକାନ୍ ଦମ୍ପତି ପୋଷ୍ୟ କନ୍ୟା ରୂପେ ଗ୍ରହଣ କରିଥିଲେ ଓ ଆମେରିକା ନେଇଯାଇଥିଲେ। ସିଏ ବଡ ହୋଇ ଜଣେ ଶ୍ୱେତକାୟ ଆମେରିକାନ୍ ଯୁବକଙ୍କୁ ବିବାହ କରିଥିଲେ। ଲଳିତା ସେମାନଙ୍କ ଝିଅ। ସିଏ ହିଁ ଝିଅକୁ ଓଡ଼ିଆ ଓ ଓଡ଼ିଶା ସହିତ ଜଡ଼ିତ ରହିବାକୁ ପ୍ରେରଣା ଦେଉଥିଲେ। ଝିଅ ବଡ ହୋଇ ସୋସିଆଲ୍ ସାଇନ୍ସ୍ ପଢ଼ିଲା। ସିଏ ଅନ୍ୟ ଦେଶକୁ ଯାଇ ସେମାନଙ୍କର ସାମାଜିକ ଜୀବନ ବିଷୟରେ ଗବେଷଣା କରି ଅନେକ ସନ୍ଦର୍ଭ ଲେଖିଛି। ତାର ଓଡ଼ିଶା ଆସି ଓଡ଼ିଶାର ସାମାଜିକ ଜୀବନ ବିଷୟରେ ଜାଣିବାକୁ ଅନେକ ଆଗ୍ରହ ଥିଲା। ଏବେ ସିଏ ଗୋଟିଏ ଗ୍ରାଣ୍ଟ୍ ପାଇଛି ଓ ସେ କାମ କରିବାକୁ ଓଡ଼ିଶା ଆସିଛି। ଭାଉଜଙ୍କର ଆଉ ଗୋଟିଏ ଅଦ୍ଭୁତ ପ୍ରଶ୍ନ ବି ଥିଲା, "ଆଛା, ତମ ନାଁ ଲଳିତା କାହିଁକି ରଖାଗଲା ? ଏ ଦେଶରେ ତ ଏବେ ସେସବୁ ନାଁକୁ ଲୋକେ ପୁରୁଣା ଫେଶନ୍‌ର ନାଁ ବୋଲି ଭାବୁଛନ୍ତି।" ଲଳିତା ହସିଥିଲା, "ସେଇଟା ବହୁତ ମଜାର କଥା। ପ୍ରକୃତରେ ମୋ ମା' ଙ୍କର ଅସଲ ନାଁ ଥିଲା ଲଳିତା। ହେଲେ ତାଙ୍କୁ ଯିଏ ପୋଷ୍ୟଭାବେ ଆମେରିକା ନେଇଗଲେ, ସେମାନେ ତାଙ୍କ ନାଁ ବଦଳାଇ 'ଲରା' ରଖିଦେଲେ। ସେଇଟା ତାଙ୍କୁ ବାଧିଥିଲା। ତେଣୁ ସିଏ ମୋ ନାଁ ଲଳିତା ରଖିଲେ। ଅନ୍ତତଃ ମୋ ଭିତରେ ନିଜ ଅତୀତକୁ ଖୋଜିବାକୁ ଚାହୁଁଥିଲେ କି କଣ ?"

ଭାଉଜ ପଚାରିଲେ, "ତମେ ଏକା ଆସିଲ, ସଂପୂର୍ଣ୍ଣ ଗୋଟିଏ ନୂଆ ଦେଶକୁ। ତମକୁ ଭୟ ଲାଗିଲାନି ? ମାନେ, ତମେ ଖବର ତ ପାଉଥିବ ନା, ଦିଲ୍ଲୀରେ କିଛି ବର୍ଷ ପୂର୍ବେ କଣ ସବୁ ଘଟିଥିଲା।"

ଲଳିତା ଟିକେ ଚିନ୍ତା କଲା ଭଳି ମନେହେଲା। ତାପରେ ଉତ୍ତର ଦେଲା, "ହଁ ମା' ମତେ ସେକଥା କହିଥିଲେ। ସେଥିପାଇଁ ସିଏ ମତେ ଦିଲ୍ଲୀରେ ନ ରହି ସିଧା ଓଡ଼ିଶାକୁ ଚାଲି ଆସିବାକୁ ପରାମର୍ଶ ଦେଇଥିଲେ। ତାଙ୍କର ଜଣେ ଓଡ଼ିଆ ସହକର୍ମୀଙ୍କ ପିତାମାତା କଟକରେ ରହନ୍ତି। ଦରକାର ହେଲେ ସେମାନଙ୍କୁ ଯୋଗାଯୋଗ କରିବାକୁ ଜଣେଇଥିଲେ। ଗୋପାଳ ଯଦି ମତେ ଅଫର୍ କରିନଥାନ୍ତେ, ତେବେ ମୁଁ ସେମାନଙ୍କୁ ଯୋଗାଯୋଗ କରିଥାନ୍ତି।"

"ଆଛା, ତମେ ବିବାହ କରିଛ ନା ନାହିଁ ?" - ଭାଉଜ ପଚାରିଲେ।

ଆଉ ଦେଖ, ଲଳିତା କଣ ଉତ୍ତର ଦେଲା, "ନା, ବିବାହ କରିନି। ମନେମନେ ଭାବିଛି, ଯଦି ଜଣେ ଭଲ ଓଡିଆ ଯୁବକଙ୍କୁ କେବେ ଭେଟିବି, ତାଙ୍କୁ ହିଁ ବିବାହ କରିବି। ମା'ଙ୍କୁ ଗୋଟିଏ ସରପ୍ରାଇଜ୍ ଦେବି।"

ଭାଉଜଙ୍କ ମୁହଁକୁ ସେତେବେଳେ ଦେଖିବାର ଥିଲା। ଗୋପାଳ ତାଙ୍କ ମୁହଁ ଦେଖି ମନ ବୁଝିପାରୁଥିଲା। ସିଏ ହୁଏତ ଭାବୁଥିଲେ, ଲଳିତା ଗୋପାଳ ଉପରେ ଦୃଷ୍ଟି ପକେଇଛି କି କଣ? ସିଏ ଗୋପାଳକୁ କହିଲେ, "ଆଚ୍ଛା, ତମେ ଭୁବନେଶ୍ୱରରେ ପହଞ୍ଚିଗଲଣି ବୋଲି ଲାଲିକୁ ଜଣେଇଥିଲ ତ?"

ଲଳିତା ପଚାରିଲା, "ଲାଲି କିଏ? ସିଏ କଣ ଗାଁରେ ଥିବେ?"

ଭାଉଜ - "ନାଁ ସିଏ ଗାଁରେ ନୁହେଁ, ଆମେରିକାରେ ରୁହେ। ଗୋପାଳଙ୍କ ଧର୍ମପତ୍ନୀ। ସାଇଣ୍ଟିଷ୍ଟ୍ ଅଛି।"

ଲଳିତା - "ଆଚ୍ଛା, ମୁଁ ଜାଣିନଥିଲି।"

ଏହି ସମୟରେ ଡ୍ରାଇଭର୍ ଗାଡି ଗୋଟିଏ କଡକୁ ରଖି କହିଲା, "ବାବୁ, ଆପଣ କହୁଥିଲେ ପରା ପଇଡ ପାଣି ପିଇବେ ବୋଲି। ଏଠି ଭଲ ପଇଡ ମିଳେ।"

ଲଳିତା କୁରୁଳି ଉଠିଲା। "ମୁଁ ବି ପଇଡପାଣି ପିଇବି" କହି ସିଏ ଗାଡି ଭିତରୁ ବାହାରକୁ ଆସିଲା। ହଠାତ୍ ସେଠି ଲୋକ ଜମା ହୋଇଗଲେ। "ଫରେନ୍ ଲେଡି, କେତେ ଗୋରା ଦେଖା ହେଉଛି, ଦେଖିବ ଆସ" କହି, ସମସ୍ତେ ଲଳିତାକୁ ଦେଖିବାକୁ ଲାଗିଲେ।

ଲଳିତା ପଇଡ ପାଣି ପିଉଥାଏ। ଦେଖଣାହାରିଏ ଠାକୁର ଦେଖିବା ଭଳି ଲଳିତାକୁ ଗୋଡରୁ ମୁଣ୍ଡ ପର୍ଯ୍ୟନ୍ତ ଦେଖୁଥାନ୍ତି। ତାର କିନ୍ତୁ କିଛି ପ୍ରତିକ୍ରିୟା ନଥାଏ। ସିଏ ଆମୋଦ ଅନୁଭବ କରୁଥାଏ। ପାଣି ପିଇସାରି ସିଏ କଅଁଳ ନଡିଆ ଖାଇବାକୁ ଇଚ୍ଛା ପ୍ରକାଶ କଲା। ତା' ପାଇଁ ନଡିଆ ଆସିଲା ଓ ସିଏ ଅତି ଖୁସିରେ କଅଁଳ ନଡିଆ ଗୋଟାକ ଯାକ ଖାଇଗଲା। "ବହୁତ ସ୍ୱାଦିଷ୍ଟ" କହି ଗାଡି ଭିତରେ ବସିଗଲା। ଗାଡି ଚାରିପଟେ ଜମିଥିବା ଲୋକ ତାକୁ ସର୍କସ୍‌ର ଜୀବ ଭଳି ଦେଖୁଥାନ୍ତି।

ସନ୍ଧ୍ୟା ପୂର୍ବରୁ ସେମାନେ ଗାଁରେ ପହଞ୍ଚିଗଲେ। ବାପା, ବୋଉ ଆଗରୁ ଖବର ପାଇ ଲୋକ ଲଗେଇ ସବୁ ରନ୍ଧାରନ୍ଧି କାମ କରାଇଥିଲେ। ଭାଉଜ ଯାଇ ଘର ବଖରା ସବୁ ପରଖି ଆସିଲେ, ସବୁ ରୁମ୍ ସଫା କରା ଯାଇଥିଲା। ସେଇଥିରୁ ଗୋଟିଏ ରୁମ୍‌ରେ ଲଳିତାକୁ ତା ଲଗେଜ୍ ରଖିବାକୁ କହି ସିଏ ନିଜ ରୁମ୍‌କୁ ଗଲେ। ବଜାରରେ ଯେମିତି ହୋଇଥିଲା, ଗାଁରେ ବି ସେମିତି ହେଲା। ଲଳିତାକୁ ଦେଖିବାକୁ ଲୋକ ଛୁଟିଲେ।

"ମହାପାତ୍ରଙ୍କ ଘରକୁ ଗୋଟିଏ ଫରେନ୍ ଲେଡି ଆସିଛି", ପାଖ ତିନି ଚାରି

ଖଣ୍ଡ ଗାଁକୁ ଖବର ଛୁଟିଗଲା। ହଠାତ୍ ଗୋଟିଏ ବଗୁଲିଆ ଟୋକା ପଚାରିଦେଲା, "କଣ ଗୋପାଳ ଭାଇ ଆଉ ଗୋଟିଏ ବାହା ହୋଇପଡିଲେ?"

ବାସ୍ ସେଇ କଥାଟା ମୁହୂର୍ତ୍ତକ ଭିତରେ ଚାରି ଖଣ୍ଡ ଗାଁ ଅତିକ୍ରମ କରି ଲାଲି ବାପାଙ୍କର ଗ୍ରାମରେ ପହଞ୍ଚିଗଲା। ସେଠି ରହୁଥିବା ଲାଲିର ଜେଜେ ଲାଲିର ବାପାଙ୍କୁ ଦିଲ୍ଲୀ ଫୋନ୍ କଲେ। ଲାଲିର ବାପା କହିଲେ, "ଏମିତି କେମିତି ହୋଇପାରିବ? ଗୋପାଳ ତ ଆମମାନଙ୍କ ପାଖରେ ହିଁ ରହୁଥିଲା। ଆଜି ସକାଳେ ଦିଲ୍ଲୀରୁ ଭୁବନେଶ୍ୱର ଗଲା। ହଠାତ୍ କୋଉଠୁ ଆଉ ଗୋଟିଏ ବାହା ହୋଇପଡିବ? ତାପରେ ସିଏ ଏଠି ଥିବା ବେଳେ, ସବୁଦିନ ଲାଲି ଫୋନ୍ କରୁଥିଲା।"

ଖବର କେମିତି ଲାଲି ପାଖରେ ଆମେରିକାରେ ପହଞ୍ଚି ଯାଇଥିଲା। ଲାଲି ବିବ୍ରତ ହୋଇପଡିଲା। ଇଏ କି ଅଜବ କଥା? ଗୋଟିଏ ଦିନ ଭିତରେ ଏତେ ସବୁ ପରିବର୍ତ୍ତନ? ଗୋପାଳ ଆଉ ଗୋଟିଏ ସ୍ତ୍ରୀ ଲୋକକୁ ନେଇ ଗାଁକୁ ଯାଇଛନ୍ତି? ସିଏ ପୁଣି ଜଣେ ଅତି ସୁନ୍ଦରୀ ଫରେନ୍ ଲେଡି। ଗୋପାଳଙ୍କର କଣ ଆଉ କେହି ଗାର୍ଲଫ୍ରେଣ୍ଡ୍ ଥିଲେ? ଲାଲି ହିଁ ତ ତାଙ୍କ ଗାର୍ଲଫ୍ରେଣ୍ଡ୍ ଥିଲା। ତେବେ କଥା କଣ? ବେଳେବେଳେ ଗୋପାଳ ଅଜବ ବ୍ୟବହାର କରନ୍ତି। ସେଇଟା ତାଙ୍କର ବିଶେଷତ୍ୱ। ସେଇଥିପାଇଁ ତ ଲାଲି ତାଙ୍କ ପ୍ରେମରେ ପଡିଯାଇଥିଲା। ଏବେ ସିଏ ପୁଣି କଣ କରିଛନ୍ତି?

ଲାଲି ଆମେରିକାରୁ ଫୋନ୍ ଲଗେଇଲା। ସେତେବେଳେ ଗୋପାଳ ଓ ତାଙ୍କ ଭାଉଜ ଖାଇ ବସିଥିଲେ। ଲଳିତା ଖାଇବା, ବାଢିବା, ଏମିତି ସବୁର କିଛି ଫଟୋ ଉଠାଉଥିଲା। ଲାଲିର ଫୋନ୍ ସେଇ ସମୟରେ ଆସିଲା। ଭାଉଜ କହିଲେ, "ଲଳିତା, ଟିକେ ଫୋନ୍ ଧରି ବୁଝିନେଲ, କିଏ ଡାକିଛନ୍ତି?" ସିଏ ଭାବିଥିଲେ ହୁଏତ ଗୋବିନ୍ଦ ଭୁବନେଶ୍ୱରରୁ ଡାକିଥିବେ।

ଲଳିତା ଫୋନ୍ ଧରି ପଚାରିଲା, "ଆପଣ କିଏ କହୁଛନ୍ତି?"

ଲାଲି ପଚାରିଲା, "ତମେ କିଏ? ମୋ ସ୍ୱାମୀଙ୍କର ଫୋନ୍ ତମ ହାତରେ କେମିତି?"

ଲଳିତା କହିଲା, "ମୁଁ ଗୋପାଳଙ୍କ ସହିତ ତାଙ୍କ ଗାଁ ଦେଖିବାକୁ ଆସିଛି। ସିଏ ଖାଉଛନ୍ତି। ମୁଁ ତାଙ୍କୁ ଦେଉଛି।"

ଗୋପାଳ ଯେତେବେଳେ ଫୋନ୍ ଧରିଲା, ସେପଟୁ ଲାଲିର ରାଗ, କାନ୍ଦ, ଚିତ୍କାର ସବୁ ଶୁଣା ଯାଉଥିଲା। ଭାଉଜ ଖାଇବା ଥାଳି ଘୋଡେଇ ଦେଇ ଉଠିଗଲେ ଓ ଗୋପାଳଙ୍କଠାରୁ ଫୋନ୍ ଛଡେଇ ନେଇ ଆର କୋଠରିକୁ ଚାଲିଗଲେ। ସେଠି ସିଏ ଲାଲି ସହିତ କଥା ହୋଇଗଲେ। "ସେମିତି କିଛି ନାହିଁ। ଗୋପାଳ ସେ ସ୍ତ୍ରୀ ଲୋକଟିକୁ

ସାହାଯ୍ୟ କରିବା ଭଳି ମହତ ଉଦ୍ଦେଶ୍ୟ ପାଇଁ ଫସି ଯାଇଛନ୍ତି। ମୁଁ ଏଠି ଅଛି। ତୁ କିଛି ଚିନ୍ତା କରନି।"

ଏମିତି ସପ୍ତାହଟିଏ କେମିତି ବିତିଗଲା, ଜଣା ପଡିଲାନି। ପ୍ରତିଦିନ ସକାଳୁ ଉଠି ଚାହା ପିଇ ଲଳିତା ଗାଁ ବୁଲିବାକୁ ଚାଲି ଯାଉଥିଲା। ଭାଉଜ ତ ଗାଁର ବୋହୂ। ସିଏ କଣ ଆଉ ଲଳିତାକୁ ନେଇ ଗାଁ ବୁଲନ୍ତେ? ଆଉ ରହିଲା ଗୋପାଳ। କଥା ସବୁ ଏମିତି ଚୁପ୍‌ଚାପ୍ ଫୁସ୍‌ଫାସ୍ ଚାଲୁଥିଲା ଯେ, ସେଇ ଭୟରେ ସିଏ ଲଳିତା ଠାରୁ ଦୂରେଇ ଦୂରେଇ ରହୁଥିଲା। କିଏ କହୁଥିଲା, "ଗୋପାଳ ଲାଲିକୁ ଛାଡି ଆଉକୁ ବାହା ହୋଇପଡିଛି, ଏଠି ଡ୍ରାମା କରୁଛି।" ଆଉ କିଏ କହୁଥିଲା, "ଗୋପାଳ କଳା କୃଷ୍ଣ ସାଜୁଛି। ସେଠି ରୁକ୍ମିଣୀ ରଖିଛି ତ ଏଠି ରାଧା ସହିତ ନାଚୁଛି।"

ଗାଁର ପଡିଶା ଘରର ଝିଅମାନେ କିନ୍ତୁ ଲଳିତାକୁ ଅତ୍ୟନ୍ତ ଭଲ ପାଉଥିଲେ। ସେମାନେ ଅତ୍ୟନ୍ତ ଆଗ୍ରହର ସହିତ ଲଳିତାକୁ ନେଇ ଗାଁ ବୁଲେଇ ଦେଖାଉଥିଲେ। ଲଳିତା ଦେଖିବାକୁ ଖୁବ୍ ସୁନ୍ଦର ଥିଲା। ଅତି ଧଳା ରଙ୍ଗର ଶରୀର ସାଙ୍ଗକୁ କଳା ରଙ୍ଗର ଆଖି, କେଶ ଓ ଓଡିଆ ଢାଞ୍ଚା ତାକୁ ପୁରାଣ ବର୍ଣ୍ଣିତ ଦେବୀ ମାନଙ୍କର ରୂପର ଔଜଲ୍ୟତା ଦେଉଥିଲେ। ତାପରେ ତାର ସରଳ ପ୍ରଶ୍ନ ପଚାରିବା ଢଙ୍ଗ ସାଙ୍ଗକୁ ସମସ୍ତଙ୍କ ସହିତ ମିଶିଯିବାର ଢଙ୍ଗ ସେ ଝିଅମାନଙ୍କୁ ତା ନିକଟକୁ ଆକର୍ଷିତ କରୁଥିଲେ। ପୁଅମାନେ ବି ଆକର୍ଷିତ ହେଉଥିଲେ, ତେବେ ମହାପାତ୍ର ଘରର ଅତିଥି ହିସାବରେ ସମ୍ମାନ ଦେଉଥିଲେ। "ଇଏ କଳମ ଶାଗ, ଇଏ ମଦରଙ୍ଗା ଶାଗ" ଠାରୁ ଆରମ୍ଭ କରି, "ଇଏ ହେଲା ଚିତୋଉ ପିଠା, ଆଉ ଇଏ ହେଲା ଆରିସା" ଅନେକ କିଛି ଜଣେଇଦେବାରେ ସାହାଯ୍ୟ କରିଥିଲେ ସେ ଝିଅମାନେ। ଯଦିଓ ବେଳେବେଳେ ପ୍ରଶ୍ନ ଆସୁଥିଲା, "ସିଏ କିଏ? ତାର ଏ ମହାପାତ୍ର ଘର ସହିତ କି ସମ୍ପର୍କ?" ଭାଉଜ ଝିଅମାନଙ୍କୁ ବୁଝେଇ ଦେଇଥିଲେ, "କିଏ ଯଦି ସେମିତି କିଛି ପଚାରେ, ତେବେ ତମେ କହିବ, ସିଏ ଭାଉଜଙ୍କ ଭଉଣୀର ପେନ୍ ଫ୍ରେଣ୍ଡ୍।" କିଛି ତ କହିବାକୁ ପଡିବ? ନହେଲେ କଣ ଦୁନିଆ ବୁଝିବ? ପ୍ରତି ମଣିଷକୁ ଗୋଟିଏ ସମ୍ପର୍କର ଚିହ୍ନରେ ଚିହ୍ନିତ ନକଲେ ସେ ଲୋକ ସହିତ କାରବାର କଣ? "ସିଏ ଆଉ ଜଣେ ମଣିଷ। ମୁଁ ତାଙ୍କୁ ଜଣେ ଭଲ ମଣିଷର ମଣିଷତ୍ୱର ବିଚାରରେ ସାହାଯ୍ୟ କରିବାକୁ ଆଗଭର ହୋଇଛି", ଏମିତି କଥାକୁ କିଏ ବୁଝିବ, କୁହତ?

ଏ ଭିତରେ ଲଳିତା କେତେ କଣ ପିଠାପଣା ସବୁ ଖାଇସାରିଥିଲା। କେତେ ରକମର ଗାଆଁର ଓଡିଆ ଖାଦ୍ୟ, ଯଥା ପତରପୋଡା, ବଡିଚୁରା, ଭଣ୍ଡା ସଜନାଶାଗ ଭଜା ଇତ୍ୟାଦି ଚାଖି ସାରିଥିଲା। ପ୍ରତିଦିନ ରାତିରେ ସିଏ ତା କଂପ୍ୟୁଟର୍‌ରେ ତାର

ଅନୁଭୂତି ଲେଖି ରଖୁଥିଲା ଓ ଫଟୋ ଟ୍ରାନ୍ସଫର୍ କରୁଥିଲା। ଏ ଭିତରେ ସମସ୍ତେ ଲଳିତାକୁ ଆପଣେଇ ନେଇଥିଲେ। ଲଳିତା ବି ସମସ୍ତଙ୍କୁ ଆପଣେଇ ନେଇଥିଲା। ଭାଉଜଙ୍କର ଓ ଲଳିତାର ବନ୍ଧୁତା ବି ବଢିଯାଇଥିଲା। ବୋଉ, ବାପାଙ୍କ ସହିତ ପ୍ରତି ସନ୍ଧ୍ୟା ସମୟରେ ସିଏ ଘଣ୍ଟାଏ ଲେଖାଏଁ ଗପ କରୁଥିଲା। ଅଜବଅଜବ ପ୍ରଶ୍ନ ସବୁ ପଚାରୁଥିଲା। "ଆପଣ ଆଣ୍ଟିଙ୍କୁ ଦେଖିନଥିଲେ ଆଉ ଆଣ୍ଟିବି ଆପଣଙ୍କୁ ଦେଖିନଥିଲେ, ତଥାପି ଆପଣ ଜୀବନସାରା ସାଥୀ ହେବାକୁ ହଁ କହିଦେଲେ ? କେମିତି ? ଏଇଟା ସତରେ ବଡ ଅଜବ କଥା।"

ସପ୍ତାହ ଶେଷରେ ଗାଁରୁ ଫେରିବାର ଦିନ। ସେଦିନ ସାହିପଡିଶାର ସମସ୍ତଙ୍କ ଆଖିରେ ଲୁହ। ଝିଅମାନେ ଆସି ପଚାରିଗଲେ, "ଲଳିତା ଅପା, ତମେ ଆମ ଗାଁକୁ ପୁଣି କେବେ ଆସିବ କୁହ।" ଆଉ ସାହିର ଖୁଡୀ ଜଣେ ଆଣି ଲଳିତା ହାତରେ ଡବାଟିଏ ଧରେଇଦେଇ କହିଲେ, "ମଣ୍ଡା ପିଠା ଦିଟା ରଖିଛି। ବାଟରେ ଖାଇଦେବୁ।"

ବାପା, ବୋଉ ଆଶୀର୍ବାଦ କରି ଲଳିତାକୁ କହିଲେ, "ମା, ତତେ ଭଗବାନ କୋଟି ପରମାୟୁ ଦେଇଥାଆନ୍ତୁ। ଏ ଅଙ୍କଲ୍, ଆଣ୍ଟିଙ୍କୁ ଭୁଲି ନଯାଉ ଯେମିତି। ତୋ ଫେରିବା ବାଟକୁ ଆମେ ଚାହିଁ ରହିଥିବୁ।"

ସେମାନେ ଭୁବନେଶ୍ୱରରେ ପହଞ୍ଚିଲା ପରେ, ଗୋବିନ୍ଦ ପଚାରିଲେ, "ଗାଁରେ ସବୁ ଠିକ୍ ରହିଲା ତ ?"

ଭାଉଜ ତାଙ୍କୁ ସବୁ ବୁଝେଇଦେଲେ। ତା' ପରଦିନ ସକାଳ ଫ୍ଲାଇଟ୍‌ରେ ଗୋପାଳର ଦିଲ୍ଲୀକୁ ଫେରିବାର ଥିଲା। ଦିଲ୍ଲୀରୁ ସିଏ ଆମେରିକା ଫେରିବ। ହେଲେ ତା' ମନରେ ଚିନ୍ତା ଥିଲା, ଏବେ ଲଳିତା କେଉଁଆଡେ ଯିବ ? ଲଳିତା କଟକର ଯେଉଁ ଫୋନ୍ ନମ୍ବର ଓ ଠିକଣା ଆଣିଥିଲା, ସେମାନଙ୍କୁ ଯୋଗାଯୋଗ କରୁଥିଲା। ସେମାନେ ତା' ପରଦିନ ସକାଳେ ଲଳିତାକୁ କଟକ ନେଇଯିବାର ସବୁ ଯୋଜନା ରହିଥିଲା। ସେଇକଥା ଯେତେବେଳେ ରାତ୍ରିଭୋଜନ ସମୟରେ ଆଲୋଚନା ହେଲା, ଗୋବିନ୍ଦ ଲଳିତାକୁ ପଚାରିଲେ, "ତମର କଣ ଏଠି କିଛି ଅସୁବିଧା ହେଉଛି ?"

ଲଳିତା କହିଲା, "ନାଇଁ ତ ? ଭାଉଜ ତ ମୋ ସାଙ୍ଗ ହୋଇଯାଇଛନ୍ତି। ଏଠି ତ ମୁଁ ବହୁତ ଆରାମରେ ଅଛି।"

ଗୋବିନ୍ଦ - "ତେବେ ତମର ଓଡିଶାରେ ଯେତେଦିନ କାମ ଅଛି, ତମେ ଏଠି ରହିପାରିବ। କଟକ ଯିବା ଦରକାର ନାହିଁ।"

ଭାଉଜ ମତାମତ ଦେଲେ, "ହଁ, ଲଳିତା ଏଠୁ ଚାଲିଗଲେ ମତେ ଜମା ଭଲ

ଲାଗିବନି। ତମେ ହଁ କହିଦିଅନା ଲଳିତା। ତମେ ତମ କାମ ଶେଷ ପର୍ଯ୍ୟନ୍ତ ଆମ ପାଖରେ ରହିବ।"

ଲଳିତା ବହୁତ ଖୁସି ଥିଲା। ସିଏ ଯାଇ ଭାଉଜଙ୍କୁ କୁଣ୍ଢେଇ ପକେଇଲା। "ହଁ ଭାଉଜ, ମୁଁ ଆପଣଙ୍କ ପାଖରେ ହିଁ ରହିବି।"

ଗୋପାଳ କହି ଆସୁଥିଲା, "ହେଲେ ସିଏ......"।

ଗୋବିନ୍ଦ କହିଲେ, "ଥାଉ, ଆଉ କିଛି କହନି। ସିଏ ଆଉ ଜଣେ ଭଲ ମନର ମଣିଷ। ବାସ୍, ସେତିକି ଯଥେଷ୍ଟ।"

ଗୋପାଳର ଆଖି ବିସ୍ଫାରିତ ହୋଇଗଲା।

ସୌଭାଗ୍ୟ ସ୍ନାନ

ଜୀବନରେ ଯେ ଏମିତି ଏକ ଘଟଣା ଘଟିବ, ସେ କଥା ଅଜନ୍ତା କଳ୍ପନା ବି କରିନଥିଲା। କେହି ବି ଏମିତି କଳ୍ପନା କରିପାରିବେନି। କାରଣ ସିଏ ଏମିତି କଥା କୌଣସି ଚଳଚିତ୍ରରେ ଦେଖିନଥିଲା କି ବହିରେ ପଢିନଥିଲା। ତେଣୁ ଅନୁମାନ କରିବାଟା ବଡ କଠିନ ଥିଲା। ହେଲେ ସେମିତି ହିଁ ଘଟିଲା। ଜାପାନର ଚିବା ସହରର ହୋଟେଲ୍ 'ମିକାଜୁକି ରିଉଗୁ'ରେ ସୌଭାଗ୍ୟ ସ୍ନାନ ପାଇଁ ସଂପୂର୍ଣ୍ଣ ନଗ୍ନ ହୋଇ ସୁବର୍ଣ୍ଣ ସ୍ନାନ କୁଣ୍ଡରେ ପଶିଲା ଅଜନ୍ତା। ସାଙ୍ଗରେ ଚିବା ଫିଲ୍ଡ୍ ଟ୍ରିପ୍‌ରେ ଆସିଥିବା ଅନ୍ୟାନ୍ୟ ସମସ୍ତ ସ୍ତ୍ରୀ ଲୋକମାନେ ମଧ୍ୟ ସେମିତି ସମସ୍ତ ବସ୍ତ୍ର ତ୍ୟାଗ କରି, ଲକର୍‌ରେ ରଖି ନଗ୍ନ ହୋଇ ସେ ସ୍ନାନ କୋଠରିକୁ ଆସିଲେ ଓ ଯାହାର ଯେଉଁଠି ସ୍ନାନ କରିବାକୁ ଇଚ୍ଛା ହେଲା, ସିଏ ସେ ଜଳରେ ପଶିଗଲା। ସମସ୍ତେ ଅଜନ୍ତା ଭଳି ଏଭଳି ସ୍ନାନ ବିଷୟରେ ଅନଭିଜ୍ଞ ଥିଲେ ଓ ନଗ୍ନ ହୋଇ ସ୍ନାନ କରିବାକୁ କୁଣ୍ଠା ପ୍ରକାଶ କରୁଥିଲେ। ହେଲେ ସେ ସ୍ନାନ କୋଠରିର ଦାୟିତ୍ୱରେ ଯେଉଁ ସ୍ତ୍ରୀ ଲୋକମାନେ ଜଗି ରହିଥିଲେ, ସେମାନେ ଆସି ବାରମ୍ବାର ଏମାନଙ୍କୁ ତାଗିଦ୍ କରୁଥିଲେ। ବସ୍ତ୍ର ପିନ୍ଧି ସ୍ନାନ କୁଣ୍ଡକୁ ନ ଯିବାକୁ ସମସ୍ତଙ୍କୁ କହୁଥିଲେ। ଅଗତ୍ୟା ବାଧ୍ୟ ହୋଇ ସମସ୍ତେ ନିଜନିଜର ବସ୍ତ୍ର ତ୍ୟାଗ କଲେ ଓ କାହାକୁ ନ ଚାହିଁ ବିଭିନ୍ନ ସ୍ନାନ କୁଣ୍ଡ ମାନଙ୍କରେ ପ୍ରବେଶ କଲେ। ଭାରତରୁ ଜଣେ ସ୍ତ୍ରୀ ଲୋକ ଆସିଥିଲା, ତା ନାଁ ମେଧା। ଅଜନ୍ତାର ଓ ମେଧାର ବଡ ମେଳଜୋଳ ହୋଇଯାଇଥିଲା। ସେମାନେ ସାଙ୍ଗ ହୋଇ ବୁଲୁଥିଲେ। ପ୍ରଥମେ ମେଧା ବସ୍ତ୍ର ତ୍ୟାଗ କରି ଯାଇ ପାର୍ଶ୍ୱରେ ଥିବା ଗୋଲାକାର ଜଳକୁଣ୍ଡରେ ପଶିଗଲା। ତା ଦେଖାଦେଖି ଅଜନ୍ତା ବି ସମସ୍ତ ସଙ୍କୋଚ ତ୍ୟାଗ କରି ସମସ୍ତ ବସ୍ତ୍ର ତ୍ୟାଗ କରି ଯାଇ ସୁବର୍ଣ୍ଣ କୁଣ୍ଡ ମଧ୍ୟରେ ପଶିଲା।

ସୁବର୍ଣ୍ଣ କୁଣ୍ଡରେ ପାଣିର ତାପମାତ୍ରା ଅଧିକ ଥିଲା। ଦେହ ପୋଡି ଯାଉଥାଏ। ହେଲେ ଉଷ୍ମ ଜଳରେ ସ୍ନାନ କରିବାର ଅନୁଭୂତି ବିହ୍ୱଳ କରାଉଥାଏ।

ପ୍ରଥମେ ଯେତେବେଳେ ଏ ସୌଭାଗ୍ୟ ସ୍ନାନ ବିଷୟରେ ଗତ କାଲି ଖବର ଆସିଥିଲା, ଅଜନ୍ତା ମନେମନେ ଭାବିଥିଲା, "ମୁଁ ମୋର ବାହାରେ ଜଗି ରହିବି। ଆକାଶ ତାଙ୍କର ଯଦି ଯିବେ, ଯିବେ, ହେଲେ ସେଭଳି ସ୍ନାନ କରିବାକୁ ମୁଁ ଜମା ଯିବିନି।" ହେଲେ କେମିତି କଣ ଗୋଟିଏ ପ୍ରଭାବରେ ଅନ୍ୟ ସମସ୍ତ ନାରୀ ମାନଙ୍କ ସହିତ ସେ ଟୁର୍ ଗାଇଡ୍ ଇଦାକୁ ଅନୁସରଣ କରି ସମସ୍ତେ ବିହ୍ୱଳିତ ହୋଇଗଲେ ଓ ଇଦା ଯେମିତି ବତେଇଲା, ସେମିତି କଲେ।

ହଁ, ସେମାନେ ସବୁ ଜାପାନ ଜିଓଫିଜିକାଲ୍ ସୋସାଇଟିର ମିଟିଙ୍ଗ୍‌ରେ ଯୋଗଦେବାକୁ ଆସିଥିଲେ। ମିଟିଙ୍ଗ ଥିଲା ମେ ୨୬ରୁ ୩୦ ପର୍ଯ୍ୟନ୍ତ। ମେ ୩୧ ତାରିଖ ଦିନ ଦୁଇଟା ଫିଲ୍‌ଡ୍ ଟ୍ରିପ୍ ଥିଲା। ସେଥିରୁ ଅଜନ୍ତା ବାଛିଥିଲା ଏ ଚିବା ଟୁର୍‌ରେ ଆସିବାକୁ। ଅଜନ୍ତାର ସ୍ୱାମୀ ଆକାଶ ଡେରିରେ ଆସିବାକୁ ସ୍ଥିର କରିଥିବାରୁ, ପ୍ରଥମେ ତାଙ୍କ ପାଇଁ ଅଜନ୍ତା ଟୁର୍ ବୁକ୍ କରିନଥିଲା, ହେଲେ ମେ ୨୬ ତାରିଖ ଦିନ, କର୍ମକର୍ତ୍ତାଙ୍କ ସହିତ ଯୋଗାଯୋଗ କରି ୫୦ ଡଲାର୍ ଦେଇ ସିଏ ତାଙ୍କର ଟୁର୍ ବୁକ୍ କରେଇ ଦେଇଥିଲା। ମେ ୩୧ ତାରିଖ ଦିନ ଟୁର୍ ତରଫରୁ ପଠା ଯାଇଥିବା ଗାଇଡ୍ ଅନୁଯାୟୀ ସେମାନେ ସମସ୍ତେ ହୋଟେଲ୍ ନିଉ ଓଟାନି ମାକୁହାରୀରେ ୭ଟା ୪୫ ବେଳକୁ ଯାଇ ପହଞ୍ଚିଗଲେ। ବସ୍ ୮ଟା ୧୦ରେ ମାକୁହାରୀ ସହର ଛାଡି ଚିବାନିଆନ୍ ଅଭିମୁଖେ ଯାତ୍ରା ଆରମ୍ଭ କଲା। ୯ଟା ବେଳକୁ ସେମାନେ ଚିବାନିଆନ୍ ଭିତରକୁ ପ୍ରବେଶ କରିବା ପଥ ପାଖରେ ପହଞ୍ଚିଗଲେ। ଦୁଇଟି ଗ୍ରୁପ୍ ହୋଇ ସେମାନେ ଜଙ୍ଗଲ ଭିତରେ ଭିତରେ ଚାଲିଲେ। ଗୋଟିଏ ଗ୍ରୁପ୍‌ର ଗାଇଡ୍ ଜାପାନିଜ୍ ଭାଷା କହୁଥିଲେ ଓ ଅନ୍ୟ ଗ୍ରୁପ୍‌ଟିର ଗାଇଡ୍ ଇଂରାଜୀରେ ବିବରଣୀ ଦେଉଥିଲେ। ଅଜନ୍ତାର ଗ୍ରୁପ୍‌ରେ ଯେଉଁ ଗାଇଡ୍ ଥିଲେ, ତାଙ୍କ ନାମ ହେଲା, ଡକ୍‌ଟର୍ ୟୁସୁକେ ସୁଗାନୁମା। ସିଏ ନେସ୍‌ନାଲ୍ ଇନ୍‌ଷ୍ଟିଚୁଟ୍ ଅଫ୍ ପୋଲାର୍ ରିସର୍ଚ୍ଚରେ ଜଣେ ଗବେଷକ ଭାବେ କାମ କରନ୍ତି। ସିଏ କିନ୍ତୁ ଏବେ ଏ ଯାତ୍ରୀମାନଙ୍କୁ କେତୋଟି ଜିଓଲୋଜିକାଲ୍ ସାଇଟ୍ ସବୁ ଦେଖାଉଥିଲେ। ବହୁ ବର୍ଷ ପୂର୍ବେ ଭୂମିକମ୍ପ ହୋଇ ଲାଭା ବାହାରି ସେସବୁ ଜଙ୍ଗଲ ଓ ପାହାଡ ସୃଷ୍ଟି ହୋଇଥିଲା। ଜଙ୍ଗଲ ରାସ୍ତା। ସେ ରାସ୍ତାରେ ଚାଲିବା ଟିକେ କଠିନ ଥିଲା। ଜଣେ ଯାତ୍ରୀ ଗୋଡରୁ ମୁଣ୍ଡ ପର୍ଯ୍ୟନ୍ତ ସ୍ୱତନ୍ତ୍ର ବସ୍ତ୍ରରେ ଆବୃତ ରହିଥିଲେ। ଏତେ ଗରମରେ ସିଏ ଏମିତି ବସ୍ତ୍ର କାହିଁକି ପିନ୍ଧିଛନ୍ତି ବୋଲି ଗାଇଡ୍‌କୁ ପ୍ରଶ୍ନ କରନ୍ତେ, ସିଏ ଉତ୍ତରଦେଲେ, "ଏ ଜଙ୍ଗଲରେ ନାନା ପ୍ରକାରର ପୋକ, ଜୋକ ଅଛନ୍ତି। ସେମାନେ ବେଳେବେଳେ ଶରୀରରେ ଲାଖି ରହିଗଲେ ମଣିଷକୁ ଅସୁସ୍ଥ କରିଦେବେ। ହେଲେ ସେମିତି କ୍ୱଚିତ୍ ହୁଏ। ତେବେ କେତେଜଣ ଆଗରୁ ସାବଧାନ ହୋଇ ନିଜକୁ ସୁସ୍ଥ ରଖିବାକୁ ଏମିତି ପଦକ୍ଷେପ ନେଇଥାନ୍ତି।"

ଏମିତି କଥା ହେଉହେଉ ଆକାଶଙ୍କ ଗୋଡରେ ଗୋଟିଏ ଜୋକ ଲାଗିଗଲା। ସେ ଜୋକକୁ ବହୁ କଷ୍ଟରେ କାଗଜ ରୁମାଲ୍ ଲଗେଇ ବାହାର କଲା ଅଜନ୍ତା ଓ ଆକାଶଙ୍କୁ ଟିକେ ଦେଖିକରି ଯିବାକୁ ପରାମର୍ଶ ଦେଲା। ସିଏ ହାଫ୍ ପ୍ୟାଣ୍ଟ୍ ପିନ୍ଧି ଟୁର୍‌ରେ ଆସିଥାନ୍ତି। ତେଣୁ ତାଙ୍କ ଗୋଡର ଚର୍ମ ବାହାରକୁ ଦିଶୁଥାଏ। ଏମିତି ୨୦ ମିନିଟ୍ ଚାଲିଚାଲି ସେମାନେ ଏକ ନଦୀ କୂଳକୁ ଆସିଗଲେ। ଦୁଇ ପଟରେ ପାହାଡ। ମଝିରେ କୁଳୁକୁଳୁ ହୋଇ ବହିଯାଉଥିବା ନଦୀଟିଏ। ଅଜନ୍ତାର ବୁକୁ ପୂରିଉଠିଲା। ସିଏ ଭାବପ୍ରବଣ ହୋଇଗଲା। ଇଚ୍ଛା ହେଉଥିଲା, ସେ ନଦୀରେ ଟିକେ ପହଁରିପକାନ୍ତା। ସେ ନଦୀ କୂଳରେ ମଧ୍ୟ କେତେକ ଜିଓଲୋଜିକ୍ ସାଇଟ୍ ଥିଲା। ସେସବୁକୁ ନାଲି ରଙ୍ଗ ଲଗାଇ ଚିହ୍ନଟ କରି ରଖା ଯାଇଥିଲା। ଆଉ କେତେକ ପର୍ଯ୍ୟଟକ ଦଳ ମଧ୍ୟ ସେ ସ୍ଥାନକୁ ଆସୁଥାନ୍ତି ଓ ସେସବୁ ଜିଓଲୋଜିକ୍ ସାଇଟ୍‌ର ଫଟୋ ଉଠାଇ ନେଉଥାନ୍ତି। ସେଠି ଜାପାନର କେତେକ ସମ୍ବାଦଦାତାଙ୍କୁ ମଧ୍ୟ ସେମାନେ ଭେଟିଲେ। ସେ ସମ୍ବାଦଦାତା ପ୍ରଫେସର୍ ସୁଗାନୁମାଙ୍କୁ କିଛି ପ୍ରଶ୍ନ ପଚାରି ବିବରଣୀ ନେଲେ। ଭାରତରୁ ପୁନେ ସହରରୁ ଆସିଥିବା ମେଧା, ଅଜନ୍ତା ଓ ତାର ସ୍ୱାମୀ ଆକାଶଙ୍କ ସହିତ ହିଁ ଚାଲୁଥାଏ। ସିଏ ଏ ଦୁଇଜଣଙ୍କର ଫଟୋ ନେବାକୁ ଅନୁରୋଧ କଲା ଓ ନଦୀର ପ୍ରବାହ ସହିତ ମିଶେଇ ଏକ ରୋମାଣ୍ଟିକ୍ ଫଟୋ ନେଲା। ଟୁର୍‌ର ମୁଖ୍ୟ ଗାଇଡ୍ ଇଦା ସମସ୍ତଙ୍କର ଗ୍ରୁପ୍ ଫଟୋ ଉଠାଇ ରଖିଲା।

ସେ ନଦୀ କୂଳରେ ପ୍ରାୟ ଅଧଘଣ୍ଟାଏ ବିତେଇ, ସେମାନେ ପୁଣି ଉଠାଣିରେ ଚଢିଚଢି ଆହୁରି ପନ୍ଦର ମିନିଟ୍ ଚାଲିଚାଲି ବସ୍ ପାଖକୁ ଆସିଲେ। ଟୁର୍‌ର ପରବର୍ତ୍ତୀ ଆକର୍ଷଣ ଥିଲା ଟ୍ରଲି ଟ୍ରେନ୍। ସେଥିପାଇଁ ବସ୍ ସେମାନଙ୍କୁ ଆଣି ସୁକିସାକି ଷ୍ଟେସନ୍‌ରେ ଛାଡିଲା। ସେଇଠାରେ ଇଦା ସମସ୍ତଙ୍କୁ ଲଞ୍ଚ୍ ବକ୍ସ ଧରାଇଲା। ହେଲେ ସେ ଲଞ୍ଚ୍ ବକ୍ସରେ ଯାହା ସବୁ ଥିଲା, ସେସବୁ ନିରାମିଷାଷୀଙ୍କ ପାଇଁ ନୁହେଁ। ଅତଏବ୍ ଆକାଶ ଓ ଅଜନ୍ତା ନଖାଇ ଆଡ୍‌ଜଷ୍ଟ୍ କରିନେବାକୁ ସ୍ଥିରକଲେ। ହେଲେ ସେ ଷ୍ଟେସନ୍ ନିକଟରେ ଗୋଟିଏ ଦୋକାନ ଥିଲା ଓ ସେ ଦୋକାନରେ ପାଉଁରୁଟି, ଆଇସ୍‌କ୍ରିମ୍ ଇତ୍ୟାଦି ମିଳୁଥିଲା। ଇଦା ଯାଇ ଆକାଶ ଓ ଅଜନ୍ତାଙ୍କ ପାଇଁ ଦୁଇଟି ପାଉଁରୁଟି କିଣିଲା। ଆକାଶ ଯାଇ ସେମାନଙ୍କ ପାଇଁ ଆଇସ୍‌କ୍ରିମ୍ କିଣିଆଣିଲେ। ଇଦା ଦେଇଥିବା ନିୟମ ମୁତାବକ, ସେମାନଙ୍କୁ ଟ୍ରେନ୍ ଭିତରେ ଖାଇବାକୁ ପଡିବ। ପ୍ରାୟ ଦଶମିନିଟ୍ ପରେ ଟ୍ରେନ୍ ଆସିଲା। ସମସ୍ତେ ଟ୍ରେନ୍‌ରେ ବସିଲେ ଓ ନିଜନିଜର ଲଞ୍ଚ୍ ବାହାର କରି ଖାଇଲେ। ଟ୍ରେନ୍ ଚାଲିଥାଏ। ଦୁଇପଟରୁ ଶୀତଳ ପବନ ଆସି ଦେହକୁ ଛୁଇଁ ଯାଉଥାଏ। ଦୁଇପଟରେ ଥାଏ ଜଙ୍ଗଲ, ପାହାଡ, ଜନବସତି ଓ ନଦୀ। ବଡ ଅଭୁଲା ସେ ଯାତ୍ରା। ଏହି ସମୟରେ

ଇଦା ଆସି ପଚାରିଲା, "ଏ କ୍ୟାପ୍‌ଟେନ୍ ଟୋପି ପିନ୍ଧି କିଏ ଫଟୋ ଉଠାଇବାକୁ ଚାହୁଁଚ ?"

ଯାତ୍ରୀମାନଙ୍କ ମଧ୍ୟରେ ଚାରିଜଣ ଛୋଟ ପିଲା ଥିଲେ। ସେମାନେ ବଡ ଆଗ୍ରହୀ ହୋଇ ଟୋପି ପିନ୍ଧି ଫଟୋ ଉଠାଇଲେ। ତାପରେ ଅନେକ ବୟସ୍କ ମାନେ ମଧ୍ୟ ଟୋପି ପିନ୍ଧି ଫଟୋ ଉଠାଇଲେ। ଆକାଶ ଓ ଅଜନ୍ତା ମଧ୍ୟ ଟୋପି ପିନ୍ଧି ଫଟୋ ଉଠାଇଲେ। ଇଦା ଦେଇଥିବା ପାନୀୟ ଖୋଲି ପିଇବାବେଳକୁ ସେଇଟା ଥିଲା "ଗ୍ରିନ୍ ଟି"। "ଥୁ ଥୁ" କରି ଆକାଶ ମୁହଁଟାକୁ କିମ୍ଭୁତାକାର କରିପକେଇଲେ। ତାଙ୍କ ମୁହଁ ଦେଖି ଅଜନ୍ତା ଆଉ ସେ ପାନୀୟକୁ ଖୋଲିଲାନି ଏବଂ ନିଜ ପର୍ସ ଭିତରେ ରଖିଥିବା ପାଣି ବୋତଲ ଖୋଲି ପାଣି ପିଇଲା।

୧୨ଟା ୪୫ ବେଳକୁ ଟ୍ରଲି ଟ୍ରେନ୍ ଆସି "କାଜୁସା ଉଶିକୁ ଷ୍ଟ୍ରିଟ୍' ରେ ପହଞ୍ଚିଗଲା। ସମସ୍ତେ ଟ୍ରେନ୍‌ରୁ ବାହାରି ବସ୍‌ରେ ବସିଲେ। ବସ୍ ଏବେ "କାସାମୋରି କାନ୍ନନ୍ ଟେମ୍ପଲ୍ ଅଭିମୁଖେ ଚାଲିଲା।

କାସାମୋରି କାନ୍ନନ୍ ମନ୍ଦିର ଗୋଟିଏ ୱାର୍ଲଡ୍ ହେରିଟେଜ୍ ସାଇଟ୍। ମନ୍ଦିରଟି ପାହାଡର ଅନେକ ଉପରେ ଅବସ୍ଥାପିତ। ପାହାଚ ଉପରେ ଅତି କଷ୍ଟରେ ଚାଲିଚାଲି ସେମାନେ ମନ୍ଦିରର ପାଦଦେଶକୁ ଗଲେ। ମନ୍ଦିରଟି ଉପର ମହଲାରେ। ମନ୍ଦିରକୁ ଯିବାପାଇଁ ଆହୁରି ଅନେକ ପାହାଚ। ଜୋତା କାଢି ଯିବାକୁ ପଡିବ। ସେ ପାହାଚ ସବୁ ଅତି ସିଧା ହୋଇ ରହିଥାଏ ଓ ଚଢିବାକୁ ଭୟ ଲାଗୁଥାଏ। ତଥାପି ସାହସ କରି ଅଜନ୍ତା ଚଢିଲା। ମନ୍ଦିର ଭିତରେ ବୁଦ୍ଧଦେବଙ୍କର ମୂର୍ତ୍ତି। ସେ ସ୍ଥାନରେ ସମସ୍ତେ ମାନସିକ ରଖି ଲୁଗା ବାନ୍ଧିଥାନ୍ତି। ମନ୍ଦିର ଭିତରେ ପୂଜକ ଥିଲେ। ସିଏ ଜାପାନିଜ୍ ଭାଷାରେ ସେ ମନ୍ଦିର ବିଷୟରେ କିଛି କହିଲେ। ଜାପାନିଜ୍ ବୁଝୁଥିବା କେତେଜଣ ଅତି ମୁଗ୍ଧ ହୋଇ, ଭକ୍ତିବିହ୍ୱଳ ହୋଇ ସେ ପୂଜକଙ୍କ କଥା ଶୁଣୁଥାନ୍ତି। ଶେଷରେ ସେମାନେ ତାଙ୍କୁ ମୁଣ୍ଡ ନୁଆଁଇ ସମ୍ମାନ ଜଣେଇଲେ ଓ ବିଦାୟ ନେଲେ। ସେ ମନ୍ଦିରରୁ ତଳକୁ ଓହ୍ଲାଇବା ବି ଆହୁରି ଭୟର କାରଣ। କିଏ ଯଦି ଟିକେ ଅନ୍ୟମନସ୍କ ହୋଇ ରହିବ ତ, ସିଧା ତଳେ ପଡିଯିବ।

ମନ୍ଦିର ପାଖରେ ଆହୁରି ଦୁଇଟି ପାର୍ଶ୍ୱ ମନ୍ଦିର ଥିଲା। ସେମାନେ ପାର୍ଶ୍ୱ ମନ୍ଦିର ମଧ୍ୟ ବୁଲିଲେ ଓ ତାପରେ ପ୍ରତ୍ୟାବର୍ତ୍ତନ କଲେ। ସତରେ ଏ ପାହାଡ ଉପରେ ଏମିତି ମନ୍ଦିର ଗଢିଥିବା ଲୋକମାନଙ୍କୁ ମନେମନେ ଧନ୍ୟବାଦ ଜଣାଉଥିଲା ଅଜନ୍ତା। ତାପରେ ଆସିଥିଲା ହୋଟେଲ୍ ମିକାଜୁକିରେ ଉଷ୍ମ ଝରର ସ୍ନାନ। ମିକାଜୁକିରେ କେବଳ ବସିବାର ଯୋଜନା କରିଥିଲା ଅଜନ୍ତା। ମେଧା କହିଲା, "ମୁଁ ତ ସୁଇମିଙ୍ଗ ସୁଟ୍ ଆଣିନି। ମୁଁ

ସେମିତି କେବଳ ବସି ରହିବି। ନହେଲେ ଯଦି ସେମାନେ ସୁଇମିଙ୍ଗ ସୁଟ୍ ରେଣ୍ଟାଲ୍ ଦେଉଥିବେ ତ ତେବେ ପାଣି ଭିତରକୁ ଯିବି।"

ଅଜନ୍ତା କହିଲା, "ମୋର ବି ଠିକ୍ ସେଇ ପ୍ଲାନ୍ ଅଛି। କିଛି ନହେଲେ ଆମେ ଦୁଇଜଣ ସାଙ୍ଗ ହୋଇ ହୋଟେଲ୍ ବୁଲି ଦେଖିବା।"

ପ୍ରଶାନ୍ତ ମହାସାଗରକୁ ଲାଗି ହିଁ ଏ ହୋଟେଲ୍ ମିକାଜୁକି। ଏତେ ବଡ ହୋଟେଲ୍ ଯେ କେବଳ ଲୋକମାନଙ୍କ ସ୍ନାନ ନିମନ୍ତେ ନିର୍ମିତ ହୋଇଛି, ଭାବିଲେ ଆଶ୍ଚର୍ଯ୍ୟ ଲାଗେ। ବସ୍ ହୋଟେଲ୍‌ର ପ୍ରବେଶ ଦ୍ୱାର ନିକଟରେ ପହଞ୍ଚୁ ପହଞ୍ଚୁ ହୋଟେଲ୍ ତରଫରୁ ଦୁଇଜଣ ଗାଇଡ୍ ଆସି ପହଞ୍ଚିଗଲେ। ଜଣେ ପୁରୁଷ ଗାଇଡ୍; ସବୁ ପୁରୁଷଙ୍କୁ ତାଙ୍କୁ ଅନୁସରଣ କରିବାକୁ କହିଲା। ଜଣେ ସ୍ତ୍ରୀ ଲୋକ; ସବୁ ନାରୀମାନଙ୍କୁ ତାଙ୍କୁ ଅନୁସରଣ କରିବାକୁ କହିଲା। ଟୁର୍‌ର ମୁଖ୍ୟ ଗାଇଡ୍ ଇଦା ନାରୀ ହୋଇଥିବାରୁ ନାରୀମାନଙ୍କ ସହିତ ଗଲା। ସିଏ ଇଂରାଜୀ ବୁଝୁଥିଲା। ଅଜନ୍ତା ତାକୁ ପଚାରିଲା, "ଆମକୁ ଏବେ କଣ କରିବାକୁ ହେବ?"

ଇଦା ଉତ୍ତରରେ କହିଲା, "କିଛି ବ୍ୟସ୍ତ ହୁଅନି। ମୁଁ ତ ତମମାନଙ୍କ ସହିତ ରହିବି। ତେଣୁ ତମେ ସମସ୍ତେ ମୋ ସହିତ ଥାଅ। ଆମେ ସମସ୍ତେ ସେ ହୋଟେଲ୍‌ର ଗାଇଡ୍‌କୁ ଅନୁସରଣ କରିବା।"

ହୋଟେଲ୍‌ର ଗାଇଡ୍ ଜାପାନିଜ୍ ଭାଷାରେ କହୁଥାଏ। ତେଣୁ କିଛି ବୁଝି ହେଉନଥାଏ। ସେମାନେ ସମସ୍ତେ ହୋଟେଲ୍ ଭିତରେ ପଶିଲେ। ବଡ ସୁନ୍ଦର ଭାବେ ସଜ୍ଜିତ ପ୍ରବେଶ ଦ୍ୱାର। ହୋଟେଲ୍ ଗାଇଡ୍ କହିଲା, "ସମସ୍ତେ ଏବେ ଜୋତା ଲକର୍‌ରେ ରଖ", କାରଣ ବିନା ଜୋତାରେ ଉପରକୁ ଯିବାକୁ ପଡିବ। ଜୋତା ଲକର୍‌ରେ ରଖିବା ପାଇଁ ୧୦୦ ୟେନ୍ ଦେବାକୁ ପଡିବ। ଅଜନ୍ତା ନିଜ ଜୋତା ଆକାଶଙ୍କ ଲକର୍‌ରେ ରଖିଦେଲା। ସମସ୍ତଙ୍କୁ ଆଉ ଗୋଟିଏ ଗୋଟିଏ ଲକ୍ ଦିଆ ଯାଇଥିଲା ଉପର ମହଲା ପାଇଁ। ତାପରେ ସୁଇମିଙ୍ଗ ଗାଉନ୍ ସଂଗ୍ରହ କରି ସେମାନେ ସମସ୍ତେ ଏଲିଭେଟର୍‌ରେ ଦ୍ୱିତୀୟ ମହଲାକୁ ଆସିଲେ। ଦ୍ୱିତୀୟ ମହଲାର ପ୍ରବେଶ ଦ୍ୱାରରେ ତଉଲିଆ ଓ ସାୱାର୍ କ୍ୟାପ୍ ସଂଗ୍ରହ କଲେ। ଇଦା କହିଲା, "ଏବେ ସମସ୍ତେ ନିଜନିଜରର ଲକର୍‌କୁ ଠାବ କର। ସେ ଲକର୍‌ରେ ନିଜର ପିନ୍ଧାବସ୍ତ୍ର ରଖି ସୁଇମିଙ୍ଗ ଗାଉନ୍ ପିନ୍ଧ। ସୁଇମିଙ୍ଗ ଗାଉନ୍ ପିନ୍ଧି ତୁମେମାନେ ଏ ସ୍ଥାନରେ ଚଳପ୍ରଚଳ କରିବ। ତେବେ ଯେଉଁମାନେ 'ସୂବର୍ଣ୍ଣ ସ୍ନାନ', 'ରୌପ୍ୟ ସ୍ନାନ' କି ଉଷ୍ଣ ପୋଖରୀ ସ୍ନାନ କରିବ, ସମସ୍ତଙ୍କୁ ସେ କୋଠରିର ପ୍ରବେଶ ଦ୍ୱାରରେ ଏ ସୁଇମିଙ୍ଗ ଗାଉନ୍ ତ୍ୟାଗ କରି ସଂପୂର୍ଣ୍ଣ ନଗ୍ନ ହୋଇ ଯିବାକୁ ପଡିବ।

ଅଜନ୍ତା ଓ ମେଧା ଆସି ନିଜ ନିଜର ଲକର୍‌ରେ ପିନ୍ଧା ବସ୍ତ୍ର ରଖିଦେଲେ। ସୁଇମିଙ୍ଗ ଗାଉନ୍ ପିନ୍ଧି ସେମାନେ ତାପରେ ଉଷ୍ଣ ଝରଣ ସ୍ନାନ କୋଠରି ଆଡକୁ ଗଲେ। ସେଠି ଅନେକ ସ୍ତ୍ରୀ ଲୋକ ସବୁ ସେମିତି ନଗ୍ନ ହୋଇ ବୁଲୁଥାନ୍ତି। କେତେକ ନଗ୍ନ ହୋଇ ଗାଧୁଆ ଘରେ ଗାଧୋଉଥାନ୍ତି ଓ ଆଉ କେତେକ ବିଭିନ୍ନ ରକମର ଉଷ୍ଣ ଝରଣରେ ପହଁରୁଥାନ୍ତି।

ଟୁର୍‌ରେ ଆସିଥିବା ଅନ୍ୟ ସ୍ତ୍ରୀ ଲୋକମାନେ ହିଁ ସମସ୍ତେ ସେମିତି ବିବ୍ରତ ହୋଇ ପରସ୍ପରକୁ ଚାହୁଁଥାନ୍ତି। ଉଲଗ୍ନ ହେବେ କି ନା, ସିଏ ଏକ ବଡ ଦ୍ୱନ୍ଦ୍ୱ ବିଚାର। ତେବେ, ସେ ସ୍ଥାନରେ ସମସ୍ତେ ନାରୀ। କଡାକଡି ଭାବେ ଫଟୋ, ଭିଡିଓ ବନ୍ଦ କରାଯାଇଥାଏ। କେହି ତ କିଛି ଭିତରକୁ ନେଇପାରିବେନି କେବଳ ନିଜ ଛଡା; ଆଉ ଫଟୋ, ଭିଡିଓ କଥା ଉଠୁଛି କେଉଁଠି ?

ମେଧା ଓ ଅଜନ୍ତା ଏମିତି ଚକିତ ହୋଇ ରହିଥିବା ବେଳେ, ସେମାନଙ୍କ ସହିତ ଆସିଥିବା ବୟସ୍କ ମହିଳା ଜଣେ ହଠାତ୍ ନିଜ ସୁଇମିଙ୍ଗ ଗାଉନ୍ କାଢି ରଖିଦେଲେ ଓ ଗାଧୁଆ ଘରେ ଧୋଇ ହୋଇ, ରୌପ୍ୟ ସ୍ନାନକୁଣ୍ଡରେ ପ୍ରବେଶ କଲେ। ମେଧା କହିଲା, "ଆମକୁ ତ ଜମା ଘଣ୍ଟାଏ ଦିଆ ଯାଇଛି, ଚାଲ ତେବେ ଆମେ ସେ ସୁଯୋଗ ନେବା। ଏ ସ୍ନାନ ପାଇଁ ବି ଆମ ଟୁର୍ ସେମାନଙ୍କୁ ଆମମାନଙ୍କ ପାଇଁ ଅର୍ଥ ଦେଇଛି।"

ଆଉ ଜଣେ ଚାଇନାରୁ ଆସିଥିବା ମହିଳା ମଧ୍ୟ ସେମିତି ଉଲଗ୍ନ ହୋଇ ଯାଇ ସୁବର୍ଣ୍ଣ କୁଣ୍ଡରେ ପଶିଗଲେ। ମେଧା ତାଙ୍କ ଦେଖାଦେଖି ଉଲଗ୍ନ ହୋଇପଡିଲା ଓ କଡରେ ଥିବା ଛୋଟ ଗୋଲାକାର ଜଳକୁଣ୍ଡ ଭିତରେ ଯାଇ ପଶିଗଲା। ସେମାନଙ୍କ ଟୁର୍‌ର ଲୋକଙ୍କ ବ୍ୟତିରେକ ସେଠାରେ ଅନ୍ୟ ସ୍ତ୍ରୀ ଲୋକମାନେ ବି ଥାଆନ୍ତି ଓ ସେ ଉଷ୍ଣ କୁଣ୍ଡରେ ଗାଧୋଉଥାଆନ୍ତି। ଅଜନ୍ତା ସ୍ଥାଣୁ ପାଲଟି କିଛି ସମୟ ଠିଆହେଲା। ତାପରେ ଆଉ କାହାକୁ ଚାହିଁଲାନି। ଯନ୍ତ୍ରବତ୍ ପିନ୍ଧିଥିବା ସୁଇମିଙ୍ଗ ଗାଉନ୍‌କୁ କାଢିଲା ଓ ଯାଇ ଗାଧୁଆ ଘରେ ପ୍ରଥମେ ଗାଧୋଇଲା। ସେ ସମୟ ଭିତରେ ସୁବର୍ଣ୍ଣ ସ୍ନାନ କୁଣ୍ଡ ଫାଙ୍କା ହୋଇଯାଇଥିଲା। ଅଜନ୍ତା ଯାଇ ସେ ସୁବର୍ଣ୍ଣ ସ୍ନାନ କୁଣ୍ଡରେ ପଶିଲା। ଦେହ ପୋଡି ଯାଉଥାଏ। ତଥାପି ଭଲ ଲାଗୁଥାଏ। କିଛି ସମୟ ପରେ ରୌପ୍ୟ ସ୍ନାନକୁଣ୍ଡ ଖାଲି ହୋଇଗଲା। ଅଜନ୍ତା ସୁବର୍ଣ୍ଣ ସ୍ନାନକୁଣ୍ଡ ମଧ୍ୟରୁ ବାହାରି ରୌପ୍ୟ ସ୍ନାନକୁଣ୍ଡରେ ପଶି କିଛି ସମୟ ଧ୍ୟାନମଗ୍ନ ହେଲା। ମନର ସବୁ ବିକାର, ସବୁ ଚିନ୍ତା କେମିତି ଉଭାନ ହୋଇଗଲା। କେବଳ ରହିଥିଲା ଏକ ଅନୁଭବ, ମୁକ୍ତ ହେବାର ଅନୁଭବ। କିଏ କଣ ଭାବିବ, ସେଥିପ୍ରତି ଧ୍ୟାନ ନ ରଖିବାର ଅନୁଭବ। ନିଜ ଭିତରେ ନିଜେ ମଜ୍ଜି ରହିବାର ଅନୁଭବ।

କିଛି ସମୟ ସୁବର୍ଣ୍ଣ ସ୍ନାନକୁଣ୍ଡରେ ବିତାଇ ଅଜନ୍ତା ଯାଇ ଟିକେ ବଡ ଆକାର ଥିବା ପୋଖରୀରେ ଏମୁଣ୍ଡରୁ ସେମୁଣ୍ଡ ପହଁରିଲା। ପୋଖରୀ ପାଣିର ତାପମାତ୍ରା ଟିକେ କମ୍ ଥିଲା। ଏହି ସମୟରେ ଇଦା କେଉଁଠି ଥିଲା ଆସି ପହଞ୍ଚିଲା। ପଚାରିଲା, "କଣ ଭଲ ଲାଗୁଛି ?"

ଅଜନ୍ତା କହିଲା, "ହଁ, ଇଏ ଏକ ନୂଆ ଅନୁଭବ।"

ଇଦା କହିଲା, "ଜାଣିଛ, ଏ ସ୍ନାନ କୁଣ୍ଡରେ ଓ ସ୍ନାନ ପୋଖରୀରେ ସ୍ନାନ କରିବା ପରେ ଚର୍ମରେ ଏକ ସୁନ୍ଦର ଜାଗରଣ ଆସେ, ଚମକ ଆସେ। ଏ ଜଳ ସେମିତି ଭାବେ ପ୍ରସ୍ତୁତ କରାଯାଇଛି।"

ଇଦା ତାପରେ ଚାଲିଗଲା। ପ୍ରଶାନ୍ତ ମହାସାଗର ଦିଶୁଥାଏ। ବାସ୍ତବରେ ପ୍ରଶାନ୍ତ ମହାସାଗର ଓ ସ୍ନାନ ପୋଖରୀକୁ ଭାଗ କରିଥାଏ ଏକ କାଚର କାନ୍ଥ।

ମଣିଷ କଣ ଆବିଷ୍କାର ନ କରିଛି ସତେ ? ଉଷ୍ମ ସ୍ନାନର ଏ ଅନୁଭୂତି ଏକ ଅନନ୍ୟ ଅନୁଭୂତି, ବିରଳ ଅନୁଭୂତି।

ସେ ସ୍ନାନକୁ ସୌଭାଗ୍ୟ ସ୍ନାନ କୁହାଯାଉଥିଲା। କି ସୌଭାଗ୍ୟ ଆସିବ କେଜାଣି ? ତେବେ ମୁକ୍ତିର ଏ ଯେଉଁ ଅନୁଭବ ଆସିଲା, ସେ ଅନୁଭବ ସ୍ୱର୍ଗୀୟ ଥିଲା।

ଏମିତି କିଛି ସମୟ ପହଁରିସାରିବା ପରେ ସେମାନେ ପୁଣି ନିଜ ବସ୍ତ୍ର ପରିଧାନ କରି ପ୍ରବେଶ ଦ୍ୱାର ନିକଟକୁ ଆସିଲେ। ସେଠି ଲକର୍‌ରୁ ଜୋତା ସଂଗ୍ରହ କରି ଓ ଲକ୍ ଡିପୋଜିଟ୍ କରି ବସ୍ ପାଇଁ ଅପେକ୍ଷା କରି ବସିରହିଲେ।

ଆକାଶ ଫେରିବା ପରେ ପଚାରିଲେ, "ତୁ କଣ ଗାଧୋଇବାକୁ ଗଲୁ ନା ବସି ରହିଲୁ ?"

ଅଜନ୍ତା ଉତ୍ତରଦେଲା, "ମୁଁ ଗଲି।"

"ତୁ ଗଲୁ, ମାନେ ବିନା ବସ୍ତ୍ରରେ। ବସ୍ତ୍ର ପିନ୍ଧି ଯିବାକୁ ତ ଅନୁମତି ନଥିଲା।" - ଆକାଶ ଚମକିପଡିଲେ।

"ହଁ, ମୁଁ ଗଲି, ବିନା ବସ୍ତ୍ରରେ।" - ଏକ ବନ୍ଧନହୀନ, ମୁକ୍ତ ହୃଦୟରୁ ଏ ସ୍ୱର ବାହାର କରି ଅଜନ୍ତା ଜବାବଦେଲା।

ଆକାଶ ଆଖି ଫାଡି ଚାହିଁ ରହିଲେ।

■

ତୃପ୍ତି ଭୋଜନାଳୟ

ସେଦିନ ଅନୁପମଙ୍କର ଦେହ ଭଲନଥିଲା । ବସନ୍ତଋତୁ ଆଗମନ କରିଥିଲା ଓ ସେଥିପାଇଁ ପରିବେଶରେ ପୁଷ୍ପରେଣୁର ପରିମାଣ ଅଧିକ ଥିଲା । କଣପାଇଁ କେଜାଣି, ଅନୁପମଙ୍କର ଏ ପୁଷ୍ପରେଣୁ ପାଇଁ ଆଲର୍ଜି ବାହାରେ; ନାକ, ଆଖିରୁ ଅନବରତ ପାଣି ନିଗିଡେ । ଦେହରେ ତାପମାତ୍ରା ରହେ, ମୁଣ୍ଡ ଭାରି ହୋଇଯାଏ ଓ ବଡ ଅସ୍ୱସ୍ତିକର ଲାଗେ । ସେଥିପାଇଁ ଆଜି ଅନୁପମ ଘରେ ରହିଲେ । ପତ୍ନୀ ସ୍ନେହଲତା କାମ ତନଖିବା ପାଇଁ ରେଷ୍ଟୁରାଣ୍ଟ୍‌କୁ ଗଲେ ।

ସ୍ନେହଲତା ଘରକୁ ଫେରୁଫେରୁ ରାତି ଏଗାର ବାଜିଲା । ଅନୁପମ କିଛି ଆଲର୍ଜି ଔଷଧ ଖାଇ ବିଛଣାରେ ଗଡପଡ ହେଉଥାନ୍ତି । ସ୍ନେହଲତା ଘରକୁ ଫେରି କପଡା ନ ବଦଳାଇ ସିଧା ଯାଇ ସୋଫା ଉପରେ ଦୁମ୍ କରି ବସିଗଲେ । ଅନୁପମ ଉପର ଘରୁ ତଳକୁ ଆସି ପଚାରିଲେ, "ସବୁ ଠିକ୍‌ଠାକ୍ ଥିଲା ତ ?"

ସ୍ନେହଲତା ମୁଣ୍ଡକୁ ଜୋରରେ ଚାପି ଧରି ଜବାବ ଦେଲେ, "ଆଜି ସେ ବ୍ରାଣ୍ଡନ୍ ପୁଣି ଆସି ଗୋଟିଏ ଡ୍ରାମା କଲା ?"

"କଣ କଲା ସିଏ ? ତମେ ମତେ ଡାକିଲନି କାହିଁକି ?" - ଅନୁପମ ବ୍ୟସ୍ତ ହୋଇପଡିଲେ ।

"ମୁଁ ଭାବିଲି ମୁଁ ସମ୍ଭାଳିନେବି । ସିଏ ଆଜି ବି ସେମିତି ଅନେକଦିନର ଅଧୁଆ କପଡା ପିନ୍ଧି ରେଷ୍ଟୁରାଣ୍ଟ୍‌କୁ ଖାଇବାକୁ ଆସିଲା । ତା ସାର୍ଟ ସାରା ବିଲେଇ ରୁମ ଭର୍ତ୍ତି । ଶୁଣିଲି, ସିଏ କୁଆଡେ ଆଠଟା ବିଲେଇ ପୋଷିଛି । ପୁଣି ସେଇ ଏକା ଜିଦ୍ କଲା ଯେ ସିଏ ବଫେ ଆଣି ଖାଇବ ।" - ସ୍ନେହଲତା କହିଲେ ।

"ତମେ କଣ ତାକୁ ବଫେ ସ୍ଥାନକୁ ଛାଡିଲ ?"

"ନାଁ, ମୁଁ ତାକୁ ସିଧା କହିଲି - ଦେଖ, ତମେ ସେ କଣରେ ଟେବୁଲ୍‌ରେ

ବସ। ତମେ ଯାହା ଚାହିଁବ, ଆମ ରେଷ୍ଟୁରାଣ୍ଟ୍ ଷ୍ଟାଫ୍ ଯୋଗେଇଦେବେ। ସିଏ ମାନିକରି ସେ କଣ ଟେବୁଲ୍‌ରେ ବସି ଖାଇଲା। ହେଲେ, ଯିବାବେଳକୁ ଆମ ନାମରେ ପକ୍ଷପାତ (ଡିସ୍‌କ୍ରିମିନେସନ୍) କେସ୍ କରିବ ବୋଲି ଧମକ ଦେଇ ବାହାରିଗଲା।"

ଅନୁପମ ଚିନ୍ତିତ ଦିଶିଲେ। ପୁଣି ଗୋଟିଏ ଝଞ୍ଜଟ। ପୁଣି ଓକିଲ, କୋର୍ଟ କେସ୍, ଅର୍ଥ ହାନି, ପ୍ରାଣ ପୀଡ଼ା। ସିଏ ସ୍ନେହଲତାଙ୍କ ପାଖକୁ ଯାଇ ସୋଫା ଉପରେ ବସିଲେ ଓ ତାଙ୍କୁ ପ୍ରବୋଧନା ଦେଲେ। "ହଉ, ତମେ ଚିନ୍ତା କରନି। ମୁଁ ବୁଝିବି।"

ସ୍ନେହଲତା କହିଲେ, "ସତରେ ମୁଁ ବୁଝିପାରୁନି, ଏ ମଣିଷମାନେ ଏମିତି ଅଜବ ଅଭ୍ୟାସ କେମିତି ଆଦରିଛନ୍ତି ? ବାପ୍‌ରେ, ଆଠଟା ବିଲେଇ। ପାଳିଲ, ପାଳିଲ, ଟିକେ ପରିଷ୍କାର ରହିପାରିବନି। ସାର୍ଟ, ପ୍ୟାଣ୍ଟ ସାରା ବିଲେଇରୁମ, ସେଥିରେ ଚାରିଆଡେ ବୁଲିବ। ମତେ ତ ଏମିତି ଲାଗିଲା ଯେ ସିଏ ବୋଧହୁଏ ଦଶଦିନ ହେଲା ଗାଧୋଇନି। ତା' ଦେହରୁ ଏମିତି ଗନ୍ଧ ବାହାରୁଥାଏ ଯେ, ପାଖକୁ ଗଲେ ଜଣେ ବାନ୍ତି କରିବ। ସେଥିରେ ସିଏ ବଫେ ପାଖକୁ ଆସିବାମାତ୍ରେ ତ ମୋ ଦେହରେ ଗଲାନି।"

ସ୍ନେହରେ ଚୁମ୍ବନ ଦେଇ ଅନୁରାଗ କହିଲେ, "ଯାଅ, ତମେ ଆଜି ପୂରାଦିନଟା ରେଷ୍ଟୁରାଣ୍ଟ୍‌ରେ କଟେଇଛ, ଏବେ ଯାଇ ଶୋଇପଡ। ସିଏ ଯଦି କିଛି ବି ଗଣ୍ଡଗୋଳ କରେ ତ ମୁଁ ଆମ ଓକିଲଙ୍କ ସହିତ ପରାମର୍ଶ କରିବି।"

କାହିଁ କେତେବର୍ଷର ପୁରୁଣା ସ୍ମୃତି ସବୁ ମନକୁ ଆସୁଥିଲା। ଅନୁରାଗ ଏ ଭୋଜନାଳୟଟି ଖୋଲିଥିଲେ ୨୫ ବର୍ଷ ତଳେ। ନାମ ରଖିଥିଲେ "ତୃପ୍ତି ଭୋଜନାଳୟ"। ଯିଏ ସେଠି ଖାଇବ, ସିଏ ତୃପ୍ତ ହୋଇ ଫେରିବ। ତାଙ୍କ ଭୋଜନାଳୟରେ ଖାଇ ଖୁସି ହୋଇ ଫେରୁଥିବା ଗ୍ରାହକଙ୍କୁ ଦେଖିଲେ ତାଙ୍କ ମନ ପୁରିଉଠେ। ଅନୁରାଗ ସେମିତି କିଛି ବ୍ରିଲିଆଣ୍ଟ ଷ୍ଟୁଡେଣ୍ଟ ନଥିଲେ। ବଡ ଭିଣୋଇ ଫ୍ୟାମିଲି ଭିସା ପାଇଁ ଆପ୍ଲାଏ କରି ତାଙ୍କୁ ଓ ତାଙ୍କଠାରୁ ସାନ ଆଉ ଜଣେ ଭାଇ ସୌଭାଗ୍ୟକୁ ଆମେରିକା ନେଇ ଆସିଥିଲେ। ତାଙ୍କ ତଳ ଭାଇ ସୌଭାଗ୍ୟ ଗୋଟିଏ ମୋଟେଲ୍‌ରେ ଚାକିରି ଆରମ୍ଭ କରିଥିଲା। ଏବେ ସିଏ ସେ ମୋଟେଲ୍‌ର ମାଲିକ। ବ୍ୟବସାୟ ଠିକ୍‌ଠାକ୍ ଚାଲିଛି। ଅନୁରାଗ ସେମିତି ଗୋଟିଏ ରେଷ୍ଟୁରାଣ୍ଟ୍‌ରେ ମ୍ୟାନେଜର୍ ଭାବେ କାମ ଆରମ୍ଭ କରିଥିଲେ। କିଛି ବର୍ଷ ପରେ ରେଷ୍ଟୁରାଣ୍ଟ୍‌ର ମାଲିକ ରିଟାୟାର୍ଡ କରି ତାଙ୍କ ପିଲାମାନଙ୍କ ପାଖକୁ ଫ୍ଲୋରିଡା ଚାଲିଗଲେ। ଅନୁରାଗ ସେତେବେଳେ କିଛି ସଞ୍ଚୟ କରିଥିଲେ, ଅପା ଓ ଭିଣୋଇ ବି କିଛି ସାହାଯ୍ୟ କଲେ ଓ ସେଥିପାଇଁ ସିଏ ଏ ରେଷ୍ଟୁରାଣ୍ଟ୍‌ଟି କିଣିଦେଲେ। ପୂର୍ବରୁ ରେଷ୍ଟୁରାଣ୍ଟ୍‌ର ନାମ ଥିଲା "ଇଣ୍ଡିଆ ଫ୍ଲେଭର୍"। ସେ ନାମକୁ ବଦଳାଇ ଅନୁରାଗ ନାମ ରଖିଲେ "ତୃପ୍ତି ଭୋଜନାଳୟ"।

ପିଲାବେଳୁ ଅନୁରାଗ ଖାଇବାକୁ ଭଲପାଆନ୍ତି। ବିଭିନ୍ନ ସ୍ୱାଦର, ବିଭିନ୍ନ ରଙ୍ଗର, ବିଭିନ୍ନ ଆକୃତିର ଓ ବିଭିନ୍ନ ସମ୍ମିଶ୍ରଣର ଖାଦ୍ୟ ବରାଦ କରି ସିଏ ଛୋଟବେଳେ ବୋଉ ପାଖରେ ଅଳି କରୁଥିଲେ। "ବୋଉ, ତୁ ଆଜି ଗୋଟିଏ ବର୍ଗକ୍ଷେତ୍ର ଭଳି ପରଟା କର, ତ୍ରିଭୁଜ ଭଳି ଚକୁଳି କର।" ବୋଉ ବି ବଡ ଖୁସି ହୁଏ ଓ ତା' କୃତି ଦେଖାଏ। "ଆରେ ବର୍ଗାକାର ପରଟା କିଏ ଖାଇବ ଆସରେ।"

ଖାଦ୍ୟ ସହିତ "ତୃପ୍ତି" ଶବ୍ଦର ଯେଉଁ ସଂଯୋଗ ରହିଛି, ସେମିତି ଆଉ କେଉଁ ଶବ୍ଦର ନାହିଁ। ସେଥିପାଇଁ ଅନୁରାଗ ସେ ରେଷ୍ଟୁରାଣ୍ଟର ନାମ ରଖିଥିଲେ "ତୃପ୍ତି"। ଅପା ଓ ଭିଣୋଇଙ୍କ ଦ୍ୱାରା ପୂଜା କରାଇ, ରେଷ୍ଟୁରାଣ୍ଟ ଉଦ୍‌ଘାଟନ କରାଇଥିଲେ। ଅପା ଲକ୍ଷ୍ମୀବନ୍ତ ବୋଲି ତାଙ୍କ ଘରେ ସମସ୍ତଙ୍କର ବିଶ୍ୱାସ, ଏମିତି କି ଭିଣୋଇଙ୍କର ବି। ପ୍ରଥମେ ସ୍ନେହଲତା ଅପାକୁ ଇର୍ଷା କରୁଥିଲେ, "ଖାଲି ଅପା, ଅପା ହୋଉଚ। ତାହେଲେ ସେ ଅପାଙ୍କ ଘରେ ଚାକିରି କରି ରହିଲନି। ଘରସଂସାର କରୁଥିଲ କାହିଁକି? ଆପା ଖାଲି ଲକ୍ଷ୍ମୀବନ୍ତ, ଆଉ ସମସ୍ତେ ଅଲକ୍ଷ୍ମୀ।" ଅନୁରାଗ ବୁଝାନ୍ତି - "ମୁଁ ସେକଥା କେତେବେଳେ କହିଲି? ତେବେ ଅପା ପାଇଁ ସିନା ଆମେ ଏ ଦେଶକୁ ଆସିଲେ, ତାକୁ ସେ ସମ୍ମାନଟି ଦେଲେ ତମର କଣ ଅସମ୍ମାନ ହୋଇଗଲା?"

ସ୍ନେହଲତାଙ୍କର ଇଚ୍ଛା ଥିଲା ସିଏ ପୂଜାରେ ବସିଥାନ୍ତେ, ଫିତା କାଟିଥାନ୍ତେ। ହେଲେ ଯାହା ବି ହେଉ, ରେଷ୍ଟୁରାଣ୍ଟଟି ବହୁତ ଭଲରେ ଚାଲିଲା। ସେଇ ରେଷ୍ଟୁରାଣ୍ଟର ଆୟରେ ପିଲା ଦୁଇଟି ବଡ ହେଲେ, କଲେଜ ଗଲେ; ବଡପୁଅଟି ଏବେ ଡାକ୍ତର, ସାନ ଝିଅଟି କଂପ୍ୟୁଟର୍ ସାଇଣ୍ଟିଷ୍ଟ। ସେମାନଙ୍କର ଘର, ଗାଡି ସବୁ ସେଇ ରେଷ୍ଟୁରାଣ୍ଟର ଆୟରୁ ସିନା।

ହେଲେ ବେଳେବେଳେ ଏମିତି ସବୁ ଖରାପ ସମୟ ଆସିଛି ଯେ ସେ ସମୟରେ ଉଭୟ ଅନୁରାଗ ଓ ସ୍ନେହଲତା ରେଷ୍ଟୁରାଣ୍ଟଟିକୁ ବିକିଦେବାକୁ ଭାବିଛନ୍ତି। ପୁଣି ତାପରେ ନିଜକୁ ବୁଝେଇ ସେମିତି ନିତିଦିନିଆ କାମରେ ମଜ୍ଜି ରହିଛନ୍ତି।

ଏଇତ ୨୦୧୦ ମସିହାର ଘଟଣା। ଜର୍ମାନ୍‌ଟାଉନ୍‌ର ଜଣେ ଭଦ୍ରବ୍ୟକ୍ତି, ବରୁଣ ମେହେଟା ତାଙ୍କ ଝିଅର ନିର୍ବନ୍ଧ ପାର୍ଟିପାଇଁ ଖାଦ୍ୟ ଅର୍ଡର୍ କରିଥିଲେ। ଦେଢଶହ ଲୋକଙ୍କ ପାଇଁ ଖାଦ୍ୟ, ୩୦୦୦ ଡଲାର୍‌ର ବ୍ୟବସାୟ। ସବୁ ଯୋଗାଡ କରି ଖାଦ୍ୟ ପହଞ୍ଚାଇବା ବେଳକୁ ଗୃହସ୍ୱାମୀ ଗାୟବ। ତାଙ୍କ ଝିଅ ଓ ଭାବୀ ଜ୍ୱାଇଁଙ୍କ ଭିତରେ କଣ ମନୋମାଳିନ୍ୟ ହେଲା ଯେ, ନିର୍ବନ୍ଧ ବାତିଲ୍ ହୋଇଗଲା। ମିଷ୍ଟର୍ ଓ ମିସେସ୍ ମେହେଟା ସମସ୍ତ ଅତିଥିଙ୍କୁ ଜଣେଇ ପାର୍ଟି ବାତିଲ୍ କଲେ, ହେଲେ ରେଷ୍ଟୁରାଣ୍ଟକୁ ଜଣେଇବାକୁ ଭୁଲିଗଲେ। ୩୦୦୦ ଡଲାର୍‌ର କ୍ଷତି। କଣ କରିବେ ଅନୁରାଗ? ଓକିଲଙ୍କ ସହିତ ପରାମର୍ଶ କରିବାରୁ ସିଏ ଉପଦେଶ ଦେଲେ, "ତମେ ୩୦୦୦ ପାଇବାକୁ ୩୦୦୦

ଡଲାର୍ ମୋ ପଛରେ ଖର୍ଚ୍ଚ କରିବ। ତା' ଉପରେ ପୁଣି କୋର୍ଟ ଫି ଦେବ, କୋର୍ଟ ଯିବ, ଯାବତୀୟ ଝଞ୍ଝଟ। ମୋ ମତରେ ତମେ ଆଉଥରେ ଭାବ।"

ଅନୁରାଗ ବୁଝିଲେ। ବୁଝିବା ଛଡା ଆଉ କିଛି ଉପାୟ ନାହିଁ। ତଥାପି ଅନୁରାଗ ଆଶା କରୁଥିଲେ ଯେ ମିଷ୍ଟର୍ ମେହେଟା ଅନ୍ତତଃ ନିଜେ ଏ ବିଷୟ ବୁଝିବେ ଓ ତାଙ୍କ ତରଫରୁ କ୍ଷତିପୂରଣ କରିବେ। ସେମିତି କିଛି ଘଟିଲାନି। ଅତଏବ ଅନୁରାଗ କ୍ଷତି ସହିଲେ, ମନକୁ ବୁଝାଇ ପୁଣି ସେମିତି ବ୍ୟବସାୟରେ ମଜ୍ଜିଗଲେ।

୨୦୧୫ ମସିହାରେ ସେମିତି ତାଙ୍କୁ କ୍ଷତି ସହିବାକୁ ପଡିଥିଲା। ଜଣେ ଭିନ୍ନକ୍ଷମ ଆମେରିକାନ୍ ମହିଳା ରେଷ୍ଟୁରାଣ୍ଟ୍‌କୁ ଖାଇବାକୁ ଆସିଲେ। ଖାଇସାରି ରେଷ୍ଟ୍‌ରୁମ୍‌କୁ ଗଲେ। ସେଠି କଣ ତାଙ୍କ ହୁଇଲ୍‌ଚେୟାର୍ କେଉଁଠି ଅଟକି ଗଲା, ଓ ସିଏ ତଳେ ପଡୁପଡୁ ବଞ୍ଚିଗଲେ। ହେଲେ ସେଇ ବିଷୟ ନେଇ ସିଏ କୋର୍ଟରେ କେସ୍ କଲେ। ଏଠିକା ଲୋକଙ୍କର ଦୟାମାୟା ନାହିଁ। ଆରେ, ହୋଟେଲ୍ ଷ୍ଟାଫ୍ ତ ତମକୁ କ୍ଷମା ମାଗିଲେ ଓ ରେଷ୍ଟ୍‌ରୁମ୍‌କୁ ଭିନ୍ନକ୍ଷମମାନଙ୍କ ପାଇଁ ଉପଯୁକ୍ତ କରିବାକୁ ପ୍ରତିଶ୍ରୁତି ଦେଲେ। ତା ଉପରେ ତମେ ପୁଣି କେସ୍ କରି ତାଙ୍କୁ କେମିତି ହଇରାଣ କରୁଛ? ସେଥର ବି ଅନେକ ଖର୍ଚ୍ଚାନ୍ତ ହେଲେ ଅନୁରାଗ।

ହେଲେ ଏତେ ଅଡୁଆ ଭିତରେ ଅପା ଓ ଭିଣୋଇଙ୍କର ପ୍ରବୋଧନା ତାଙ୍କୁ ପ୍ରେରଣା ଦିଏ। ସେମାନେ ସନ୍ଧିକ୍ଷଣରେ ଆସି ପାଖରେ ଠିଆ ହୁଅନ୍ତି। ସେମାନଙ୍କ ସାଙ୍ଗସାଥୀ, ଚିହ୍ନାଜଣା ଲୋକଙ୍କୁ ଲଗେଇ କଠିନ ସମସ୍ୟା ସରଳ କରିଦିଅନ୍ତି। ଏବେ ଅବଶ୍ୟ ସମସ୍ୟାକୁ ସାମନା କରିକରି ଅନୁରାଗ ଅଭିଜ୍ଞ ହୋଇଗଲେଣି।

ଏବେ କାହିଁକି ରେଷ୍ଟୁରାଣ୍ଟ୍‌ଟିକୁ ବିକିଦେବାକୁ ମନକୁ ଆସୁଛି। ପିଲାମାନେ ବି ସେଇଆ କହୁଛନ୍ତି, "ଦେଖ ବାପା, ତମେ ସେ ରେଷ୍ଟୁରାଣ୍ଟ୍ ପାଇଁ ଜୀବନରେ କିଛି ଖୁସି କରିପାରୁନ। ସବୁ ଇଭେଣ୍ଟ୍ ତ ଶନିବାର, ରବିବାର ହେଉଛି। ଆଉ ସବୁ ଶନିବାର, ରବିବାର ତମ ରେଷ୍ଟୁରାଣ୍ଟ୍ ପାଇଁ କିଛି ଇଭେଣ୍ଟ୍ ଥିବ, ତମକୁ ଖାଦ୍ୟ ଯୋଗାଇବାକୁ ପଡିବ। ଏଇଟା କଣ ଗୋଟିଏ ଜୀବନ?"

ସ୍ନେହଲତା ବି ସେମିତି ଅନୁଭବ କରନ୍ତି, "ହଁ ଚାଲ, ଆମେ କୁଆଡେ ଟିକେ ବୁଲାବୁଲି କରିବାକୁ ଯିବା। ଦେଶ, ଦୁନିଆ ଦେଖିବା। ପିଲାମାନେ ତ ଏବେ ନିଜ ଗୋଡରେ ଠିଆ ହେଲେଣି। ଆମେ ତ କିଛି ଖୁସି କରିବା।"

ଅପାକୁ ସେ ବିଷୟରେ ପଚାରିଲେ ଅନୁରାଗ। ଅପା କହିଲା, "ଯାହା ଠିକ୍ ଭାବୁଛୁ କର। ନହେଲେ ଗୋଟିଏ ଦାୟିତ୍ୱବାନ ମ୍ୟାନେଜର୍ ରଖ। ତାହେଲେ ତୋ ମୁଣ୍ଡ ଉପରୁ କିଛି ଦାୟିତ୍ୱ କମିଯିବ।"

ଅନୁରାଗ ଏବେ ସେଇ ଯୋଜନାରେ ଅଛନ୍ତି। ଜଣେ ସଚ୍ଚୋଟ ମ୍ୟାନେଜରର ସନ୍ଧାନରେ। ହେଲେ ରେଷ୍ଟୁରାଣ୍ଟକୁ ଜୀବନରୁ ସଂପୂର୍ଣ୍ଣରୂପେ ବିଦାୟ ଦେବା କଥା ଭାବିପାରନ୍ତିନି ସେ। ଭାବିଦେଲେ ମନ ଯେମିତି ମରିଯାଏ। ଏ ରେଷ୍ଟୁରାଣ୍ଟକୁ ଛାଡିଦେଇ ସିଏ ସତରେ କଣ ଖୁସି ରହିପାରିବେ?

ସେପ୍‌ଟେମ୍ବର ୨ ତାରିଖ। ରାୟବାବୁଙ୍କ ଝିଅର ବାହାଘର ଥିଲା। ସିଏ ତିନିଶହ ଲୋକଙ୍କ ପାଇଁ ଖାଦ୍ୟର ଅର୍ଡର୍ ଦେଇଥାନ୍ତି। ଅନୁରାଗ ପ୍ରସ୍ତୁତ ହେଉଥାନ୍ତି, ସବୁ ଅର୍ଡର୍‌ର ଆଇଟମ୍ ମାନଙ୍କୁ ଦେଖୁଥାନ୍ତି, ପରଖୁଥାନ୍ତି। ସେଇ ସମୟରେ ସ୍ନେହଲତା ଫୋନ୍ କଲେ, "ପ୍ରଣବ ଭାଇଙ୍କର ହାର୍ଟ ଆଟାକ୍ ହୋଇଛି। ତାଙ୍କ ପୁଅ ଫୋନ୍ କରିଥିଲା। ସିଏ ବର୍ତ୍ତମାନ ଜନ୍‌ସ୍ ହପ୍‌କିନ୍‌ସ୍ ହସ୍‌ପିଟାଲ୍‌ରେ ଇଣ୍ଟେନ୍‌ସିଭ୍ କେୟାର୍ ୟୁନିଟ୍‌ରେ ଅଛନ୍ତି। ତମେ ଆସିଲେ ଆମେ ଟିକେ ଯାଆନ୍ତେ।"

ଅନୁରାଗଙ୍କର ମୁଣ୍ଡ ଘୁରିଗଲା। କଣ କରିବେ? ରାୟବାବୁଙ୍କ ଝିଅର ବାହାଘର ପାଇଁ ଯିବାକୁ ପଡିବ। ଏଣେ ପ୍ରଣବ ଭାଇଙ୍କର ହାର୍ଟ ଆଟାକ୍।

ଦୁଇ ମିନିଟ୍ ନୀରବ ହୋଇ ବସିଗଲେ ଅନୁରାଗ। ରେଷ୍ଟୁରାଣ୍ଟର କର୍ମଚାରୀ ଜଣେ ପ୍ରଶ୍ନ କଲା, "କଣ ହେଲା ଅନୁରାଗ ବାବୁ, ଆମେ ଏବେ ବାହାରିଯିବା ତ?"

ଅନୁରାଗ କ୍ଷଣେ ଭାବିଲେ। କୂଳଦେବତା ମହାପ୍ରଭୁ ଜଗନ୍ନାଥଙ୍କ ଉଦ୍ଦେଶ୍ୟରେ ପ୍ରଣାମ କରି କହିଲେ, "ତମେ ପ୍ରଣବ ଭାଇଙ୍କୁ ସହାୟ ହୁଅ ପ୍ରଭୁ, ତାଙ୍କ ପରିବାରକୁ ଆଶୀର୍ବାଦ କର।" ତାପରେ ଯାଇ ରେଷ୍ଟୁରାଣ୍ଟ କାଟରିଙ୍ଗ ସର୍ଭିସ୍ ପାଇଁ ଉଦ୍ଦିଷ୍ଟ ଟ୍ରକ୍‌ରେ ଷ୍ଟାଫ୍ ମାନଙ୍କ ସହିତ ବସିଗଲେ। ଗାଡି ଇଣ୍ଟରଷ୍ଟେଟ୍ ୯୫ରେ ବାଲଟିମୋର୍ ଅଭିମୁଖେ ଯାତ୍ରା କଲା।

ସ୍ନେହଲତା ପୁଣି ଫୋନ୍ କଲେ, "ତମେ କେତେବେଳେ ଫେରିବ?"

ଅନୁରାଗ ଉତ୍ତରଦେଲେ, "ରାୟବାବୁଙ୍କ ଝିଅର ବାହାଘର ରିସେପ୍‌ସନ୍ ପାଇଁ କାଟରିଙ୍ଗ ବିଷୟ ବୁଝାବୁଝି କରି ମୁଁ ରାତିରେ ଫେରିବି।"

ସେଠି ବାହାଘର ସମୟରେ ସିଏ ସଂପୂର୍ଣ୍ଣରୂପେ ନିଜକୁ ଭୁଲିଗଲେ। କେମିତି ସମସ୍ତେ ଭଲଭାବେ ଖାଇବେ, ସେଇଆ ହିଁ ଥିଲା ତାଙ୍କର ପ୍ରଧାନ କାମ। ଲୋକମାନେ ଖୁସିରେ ଖାଇଲାବେଳେ, ସେମାନଙ୍କୁ ଦେଖି ତାଙ୍କ ନିଜ ମନ ବି ପରିତୃପ୍ତ ହୋଇଯାଉଥିଲା।

ଘରକୁ ଫେରୁଫେରୁ ରାତି ଏଗାରଟା। ସ୍ନେହଲତା ବଡ ବିଷର୍ଣ୍ଣ ମନରେ ତାଙ୍କୁ ଅପେକ୍ଷା କରି ବସିଥିଲେ। ଅନୁରାଗ ପଚାରିଲେ, "ପ୍ରଣବ ଭାଇଙ୍କ ଖବର କଣ?" ସ୍ନେହଲତା କହିଲେ, "ତାଙ୍କ ଅବସ୍ଥା ଅତି ସାଂଘାତିକ। ଇଣ୍ଟେନ୍‌ସିଭ୍ କେୟାର୍‌ରେ

ଅଛନ୍ତି। ଦାମବାବୁ ଓ ମାଳା ଦେଖିବାକୁ ଯାଇଥିଲେ; ସେମାନେ ଏବେ ବି ସେଠି ଅଛନ୍ତି। ତାଙ୍କ ପିଲାମାନଙ୍କ ପାଖକୁ ଖବର ପଠାଯାଇଛି।"

"ଆମେ ଏବେ ଦେଖିବାକୁ ଯାଇପାରିବା ?"

"ହସ୍‌ପିଟାଲ୍‌ର ଭିଜିଟିଙ୍ଗ ସମୟ ତ ସରିଗଲାଣି। ତେବେ ମୁଁ ମାଳାକୁ ମେସେଜ୍ ଦେଇ ବୁଝେଁ।" - ଏମିତି କହି ସ୍ନେହଲତା ମାଳାଙ୍କୁ ମେସେଜ୍ ପଠେଇଲେ।

ମାଳା ଫୋନ୍ କରି କହିଲେ, "ତାଙ୍କ ପାଖରେ ରାତିରେ କେହି ରହିବା କଥା। ଏବେ ଆମେ ଦୁଇଜଣ ଓ ଗୀତା ଅପା ଅଛୁ। ହେଲେ ଗୀତାଅପାଙ୍କର ଅବସ୍ଥା ବହୁତ ଶୋଚନୀୟ। ତାଙ୍କର ବିଶ୍ରାମ ନେବା ଦରକାର। ତମେମାନେ ଯଦି ଆସନ୍ତ, ଆମେ ତାଙ୍କୁ ଟିକେ ଘରକୁ ନେଇ ବିଶ୍ରାମ କରାଇ ଆଣନ୍ତୁ।"

ଅନୁରାଗ ଓ ସ୍ନେହଲତା ରାତି ସାଢେ ଏଗାରରେ ଘରୁ ବାହାରିଲେ। ଅନୁରାଗଙ୍କର ଦିନସାରା ଖଟଣି। ଡ୍ରାଇଭ୍ କରିବା ସମୟରେ ଆଖି ମୁଦି ହୋଇ ଆସୁଥାଏ। ଦେହ ଅବଶ ଥାଏ। ତଥାପି ସିଏ ଇଚ୍ଛା କଲେ ଯିବା ପାଇଁ। ସ୍ନେହଲତା ବାଟସାରା ଭଗବାନଙ୍କୁ ଡାକୁଥାନ୍ତି; ସେମାନେ ଭଲରେ ହସ୍‌ପିଟାଲ୍ ପହଞ୍ଚିଯାଆନ୍ତୁ।

ହସ୍‌ପିଟାଲ୍‌ରେ ପହଞ୍ଚି ଏମର୍‌ଜେନ୍‌ସୀ ୱାର୍ଡକୁ ଗଲେ। ଗୀତା ଅପାଙ୍କୁ ଚାହିଁ ହେଉନଥାଏ। ସିଏ ବାଉଳିଚାଉଳି ହେଉଥାଆନ୍ତି। ଜମା ଘରକୁ ଫେରିବାକୁ ଇଚ୍ଛା କରୁନଥିଲେ। ହେଲେ ଦାମବାବୁ ଓ ମାଳା ତାଙ୍କୁ ଅନେକ ବୁଝେଇ ସେମାନଙ୍କ ଘରକୁ ନେଇଗଲେ। ସ୍ନେହଲତା ଓ ଅନୁରାଗ ଜଗି ବସିରହିଲେ। ବେଳେବେଳେ ନର୍ସ ଓ ଡାକ୍ତର ଆସି ରୁଟିନ୍ ଚେକ୍ କରି ଯାଉଥାଆନ୍ତି। ଅନୁରାଗ ସେଇଠି ବେଳେବେଳେ ଢୁଳେଇପଡୁଥାନ୍ତି। ସେ ରାତିଟା ସେମିତି ବିତିଗଲା। ସକାଳ ପାଞ୍ଚଟା ବେଳକୁ ପ୍ରଣବ ବାବୁଙ୍କ ବଡପୁଅ ଆସି ପହଞ୍ଚିଲା। ସିଏ ଆସିବାରୁ ଡକ୍‌ଟର୍ ତା' ସହିତ ପ୍ରଣବ ବାବୁଙ୍କ ଅପରେସନ୍ ସମ୍ବନ୍ଧରେ ଆଲୋଚନା କଲେ ଓ କେତେ ସବୁ ଫର୍ମରେ ଦସ୍ତଖତ କରାଇଲେ। ଅନୁରାଗ ଓ ସ୍ନେହଲତା ଘରକୁ ଫେରିଆସିଲେ।

ଘରେ ପହଞ୍ଚି ଲୁଗାପଟା ନ ବଦଳାଇ ସିଏ ସେମିତି ବିଛଣା ଉପରେ ଯାଇ ସିଧା ଶୋଇପଡିଲେ। ଉଠୁଉଠୁ ଦିନ ୧୧ଟା। ସ୍ନେହଲତା ମଧ୍ୟ ଡେରିରେ ଉଠିଥିଲେ। ହେଲେ ବିଛଣାରୁ ଉଠୁଉଠୁ ଅନୁରାଗଙ୍କୁ ଲାଗିଲା ଯେମିତି ତାଙ୍କ ମୁଣ୍ଡ ଘୁରୁଛି। ତାଙ୍କ ଚାରିପଟେ ସବୁ ଘୁରିଲା ଭଳି ଲାଗୁଥିଲା। ଏମିତି କି ସିଏ ଶୋଇଥିବା ଖଟ ବି ଘୁରିଲା ଭଳି ମନେ ହେଉଥିଲା। ପ୍ରବଳ ବାନ୍ତି ହେଲା। ସିଏ ବିକଳ ହୋଇ ସ୍ନେହଲତାଙ୍କୁ ଡାକିଲେ ଓ ନିଜ ଅବସ୍ଥା ବତେଇଲେ। "ରେଷ୍ଟୁରାଣ୍ଟ କେମିତି ଯିବି ଭାବିପାରୁନି।"

ସ୍ନେହଲତା ଡରିଗଲେ। ପଚାରିଲେ, "୯୧୧ ଡାକିବି କି ?" ଅନୁରାଗ

ମନାକଲେ, "ଲାଗୁଛି, ବଦହଜମୀ ହୋଇଛି ? ତମେ ମୁନାକୁ ଫୋନ୍ କରି ପଚାର।" ତାଙ୍କ ବଡ ପୁଅ ମୁନା ଡାକ୍ତର। ତାକୁ ଡାକି ସ୍ନେହଲତା କଣ କରିବା କଥା ବୋଲି ପଚାରିଲେ। ପୁଅ ବାପାଙ୍କୁ ଖୋଳିତାଡି ଅନେକ ପ୍ରଶ୍ନ ପଚାରିଲା। ବାପା ରାତିରେ ଡେରିରେ ଖାଇଥିଲେ ଓ ଅନିଦ୍ରା ରହିଲେ। ସେଇଟା ହିଁ କାରଣ। ସିଏ ବାପାଙ୍କୁ ବୁଝେଇ କହିଲା, "ତମେ ତ ଯୁବକ ହୋଇ ନାହଁ। ତମକୁ ୬୫ ବର୍ଷ ହେଲାଣି। ନିଜ ଦେହ ପ୍ରତି ବି ଯତ୍ନ ନେବା ଉଚିତ। ତମେ କଣ ପାଇଁ ରାତିଅନିଦ୍ରା ହେଉଥିଲ ? ଡାକ୍ତର ତ ପ୍ରଣବ ଅଙ୍କଲ୍‌ଙ୍କ ପାଖରେ ଥିଲେ। ତମେ ଅତି ଦେଖେଇ ହୋଇ ରାତି ଅନିଦ୍ରା ରହିବା କଣ ଦରକାର ଥିଲା ? ତମେ ଏବେ ପୂରା ବିଶ୍ରାମ କର।" ସିଏ "ଜାନ୍‌ଟାକ୍" ଖାଇବାକୁ ପରାମର୍ଶ ଦେଲା ଓ ବାପାଙ୍କୁ ଆଜି ରେଷ୍ଟୁରାଣ୍ଟ୍ ନଯାଇ, ଘରେ ବିଶ୍ରାମ କରିବା ଉଚିତ ବୋଲି ବୁଝାଇଲା। ମା'କୁ କହିଲା, "ବାପା ଯେମିତି ବିଶ୍ରାମ ନେବେ, ତମେ ସେ ଦାୟିତ୍ୱ ନେବ।"

ଘରେ ବିଶ୍ରାମ କଲେ ସତ, ହେଲେ ରେଷ୍ଟୁରାଣ୍ଟ୍‌ରେ କେମିତି କଣ ସବୁ ହେଉଥିବ, ସେକଥା ମନକୁ ଆସିବାରୁ ଅନୁରାଗ ବଡ ବ୍ୟସ୍ତହେଲେ। ସ୍ନେହଲତା ରେଷ୍ଟୁରାଣ୍ଟ୍‌ର ଜଣେ ପୁରୁଣା କର୍ମଚାରୀକୁ ଡାକି ଜଣେଇଦେଲେ, "ଅନୁରାଗ ଅସୁସ୍ଥ। ତମେମାନେ ଚଳେଇନେବ। କିଛି ଦରକାର ପଡିଲେ ମତେ ଫୋନ୍ କରିବ।"

ଉପରବେଳା ଖାଇସାରି ସ୍ନେହଲତା ଗଡପଡ ହେଉଥିଲେ। କେତେବେଳେ ନିଦ ଲାଗିଗଲା, ଜାଣିହେଲାନି। ଉଠି ଦେଖନ୍ତି ତ ଅନୁରାଗ ଘରେ ନାହାନ୍ତି। ବଡ ଛନକା ଲାଗିଲା। ବିଚଳିତ ହୋଇ ସିଏ ତାଙ୍କୁ ଫୋନ୍ ଲଗେଇଲେ। ଅନୁରାଗ ଫୋନ୍ ଧରିଲେ। "ତମେ କୁଆଡେ ଚାଲିଗଲ ? ମତେ ଜଣେଇଲନି।"

ସେପଟୁ ଉତ୍ତର ଆସିଲା, "ଜାନ୍‌ଟାକ୍ ଖାଇ ଭଲ ଲାଗୁଥିଲା। ମୁଁ ତେଣୁ ରେଷ୍ଟୁରାଣ୍ଟ୍ ଚାଲିଆସିଲି। ଆଜି ରୋହନ ବାବୁଙ୍କ ପୁଅର ନିର୍ବନ୍ଧ ପାର୍ଟି ପାଇଁ କାଟରିଙ୍ଗ କରିବାର ଥିଲା ତ ?"

ସ୍ନେହଲତା ମୁଣ୍ଡରେ ହାତ ଦେଇ ସୋଫାରେ ବସିପଡିଲେ।

■

ପୁଣି ବସନ୍ତ ଲେଉଟିଲା

ବାହାରେ ଜହ୍ନର ଜୋଛନା ଅଜାଡି ହୋଇ ପଡିଛି। ଶୁଭୁଛି କାରବିଆନ୍ ସାଗରର ସ୍ୱର। ପରଦା ଖୋଲିଦେଲେ ଦିଶୁଛି ସମୁଦ୍ର ପାଣି ଭିତରେ ଜହ୍ନର ପ୍ରତିବିମ୍ବ। "ମୁନ୍ ପ୍ୟାଲେସ୍" ରିଜୋର୍ଟର ଚତୁର୍ଥ ମହଲାରେ ରୁମ୍ ଭିତରେ ମଧୁରାତିରେ ମସ୍‌ଗୁଲ୍ ହୋଇ ହସୁଛନ୍ତି ଦୁଇ ପ୍ରେମୀଯୁଗଳ। କେତେବେଳେ ଗୀତ ଗାଉଛନ୍ତି ତ କେତେବେଳେ ଗପ କରୁଛନ୍ତି। ପୁଣି କେତେବେଳେ ନିଜନିଜକୁ ସସ୍ନେହ ସ୍ପର୍ଶ ଦେଇ ଆବିଷ୍କାର କରୁଛନ୍ତି। କୋଠରି ସଜା ହୋଇଛି କେତେ ରକମର, କେତେ ରଙ୍ଗର ଫୁଲରେ, ଠିକ୍ ଯେଉଁଭଳି ବରାଦ କରିଥିଲେ ଅର୍ଚ୍ଚନା। ମଲ୍ଲୀଫୁଲରେ ସଜା ହୋଇଛି ପଲଙ୍କର ଚାରିପାର୍ଶ୍ୱ, ରକ୍ତ ଗୋଲାପର ପାଖୁଡାରେ ଭରିଛି ବିଛଣା, ଧୀମାଧୀମା ନାଲି ଓ ନେଳି ଆଲୁଅ ବିଛାଡି ହୋଇପଡିଛି କୋଠରି ସାରା। ଧୀମାଧୀମା ଗଜଲର ତାନ ମନକୁ ଭାବପ୍ରବଣ କରୁଛି। ଇଭେଣ୍ଟ କୋଅର୍ଡିନେଟର୍ ସରୋଜ ସବୁ ସେମିତି କରିଛି, ଯେମିତି ଅର୍ଚ୍ଚନା ବରାଦ କରିଥିଲେ। ତାର ତ ହାତରୁ ପଡୁନି; ଏସବୁ ଯୋଗାଡ କରିବା ପାଇଁ ପ୍ରଚୁର ଅର୍ଥ ସିଏ ନେଇଛି।

ବରଂ ବିତିଯାଇଥାଉ ବୟସ। ବରଂ ମଉଳିଯାଇଥାଉ ଯୌବନ। ଷାଠିଏ ପରର ଚର୍ମରେ ବରଂ ପଡିଯାଇଥାଉ ଗାର। ଏମିତି ଏକ ରୋମାଣ୍ଟିକ୍ ମଧୁଯାମିନୀ ବିତେଇବାକୁ ସେମାନଙ୍କ ମନ ତ ମରିଯାଇନି; ବରଂ ଏତେ ବର୍ଷର ବିଚ୍ଛେଦ ପରେ ଶୋଇଯାଇଥିବା କାମନା ପୁଣି ଚେଇଁ ଉଠିଛି। ଜୀବନରେ କେତେ ବର୍ଷ ତ ସେମାନେ ହରାଇସାରିଛନ୍ତି। ଆଉ ଏବେ ଯେତିକି ଦିନ ସେମାନଙ୍କ ପାଖରେ ଅଛି, ସେମାନେ ସେସବୁ ଦିନକୁ ମନଭରି, ପ୍ରେମ ଭରି ଉପଭୋଗ କରିବେ।

ଏମିତି କେବେ ହୋଇପାରିବ ବୋଲି ସେମାନେ କେବେ ବିଶ୍ୱାସ କରିନଥିଲେ। କିନ୍ତୁ ସେମିତି ହେଲା। ଦୀର୍ଘ ପଚିଶି ବର୍ଷର ଦୂରତା ପରେ ଜୀବନର

ଷଷ୍ଠ ଦଶକରେ ସେମାନେ ପୁଣି ବନ୍ଧୁ ହୋଇଗଲେ, ଆଦିତ୍ୟ ଓ ଅର୍ଚ୍ଚନା, ଆଉ ସେ ନୂଆ ସମ୍ପର୍କ ଏମିତି ଏତେ ଶୀଘ୍ର ଜୋଡିଗଲା ଯେ, ଆଜି ସେମାନେ ମଧୁଚନ୍ଦ୍ରିକା ବିତାଇବାକୁ ଆସିଛନ୍ତି କାଙ୍କୁନ୍।

ଆଦିତ୍ୟ ଅର୍ଚ୍ଚନାଙ୍କୁ ପାଖକୁ ଜଡାଇ ଆଣି ତାଙ୍କ ଗାଲରେ ଚୁମ୍ବନ ଆଙ୍କିଦେଲେ। ଧୀର କଣ୍ଠରେ କହିଲେ, "ମୁଁ ତମକୁ ବହୁତ ଭଲପାଏ ଆନି"। ଅର୍ଚ୍ଚନାଙ୍କୁ ଗେହ୍ଲାରେ "ଆନି" ବୋଲି ଡାକନ୍ତି ସିଏ।

ଅର୍ଚ୍ଚନା ମଧ୍ୟ ସେମିତି ଜଡିଯାଇ ଆଦିତ୍ୟଙ୍କ ଛାତିରେ ମୁହଁ ଗୁଞ୍ଜିଦେଇ କହିଲେ, "ମୁଁ ମଧ୍ୟ ତମକୁ ବହୁତ ଭଲପାଏ।"

କାହିଁ କେତେବର୍ଷ ତଳର ସେ ମଧୁରାତିର ସ୍ମୃତି ମନଭିତରକୁ ପଶି ଆସୁଥିଲା। ସେଠି ଦୀପଟିଏ ଜଳୁଥିଲା, ଛୋଟିଆ କୋଠରି ଭିତରେ ଛୋଟିଆ ଖଟ ଉପରେ ଅବଗୁଣ୍ଠନମତୀ ସାଜି ବୋହୂ ବେଶରେ ବସି ରହିଥିଲେ ଅର୍ଚ୍ଚନା, ଆଦିତ୍ୟଙ୍କ ପ୍ରତୀକ୍ଷାରେ। ଜୀବନରେ ସେତେବେଳେ ତାଙ୍କର ନିଜସ୍ୱ ପରିଚୟର କିଛି ଲକ୍ଷ୍ୟ ନଥିଲା। କେବଳ ଲକ୍ଷ୍ୟ ଥିଲା, ଆଦିତ୍ୟଙ୍କର ସାନ୍ନିଧ, ତାଙ୍କର ପ୍ରେମ, ଆଉ କୌଣସି ପରିଚୟ ବି ନୁହେଁ।

ଉଭୟ କେତେ ସ୍ୱପ୍ନ ନେଇ, ଜୀବନ ଗଢିବାକୁ ଆମେରିକା ଆସିଥିଲେ।

ପ୍ରଥମ କିଛି ବର୍ଷ ଖୁବ୍ ଭଲରେ କଟିଲା। ଆଦିତ୍ୟ ଗୋଟିଏ ଭଲ କମ୍ପାନୀରେ ଚାକିରି ପାଇଥିଲେ। ଆଗରୁ ସିଏ ଆମେରିକାରେ କେମିକାଲ୍ ଇଞ୍ଜିନିୟରିଙ୍ଗ୍‌ରେ'ଏ' ଗ୍ରେଡ୍ ରଖି ମାଷ୍ଟରସ୍ ସାରିଥିଲେ। ତାଙ୍କୁ ଅନେକ ଚାକିରିର ଅଫର୍ ଆସିଥିଲା। ହେଲେ, ୱାସିଂଟନ୍ ଡିସି, ରାଜଧାନୀ ପାଖରେ ରହିବାର ପ୍ରବଳ ଅଭିପ୍ସା ପାଇଁ ସିଏ ମେରୀଲାଣ୍ଡ୍‌ରେ ରହିବାକୁ ସ୍ଥିର କଲେ। ବାହାଘରର ତିନି ବର୍ଷ ଭିତରେ ସେମାନଙ୍କର ଗୋଟିଏ ପୁଅ ଓ ଗୋଟିଏ ଝିଅ ବି ଜନ୍ମ ହୋଇସାରିଥିଲେ। ଜୀବନ ଠିକ୍‌ଠାକ୍ ଚାଲିଥିଲା। ଆଦିତ୍ୟଙ୍କର ପତ୍ନୀ ଓ ଟୁନା, ରୁନାଙ୍କ ମା'ର ପରିଚୟରେ ଅର୍ଚ୍ଚନଙ୍କ ଜୀବନ ବେଶ୍ ଭଲରେ ଚାଲୁଥିଲା।

ହେଲେ ସବୁ ବଦଳି ଗଲା। ଅର୍ଚ୍ଚନା ଆମେରିକା ଆସିବା ପରେ ନିଜେ ବି ବଦଳି ଯାଇଥିଲେ। ଚାହୁଁଥିଲେ ଏକ ନିଆରା ପରିଚୟ, ଯେଉଁଟାକି ତାଙ୍କ ନିଜର ଆତ୍ମପରିଚୟ। ସେଥିପାଇଁ ସେ ପି.ଏଚ୍.ଡି. କଲେ, କଲେଜର ପ୍ରଫେସର୍ ହୋଇ ଯୋଗ ଦେଲେ, ଆଉ ନିଜେ ନିଜର ପରିଚୟ ପାଇଲେ। ନିଜେ ନିଜର ପରିଚୟ ପାଇଯିବା ପରେ, ଆଉ ସହିପାରିନଥିଲେ ଆଦିତ୍ୟଙ୍କର ସ୍ୱେଚ୍ଛାଚାର, ବେଳକାଳ ବିଚାର ନକରି ଯେ କୌଣସି ମୁହୂର୍ତ୍ତରେ ଅତର୍କିତ ଭାବେ ବନ୍ଧୁମାନଙ୍କୁ ଘରକୁ ନିମନ୍ତ୍ରଣ

କରିବା, ଓଡିଶାରୁ ଆସୁଥିବା ଲୋକମାନଙ୍କୁ ନିଜଘରେ ରଖିବା, ମଦ୍ୟପାନ କରିବା ଇତ୍ୟାଦି କେତେକ ଅଭ୍ୟାସ ଯେଉଁଟା ଅର୍ଚ୍ଚନାଙ୍କର ଦେହସୁହା ହୋଇଯାଇଥିଲା, ଏବେ ସେସବୁ ଅସହ୍ୟ ହେଲା । ଧୀରେଧୀରେ ଆରମ୍ଭ ହୋଇଥିଲା ପ୍ରତିବାଦ, ତାପରେ ସେ ପ୍ରତିବାଦ ଧାରଣ କରିଥିଲା କଠୋର ରୂପ, ଝଗଡା, ମରାମରି, ହାତାହାତି ଓ ଶେଷରେ ଛାଡପତ୍ର ।

ମନେ ପଡିଯାଉଛି ବିଗତ ଦିନର ସେ ଛୋଟଛୋଟ ଘଟଣା ସବୁ । ଛୋଟଛୋଟ ଭୁଲ୍ ବୁଝାମଣା, ଅବିଶ୍ୱାସ କେମିତି ସେମାନଙ୍କୁ ପହଞ୍ଚାଇଦେଇଥିଲା ଅସାମାଜିକତାର ଚରମସୀମାରେ । ପରସ୍ପର ଭୁଲିଯାଇଥିଲେ ନିଜର ଶିକ୍ଷାଦୀକ୍ଷା, ପ୍ରେମ, ପରିବାର, ସବୁ କିଛି । ଟିକେଟିକେ କଥାରେ ଜଣେ ଅନ୍ୟଜଣଙ୍କୁ ତଳେଇ କରି ଆକ୍ଷେପ କରୁଥିଲା, ଅସମ୍ମାନ କରୁଥିଲା, ଭର୍ତ୍ସନା କରୁଥିଲା । ଆଉ ଗୋଟିଏ ଦିନ ସେ ଝଗଡା ପହଞ୍ଚିଥିଲା ଶୀର୍ଷରେ ।

ସେବର୍ଷ ଟୁନୁର ହାଇସ୍କୁଲ୍‌ର ଶେଷବର୍ଷ । ପୁଅକୁ ହାର୍ଭାଡ୍‌ରୁ ଆଡ୍‌ମିଶନ୍ ଖବର ଆସିଲା । ଆଦିତ୍ୟ ମେକ୍ସିକୋରେ ଥିଲେ । ପୁଅ ଅତି ଖୁସିରେ ବାପାଙ୍କୁ ଖବର ଜଣେଇବା ପାଇଁ ଫୋନ୍ କଲା । ଆଉ ଜଣେ ସ୍ତ୍ରୀ ଲୋକ ଫୋନ୍ ଧରିଲା । ଟୁନୁ ପଚାରିଲା, "ଏଇଟା ଆଦିତ୍ୟ ରଥଙ୍କ ଫୋନ୍ ତ ?"

"ହଁ, ସେ ସ୍ତ୍ରୀ ଲୋକ ଜଣକ କହିଲା ।"

"ତାଙ୍କୁ ଟିକେ ଡାକିଦେବେ । ମୁଁ ତାଙ୍କ ପୁଅ ଟୁନା ଫୋନ୍ କରିଛି ।"

"ମୁଁ ଭାଲେରିଆ, ତାଙ୍କର ବନ୍ଧୁ । ସିଏ ଏବେ ଶୋଇଛନ୍ତି । ଏଇ ଅଧଘଣ୍ଟାଏ ପୂର୍ବରୁ ଶୋଇବାକୁ ଗଲେ । ସିଏ ଉଠିଲେ ମୁଁ ତାଙ୍କୁ ଜଣେଇବି ।"

ଟୁନା ତ ସେ ସମୟରେ କିଛି କହିଲାନି । ତେବେ ତା' ଭଉଣୀ ସହିତ କଥାହେବାର ଶୁଣିଲେ ଅର୍ଚ୍ଚନା ।

"ମତେ ଲାଗୁଛି ବାବାଙ୍କର ମେକ୍ସିକୋରେ କିଛି ଆଫେୟାର୍ ଚାଲୁଛି । ନହେଲେ ତାଙ୍କ ବେଡ୍‌ରୁମ୍‌ରେ ସ୍ତ୍ରୀ ଲୋକଟିଏ ଏମିତି ମହଜୁଦ୍ ଥାଆନ୍ତା କାହିଁକି ?" - ଟୁନା କହୁଥିଲା ।

"ତାହେଲେ ତ ବହୁତ ଖରାପ କଥା । ମୁଁ ବି ସେଇଆ ସନ୍ଦେହ କରୁଥିଲି । ବାବା ବାରମ୍ବାର କଣପାଇଁ ମେକ୍ସିକୋ ଯାଉଛନ୍ତି ?"

କାହିଁକି କେଜାଣି ଅର୍ଚ୍ଚନା ଜଳିଗଲେ । ତାଙ୍କ ହୃଦୟ ଥରିଉଠିଲା । ଆତ୍ମା ଚିତ୍କାର କରିଉଠିଲା । ନାରୀ ସବୁ ସହିପାରେ, ହେଲେ ତା ନିଜ ମନର ମଣିଷ ଆଉ କାହାର ହେଉ, ସେକଥା ସହିହୁଏନି । ଆଦିତ୍ୟ ସେଥର ଫେରିବା ପରେ ଅର୍ଚ୍ଚନା

କଥା ବଙ୍କେଇ ପଚାରିଲେ, "ଏବେ କଣ ସେ ମେକ୍ସିକୋ ପ୍ଲାଣ୍ଟ୍ ସଂପୂର୍ଣ୍ଣ ଭାବେ ରେଡି ହୋଇନି ? ତମେ ତ ବର୍ଷେ ହେଲାଣି ସେଠିକାର କର୍ମଚାରୀ ମାନଙ୍କୁ ତାଲିମ କରିବାକୁ ମେକ୍ସିକୋ ଯାଉଛ । ଆହୁରି କେତେଦିନ ଏମିତି ଯିବାକୁ ପଡିବ ?"

"ସେ ନେଇ ତମେ କାହିଁକି ମୁଣ୍ଡ ଖେଳାଉଛ ? ସେ ପ୍ଲାଣ୍ଟ୍ ରେଡି ହେବାକୁ ଆହୁରି କିଛିମାସ ଲାଗିବ । କଣ ମତେ ମିସ୍ କରୁଛ ? ସେ କଥାତ ନୁହେଁ । ତମର ତିୱାରୀ, ବାନାର୍ଜି, ପୁଣି କେତେକେତେ ସହକର୍ମୀ ସବୁ ଅଛନ୍ତି । କେତେବେଳେ କନ୍‌ଫରେନ୍‌ସ୍ ଅରଗାନାଇଜ୍ କରିବା ଆଳରେ ତ କେତେବେଳେ ଇଣ୍ଡିଆନ୍ ସୋ କରିବା ଆଳରେ ତମକୁ ବ୍ୟସ୍ତ ରଖୁଛନ୍ତି ।"

"ଆଉ ତମେ ସେଠି ସେ ଭାଲେରିଆ ସହିତ କଣ କରୁଛ ? ବିଲେଇ ଲୁଚିଲୁଚି ଦୁଧ ପିଉଛି । ଭାବୁଛି କେହି ଦେଖୁନାହାନ୍ତି ।"

"କୋଉ ଭାଲେରିଆ କଥା କହୁଛ ? କଣ ମୋ ପଛରେ ଗୁପ୍ତଚର ଲଗେଇଛ ? ମୁଁ କୁଆଡେ ଯାଉଛି, କଣ କରୁଛି, ସେକଥା ଜାଣିବା ପାଇଁ ତମର ଏତେ ଆଗ୍ରହ କାହିଁକି ? ନିଜ ଗୁଣ ତ ସେଇଆ । ଅନ୍ୟକୁ ବି ସେଇ ଫର୍ମୁଲାରେ ପକେଇଦେଇଛ ।"

"ଆଉ ଭଲେଇ ଦେଖେଇହୁଅନି । କଣନା ଲୁଚିଛି, ନା ଗୋଡ ଦିଇଟା ଦିଶୁଛି ।"

ଆଦିତ୍ୟ ଅତ୍ୟନ୍ତ ରାଗିଗଲେ । ତାଙ୍କ ହାତ ଉଠିଗଲା । "ବଦ୍‌ମାସ୍ ମାଇକିନା, କଣ ଗୋଟିଏ ଚାକିରି କରି ପକେଇଲା ଯେ, ସେଇଦିନରୁ ମୋ ଉପରେ ଦାଦାଗିରି ଦେଖେଇ ହେଉଛି । ମୁଁ କଣ କଲି, କଣ ନକଲି, ତୋର ସେଥିରେ ମୁଣ୍ଡ ପୁରେଇବାର କଣ ଅଛି ?"

ଅର୍ଚ୍ଚନା ବି ଚମକିପଡିଲେ । "ଏଇ କଣ ତାଙ୍କ ସ୍ୱାମୀ ଆଦିତ୍ୟ ? ପୁଣି ଏତେ ହୀନ ଆଚରଣ ? 'ତମେ' ରୁ 'ତୁ' କହିଲେ କହିଲେ, ପୁଣି ଏମିତି ଶସ୍ତା ଭାଷା ବ୍ୟବହାର କଲେ, କଟକ ତେଲେଙ୍ଗାବଜାରର ରାସ୍ତାରେ ମଦପିଇ ମାତାଲ ହୋଇ ସ୍ତ୍ରୀକୁ ପିଟି ଗାଳି ଦେଉଥିବା ରିକ୍ସାବାଲା ତୁଳନାରେ ବି ହୀନ ଇଏ ।"

ଅର୍ଚ୍ଚନା ଆଦିତ୍ୟଙ୍କ ମୁହଁକୁ ଛେପ ପକେଇ କହିଲେ, "ଧନ୍ୟ ହେ ମିଷ୍ଟର୍ ଆଦିତ୍ୟ ରଥ, କମ୍ପାନୀ ମ୍ୟାନେଜର୍ ନା ଛେନା । ତମେ ସେ ତେଲେଙ୍ଗା ରିକ୍ସାବାଲା ରାମୁଲୁର ପୁଅ ଭଳି ବ୍ୟବହାର କରୁଛ । ତାରି ରକ୍ତ ବୋଧହୁଏ ତମ ଦେହରେ ବହୁଛି ।"

ଆଦିତ୍ୟଙ୍କ ହାତ ପୁଣି ଉଠିଗଲା । "ତୋର ଏତେ ସାହସ ? ତୁ ମୋ ବାପା, ମା' ଙ୍କୁ ଏମିତି ଅପମାନିତ କରିବୁ । ଏଇ ମୁହୂର୍ତ୍ତରେ ଏ ଘରୁ ବାହାରେ କହୁଛି, ଆଉ ଗୋଟିଏ ମିନିଟ୍ ବି ରହିଲେ ମୁଁ ତତେ ମାରିଦେବି ।"

ଆଦିତ୍ୟଙ୍କର ନାଲି ଆଖି ଦେଖି ଅର୍ଚ୍ଚନା ବି ଡରିଗଲେ। କ୍ରୋଧ ଅବସ୍ଥାରେ କିଛି ବି ସମ୍ଭବ। ସେତେବେଳେ ପିଲାମାନେ ଘରେ ନଥିଲେ। ଅର୍ଚ୍ଚନା ଗାଡି ନେଇ ଘରୁ ବାହାରିଗଲେ। କିଛି ସମୟ ଯାଇ ସେଣ୍ଟେନିଆଲ୍ ପାର୍କରେ ବସିଲେ। ପୁଅ, ଝିଅ ଦୁଇଜଣଙ୍କୁ ଆଜି ସ୍କୁଲ୍‌ରୁ ପାଞ୍ଚଟା ବେଳେ ପିକ୍‌ଅପ୍ କରିବାର ଥିଲା। ପୁଅର 'ସାଇନ୍‌ସ୍ ଟିମ୍'ର ମିଟିଙ୍ଗ୍ ଥିଲା ଓ ଝିଅର "ଡ୍ୟାନ୍‌ସ୍ ଟିମ୍"ର ପ୍ରାକ୍‌ଟିସ୍ ଥିଲା। ପୁଅ, ଝିଅ ଦୁଇଜଣଙ୍କୁ ପିକ୍‌ଅପ୍ କରି ସିଏ ସନ୍ଧ୍ୟା ୬ଟା ବେଳକୁ ଘରକୁ ଫେରିଲେ। ସେତେବେଳକୁ ଆଦିତ୍ୟ ବି ଘରେ ନଥିଲେ। କୁଆଡେ ଯାଇଥିଲେ କେଜାଣି ? କିନ୍ତୁ କିଛି ଘଟି ନଥିବାର ଅଭିନୟ କରି ଅର୍ଚ୍ଚନା ରୋଷେଇବାସ କଲେ, ପିଲାମାନଙ୍କୁ ଖୁଆଇଲେ। ପିଲାମାନଙ୍କୁ ତାଙ୍କର ରିସର୍ଚ୍ଚ ପେପର୍ ଲେଖିବାର ଅଛି କହି ସିଏ ନିଜ ଅଫିସ୍ ରୁମ୍ ଭିତରେ ପଶିଲେ ଓ ସେଇଠି ଶୋଇପଡିଲେ। ଦୁଇଦିନ ପରେ ଆଦିତ୍ୟ ପୁଣି ମେକ୍ସିକୋ ଚାଲିଗଲେ।

ଏମିତି କିଛିଦିନ ଚାଲିଗଲା। ଟୁନାର ହାର୍ଭାର୍ଡ୍‌ରେ ଆଡ୍‌ମିଶନ୍ ହୋଇଗଲା। ରୁନାର ଦଶମ କ୍ଲାସ୍ ଆରମ୍ଭ ହେଉଥିଲା। ଟୁନା ସେଟ୍‌ଲ୍ ହୋଇଯିବା ପରେ, ଅର୍ଚ୍ଚନା ଓକିଲଙ୍କ ଜରିଆରେ ଆଦିତ୍ୟଙ୍କୁ ଛାଡପତ୍ର ଦେବାପାଇଁ କାଗଜ ପଠେଇଲେ। ଆଦିତ୍ୟ ମଧ୍ୟ ସେଥିରେ ଦସ୍ତଖତ କରିଦେଲେ। ସେମାନଙ୍କର ଆଉ ଗୋଟିଏ ଟାଉନ୍‌ହାଉସ୍ ଥିଲା। ସେଇଟା ପଡିଲା ଆଦିତ୍ୟଙ୍କ ଭାଗ୍ୟରେ। ରୁନାର ସ୍କୁଲ୍ ପାଇଁ ଓ ସିଏ ମା' ପାଖରେ ରହିବାର ସିଦ୍ଧାନ୍ତ ହୋଇଯିବା ପରେ, ସିଙ୍ଗ୍‌ଲ୍ ଫ୍ୟାମିଲି ଘରଟି ପଡିଥିଲା ଅର୍ଚ୍ଚନା ଭାଗ୍ୟରେ।

ସିଏ କାଇଁ କେତେ ବର୍ଷ ହୋଇଗଲାଣି। ୧୯୯୧ ମସିହାର କଥା ସିଏ। ଏବେ ସେ ଘଟଣାର ପଚିଶି ବର୍ଷ ପୁରି ଛବିଶି ବର୍ଷ ପଶିଲାଣି। ୨୦୦୦ ମସିହାରୁ ଆଦିତ୍ୟ ଚାକିରି ବଦଳେଇ କାଲିଫର୍ଣ୍ଣିଆ ଚାଲିଯାଇଥିଲେ। ଅର୍ଚ୍ଚନା ତାଙ୍କର ଖବର ରଖୁଥିଲେ, ଯଦିଓ ପ୍ରତି ମୁହୂର୍ତ୍ତରେ ତାଙ୍କର ଆଦିତ୍ୟଙ୍କର ସେ ଭୟଙ୍କର ରୂପ ସାମନାକୁ ଆସିବା ମାତ୍ରେ ସିଏ ଘୃଣାରେ ମୁହଁ ବୁଲେଇଦିଅନ୍ତି। ଦୁଇ ପିଲାଙ୍କର ବାହାଘର ହେଲା। ଆଦିତ୍ୟ ଆସିନଥିଲେ। ପ୍ରକୃତରେ ପିଲାମାନେ ବି ସେକଥା ଚାହିଁ ନଥିଲେ। ବାହାଘର ପରେ ସେମାନେ ସ୍ୱତନ୍ତ୍ର ଭାବେ ଯାଇ ବାବାଙ୍କୁ ଭେଟି ତାଙ୍କ ଆଶୀର୍ବାଦ ନେଇଥିଲେ।

ଅର୍ଚ୍ଚନା କିନ୍ତୁ ସେଇ ଏକା କଲେଜରେ ଅଧ୍ୟାପିକା ରହିଆସିଛନ୍ତି। ପାହାଚ ଉପରେ ପାହାଚ ଚଢି ସିଏ ଆଗେଇଲେ। ଆସିଷ୍ଟାଣ୍ଟ୍ ପ୍ରଫେସରରୁ ପ୍ରଫେସର୍ ହେଲେ। ପୁଣି ହେଲେ ଡିନ୍। ଦେଶବିଦେଶ ଯାଇ କନ୍‌ଫରେନ୍‌ସ୍ ଆଟେଣ୍ଡ୍ କଲେ। ବେଳେବେଳେ ସାବାଟିକାଲ୍ ନେଇ ଅନ୍ୟ ଦେଶମାନଙ୍କରେ ବି ପଢେଇଆସିଲେ।

ଏବେ ସତରେ ତାଙ୍କୁ ଭଲ ଲାଗୁଥିଲା। ସିଏ ଯେ ସଂପୂର୍ଣ୍ଣ ସ୍ୱାଧୀନ। କିଏ ତାଙ୍କୁ ରୋକିବାକୁ ନାହିଁ। କିଏ ତାଙ୍କ ଉପରେ ଆଦେଶ ଜାହିର କରିବାକୁ ନାହିଁ। ସିଏ ଏବେ ନିଜ ପରିଚୟରେ ଉଜ୍ଜ୍ୱଳ, ଉଦ୍‌ଭାସିତ। ପିଲାମାନେ ତାଙ୍କୁ ଆଦର୍ଶ ବୋଲି ମାନନ୍ତି। ତାଙ୍କ ବୋହୂ ସୋସିଓଲୋଜିର ପ୍ରଫେସର୍। ସିଏ କହେ, "ମା, ତମେ ବହୁତ ଭଲ କଲ। ଯଦିଓ ବାବାଙ୍କୁ ତମ ପିଲାମାନେ ଭଲ ପାଆନ୍ତି ଓ ମୁଁ ସମ୍ମାନ କରେ, ହେଲେ ତମ ପ୍ରତି ତାଙ୍କର ସେମିତି ବ୍ୟବହାର ଉଚିତ ନଥିଲା। ସାଉଥ୍‌ଏସିଆନ୍ ପରିବାର ମାନଙ୍କରେ ଏମିତି ସବୁ ଚାଲିଆସୁଛି, ଆଉ ଏହାର ପ୍ରତିକାର ତ ନିହାତି ଦରକାର।"

ଏବେ କିନ୍ତୁ ଅର୍ଚ୍ଚନାଙ୍କର ଆଦିତ୍ୟଙ୍କ ଉପରେ ଆଉ ସେମିତି ରାଗ ଅନୁଭବ ହୁଏନାହିଁ। ମନହୁଏ, ଏବେ ଆଦିତ୍ୟ ତାଙ୍କ ପାଖରେ ଥାଆନ୍ତେ କି? ସେ ଦୁଇଜଣ ମିଶି ପୃଥିବୀ ବୁଲନ୍ତେ। ସେମିତି ଥରେ ହେଲା। ଏପ୍ରିଲ୍ ମାସ, ୨୦୧୮। ଭିଏନାରେ ଗୋଟିଏ କନ୍‌ଫରେନ୍‌ସ୍ ଆଟେଣ୍ଡ୍ କରିବାକୁ ଯାଇଥାଆନ୍ତି ସିଏ। କନ୍‌ଫରେନ୍‌ସ୍ ପରେ ପ୍ରାଗ୍ ଟୁର୍‌ରେ ଯିବାକୁ ସିଏ ବସ୍‌ରେ ବସିଥାନ୍ତି। ହଠାତ୍ ସେଇ ବସ୍‌ରେ ଜୁଟିଗଲେ ଆଦିତ୍ୟ। ନିଜ ଆଖିକୁ ବି ବିଶ୍ୱାସ କରିପାରିଲେନି ଅର୍ଚ୍ଚନା। କଣ କେମିତି ବ୍ୟବହାର କରିବେ ବୁଝିପାରିଲେନି। ନିଜ ତରଫରୁ ଆଦିତ୍ୟ ଆସି ବନ୍ଧୁତା ଦେଖେଇଲେ, "ତମେ ଏଠି?"

"ହଁ, ମୁଁ କନ୍‌ଫରେନ୍‌ସ୍‌ରେ ଯୋଗ ଦେବାପାଇଁ ଆସିଥିଲି। ଆଜି ଏ ଟୁର୍‌ରେ ଆସିଗଲି।"

"ରିଟାୟାର୍ଡ କେବେ କରୁଛ?" - ଆଦିତ୍ୟ ପଚାରିଲେ।

"ଏଇ ମେ' ମାସରେ। ଏଇଟା ମୋର ଶେଷ କନ୍‌ଫରେନ୍‌ସ୍।" - ଅର୍ଚ୍ଚନା କହିଲେ।

"ମୋର ତ ରିଟାୟାର୍ଡ କରିବା ତିନିବର୍ଷ ହେଲାଣି। ଏବେ ଭାରି ଡିପ୍ରେସ୍‌ଡ୍ ଲାଗୁଛି। ଯଦିଓ କିଛି କନ୍‌ସଲ୍‌ଟାନ୍‌ସି କରୁଛି, ତେବେ ଜୀବନଟା ବୋରିଙ୍ଗ୍।"

ସେମାନେ ପ୍ରାଗ୍‌ରେ ସାଙ୍ଗ ହୋଇ ବୁଲିଲେ। ଯାତ୍ରୀମାନଙ୍କ ଭିତରେ ସେମାନେ ଦୁଇଜଣ ହିଁ ଭାରତୀୟ ଥିଲେ। ତେଣୁ ଖାଇବା ପାଇଁ ଓ ବୁଲି ଦେଖିବା ପାଇଁ ଯେତେବେଳେ ଟୁର୍ ଗାଇଡ୍ ଦେଢଘଣ୍ଟା ଦେଲା, ସେମାନେ ଦୁଇଜଣ ସାଙ୍ଗ ହୋଇ ଦୋକାନ, ବଜାର ଯାଇ ସବୁ ଜିନିଷ ଦେଖିଲେ ଓ ଖାଇବା ପାଇଁ ବି ଗୋଟିଏ ଭାରତୀୟ ଭୋଜନାଳୟରେ ପଶିଗଲେ।

ଖାଉଖାଉ ଆଦିତ୍ୟ କହିଲେ, "ମୁଁ ତମ ପ୍ରତି ବହୁତ ନିଷ୍ଠୁର ହୋଇଛି। ଗୋଟିଏ

ବୟସରେ ସେମିତି ରାଗ, କ୍ରୋଧ କାହିଁକି ଆସେ କେଜାଣି, ଏବେ ମୁଁ ସେଥିପାଇଁ ଅନୁତପ୍ତ। ତମେ ମତେ କ୍ଷମା କରିଦେବ ବୋଲି ଆଶା କରୁଛି।"

ଅର୍ଚ୍ଚନାଙ୍କ ହୃଦୟ ବିଗଳିତ ହୋଇଉଠିଲା। ଏଇ ସାମନାରେ ତାଙ୍କର ପ୍ରିୟ ମଣିଷ। ଏମିତି କି ଛାଡପତ୍ର ହେବାପରେ ବି ସିଏ ତାଙ୍କୁ ଭୁଲିନାହାନ୍ତି। ସିଏ ସ୍ମିତ ହସି କହିଲେ, "ଆଉ କାହିଁକି ସେ କଥା ? ସମୟ ତ କାହାକୁ ଅପେକ୍ଷା କରେନି। ସେମିତି ସମୟ ଆମକୁ କେତେବର୍ଷ ଏମିତି ଦୂର କରି ରଖିଲା। ଆଉ ଆକସ୍ମିକ ଭାବେ ଆଜି ପୁଣି ଆମର ସାକ୍ଷାତ ହୋଇଗଲା।"

ତେବେ ଅର୍ଚ୍ଚନା ଅନୁଭବ କରୁଥିଲେ, "ଆଦିତ୍ୟ ଆଜି ଜଣେ ଭିନ୍ନ ମଣିଷ।"

ଆଦିତ୍ୟ କହିଲେ, "ହଁ, ଦିନ ଥିଲା, ଅହଙ୍କାରରେ ମନ ପୂରି ରହିଥିଲା। ମୋ ରୋଜଗାର, ମୋ ସମ୍ପତ୍ତି, ମୋ ଆଧିପତ୍ୟ, ସବୁ ମୋ'ର ସେଇ ଯେଉଁ ଅହଂଭାବ, ଆଜି ଭାବିଲେ ମୁଁ ଲଜ୍ଜିତ ଅନୁଭବ କରୁଛି। କିନ୍ତୁ ସତ କହୁଛି ଆନି, ଆଜି ବି ମୁଁ କେବଳ ତମକୁ ଭଲପାଏ। ଏବେ ତମ କଥା କାହିଁକି ବେଶି ମନେପଡୁଥିଲା।"

ଅର୍ଚ୍ଚନା କଣ କହିବେ ବୁଝିପାରିଲେନି। ଇଚ୍ଛା ତ ହେଉଥିଲା ସିଏ ଆଦିତ୍ୟଙ୍କ ଛାତିରେ ଯାଇ ଜାକି ହୋଇଯାନ୍ତେ, ତାଙ୍କଠାରୁ ଚୁମାଟିଏ ପାଇବା ପାଇଁ ଗାଲ ଦେଖେଇଦିଅନ୍ତେ, କିନ୍ତୁ ସେମିତି ସିଏ କିଛି କଲେନି। କେବଳ ହସି କହିଲେ, "ହଁ, ଆମେ ତ ଈଶ୍ୱରଙ୍କ ଖେଳର ଚରିତ୍ର କେବଳ। ଯାହା ହେବାର ଥିଲା, ହେଲା। ନିଜନିଜର ଭାଗ୍ୟ।"

ଏମିତି ଧୀରେଧୀରେ ଆଦିତ୍ୟ ଓ ଅର୍ଚ୍ଚନାଙ୍କର ବନ୍ଧୁତା ବଢିଲା। ତାପରେ ସେମାନେ ସାଙ୍ଗ ହୋଇ ଅଗଷ୍ଟ ମାସରେ କ୍ରୁଜ୍‌ରେ ଆଲାସ୍କା ଯିବାର ଯୋଜନା କଲେ। ସେଇଟା ଆଦିତ୍ୟଙ୍କ ତରଫରୁ ଅର୍ଚ୍ଚନାଙ୍କ ପାଇଁ ରିଟାୟାର୍ଡ ହେବାର ଉପହାର।

ସେ କ୍ରୁଜ୍‌ରେ ସମ୍ପର୍କ ଆହୁରି ବଢିଲା। ସାଙ୍ଗ ହୋଇ ଦୁଃଖସୁଖ ହେବାର ସୁଯୋଗ ମିଳିଲା। ଯଦିଓ ସେମାନଙ୍କର ଅଲଗାଅଲଗା ରୁମ୍ ଥିଲା ଓ ସେମାନେ ସ୍ୱାଧୀନ ଥିଲେ, ତଥାପି ଏତେଦିନରୁ ବନ୍ଦ ରହିଥିବା ହୃଦୟର ପ୍ରେମ ସତେ ଯେମିତି ବାଧାନମାନି ବହିଯିବାକୁ ଚାହୁଁଥିଲା। ଅର୍ଚ୍ଚନା ମଧ୍ୟ ନିଜ ଭୁଲ୍ ସ୍ୱୀକାର କଲେ। "ମୁଁ ବି ଅନେକଟା ରୁକ୍ଷତା ପ୍ରକାଶ କରିଛି ଓ ତମକୁ ଅସମ୍ମାନିତ କରିଛି। ସେଥିପାଇଁ ମତେ କ୍ଷମା କରିଦେବ।"

ଆଦିତ୍ୟ ପ୍ରସ୍ତାବ ଦେଲେ, "ମୁଁ ଭାବୁଥିଲି, କାଲିଫର୍ଣ୍ଣିଆ ଘର ବିକି ଦେଇ ମେରୀଲାଣ୍ଡ୍ ଚାଲିଯିବି।"

"ତାହେଲେ ତ ବହୁତ ଭଲ ହେବ। ତମ ଘର ତମକୁ ତ ଆଜି ପର୍ଯ୍ୟନ୍ତ

ଅପେକ୍ଷା କରି ରହିଛି ।" - ଏମିତି ହଠାତ୍ ଅର୍ଚ୍ଚନାଙ୍କ ପାଟିରୁ ବାହାରି ଆସିଲା । ଆଦିତ୍ୟ ବିହ୍ୱଳ ହୋଇଗଲେ । "ତମେ ସତ କହୁଛ ଆନି ?"

ଅର୍ଚ୍ଚନାଙ୍କ ଦୁଇଆଖିରୁ ଲୁହ ଝରିବାରେ ଲାଗିଲା ।

ତାଙ୍କୁ ଆଲିଙ୍ଗନ କରି ଆଦିତ୍ୟ କହିଲେ, "ହଁ ଆନି, ଆମର ଏ ପୃଥିବୀରେ ଆଉ କେତେଦିନ ଜୀବନ ଅଛି, ମୁଁ ଜାଣିନି । ମୋର ସାଙ୍ଗମାନେ ଗୋଟିଏ ଗୋଟିଏ କରି ଖସିଲେଣି । ଅନ୍ତତଃ ଯେତିକି ଦିନ ଆମ ଜୀବନ ବାକି ରହିଛି, ସେତେଦିନ ଯାକ ଆମେ କଣ ସାଙ୍ଗ ହୋଇ ବନ୍ଧୁ ଭାବେ ଜୀବନ ବିତେଇ ପାରିବାନି ?"

"ତମେ ମୋ ମନ କଥା କହିଲ । ବୟସର ଅଭିଜ୍ଞତା ଆମକୁ ପରିପକ୍ୱତା ଦେଇଛି । ଆମେ ନିଜନିଜର ଭୁଲ୍‌କୁ ବୁଝିଛନ୍ତି । ମୁଁ ତମ କଥାରେ ରାଜି ।"

ଆଉ ତାପରେ ପ୍ରେମର ସୁଅ ଏମିତି ଛୁଟିଲା ଯେ ତା ଉପରେ ବାଡବତା ପଡିପାରିଲାନି । ଆଦିତ୍ୟ କାଲିଫର୍ଣ୍ଣିଆର ଘର ବିକିଦେଲେ । ମେରୀଲାଣ୍ଡ୍‌ରେ ନିଜ ଘରେ ନିଜ ପତ୍ନୀ, ମାନେ ଅର୍ଚ୍ଚନାଙ୍କ ସହିତ ରହିଲେ । ପିଲାମାନେ ମଧ୍ୟ ଖୁସି ହେଲେ ।

ତେବେ ସେମାନେ ସ୍ଥିର କଲେ ସେମାନଙ୍କର ଏ ନୂଆ ପ୍ରେମକୁ ସେମାନେ ସୁନ୍ଦର ଭାବେ ସେଲିବ୍ରେଟ୍ କରିବେ । ଜୀବନର ୨୬ ବର୍ଷ ସେମାନେ ହରେଇଦେଇଛନ୍ତି । ଯେତିକି ସମୟ ଅଛି, ସେସବୁ ସମୟ ଅତି ମୂଲ୍ୟବାନ । ସେ ଛବିଶ ବର୍ଷର ଅପ୍ରକାଶିତ ପ୍ରେମ, ଅକୁହା ଆବେଗକୁ ସେମାନେ ପୁଣି ଅନୁଭବ କରିବେ । ସେଥିପାଇଁ ଗୋଟିଏ ବାହାଘର ଏଜେଣ୍ଟ୍ ମାଧ୍ୟମରେ କାଙ୍କୁନ୍‌ର ଏ 'ମୁନ୍ ପ୍ୟାଲେସ୍' ବୁକ୍ କଲେ । ଇଣ୍ଡିଆନ୍ ଏଜେଣ୍ଟ୍ । ସିଏ ଏ ହୋଟେଲ୍‌ରେ ବହୁତ ଭାରତୀୟ ମାନଙ୍କର ବାହାଘର କରାଏ । ସିଏ ବି ଏମାନଙ୍କର ଏ ରୋମାଣ୍ଟିକ୍ ପ୍ଲାନିଙ୍ଗ୍ ଦେଖି ବଡ ଉପଭୋଗ କରୁଥିଲା । କହିଲା, "ଆଣ୍ଟି, ଅଙ୍କଲ୍, ଆପଣମାନେ ହେଲେ ମୋର ଆଦର୍ଶ ଦମ୍ପତି । ଆପଣଙ୍କର ହନିମୁନ୍ ପାଇଁ ଆମେ ସବୁ ଯୋଗାଡ କରିଦେବୁ ।"

ସତରେ ସବୁକିଛି ଯୋଗାଡ ହୋଇଗଲା । ଓସ୍‌ନ୍‌ଭିଉ ରୁମ୍, ନାଲି, ନେଳି ଆଲୁଅ, ଗୋଲାପ ଓ ମଲ୍ଲୀଫୁଲ ।

ଆଦିତ୍ୟ ଓ ଅର୍ଚ୍ଚନାଙ୍କ ଜୀବନରେ ପୁଣି ବସନ୍ତ ଲେଉଟିଥିଲା ।

■

BLACK EAGLE BOOKS

www.blackeaglebooks.org
info@blackeaglebooks.org

Black Eagle Books, an independent publisher, was founded as
a nonprofit organization in April, 2019. It is our mission to
connect and engage the Indian diaspora and the world at large
with the best of works of world literature published on a
collaborative platform, with special emphasis on
foregrounding Contemporary Classics and New Writing.

www.ingramcontent.com/pod-product-compliance
Lightning Source LLC
Chambersburg PA
CBHW050414110726
47899CB00008B/2705
* 9 7 8 1 6 4 5 6 0 3 2 4 5 *